Morgen fangen wieder hundert neue Tage an

Heike Groos

Cover Artwork: Robert Groos

INHALT

Es war, als ob die böse Fee an meiner Wiege gesagt hatte: „Sie soll ab ihrem vierzigsten Geburtstag alles nur noch grau in grau sehen."

So erzählt Kristina, die es von einem kleinen Ossimädchen zu einer erfolgreichen Karriere als Soldatin bei der Bundeswehr im Westen geschafft hat und ganz nebenbei auch noch entzückende Zwillinge groß zieht.

Warum geschieht ihr das, was steckt hinter der Fassade?

Das plötzliche Verschwinden ihres Mannes? Die Kriegstraumen ihrer Familie oder ihre eigenen?

Ist sie zu pragmatisch oder zu sentimental? Ist es zu viel verlangt, sich nach ein klein wenig Glück im Leben zu sehnen?

ISBN-13: 978-1492345008

ISBN-10:1492345008

Wie viele solcher Geschichten könnte man wohl erzählen? Eine Menge, und was wäre damit schon getan?
Man könnte Tausende erzählen, und sie würden keinen Krieg verhindern...
...Es kommt darauf hinaus, oder es endet damit, dass man dabei bleibt, bis man schwerverwundet oder getötet oder verrückt wird und mildernde Umstände bekommt...
...Es hinterlässt jedoch einen Stamm von „ungetöten Personen“, die wissen, wie die Zeche aussieht...

Ernest Hemingway

Leuchtende Tage.

Nicht weinen, weil sie vorüber,

sondern lächeln, weil sie gewesen.

Rabindranâth Tagore

ANDREAS

Er rannte und rannte. Er dachte nichts dabei. Hatte keine Gedanken. Er war eine Maschine, die rannte, weil ihr gesagt worden war, dass sie rennen soll. So wie er überhaupt eine Maschine geworden war, die alles tat, was man ihr auftrug. Alles. Ohne darüber nachzudenken. Wenn man anfing, zu denken, dann fing man vielleicht auch an, zu fühlen, und dann konnte die Maschine nicht mehr funktionieren.

Er spürte seinen Herzschlag, spürte, dass er keinen Schweiß mehr hatte, seine Haut trocken wurde und heiß. Das Gepäck auf seinem Rücken war schwer, die Riemen des Rucksacks schnitten tief in seine Schultern und das Gewehr an seiner Seite drückte in die Rippen. Er spürte den Schmerz nicht. Für die Wunden und Verletzungen, die sie sich regelmäßig zuzogen, hatte es nie eine Betäubung gegeben, wenn sie genäht oder eingerenkt werden mussten und er hatte gelernt, dass Schmerz etwas Relatives ist und der Geist stärker. Sein Geist war auch stärker als jedes andere Gefühl, auch das hatte er gelernt in den Jahren seiner Ausbildung, deren letzte Etappe er jetzt absolvierte. Er fühlte nichts und er dachte nichts. Nichts jedenfalls, dass belanglos war und nicht half, Schritt für Schritt zu tun, was man ihm befohlen hatte.

Seine Aufträge waren alles für ihn. Sie waren sein Leben. Für sie dachte er auch und er tat es umfassend, vorausschauend, entscheidungsstark, in Sekundenbruchteilen und dann handelte er entsprechend. Nie ließ er sich beirren, nie ablenken, nicht täuschen. Er war ein Experte, ein Spezialist, ein

Genie auf seinem Gebiet. Er war für diese Arbeit geboren und darüber hinaus hatte man ihm beigebracht, volle Kontrolle über sich zu erlangen. Tagelang konnte er ohne Schlaf auskommen und hatte die Grenzen, die ihm Körper und Geist früher diktiert hatten, hunderte von Malen weiter nach hinten verschoben, als er es je für möglich gehalten hatte. Es war immer noch weiter gegangen, mehr war möglich geworden, noch mehr hatte er sich abverlangen können und es hatte immer funktioniert. Nie kehrte er ergebnislos zurück. Er hatte immer Erfolg.

Er hatte aufgehört, den Schluck Wasser, den er vor Beginn des Laufes in den Mund hatte nehmen müssen, mit der Zunge hin und her zu bewegen. Es führte ihn in Versuchung, zu schlucken und das durfte er nicht. Am Ende des Laufes würde er das Wasser ausspucken müssen und wenn er das getan hatte, dann war auch dieses, sein letztes Training beendet. Drei Mal hatte er unterwegs den Schluck Wasser in einer Oase austauschen dürfen. Er zog es vor, nicht daran zu denken. Allein das Wort verleitete ihn stark, wirklich zu schlucken. Was bedeuten würde, dass er durchgefallen wäre und das würde niemals geschehen. Eher würde er sterben.

Schon sah er in der Ferne auf einem Hügel die Lehmmauern der Kasbah, der Zitadelle, die sein Ziel war. Seit dem Morgengrauen war er unterwegs und wenn die Abenddämmerung kam, würde er hundert Kilometer Wüste durchquert haben mit einem Schluck Wasser im Mund und dem Gepäck auf dem Rücken, ohne das Wasser hinunter zu schlucken. Er tat es im Dauerlauf, einer ihrer Maximen entsprechend, wenn man etwas tun musste, so konnte man es auch schnell erledigen. Wozu länger brauchen, worauf warten. Würde er langsamer laufen, so wäre er nur länger der grausamen Hitze und Trockenheit ausgesetzt. Also rannte er. Danach würde er auch alles andere, das in seinem Leben auf ihn zukommen würde, ertragen können. Alles.

Seine Kameraden, die neben ihm rannten, ohne dass sie miteinander sprachen, aber denen er geschworen hatte, wie sie alle einander geschworen hatten, bis an ihr Lebensende miteinander verbunden und für einander da zu sein, wussten noch nicht, was er wusste.

Schon morgen würde er sie verlassen und es war ihm nicht gegeben, zu erklären warum und wohin, oder sich auch nur von ihnen zu verabschieden. Er würde nicht bei der Legion bleiben, es war nie sein Ziel gewesen, französischer Söldner zu werden. Für ihn war es nur eine Station in seinem Leben, die er zu absolvieren hatte. Morgen käme der nächste Schritt. Er hatte es gewusst und doch fiel es ihm nun schwer, zu gehen.

Es würde der Verbundenheit mit seinen Kameraden keinen Abbruch tun. Das wusste er ganz sicher, ganz tief innen. Zu viel hatten sie miteinander erlebt, ausgehalten, durchgestanden, als dass sie einander je würden vergessen können. Für immer ab jetzt würde einer für den anderen sein Leben geben. Einige von ihnen hatten das bereits getan und ihre Bilder blieben tief in ihren Herzen. Sehr tief allerdings. So tief verborgen, dass sie ihre Arbeit, ihre Entscheidungsfähigkeit und ihre Kampfkraft nicht beeinträchtigten.

Nein, niemand würde es als Vertrauensbruch missdeuten, wenn er morgen früh verschwunden wäre. Befehle mussten nicht erklärt werden, das hatten sie alle gelernt. Gehorchen war zwingend, in Frage stellen störte. Alles, was sie hatten, waren ihre Fähigkeiten, die sie trainiert hatten und ausgeprägt über alles Maß, das sie je für realistisch gehalten hatten.

Keiner kannte des anderen Namen, der eine oder andere hatte die Anonymität, in die er sich begab, sehr zu schätzen gewusst. Niemand war gefragt worden, woher er kam, warum er sich der Legion anschließen wollte, wovor er davon lief. „Wie sollen wir dich von jetzt an nennen?“ Das war die einzige Frage, die an sie gestellt wurde, als sie sich beworben. Sie wurden beschützt vor Anfragen von suchenden Familien und von Interpol.

Sie wurden ernährt, eingekleidet, beherbergt. Sie hatten nichts behalten dürfen, keine Erinnerungsstücke, keine Kleidung, keine Ausweise. Ihre Haare waren geschoren worden. Sie waren alle gleich. Außer in ihren Fähigkeiten und Stärken. Die jeweils während der Ausbildung deutlicher zuvor traten. Einige erwiesen sich körperlich als zu schwach, andere psychisch. Diejenigen, welche die ersten Wochen überstanden, lernten, ihren Geist zu stärken und zu kontrollieren und mit ihm die Schwächen und Schmerzen des Körpers zu überwinden.

Wer am Ende des Laufes durch die Wüste den Schluck Wasser in der Kasbah ausspucken konnte, der hatte die letzte schwere Prüfung und damit die gesamte Ausbildung bestanden, war ein französischer Fremdenlegionär geworden und würde ab jetzt zu den größten Spezialisten der Welt gehören. Nicht, dass jemand davon je erfahren würde. Zwar würde es am Abend ein großes Besäufnis geben und Huren wären wahrscheinlich auch dabei. Aber schon am nächsten Morgen würde Routine einkehren, soweit es in diesem Job je Routine gab oder was ein normaler Mensch dafür halten würde. Sie würden weiter trainieren, sie würden innerhalb von Minuten ausrücken und Aufträge erledigen. Weltweit.

Außer ihm.

Er würde die Legion verlassen und dahin zurückkehren, woher er gekommen war und dort auf seine Aufträge warten. Er würde nach Deutschland zurück versetzt werden und sein, wozu er ausgebildet worden war und worüber er nie mit jemandem reden würde, geschweige denn es je in ein Tagebuch zu schreiben wie normale Soldaten.

Aber über all das dachte er nicht nach.

Alles, was er tat, war rennen. Weil man ihm gesagt hatte, dass er rennen soll. Und weil es ein Teil des Weges war, der ihm vorgezeichnet zu sein schien, auf den ihn jeder Tag und jede Stunde seines Lebens vorbereitet hatte, seit er in diese Welt kam. Ungewollt und allein. Und allein würde er ihn weiter

gehen, Schritt für Schritt, Tag für Tag, Stunde für Stunde. Nur, dass er nicht mehr ungewollt war. Jemand hatte erkannt, vor langer Zeit, dass er genau das war, was man wollte, brauchen konnte, nur ausbauen musste.
Er erreichte die Kasbah mit seinen Kameraden, sie spuckten das Wasser in die Blechschale, sie hatten bestanden. Dann gingen sie kotzen. Sie wischten sich den Mund ab, nahmen ihr Gepäck wieder auf, dieses Mal füllten sie ihre Wasserflaschen, dann gingen sie zurück in die Wüste, um ihren Kameraden zu holen, der unterwegs zusammengebrochen war und liegen geblieben. Mittlerweile würde er tot sein. Sie würden ihn begraben, wie all die andern. Die meisten hatten sie während der Aufträge verloren, nur wenige in der Ausbildung, wo die Schwachen immerhin so schlau gewesen waren, aufzugeben und dann würden sie saufen und am nächsten Morgen würde er, Andreas, verschwunden sein.
Seine Mutter war sechzehn gewesen, als er geboren wurde. Am Anfang hatte sie nicht gewusst, dass sie schwanger war, so wie sie überhaupt wenig über diese Dinge gewusst hatte. Seine Großmutter war zu konservativ, zu streng, zu verschämt und zu befangen gewesen, um mit ihrer Tochter über Sexualität zu sprechen. Zu beschäftigt war sie auch. Teekränzchen und wohltätige Aufgaben nahmen ihre Zeit in Anspruch, ihre Kinder wurden von Haus- und Kindermädchen betreut. Darum hatte sich das junge Mädchen nicht getraut, ihrer Mutter von ihrer Schwangerschaft zu erzählen und dann war es zu spät gewesen für eine Abtreibung, die ohnehin in diesen Kreisen nicht akzeptabel gewesen wäre. Das junge Mädchen wurde an einen anderen Ort verbracht, zur Kur, so sagte man den Bekannten, in anständige Betreuung und mit medizinischer Versorgung, volle Diskretion zugesichert. Nach der Geburt wurde ihr das Baby weggenommen und nie mehr darüber gesprochen. Immerhin, es war eine anständige Familie gefunden worden, die den Jungen aufnahm. So war allen gedient. Das war das Einzige, das Andreas Großmutter je ihrer Tochter dazu sagte. Ein

Elternpaar, das keine Kinder bekommen könnte, würde sich freuen, nun ein Baby zu haben und gut für das Kind sorgen. Die Tochter könne nun weiter ihrer Ausbildung nachgehen, einen Mann finden, sie könne wieder Kinder haben, später, wenn es akzeptabel sei.

Andreas lernte weder seine Großmutter noch seine Mutter jemals kennen und so wusste er nicht, ob es so kam und er Geschwister hatte oder nicht. Es interessierte ihn auch nicht. Er hatte genug mit seinem eigenen Leben und Überleben zu tun und wurde schon früh ein Spezialist darin. Seine Adoptiveltern kamen bei einem Autounfall ums Leben, er überlebte den Unfall in seinem Kindersitz auf dem Rücksitz und wurde vom System aufgenommen. Eine Pflegefamilie wurde gefunden und so war alles wieder gut. Für das System und auch für seine leibliche Mutter, die von allem nie etwas erfuhr.

Seine Pflegeeltern hatten noch fünf weitere Pflegekinder. Sie taten es des Geldes wegen und weil der Vater keine Arbeit hatte. Die sechs Kinder teilten sich zwei Zimmer mit Stockbetten, die Eltern schliefen im Wohnzimmer auf dem Sofa, nachdem sie die Überreste des Abendessens vom Couchtisch geräumt und die Aschenbecher geleert hatten. Einen großen Teil des Pflegegeldes setzten sie in Alkohol um, nach Arbeit suchten sie schon lange nicht mehr. Der Pflege der Kinder widmeten sie nicht allzu viel Aufmerksamkeit. Die Mutter war der Meinung, wenn sie den Vater davon abhalten könnte, die Kinder allzu viel zu schlagen und vor allem die Mädchen anzufassen, so hätte sie ihren Teil getan. Vor den regelmäßigen Besuchen des Jugendamtes putzte sie die Wohnung und kämmte den Kindern mit nassem Kamm einen Scheitel in die Haare. Der Vater war der Herr im Haus, das war sein Anteil. Darüber hinaus hatte er seiner Frau erlaubt, die Pflegekinder aufzunehmen und ihre Putzstelle aufzugeben. Damit hatte er mehr Entgegenkommen gezeigt, als man erwarten konnte.

Nicht jeder Mann hatte so viel Geschrei und Unruhe im Haus, wo man doch mit Fug und Recht erwarten konnte, ein wenig Frieden zu haben.
Die Kinder hielten zusammen wie Pech und Schwefel. Sie trösteten einander, wenn es Schläge gegeben hatte und Andreas wurde schon früh dafür verantwortlich, dem Vater entgegen zu treten, wenn dieser betrunken war. Er kaufte zwei Riegel für die Kinderzimmertüren und wies die anderen Kinder an, sie zuzuschieben und um keinen Preis aufzumachen, wenn die Situation brenzlig wurde. Er bezahlte mit dem Geld, das er an der Tankstelle verdiente, wo er nach der Schule arbeitete. Den Eltern erzählte er, er sei bei Freunden, gab zu, sich „herumzutreiben", steckte die Prügel dafür ein und hielt sein schwer verdientes Geld geheim. Trotz Schule und Arbeit und Sorge für seine Geschwister war er jeden Morgen joggen gewesen, so lange er denken konnte. Die körperliche Bewegung und Anstrengung und die Monotonie seiner Schritte hatten ihn alles ertragen lassen.
Bis zu jenem Tag. Er war jetzt achtzehn Jahre, groß und stark und an diesem Tag kam er zu spät nach Hause und fand eine seiner Schwestern weinend im Bett zusammengekrümmt. Er strich ihr tröstend über die Haare. „Ich kümmer mich drum. Es ist genug jetzt", sagte er mit unterdrückter Stimme, ging ins Wohnzimmer und versetzte dem Vater einen wohl gezielten Faustschlag, der ihn zu Boden warf und keine Spuren hinterließ. Dann rief er die Polizei, auch wenn sich die Mutter weinend an ihn klammerte und schrie und bat, es nicht zu tun. Die Polizisten kamen, ein Arzt kam, der Vater kam ins Gefängnis, die Schwester ins Krankenhaus, die anderen Kinder in andere Familien. Andreas packte seine Sachen und verschwand. Er sah sich nicht um, als er ging.
Einige Zeit zuvor hatte er einen Musterungsbescheid bekommen. Er hatte ihn zusammengefaltet unter sein Kopfkissen gesteckt, niemanden davon erzählt und nicht darauf reagiert. Jetzt ging er sich melden und konnte

sofort mit dem Wehrdienst beginnen. Vom ersten Tag an fühlte er sich wohl in der Kaserne. Man gab ihm zu essen, lobte ihn wegen seiner sportlichen Fähigkeiten und wenn man ihn anschrie, so machte es ihm nichts aus. Es gab ihm ein beinahe heimeliges Gefühl, denn außer ihn anzuschreien konnten sie ihm nichts tun. Er war in Sicherheit und die Schreierei war er gewohnt. Nach seiner Grundausbildung bewarb er sich als Zeitsoldat, er wurde angenommen und auch seinem Wunsch nach einer Verwendung als Fallschirmjäger wurde entsprochen. Er erfüllte alle Bedingungen, war kerngesund, sportlich, belastbar und draufgängerisch, fürchtete sich vor nichts.

Er liebte das Fallschirmspringen. Die Momente, nachdem der Schirm aufgegangen war und er schwebte, kein Geräusch zu hören war außer dem des Windes, nur Stille und die ganze Welt lag unter ihm und schien ihm zu gehören, schien auf ihn zu warten. Dann kamen die Freifallsprünge und die liebte er noch mehr. Ohne Schirm zu fallen, zu fliegen, mit einer winzigen Bewegung seines kleinen Fingers die Richtung bestimmen zu können, der Kick, wenn er den Schirm in letzter Minute öffnete, dann wieder die Stille, das Schweben, die Welt unter ihm. Das Öffnen in letzter Minute tat er nicht des Kicks wegen, obwohl er ihn liebte und den Adrenalinausstoß in seinem Körper als lieben Freund kennen lernte. Er tat es, weil man ihm sagte, dass man so handeln muss. Er war in eine Fernspäherkompanie versetzt worden, zur Aufklärung hinter den feindlichen Linien und der freie Fall verminderte die Möglichkeit, abgeschossen zu werden, das langsame Schweben am geöffneten, weithin sichtbaren Schirm steigerte sie, was zu vermeiden war.

Er war ein guter Fallschirmjäger geworden, ein guter Fernspäher, er liebte das Springen, den Sport, und er liebte auch seine Waffe und war ein ausgezeichneter Schütze geworden. Den Einzelkämpferlehrgang hatte er mit Bravour abgeschlossen und was die anderen Kameraden an die Grenzen ihrer Leistungsfähigkeit gebracht hatte, war ihm wie ein

Spaziergang in lauer Frühlingsluft erschienen. Man offerierte ihm eine Scharfschützenausbildung, er durchlief sie, aber es genügte nicht. Das lange Liegen in Position machte ihm nichts aus, aber er wollte mehr. Er bewarb sich beim Kommando Spezialkräfte und wurde sofort genommen. Die Ausbildung war hart, aber er liebte jede Minute davon.

Seine Jugend und Kindheit hatte er hinter sich gelassen, kaum je dachte er an seine Pflegegeschwister. An seine Pflegeeltern dachte er nie, an seine leiblichen Eltern schon gar nicht. Er war ein Soldat geworden mit Leib und Seele, mit Haut und Haaren, die Armee war seine Familie geworden. Auch wenn er nie sehr enge persönliche Freundschaften schloss, seinen Kameraden war er treu ergeben und sie ihm, sie waren einander näher, als er je einem Menschen zuvor gewesen war.

Dann war die Ausbildung beendet, sie wurden in Teams eingeteilt und wenn er je den Wunsch nach einer Familie gehabt hätte, so brauchte er dies nun gar nicht mehr. Sie wurden in alle Krisengebiete und Kriege dieser Welt geschickt. Ihre Aufgaben waren herausfordernd, sie sahen Schlimmes, taten noch Schlimmeres. Sie taten alles auf Befehl und sie hielten fest zusammen, knüpften Bande, die ein Leben lang halten würden.

Sie lagen in ihren Unterschlupfen hinter den feindlichen Linien und beobachteten die befohlenen Objekte, warteten und beobachteten und warteten, bis sie herausgefunden hatten, was herauszufinden man ihnen aufgetragen hatte. Sie redeten wenig, jedes Geräusch konnte sie verraten. Wenn es sein musste, lagen sie dort tagelang. Sie aßen in ihren Löchern und verrichteten ihre Notdurft in ihren Verstecken. Hin und wieder drehte sich einer der Kameraden auf die Seite und wichste. Auch das taten sie leise und weitgehend ohne Geräusch. Auf dem Rückzug taten sie alles, um keinen Kameraden zurückzulassen und, wenn es sein musste, so hinterließen sie ihm genug Morphium, damit er nicht leiden müsse. Die kleine blaue Kapsel für den Fall der Fälle trugen sie ohnehin jeder an einer Schnur um den Hals.

Die meisten von ihnen würden sie schlucken wenn es soweit sein sollte, nicht, um der Folter zu entgehen, das konnte man nicht, das wussten sie, nach einer Weile wurde jeder schwach. Sie würden es tun, damit der Auftragserfüllung nichts im Wege stehe. Andreas würde keine Sekunde zögern.

Mit den ersten amerikanischen Spezialagenten betraten sie afghanischen Boden, am 13. September 2001, zwei Tage nach dem Anschlag auf die Twintowers und nie bekam irgendeine Öffentlichkeit irgendeines Landes davon Wind. Sie hatten einen Spezialauftrag, ungefähr fünfzig Kilometer von Kabul entfernt in der Wüste. Etwas ging schief und die Hälfte seiner Kameraden ging dabei drauf. Die anderen wurden sofort abgelöst, nach Deutschland zurück geschickt. Andreas hatte das nicht gewollt. Wenn er sich große Emotionen hätte erlauben dürfen, so hätte man sagen können, er kochte vor Wut. Aber das tat er nicht. Es war eine Devise des Kommandos Spezialkräfte, nur in festen Teams zu arbeiten. Sie wurden von intakten Teams abgelöst, kehrten nach Hause zurück, würden neue Teams bilden, dann wieder los ziehen. Andreas hatte bleiben wollen, Vergeltung, Rache üben. Man hatte ihn nicht gelassen und so war er offen für das Angebot, das er im Vertrauen, hinter verschlossenen Türen unter vier Augen erhielt.

Er nahm das Angebot an und erhielt weitere Spezialausbildungen, deren Abschluss die Etappe bei der Französischen Fremdenlegion war. Ab dann arbeitete er allein, auf höchsten Befehl. Er flog nach Afghanistan, allein. Er tötete den Menschen, den man ihm avisiert hatte, kehrte zurück, wurde belobt, wieder hinter verschlossenen Türen, unter vier Augen. Eine Geldgratifikation gab es auch. Er wusste, hätte er versagt, so hätte man ihn nicht mehr gekannt. „Ab jetzt sind Sie auf sich allein gestellt." So hatte man ihm vor dem Abflug gesagt. „Wenn sie nicht erfolgreich sind, so werden wir alles abstreiten." Er hatte akzeptiert. Er hatte nichts zu verlieren in seinem Leben, hatte nie etwas besessen, das sich zu verlieren lohnte. Sein Name hatte keine Bedeutung mehr, er besaß ein Dutzend Pässe, sein Dienstgrad änderte sich ständig. Offiziell wurde er zu einer Fernspähereinheit am Bodensee beordert. Den Kameraden dort nahm man ein Schweigegelübde ab. Man erzählte ihnen, er sei ein Spezialagent, der gelegentlich andere Aufträge bekäme. Was der Wahrheit entsprach und ihnen nichts Neues war. Schon zuvor hatte ihre Einheit als Unterschlupf und Deckung für andere Spezialagenten gedient. Was aus ihnen geworden war, wussten sie nicht.

Sie fragten nicht viel, so hatte man es ihnen beigebracht und Andreas sprach nicht viel. So wie er es nie getan hatte. Wenn er in Deutschland war, so trieb er Sport mit ihnen, sprang Fallschirm mit ihnen, nahm an ihren Übungen teil und auch an ihren Auslandseinsätzen. Hin und wieder verschwand er und kehrte nach Wochen oder Tagen zurück. Wo er gewesen war, sagte er nie und sie akzeptierten es. War er doch ansonsten ein umgänglicher und freundlicher Kamerad, mit dem man durch dick und dünn gehen konnte und der sich nie einer Feier oder einem Besäufnis verweigerte.

Dann, eines Tages, während einer seiner Abwesenheiten, erhielten sie Nachricht von ihm. Er liege im Bundeswehrkrankenhaus in Ulm, sie möchten ihm Sachen schicken. Sie taten es und sie besuchten ihn auch. Hinterher lachten sie. Sie hatten ihren Andreas kaum wieder erkannt. Die Verwundungen heilten gut, er war freundlich und fröhlich wie immer, aber weich war er geworden, so sagten sie lachend. Sie hatten genau bemerkt, wie er einer der Krankenschwestern hinterher gestarrt hatte, abgelenkt war, Blödsinn geredet hatte. Rot war er geworden, wenn sie das Zimmer betrat. Sie hatten ihn gehänselt und aufgezogen, nachdem er in die Einheit zurückgekehrt war. Andreas hatte das nicht gestört. „Ich habe mich verliebt“, sagte er eines Abends staunend, als sie in Bierlaune abends im Kasino saßen. „Ich habe mich verliebt, ehrlich!“ Dann war er abrupt aufgestanden und hatte das Kasino verlassen.

Von diesem Tag an war er verändert. Kameradschaftlich wie immer, aber weicher und verständnisvoller und zurückgezogener. Er saß noch immer des Abends mit ihnen im Kasino, aber er trank nicht mehr und war noch schweigsamer als sonst. Er erhielt viel Post, das war neu, bisher hatte er nie Post erhalten. Dann nahm er Urlaub und das nächste, was sie von ihm hörten, war eine Einladung zur Hochzeit. Sei fuhren hin und feierten mit im. Sein bester Kamerad war sein Trauzeuge, er ersteigerte die silbernen Schuhe der Braut. Kristina hieß sie und sie schlossen sie allesamt in ihr Herz an diesem Abend. Andreas hänselten sie hinfort nicht mehr, sondern wünschten ihm, dass es andauern würde, sein Glück.

Viel Hoffnung hatten sie dabei nicht.

Andreas fuhr, seitdem er verheiratet war, so oft er konnte, am Wochenende nach Hause. Er verbrachte viel Zeit damit, Anträge zu schreiben und im Ministerium vorzusprechen. Um was es dabei genau ging, wussten die Kameraden nicht, aber sie vermuteten, er wolle versetzt werden. Etwas, das die meisten von ihnen früher oder später tun würden, so wie die Kameraden der KSK es auch taten, zu denen einige von ihnen gewechselt hatten. Jobs wie diese kann man nicht bis an sein Lebensende verrichten und es war ihr angestammtes Recht, sich irgendwann eine Bürotätigkeit aussuchen zu dürfen. Nur, Andreas war zu jung dafür, das wieder wussten sie. Er hatte alle möglichen Spezialausbildungen erhalten, selbst von einer Ausbildung bei der französischen Fremdenlegion war die Rede. Die Dienstgrade, die er jeweils annahm, reichten über alle Dienstgradgruppen, dass man ihn einfach gehen lassen würde und das ganze Geld für seine Ausbildungen zum Teufel war, das würde nie geschehen. Außerdem, was, wenn er eines Tages redete?

An seinen besten Freund richtete er eines Abends eine Bitte. „Ich muss weg, nur kurz, aber doch immerhin und du musst etwas für mich erledigen." Sein Freund wusste als einer von wenigen von der

Schwangerschaft Kristinas und auch, dass die Geburt kurz bevorstand. „Scheiße. Muss das sein?" Er fragte wider besseres Wissen und erwartete keine Antwort. „Ok. Was soll ich tun?" Andreas erklärte es ihm. Der Freund hörte zu, wurde unruhig. „Mensch, bist du bescheuert? Das geht doch nicht. Das kann ich doch nicht machen." „Und warum nicht? Für wen habe ich mich nicht schon alles ausgegeben und das auf allerhöchsten Befehl?" Der Freund wurde nachdenklich. Dann er legte Andreas eine Hand auf die Schulter. „Ok, ich werde es tun, wenn es notwendig ist. Aber vielleicht bist du ja rechtzeitig zurück." „Ja vielleicht. Hoffentlich." Sie sprachen nicht weiter darüber, der Freund stellte keine Fragen mehr, das hatte er nie getan und würde jetzt nicht damit anfangen.

Wieder eine Wüste dieser Welt, eine andere als damals in der Sahara, als er seine Prüfung als Fremdenlegionär ablegte. Auch eine andere als die damals in Afghanistan, in der er seine Kameraden verlor. In der Dunkelheit der Nacht lag er in seinem Versteck und wartete. Es war Neumond, aber die Sterne leuchteten am Himmel wie eine Stickerei aus Diamanten und hätten ihn zum Träumen verleiten können, wenn er dafür Kapazitäten gehabt hätte. Er hatte die Sterne wahrgenommen, so wie er jedes andere Detail seiner Umgebung wahrnahm. Konzentriert sah er durch sein Nachtsichtgerät. Es war sein letzter Auftrag. Er würde ihn ausführen, wie alle anderen davor, zuverlässig, präzise, brillant. Danach, so hatte man ihm nach hartnäckigen Verhandlungen versprochen, dürfte er in ein neues Leben gehen und er würde nicht zurücksehen. Das hatte er nie getan. Auch wenn es dieses Mal etwas anderes war.

Kristina war alles, was er nie gekannt hatte in seinem Leben und irgendwie war es geschehen, dass er angefangen hatte, zu glauben, auch er habe es verdient, ein Leben zu haben, dass es wert ist, gelebt zu werden und nicht nur überlebt.

Warm war sie und weich. Aber auch zäh und kämpferisch. Sie hatte nicht zugelassen, dass er starb, damals, im Krankenhaus, auch wenn es ihm selbst eigentlich egal gewesen war. Dann war es ihm wieder wichtig geworden, zu leben. Zunächst hatte er sich nicht gestattet, seinen Gefühlen nachzugeben. Nie hatte er gelernt, mit Nähe, Wärme, gar Liebe umzugehen. Außerdem würde sein Leben mit ihrem nicht kompatibel sein. Sogar gefährlich konnte es für sie werden.

Man könnte ihn leichter zum reden bringen, erpressbar würde er sein, wenn man ihn damit bedrohte, Kristina etwas anzutun.

Lange Zeit wagte er es nicht. Andererseits war nichts wagen nichts, was je Anteil an seinem Leben gehabt hätte. So schrieb er ihr und ab da funktionierte es. Zum ersten Mal in seinem Leben war Andreas außerhalb seiner Arbeit glücklich.

Jetzt wollte er genauso konsequent, wie er immer gewesen war, genauso mit Haut und Haaren diesem neuen Bereich seines Lebens Rechnung tragen. Er wollte eine Familie haben und seine Frau und seine Kinder sollten sich auf ihn verlassen können und nicht um ihn in Sorge sein müssen. Er dachte sogar darüber nach, seine Pflegegeschwister zu suchen und nachzusehen, ob es ihnen gut ginge.

Am Ende hatten sie seiner Beharrlichkeit nachgegeben, hatten sich davon überzeugen lassen, dass er nun ein Sicherheitsrisiko geworden war, seine Gedanken nicht mehr ausschließlich auf den Auftrag gerichtet waren.

Ein einziger Auftrag nur, ein Schuss noch, dann wäre es vorbei. Dann könnte er heimkehren und ein neues, anderes, besseres Leben haben.

Die Explosion erschütterte die Wüste. Die Wüstentiere, die in dieser Nacht auf der Jagd waren, hatten keine Zeit mehr, sich in ihre Schlupflöcher zurückzuziehen. Für einen Moment wurde es taghell, dann blutrot. Dann wieder Stille und Dunkelheit und das Licht der Sterne.

KRISTINA

1

Ich sitze in meinem dunklen Wohnzimmer und starre aus dem Fenster in das Grau hinaus. Es ist erst Vormittag, aber dunkel, ein trüber, trauriger Herbsttag und es regnet, die ganzen letzten Tage schon, nicht laute und prasselnde Schauer und dazwischen auch mal Pausen, nein, dauernd und unablässig. Der Regen ist leise und weich, fast könnte man ihn sanft nennen, wenn er nicht so grausam wäre in seiner Beharrlichkeit, nicht aufhören zu wollen. Erbarmungslos ertränkt er alles Licht und alle Helligkeit und der Himmel ist grau in grau, so grau wie der Garten vor dem Fenster und die Wiesen und Felder dahinter, alles um mich herum und alles in mir.

Das Bild an der Wand starrt vorwurfsvoll auf mich herunter. Ich habe es selbst gemalt, in Öl, und es zeigt bunte und warme Farben, einen strahlend azurblauen Himmel, ein hellgrün türkisfarbenes Meer und eine leuchtende weiße Sonne. Die Sonne ist nämlich gar nicht gelb, sie ist das hellste Licht, das wir haben und die hellste aller Farben ist weiß. Das habe ich gelernt.

Ja, ich habe angefangen zu malen. Auch wenn ich immer dachte, ich kann das nicht. Ich habe damit angefangen, als ich gemerkt habe, die Verbindung von Farben zu Gefühl ist abgerissen und das strahlende Blau des Himmels ruft nicht mehr automatisch die Erinnerung an Urlaub und Meer und Strand hervor, so wie früher, und das orangerosa Leuchten des

Abendhimmels an einem klaren Tag erinnert nicht mehr an die Schmetterlinge im Bauch der ersten Verliebtheit.

Als ich alles das bemerkt habe und dass all die bunten Farben sich für mich immer nur grau anfühlen, da habe ich angefangen zu malen.

Es war, als ob die böse Fee an meiner Wiege gesagt hatte: „Sie soll ab ihrem vierzigsten Geburtstag alles nur noch grau in grau sehen, selbst die Spiegel in ihrer Umgebung sollen alles grau in grau spiegeln. Alle Farben, alles Bunte und Leuchtende soll ab diesem Tag aus ihrem Leben verschwinden."

Genau so war es geschehen. Nicht genau an meinem vierzigsten Geburtstag, aber in dem Jahr, in dem ich vierzig wurde, verschwanden die Farben, alles Leuchtende und alles Bunte aus meinem Leben.

Nicht, dass es wirklich verschwunden wäre, das weiß ich schon. Natürlich ist alles noch genau so da wie immer, jedenfalls beinahe. Meine Kinder sind da, meine Freunde, meine Arbeit und mein Garten und natürlich sind alle die Farben noch da und ich bin auch nicht erblindet oder habe sonst irgendeine scheußliche Augenkrankheit.

Es ist nur, dass ich nichts mehr fühle bei dem Anblick der Farben oder dem Duft meiner Rosen.

Früher lösten diese Reize Gefühle aus, Erinnerungen, Träumereien und Phantasien. Heute passiert einfach nichts mehr, überhaupt nichts. Ich sehe und warte auf die bekannte Reaktion, aber da kommt nichts.

Wenn man auf den Lichtschalter drückt, ist man gewohnt, dass das Licht angeht. Bei mir hingegen betätige ich den Schalter und nichts passiert. Als ob kein Strom da ist, abgestellt, Rechnung nicht bezahlt. Aber das ist es ja nicht. Ich schlafe, esse, arbeite, spiele mit den Kindern und natürlich bezahle ich meine Rechnungen. Also muss da Strom sein, aber er wird nicht weitergeleitet, nicht dahin übertragen, wohin er sollte und so wie er es früher tat. Irgendwo ist eine Störung im System.

Ich bin Krankenschwester von Beruf und so weiß ich, dass die elektrischen Impulse am Herzen in einem Reizleitungssystem, einem Bündel von Nervenfasern, weitergeleitet werden und Krankheiten am Herzen oft auf Störungen und Blockierungen in diesem System zurückzuführen sind.
Auf eine Übertragungsstörung, wie sie auch bei mir vorzuliegen scheint.
Es kommt mir in den Sinn, dass es kein Zufall ist, dass ich bei der Beschreibung der Grautöne in meinem Leben auf mein Herz zu sprechen komme.
Weiter kann ich an diesem Punkt jedoch nicht denken. Beinahe überrascht stelle ich fest, dass es zu sehr schmerzt und dafür habe ich keine Zeit.
Ich male und benutze die Farben und versuche, sie zu zwingen, in mein Inneres zu leuchten, aber das tun sie nicht.
Meine Augen sehen die Farben, die Pinsel nehmen sie auf und verteilen sie auf der Leinwand, ich mische sie, verwische sie, akzentuiere sie mit zarten Strichen, ich bringe sie zum Leuchten, sehe den Glanz, aber fühlen, das kann ich sie nicht.
Freunde können es, sie bewundern meine Bilder und sprechen von den Farben und dem Licht, und wie ich damit spiele und sie freuen sich darüber, aber ich, ich kann es nicht.
Ich habe die Farben weggepackt, die Staffelei in den Keller gestellt, aber es ließ mir keine Ruhe. Ich holte alles wieder hervor, versuchte es erneut. Ein gelbes Weizenfeld mit roten Mohnblumen, die sich zart im Wind verneigen, so wie ich sie von früher in Erinnerung hatte. Der Geruch des Sommers, der mit dieser Erinnerung verbunden sein sollte, stellte sich nicht ein.
Ich hielt das Bild vor den großen Spiegel im Badezimmer und sah hinein.
Wie die böse Fee gesagt hatte, zeigte er graue Blumen vor einem grauen Himmel.
Da nahm ich die Farbe und malte die roten Blumen direkt auf den Spiegel.

Sie wollten trotzdem nicht leuchten für mich, sie blieben stumm, den Sommer verkündeten sie mir nicht.

Als die Kinder von der Schule nach Hause kamen und sagten: „Mama, der Spiegel sieht aber schön aus!“ freute ich mich nicht, sondern schämte mich. Was sollten sie von mir denken? Ihre Mama bemalte Spiegel, wenn sie nicht zu Hause waren.

Ich ging mit ihnen in den Garten, hinaus in die Sonne, die Wärme, das Licht. Auch wenn ich es nicht fühlen konnte, sie sollten es nicht missen.

Das war letzte Woche.

Heute mache ich mich endlich daran, meine Hausaufgabe für den ersten Therapieblock, der nächste Woche beginnt, zu erledigen.

Ich habe das morgendliche Ritual hinter mir, habe die Schulbrote gemacht, die Kinder zum Bus gefahren, eine Tasse Kaffee getrunken, eine Zigarette geraucht.

Es hat mir keine Freude gemacht, wie Weniges in diesen Monaten mir Freude bereitet.

Jetzt starre ich auf die weißen Seiten vor mir und weiß nichts damit anzufangen.

Die Psychiaterin, die ich noch nicht persönlich kenne, die nur mit mir telefonierte, hat mir gesagt, ich soll bitte einen Lebenslauf schreiben, in Romanform, keine Tabelle, und ihn mitbringen zu unserem ersten Treffen. Sollte irgendetwas sein in dieser Zeit, könne ich sie anrufen.

Ich weiß, ich werde von ihrem Angebot keinen Gebrauch machen.

Es macht mir nichts aus, zu warten. Ich bin es gewohnt, zu warten und ich brauche die Therapeutin nicht als Krücke.

Einige meiner Bekannten, die auch in Therapie sind, drehen fast durch, wenn der Therapeut in Urlaub ist und sie nicht jede Woche hingehen können. Ich konnte das von Anfang an nicht. Als die Bundeswehr aufhörte, zu bezahlen, konnte ich es mir nicht mehr jede Woche leisten. Sechzig Euro kostete eine Sitzung, das sparte ich am Essen ein und jede Woche nur Quark und Kartoffeln für die Kinder, damit Mama zur Therapie gehen kann, das geht doch nicht. Jede zweite oder dritte Woche eine Sitzung, das ging und ich kaufte kein Gefriergemüse mehr ein, sondern holte am Ende des Wochenmarktes das leicht verwelkte, das keiner gekauft hat, zum Sonderpreis und schälte es, schnippelte es klein, kochte es und fror es ein. Den Rest sparte ich an Zigaretten, Wein und teuren Tampons, rauchte weniger, verzichtete auf den Wein, trank Tee und kaufte Alditampons, die sind fast genauso gut. Letztes Jahr war das. Irgendwann habe ich dann aufgehört mit den Therapiesitzungen. Weil es sowieso nichts gebracht hat.

Jetzt bin ich zu Hause, weil ich noch krank geschrieben bin. Ich war im Krankenhaus nach meinem Unfall und das hat alles verändert.

Schreiben soll ich, hat sie gesagt, die Psychiaterin.

Einen Lebenslauf, aber einen ausführlichen, eher die Geschichte meines Lebens. Meines Lebens, das in der DDR begann, mich in den Westen Deutschlands und erstaunlicherweise nach Afghanistan führte.

Ja Afghanistan. Wunderschön und grausam zugleich und obwohl ich aus dem Erdkunde-Unterricht in der Schule wusste, wo es war, hatte ich nie damit gerechnet, es einmal selber sehen zu dürfen und ich konnte auch nicht wissen, als es begann, wie es sein würde.

Ich habe mir ein Schulheft gekauft, ein DinA4-Heft mit Karos und einem roten Umschlag. Es ist ein dünnes Heft, ich glaube nicht, dass ich viel zu schreiben habe.

Es ist eine neue Therapeutin, und ich muss sie auch nicht mehr selbst bezahlen, meine Großtante Lene tut das für mich. Aber auch bei den vorherigen Therapeuten habe ich alles getan, was sie sagten. Ich habe alle ihre Ratschläge befolgt. Auch wenn es nichts geholfen hat und alle Farben

sich für mich noch immer grau anfühlen, es ist kein Leben und ich will eines haben.
Nicht mal so sehr für mich. Eigentlich eher für meine Kinder. Sie tun mir leid, dass sie eine Mutter haben, die sich nicht so mit ihnen über alles freuen kann, wie es eine Mutter tun sollte.
Also mache ich, was sie sagen, die Ärzte und Therapeuten. Seit zwei Jahren, seitdem die Farben aus meinem Leben verschwunden sind und mich der Truppenarzt zu meiner ersten Therapeutin überwiesen hat, mache ich alles, was sie sagen.
Ich habe mich in die psychiatrische Abteilung des Bundeswehrkrankenhauses in Hamburg einweisen lassen.
Die Zwillinge habe ich solange zu meinen Eltern nach Niederdorla gebracht. Wir haben es extra auf die Ferien gelegt, aber ich war trotzdem die ganze Zeit über beunruhigt. Meine Eltern sind jetzt schon fast siebzig und die Jungs lebhaft.
Aber ich habe es getan, weil alle sagten, es könne helfen.
Ich habe das Ringelpitz-mit-Anfassen mitgemacht, ich weiß nicht mehr, wie sie es nannten. Es war eine Gruppentherapie und wir mussten uns dauernd die Hand geben und uns gegenseitig streicheln und uns sagen, wie gut das tut.
Es tat aber nicht gut, sondern ich fand es einigermaßen eklig. Ich mochte niemanden aus der Gruppe. Nicht den älteren Glatzkopf mit dem lüsternen Blick, nicht den schüchternen zarten jungen Mann mit dem Überbiss und den dunkel gelockten Haaren, dessen Polyesterhemden immer nach Schweiß rochen, nicht die Studentin mit den rot gefärbten Haaren und den abgekauten Fingernägeln. Ich mochte sie nicht und ich mochte sie nicht anfassen. Aber ich tat es.

Ich machte die Wir-gehen-in-den-Wald-und-schreien-die-Bäume-an-bis-alle-Wut-weg-ist-Therapie und ich machte die schnelle-Augen-Bewegungen-Therapie mit Schenkelklopfen.

Ich machte brav und geduldig alles, was sie sagten, aber entweder war ich nicht schlau genug für Therapien oder es half nicht, weil ich erwartete, dass es das nicht tun würde, weil ich nicht daran glaubte, dass es helfen würde.

Ich weiß es nicht und ich weiß auch nicht, warum ich nicht daran glaube oder was ich tun kann, damit ich es glaube.

Alles was ich weiß, ist dass ich nicht weiß, was mit mir passiert ist und warum. Und dass es meine Eltern nicht wissen und Fremde mir sagen, was mir ihrer Meinung nach helfen wird.

Da mir nichts Besseres einfällt, probiere ich es eben. Ich bin es meinen Kindern schuldig und meiner Großtante Lene.

Jetzt habe ich eine neue Therapeutin, diese Psychiaterin, und sie hat als Erstes von mir einen Lebenslauf verlangt.

Die Sitzungen mit ihr werden meine letzte Anstrengung sein in dieser Richtung, das habe ich mir vorgenommen.

Danach werde ich es aufgeben und mit der grauen Farbe leben, mein Geld und meine Zeit sparen. Großtante Lenchen hin oder her.

Ich spitze den Bleistift und schlage das Heft auf.

2

Diese erste leere weißkarierte Seite meines roten Schulheftes starrt mich seit einer Stunde und vier Zigaretten vorwurfsvoll an. Ja, vier Zigaretten. Ich weiß, dass ich sparen wollte und überhaupt wollte ich nicht mehr so viel rauchen, aber mir fällt einfach nichts ein.

Ich weiß nicht, wie man so etwas anfängt, einen ausführlichen Lebenslauf in Romanform zu schreiben, wie es die Psychiaterin von mir erwartet. Ich habe nur einmal einen Lebenslauf erstellen müssen, damals, als ich mich bei der Bundeswehr beworben habe, und da hat mir der Onkel unserer Nachbarin geholfen, das heißt eigentlich hat er ihn geschrieben. Es war eine Tabelle und es stand nicht viel darin.

Kristina Richter

geboren am 8. März 1967 in Niederdorla, Thüringen

1983 Abschluss der Polytechnischen Oberschule Züssow

1986 Krankenschwesternexamen in Dessau

1986 bis 1990 Krankenschwester im Bezirkskrankenhaus Dessau

Danach ein Jahr arbeitslos, das liest sich nicht gut im Lebenslauf, auch wenn es bei uns in den neuen Bundesländern an der Tagesordnung war, aber es war der Grund, warum ich zur Bundeswehr gegangen bin. Damit der Lebenslauf weitergehen konnte und ich daheim raus kam.

Ich musste dann bis heute keinen mehr schreiben, aber wenn es der Therapeutin genügen würde, dass ich die Tabelle weiterführe, dann müsste ich fünf weitere Zeilen einfügen.

1991 Eintritt in die Bundeswehr als Zeitsoldat, Krankenschwester im Rang eines Unteroffiziers
1993 Übernahme in die Laufbahn eines Berufssoldaten, heutiger Dienstgrad Hauptfeldwebel
1993 bis 1995 Ausbildung zur Intensivkrankenschwester im Bundeswehrkrankenhaus in Ulm
2004 bis 2007 sechs Auslandseinsätze, 543 Einsatztage im erweiterten Aufgabenspektrum der Bundeswehr in Afghanistan
2002 bis heute stationiert im Sanitätskommando III, Sachsen-Anhalt-Kaserne Weißenfels

So heißt das, so nennt man das wirklich. Erweitertes Aufgabenspektrum. Wer hat sich das ausgedacht? Sicher jemand, der noch nie da war. Denn dort in Afghanistan geht es um Krieg, und hier wird er verkleidet hinter einer Menge Worten, die kein Mensch versteht und ich habe es abgeschrieben von meiner letzten Beurteilung.
543 Einsatztage, das reicht übrigens für die silberne Einsatzmedaille der Bundeswehr, die neben mir in der Vitrine neben den kleinen Kristallfiguren, die ich früher so leidenschaftlich gesammelt habe, auf ihrem blauen Samtkissen liegt. Sie scheint mich anzustarren und ich starre zurück und sie sagt mir überhaupt nichts. Ein kleines Stück Blech auf einem kleinen Stück blauen Stoffs und soll doch so bedeutungsträchtig sein. Mir sagt sie nichts und ich glaube, sie bedeutet mir auch nichts. Aber das sollte sie doch. Darum habe ich sie doch bekommen, oder nicht? Sollten Medaillen nicht

denen etwas bedeuten, die sie kriegen und nicht denen, die sie austeilen? Oder bedeuten sie denen auch nichts? Wo ist dann der Sinn?
Ich schweife ab und muss mich doch auf meine Aufgabe konzentrieren. Den Lebenslauf, der mir so schwer fällt.
Die Tabelle hat sich übrigens auch im Kopfteil, den persönlichen Angaben, geändert.

Name: Kristina Richter-Schmitz
1996 Heirat mit Andreas Schmitz, Soldat
2002 Geburt der Zwillinge Peter und Paul

Ja, Peter und Paul. Es war der Wille meines Mannes und ich konnte nichts dagegen tun. Während ich noch im Krankenhaus lag, ging er auf das Standesamt und ließ es so eintragen. Er fand die Namen witzig. Peter heißt mein Vater und seiner heißt Paul. Mein Mann fand es wie gesagt komisch und ließ sich nicht davon abbringen. Anfangs war es mir auch fast egal, ich war so froh, dass ich es überstanden hatte und die beiden waren so süß und so goldig, es schien nicht so eine große Rolle zu spielen, das sie solch altmodische Namen hatten und dass er mich ausgetrickst hatte.
Jetzt ist er sowieso weg und ich bin allein mit Peter und Paul und wir müssen sehen, wie wir klar kommen.
Wie man das allerdings in einen Lebenslauf einfügt, ist mir vollkommen schleierhaft.

Verlassen worden vom Ehemann.
Ich weiß nicht, warum.
Ich weiß nicht einmal, wo er ist.

Schreibt man das so?

Interessiert das die Leute, für die man den Lebenslauf schreibt?
Immerhin sind wir nicht geschieden, wie auch, wo er so einfach sang- und klanglos verschwunden ist. Für eine Scheidung muss man anwesend sein, genau wie für eine Hochzeit.
Bei der Hochzeit war er ja auch anwesend und auch bei der Zeugung der Babys. Bei der Geburt war er nicht dabei, aber zum Standesamt, da ist er hingegangen und hat die beiden Namen eintragen lassen, Peter und Paul.
Ich wusste es nicht einmal. Erst, als die Schwester kam und zwei kleine blaue Kärtchen an das durchsichtige Babybettchen klebte, in dem die beiden aneinandergekuschelt selig schliefen, da merkte ich es. Ich sagte zu ihr: „Soll das ein Witz sein, so heißen die beiden nicht!"
Sie starrte mich an und sagte: „Ihr Mann war doch eben hier und hat die Geburtsurkunden vorgezeigt. War er denn nicht bei Ihnen?"
Und suchend sah sie sich um, als hätte er sich irgendwo unter dem Bett versteckt.
„Ist er denn nicht hier, wo ist er denn hin?
Und als sie meine zunehmende Verwirrung bemerkte und die aufsteigenden Tränen in meinen Augen, riss sie sich zusammen und sagte: „Er kommt bestimmt gleich, er kann ja nicht weit weg sein, vielleicht ist er noch zum Kiosk und kauft etwas Saft für Sie oder eine Zeitschrift."
Dann verließ sie schnell und offensichtlich froh, davonzukommen, den Raum.
Später brachte sie mir fürsorglich und mitleidig eine Tasse Tee. Ich wollte ihn nicht und kippte ihn ins Waschbecken, als sie den Raum verlassen hatte. Ich fühlte mich zu schwach, ihn ihr hinterher zu werfen, wie ich es gerne getan hätte und sie konnte ja auch nichts dafür.
Mein Mann erschien nicht, er besuchte mich und die Zwillinge überhaupt nicht im Krankenhaus und als wir heimkamen, war er weg und ich saß da, mit Peter und Paul. Ändern konnte ich die Namen nicht mehr. Später, als er

schon so lange weg war, dass es klar war, dass er nicht zurückkommen würde, versuchte ich es.
Aber der Standesbeamte lachte nur und sagte, das passiere oft, dass die frisch gebackenen Väter den Krankenhausaufenthalt ihrer Frau ausnutzen, um dem Stammhalter den gewünschten Namen zu verpassen.
„Für Männer ist es wichtiger, wie die Söhne heißen", erklärte er mir. „Immerhin sind sie es, die dafür sorgen, dass die Familie nicht ausstirbt."
Ich verzichtete auf eine Auseinandersetzung mit diesem hirnverbrannten Macho und ging heim zu Peter und Paul. Mussten wir uns eben damit abfinden.
Tobias und Thorsten, so hatte ich meine Babys nennen wollen, einfach, weil es mir gut gefiel und weil ich dachte, jeder Mensch hat das Recht auf seinen eigenen Namen und soll nicht schon den Anfang seines Lebens mit dem Ballast eines anderen beginnen. So hatte ich argumentiert, als wir während meiner Schwangerschaft alle diese Namensbücher lasen und darüber diskutiert hatten. Peter und Paul. Das war doch nicht zeitgemäß, man würde die beiden in der Schule hänseln.
„Das ist doch nur hier bei uns im Osten so", hatte mein Mann gesagt. „Hier, wo man den Kindern im verzweifelten Versuch, sich der westlichen Welt anzupassen, amerikanisierte und frankophile Namen gibt und sie noch falsch buchstabiert und abkürzt. So wie Meik, Ronny, Tommi, oder Jacqueline, was kein Mensch schreiben kann oder Mandy und Cindy. Wenn sie mal in den Westen gehen, fallen sie weniger auf."
Cindy, das spricht man bei uns Zindi mit Z am Anfang und ich fand, dass er vielleicht doch gar nicht mal so Unrecht hatte. Ich war froh gewesen, dass meine Eltern mir einen deutschen Namen gegeben hatten, auch wenn das vielleicht das Einzige war, von dem ich froh war, das sie es getan hatten. Bei der Bundeswehr war ich damit nicht gleich als Ossi aufgefallen und ich hatte mir auch große Mühe gegeben, meinen Akzent abzulegen.

Ich war mit dem Gedanken aufgewachsen, dass es erstrebenswert ist, in den Westen zu gehen und dass ich es irgendwann einmal tun würde.
Von klein auf hatte ich meine Oma immer wieder sagen hören: „Wärn mer mal mim Lenchen mit rübergemacht, dann wärn mer jezze och im Westen!“
Lenchen, das war ihre Schwester, meine Großtante aus Breslau.
”Rübergemacht”, das war unser Ausdruck für das, was so viele taten. In den Westen gehen. Und sie taten es, bis die Mauer gebaut, der Stacheldraht gezogen und wir eingesperrt worden waren. Die letzten erklommen noch die Mauer und stürzten sich hinunter, brachen sich die Beine. Das war, als die Wachtposten noch nicht sicher waren, ob sie schießen sollten oder nicht.
Großtante Lene war 1945, als Breslau zur Festung erklärt worden war, von daheim vertrieben worden und in den Westen geflohen..

3

1945. In Deutschland ging es hoch her. Nicht nur die Hände mussten regelmäßig in die Höhe gereckt werden zum Hitlergruß, auch die Emotionen schlugen hoch, das allerdings nicht öffentlich. Die Menschen hassten den Krieg, ihr Leben war schlecht geworden, gezeichnet von Kummer und Trauer, von Verzweiflung, Hoffnungslosigkeit, Verbitterung, Armut, aber vor allem von Angst.

Helene, wie Tante Lenchens Taufname war, nur dass sie kaum jemand so nannte, hatte nicht gerade das zweite Gesicht. Aber gesunden Menschenverstand, davon eine Menge und außerdem war sie nicht blind und bekam mit, was in der Welt geschah.

Nichts fürchtete sie mehr als die Russen. Ein barbarisches Volk, wie jeder wusste und sie würden kommen und grausige Dinge tun.

Wenn sie das älteste ihrer sieben Kinder davor schützen könnte, so würde sie keine Minute zögern. Der Dorfschullehrer sah die Dinge genauso und er hatte dafür gesorgt, dass seine beste und Lieblingsschülerin ein Stipendium bekam.

Dass es weit weg war, in Braunschweig, umso besser. Braunschweig war im Westen. Nur kurze Zeit, nachdem Anne ins Internacht verfrachtet worden war, trat ein, was Lenchen befürchtet hatte und die Russen kamen.

Die Russen kommen - es war ein Ausdruck, der zunächst geflüstert wurde, leise, misstrauisch, hinter vorgehaltener Hand, nachdem man sich vergewissert hatte, dass man nicht beobachtet wurde. Dann wurden die

Stimmen lauter, die Worte deutlicher zu hören. Schließlich hörte man sie auch von offizieller Seite und dann, eines Tages, es war der 20. Januar 1945, stand der Parteiwart bei Helene vor der Tür und erklärte ihr, alle Kinder und Frauen hätten die Stadt zu verlassen.

Lenchen, die sieben Kinder hatte und nicht wusste, wo genau in diesem verfluchten Krieg ihr Mann war, hatte erst nicht gehen wollen. Woher sollte ihr Mann wissen, wenn er aus dem Krieg zurückkam - falls er zurückkam - wo sie war?

Sie wollte sich wehren. Ihre älteste Tochter hatte sie rechtzeitig in Sicherheit bringen können, nun aber war die Lage eine andere.

Ihr Mann war eingezogen worden, zur SS, mehr wusste sie nicht, auch nicht, wo er war und keinesfalls würde sie ihn erreichen können, um ihm mitzuteilen, wohin sie mit den anderen sechs Kindern gegangen war. Was würde sein, wenn er entlassen und das Haus verlassen und leer vorfinden würde, nach Kriegsende.

Dieses Kriegsende, von allen sehnlichst erwartet. Dennoch, glauben konnte man ja nicht richtig daran, obwohl der Führer immer bestimmter vortrug, der Endsieg stünde praktisch vor der Tür, und er tat es eindringlich, beschwörend, so dass man noch weniger daran glauben konnte. Auch Helene glaubte nicht daran. An einen Sieg sowieso nicht. Ihre Motivation war, ihr Mann möge die Familie wieder finden und es war das einzige Argument, das sie hatte, dieses Kriegsende. Herbeigesehnt, angezweifelt, aber die Hoffnung darauf war alles.

„Warum also fliehen?“ so fragte sie den Parteiwart, „wenn es doch bald vorbei ist!“

Der Parteiwart enthielt sich seiner persönlichen Meinung, das hatten sie alle gelernt in diesen Zeiten. Er habe den Auftrag, so sagte er, und es sei ein Befehl.

„Frauen und Kinder raus, wer arbeiten kann, bleibt.“

Wer arbeiten und Waffen handhaben konnte, musste bleiben, für sie galt ein anderer Befehl. Kein gesunder Mann durfte die Stadt mehr verlassen. Insgesamt 200 000 arbeitsfähige Männer und Frauen blieben in der Stadt und fünfzehnjährige Jungen und sechzigjährige Männer wurden zum letzten Volkssturmaufgebot mobilisiert. Wer sich nicht fügen wollte, wurde vom Festungskommandanten wegen Feigheit vor dem Feind mit dem Tod bestraft und erschossen.

Und so hatte alles nichts genützt. Wie all die andern Frauen und Kinder war Großtante Lene mit eisernem Besen einfach aus der Stadt gekehrt worden. Zum Glück waren Tante Lenchens Kinder noch klein und sie musste keines zurücklassen. Auch ihre Schwester Eva konnte sie retten, zwar hätte sie bleiben und arbeiten müssen, sie war ledig und gesund, aber Helene erwirkte mit dem Hinweis auf ihre vielen kleinen Kinder und unter tränenreichem Bitten die Erlaubnis des Gauleiters und Eva durfte mit, helfen, die Kinder in Sicherheit zu bringen.

Helenes Onkel musste zurück bleiben und es wurde ihm zum Verhängnis, er wurde von den Russen, die tatsächlich nur Tage nach ihrer Flucht gekommen waren, erschossen.

Man hatte den Versuch gemacht, an der Oder eine Verteidigungslinie aufzubauen und Breslau, ein wichtiger Verkehrsknotenpunkt, wurde zur Festung erklärt. Bereits am 15. Februar begann der Kampf um die Stadt, einer der erbittertsten Kämpfe des gesamten Zweiten Weltkrieges, aber genau so wie die grausame Schlacht um El Alamein in Afrika wurde sie nie ein gewichtiger Inhalt von Filmen oder Büchern wie der Kampf um Stalingrad. Warum, weiß ich nicht. Vielleicht waren es nicht genügend Tote. 25 000 Deutsche und Italiener und 13 000 Alliierte in El Alamein, 6000 deutsche und 7000 russische Soldaten in Breslau, dazu 170 000 Zivilisten, wo es doch in Stalingrad 700 000 Menschen und 52 000 deutsche Kavalleriepferde erwischte.

In Breslau gab es Straßenkämpfe und brennende Häuser, es wurde um jedes Haus, jede Mauer und jedes Fenster gerungen, hinter der sich ein Deutscher mit einem Maschinengewehr oder einer anderen Waffe verschanzt hatte, Mann gegen Mann wurde gekämpft, Mann von Mann mit Panzerfäusten und Flammenwerfern niedergemäht.
Dann, im März, als die Alliierten sich bereits fragten, wovon die Menschen in Breslau überlebten und woher sie genug Munition bekamen, erhielten sie Luftunterstützung, kam Versorgung aus dem Himmel. Lastensegler, die nachts lautlos über die Festung flogen und ihre „Versorgungsbomben" per Fallschirm leise in die dunkle Nacht entließen.
Leider war die Nacht nicht immer nur dunkel, sie wurde erhellt durch russische Scheinwerfer und Flugabwehrkanonen schossen die Segler reihenweise ab.
Auch der Flugplatz lag unter Feindbeschuss und auf Befehl des Gauleiters errichteten polnische Zwangsarbeiter und die deutschen arbeitsfähigen Frauen, die hatten zurückbleiben müssen, in harter, Tag und Nacht andauernder Knochenarbeit eine neue Landebahn mitten in der Stadt, für welches Vorhaben ganze Straßenzüge einschließlich der Luther-Kirche, wo Tante Lenchen geheiratet hatte, von der deutschen Wehrmacht in Schutt und Asche gesprengt wurden.
Eine kriegsrelevante Bedeutung erlangte die Landebahn nicht. Man erzählt, dass nur ein einziges Flugzeug je darauf abhob. Das des Gauleiters, der sich unmittelbar vor dem Fall der Stadt darauf mit einem kleinen Flugzeug aus dem Staub machte. Absetzte, wie es damals hieß.
Denn alle Bemühungen blieben vergebens, oder je nachdem von welcher Seite man es betrachtet, jedenfalls die der Deutschen. Sie kapitulierten am 6. Mai 1945 und wie immer traf es das gewöhnliche Volk. Sie hatten überlebt, aber Erleichterung empfanden sie nicht. Nicht nur die Wohnhäuser waren

zerstört, auch alle Krankenhäuser und die gesamte Kanalisation und Epidemien breiteten sich aus.
So war es vielleicht die bessere Option gewesen, die Flucht anzutreten.
Die letzten Einwohner wurden am 10. Februar aus der Stadt geworfen, sie hatten nicht einmal mehr ihre gepackten Koffer mitnehmen dürfen. Da hatte Helene noch Glück gehabt. Sie hatte eine Woche, nachdem der Parteiwart an der Tür geklingelt hatte, mit ihrer Schwester und den Kindern das Haus verlassen und konnte ein wenig Gepäck mitnehmen.
Sie hatte den Strom abgestellt, wichtige Papiere in einen kleinen Holzkoffer gepackt, das Haus abgeschlossen, den Schlüssel mitgenommen und war losgegangen.
Den kleinen Koffer besitze ich übrigens noch, der Schlüssel ist weggekommen.
Die Stadt war auf eine Evakuierung mitnichten vorbereitet. Bereits am ersten Tag trafen Massen von Flüchtlingen am Bahnhof ein, die Kapazität der Züge reichte nicht aus, es brach Panik aus und erniedrigende Szenen weit jenseits jeder Menschenwürde konnten beobachtet werden in dem Kampf, für sich und seine Kinder einen Platz in einem der Züge zu ergattern.
Der Gauleiter sah ein, dass auf diesem Wege die Stadt nie rechtzeitig evakuiert sein würde und befahl, Frauen und Kinder müssten den Fußmarsch nach Kostenblut und Kanth antreten, ein Weg von dreißig Kilometern zum einen, zwanzig zum anderen Ort und Tausende von Kindern und alten Menschen erfroren in Eis und Schnee auf dem Weg in diese Orte im südwestlich gelegenen Umland Breslaus.
So hatte Lene wiederum Glück gehabt. Sie war gerade noch rechtzeitig vor diesem Befehl aufgebrochen und sie hatten nur zwei Stunden zum nächsten Bahnhof gebraucht.

Zwei Stunden Fußmarsch. Es war minus 21 Grad Celsius und Tante Lenchen hatte ihren jüngsten Sohn in Schaffelle eingewickelt und in seinen Kinderwagen gelegt, zu seinen Füßen den kleinen Holzkoffer. Jedes Kind hatte einen Rucksack auf dem Rücken, so wie sie selbst und Tante Eva auch und dann zogen sie los.

Am Bahnhof war eine riesige Menschenmenge, aber kein Zug.

Als endlich einer kam, gab es ein fürchterliches Gedränge, aber es gelang Lenchen und Eva, sich und die Kinder hineinzuzwängen. Der Zug hatte keine Scheiben und Lene wies ihre Kinder an, sich einander gegenüber zu setzen und die Füße unter den Po eines der Geschwister zu schieben, um ein wenig Wärme zu erlangen.

Ab und zu hielt der Zug an, Frauen in Rotkreuzuniformen brachten Getränke und Mütter wurden gezwungen, ihre toten Kinder, die auf der letzten Wegstrecke erfroren waren, aus dem Zug zu werfen.

Einfach so aus dem Fenster. Mit toten Kindern würde der Zug nicht weiterfahren, aber es war auch keine Zeit für Begräbnisse. Es wäre sowieso nicht möglich gewesen bei dem hart gefrorenen Boden.

In einem kleinen Ort in der Niederlausitz mussten sie den Zug verlassen. Alle Flüchtlinge sammelten sich auf dem Marktplatz und wurden vom Bürgermeister bei einheimischen Familien untergebracht.

Lenchen blieb mit ihren sechs Kindern bis zum Schluss stehen. Keiner wollte freiwillig so viele Kinder aufnehmen und am Ende wurden sie vom Bürgermeister einfach einer Familie zugeteilt, die davon überhaupt nicht begeistert war.

Tante Lene beschloss, dort nicht bleiben zu wollen. Sie hatte ihren Stolz, wollte sich Leuten, die sie nicht haben wollten, nicht aufdrängen, und außerdem dachte sie auch, es sei nicht weit genug weg von den Russen, die im Anmarsch waren und die ihr eine Heidenangst einjagten.

Als sie ein paar Tage später also wieder am Bahnhof ankam, gab es nur einen Güterzug, aber selbst der war gerammelt voll und es wurde niemand mehr hineingelassen.
Lenchen brach zusammen. Ob vor Erschöpfung, Verzweiflung oder aus Absicht hat nie jemand herausgefunden. Auf jeden Fall wurde sie mit ihren Kindern in den Güterzug oben auf die Koffer und Gepäckstücke gelegt.
Kurz vor Dresden hielt der Zug an. Alle Flüchtlinge mussten aussteigen und wurden auf eine Wiese getrieben wie Vieh. In den Kellern der Stadt war kein Platz für Flüchtlinge.
Als sie zum Zug zurückgeführt wurden, stand er als einziger wie durch ein Wunder unversehrt da und sie konnten ihre Fahrt fortsetzen.
Alle andern Züge auf den Nebengleisen waren schwarz, total ausgebrannt. Es war der 13. bis 15. Februar 1945 gewesen, die Tage und Nächte des großen Luftangriffes auf Dresden.
Sie fuhren bis ins Erzgebirge und klopften an die Tür von Lenchens Onkel. Er starrte sie an, ließ seinen Blick über die Kinderschar und Eva schweifen, die damals gerade achtzehn Jahre alt war und sagte: „Nee nee, Lenchen, ich kann dir nich uffnehmen."
Aber Blut ist dicker als Wasser und am Ende durften sie bleiben.
Der Onkel hatte zwei Pferde im Stall, um sie zu füttern, musste er den Hof überqueren und so traf ihn eines Tages ein Granatsplitter und er war tot.
Lenchen bahrte ihn auf. Nicht in der guten Stube, nein, direkt mitten im Hof gleich hinter dem Eingangstor. Es rettete ihr und den Kindern das Leben. Denn als die Russen kamen, alle Höfe abklapperten, Essen beschlagnahmten, die Frauen vergewaltigten vor den Augen der Kinder, öffneten sie bei ihr das Tor, sahen die Leiche, berieten sich kurz und verschwanden wieder, gingen zum nächsten Hof.
Lenchen hatte der kurze Anblick der Russen und die Gräueltaten, die sie bei den Nachbarn angerichtet hatten, gereicht. Sie packte und zog los.

Mittlerweile war es Mai, sie musste nicht mehr befürchten, dass ihre Kinder unterwegs erfroren.
Sie fuhr zu ihrer Schwester Elisabeth, meiner Oma, nach Niederdorla in Thüringen.
Dort erhielt sie endlich Nachricht von ihrem Mann.
Er war zunächst Mitglied der SS gewesen, der Sturmstaffel zum persönlichen Schutz Adolf Hitlers und hatte sich dann als Bauführer der Organisation Todt angeschlossen. Warum, weiß ich nicht genau.
Nach dem Krieg sprach er nie mehr darüber und aus dem Krieg hatte er niemals Briefe nach Hause geschrieben. Man darf aber annehmen, dass er Schlimmes gesehen und vielleicht auch getan hatte, denn eines Tages, später, als die Familie nach der Flucht im Westen wieder sesshaft geworden war, hängte er sich auf.
Falls er angenommen hatte, er würde sich bei dieser Bauorganisation weniger schuldig machen, so hatte er sich getäuscht. Die Organisation bestand gegen Ende 1944 aus fast eineinhalb Millionen Arbeitskräften, die meisten davon waren Zwangsarbeiter, Kriegsgefangene und KZ-Häftlinge und sie alle hatten sich damit beschäftigt, auf Befehl des Reichsministers für Bewaffnung und Munition militärische Anlagen zu bauen, kriegswichtige Bauvorhaben in Deutschland und in den von deutschen Truppen besetzten Gebieten.
Der Westwall war auf diese Weise entstanden, ein über 630 Kilometer langes militärisches Verteidigungssystem entlang der niederländischen Grenze, vorbei an Belgien, Luxemburg, Frankreich bis hin nach Weil am Rhein an der Schweizer Grenze. Der Atlantikwall, 2685 Kilometer lang entlang der Küste des Atlantiks, des Ärmelkanals, an der Nordsee entlang wurde von der Organisation errichtet, und auch die beiden Hauptquartiere des Führers, die Wolfsschanze in Ostpreußen und der Werwolf in der Ukraine.

Nun, nach Kriegsende, war Helenes Mann entlassen worden, ein Brief verkündete Großtante Lene die gute Nachricht. Die schlechte war, er befand sich in Emmerstedt, in der britischen Besatzungszone, Lenchen aber lebte bei Elisabeth in der sowjetischen Besatzungszone, das Übertreten der Grenzen zwischen den Besatzungszonen war verboten.

Es war nicht einfach und Helene füllte eine Menge Anträge aus und vermutlich, sicher sogar, wechselte auch eine Menge erspartes Geld den Besitzer und verschwand aus seinem Versteck unter der Matratze des Kinderwagens, aber Tante Lene war nicht bereit, aufzugeben und am Ende gelang es.

Der Brief ihres Mannes und vor allem auch sein Foto mit der SS-Binde am Arm half. Noch.

Lenchen packte wieder und zog weiter. Es war dann trotz allem nicht ganz leicht, über die Grenze von der sowjetischen in die britische Besatzungszone gelassen zu werden, aber es gelang ihr.

In Osterode im Harz holte ihr Mann sie vom Zug ab und brachte sie mit den Kindern und Eva in die kleine Zwei-Zimmer-Wohnung in Emmerstedt, die er für sie alle gemietet hatte. Es war nur gerade ein paar Kilometer hinter der Grenze. Sie waren im Westen.

4

Meine Oma hatte nicht mit gewollt.
„Komm, mach mit innen Westen, mach mit rüber, was willste hier noch“, hatte Großtante Lenchen bis zum Schluss, bis kurz vor ihrer Abreise gesagt. Ein letztes Mal hatte sie es am Bahnhof gesagt, aus dem Fenster des Zuges, durch das sich ihre Hände aneinander festhielten. „Komm mit, Lieschen!“
Aber Oma hatte nicht gewollt.
Omas Mann war in sowjetischer Gefangenschaft und würde, wenn überhaupt, in die sowjetische Besatzungszone entlassen werden. Sie hatte Angst, er würde sie nicht finden, wenn sie wegging und wenn, nicht zu ihr gelassen werden und beschloss, in Niederdorla auf ihn zu warten.
Als er endlich heimkam, war es zu spät.
Niemand wurde mehr nach Westberlin gelassen und so lebt meine Oma noch immer dort in dem kleinen Kaff hinter dem Mond und auch meine Eltern leben noch dort und ich wurde dort geboren.
Und mein Leben lang habe ich mir das anhören müssen.
„Wärn mer mal mim Lenchen rübergemacht, dann wärn mer jezze och im Westen!“
Am Anfang ging es wohl noch, so erzählten mir meine Eltern. Als Tante Lenchen mit ihrem Mann und den sieben Kindern in der viel zu kleinen Wohnung hauste, als sie von gekochten Kartoffeln und trockenem Brot lebten und auf Gaben des Pfarrers und anderer mildtätiger Leute angewiesen waren.

Aber später hatte Großtante Lenchen ein eigenes Haus, es ging ihr gut, sehr gut sogar. Auch Eva war im Westen geblieben, hatte sich verheiratet, ein eigenes Kind bekommen. Ihr Mann arbeitete bei VW, verdiente nicht schlecht und sie lebten in einem schönen Einfamilienhaus in Wolfsburg.
Die Oma war neidisch und schimpfte wie ein Rohrspatz.
Bei jeder Gelegenheit. „Hätten mer ma och rübergemacht."
Ich hatte mir das anhören müssen, als ich klein war und es wenig zu essen gab und wir stundenlang anstehen mussten für ein Stück Fleisch und am Ende doch keins kriegten.
Als wir zehn Jahre lang auf ein Auto warteten und wir Kinder nicht konfirmiert werden konnten, weil der Vater wegen seiner Arbeit in der Partei sein musste und es hätte nur Ärger gegeben.
Selbst nach der Wende hatte ich mir das anhören müssen, als ich arbeitslos wurde und keine neue Arbeit fand.
Aber schlimmer noch, mein Opa hatte es sich anhören müssen, sein Leben lang. Er und das Warten auf ihn waren ja schuld gewesen.
Ob deswegen oder wegen der Dinge, die er im Krieg und in der Gefangenschaft erlebt hatte, eines Tages hängte er sich auf. Genau wie Tante Lenchens Mann, der hängte sich auch irgendwann auf. Muss vielleicht doch mit dem Krieg zusammen hängen.
Die Oma wurde noch grantiger und meine Eltern mussten es ausbaden. Auch mein Vater war nach der Wende arbeitslos geworden und hatte angefangen zu trinken.
Nein, es war nicht schön gewesen bei uns zu Hause und einen Lebenslauf zu schreiben, fällt mir schwer.
Ja, meine Großtante Lenchen, die hatte was zu erzählen bei den seltenen Gelegenheiten, bei denen ich sie sah. Vor der Wende hatten wir ja nicht raus gedurft aus dem Osten. Nur die Oma, die bekam einmal im Jahr eine

Genehmigung, sie besuchen zu dürfen, weil sie schon über fünfundsechzig war und man es als sicher ansah, dass sie zu uns zurückkommen würde.
Was sie auch jedes Jahr tat. Sie wollte nicht, dass wir ihretwegen Ärger bekamen, verhört oder gar verhaftet wurden. So kehrte sie immer wieder zu uns zurück, nur, dass sie dann noch übellauniger war.
Erzählte von Bananen und Orangen und mäkelte, dass Tante Lenchen und Tante Eva ruhig mal öfter ein Paket schicken könnten, so gut wie es ihnen dort ginge.
Haderte mit dem Schicksal und meine Eltern haderten mit ihrem, damit, dass sie die alte grantige Frau ertragen mussten und doch selbst genug Sorgen am Hals hatten und ich haderte, weil ich mittendrin leben und mir das alles anhören musste, und ich konnte nicht weg.
In der Schwesternschule war es mir gut gegangen. Ich hatte mir mit drei anderen Mädels eine Stube teilen und hart arbeiten und lernen müssen, aber das war mir egal.
Nach der Ausbildung blieb ich da und konnte mir ein eigenes kleines Zimmer leisten und das genoss ich sehr. Ich konnte tun, was ich wollte, ich las sehr viel und oft saß ich mit den anderen Schwesternschülerinnen zusammen, wir zündeten Kerzen an, saßen im Schneidersitz auf Couch und Bett, tranken Tee und quatschten stundenlang.
Ab und zu fuhr ich heim, stellte fest, dass alles beim Alten war und fuhr gerne wieder zurück.
In mein Krankenhaus, das meine Heimat geworden war, in dem ich Freunde gefunden hatte und das mich nach der Wende entlassen hatte.
Es blieb mir nichts anderes übrig, ich musste wieder heim und nach einem Jahr war ich froh, als eines Tages in Mühlhausen, der nächst größeren Stadt, eine Rekrutierungsveranstaltung stattfand und ich von der Möglichkeit erfuhr, zur Bundeswehr gehen zu können.

Als ausgebildete Krankenschwester nahmen sie mich sofort mit Kusshand und ich war sehr erleichtert, wegzukommen.

Weg von dem ewigen Zank und Streit, dem Genörgel der Oma, dem dauernd betrunkenen Vater, dem ewigen Kräutertee, den meine Mutter für ein Allheilmittel in allen Lebenslagen zu halten schien.

Weg von den Pellkartoffeln mit Quark, weil, obwohl es nun in den Geschäften etwas zu kaufen gab, wir trotzdem kein Geld hatten und nichts kaufen konnten, weil alles für Alkohol drauf ging, der nun auch im Überfluss angeboten wurde.

Nicht, dass es meinen Vater interessiert hätte, das neue große Angebot an Waren. Er blieb bei Goldkrone, dem Schnaps, den er immer schon getrunken hatte, und Thuringia Turmquell Bier aus Mühlhausen, nur dass er jetzt schon morgens damit anfing.

Nein, ich glaube nicht, dass es in meinem Leben etwas Bedeutendes zu berichten gibt, etwas, das die Therapeutin interessieren könnte und etwas, das mir helfen würde, wieder bunt zu sehen.

Denn das ist ja wohl der Sinn der Sache.

Es war das ganz normale Leben eines ganz normalen Mädchens im Osten Deutschlands.

Zur Schule gehen, nach der Schule FdJ, der sozialistische sogenannte freie deutsche Jugendverband, nachts bei Freunden heimlich Westfernsehen angucken, fünf mal die Woche Schwimmtraining.

Ja, ich war gut im Schwimmen und zwei Mal wurde ich DDR-Meisterin im Freistil, 1980 in Magdeburg und 1981 in Berlin.

Aber das war nichts Besonderes. Viele sind in der DDR geschwommen und viele waren gut. Natürlich haben sie uns Steroide gegeben und uns behandelt wie Sklaven, aber wir waren es nicht anders gewöhnt und wir hätten nicht wirklich gewusst, was wir sonst in unserer Freizeit hätten tun sollen und es kam uns auch nicht in den Sinn. Wir waren gut im Schwimmen, wir kamen in die Nationalmannschaft, in den Olympiakader. Wir hätten gar nicht nein sagen können, wir hätten nicht gewusst, wie, und wir hätten damit auch keine Unterstützung bei unseren Eltern bekommen. Ich auf keinen Fall.

Trotzdem fanden sie es nichts Besonderes.

Nichts, weswegen man seiner Tochter hätte sagen können, dass man stolz auf sie war.

Auch mein Krankenschwesternexamen fanden sie nichts Besonderes. Als Schwimmerin, die der DDR Medaillen einbrachte, hatte ich diesen Ausbildungsplatz bekommen. Abitur hatte ich ja keins, nur das Polytechnikum hatte ich abgeschlossen, aber um wirklich gut in der Schule zu sein und Abitur hätte machen zu dürfen, hatten wir zu oft Schwimmtraining und so hatte ich wählen können zwischen Krankenschwester und Facharbeiterin für Postverkehr.

Aber erstens wollte ich nicht zur Post und zweitens wäre das in Mühlhausen gewesen und zu nahe an daheim.

So wurde ich Krankenschwester und konnte weg, nach Dessau. Es wäre mir egal gewesen, wohin, Hauptsache weg.

Dessau gefiel mir. Zwar war es im Krieg fast völlig zerstört worden und voller Plattenbauten, aber da war die Elbe und nach der Schicht ging ich mit den anderen Schwesterschülerinnen dort joggen oder spazieren und der Beruf gefiel mir auch.

Ich mochte den Geruch des Krankenhauses. Wenn ich morgens vom Wohnheim hinüberging auf meine Station, durch den Keller und durch die langen Korridore, breitete ich manchmal die Arme aus und atmete tief ein, saugte ihn in mich ein und eine Welle von Glück schwappte über mich hinweg und verschlug mir für einen Moment den Atem, ließ mein Herz hüpfen. Dieser typische Geruch aus einer Mischung von

Desinfektionsmitteln und Muckefuck, dem billigen Ersatzkaffee, den wir Schwestern morgens kochten und den Patienten brachten.

Damals taten das noch die Schwestern, so wie wir alles taten. Wir wuschen die Patienten und fütterten sie, wechselten ihre Verbände, teilten die Pillen aus und legten die Bettwäsche zusammen. Ich mochte auch den Geruch der frisch gewaschenen und geplätteten strahlend weißen Laken, und ich mochte den Anblick der akkurat gefalteten, im Schrank sorgfältig aufgestapelten, nach Bettüchern, Bezügen und Kopfkissen ordentlich sortierten Wäsche.

Am meisten mochte ich es, als mich die Patienten nach bestandenem Examen mit Schwester anredeten. Jedes Mal fühlte ich mich stolz und glücklich, besser als ich mich je nach einer meiner Schwimmermedaillen gefühlt hatte.

Ich war todunglücklich, als nach der Wende Arbeitsplätze abgeschafft wurden und ich meine Stelle verlor.

Ich fand auch keine neue Stellung und musste wieder heim. Nach Hause in die Abhängigkeit, das Genörgel der Oma hören und den Streit der Eltern.

Wie froh ich war, das Angebot der Bundeswehr zu erhalten, kann sich keiner vorstellen. Es war mir egal, wohin sie mich schicken würden, so lange ich da weg kam.

Es war mir auch egal, welche Arbeit sie mir geben würden.

Wir DDR-Mädchen waren nicht wählerisch. Mit meiner Ausbildung zur Krankenschwester hatte ich großes Glück gehabt, nicht allen meiner Freundinnen war es so gut ergangen, sie waren als Facharbeiterinnen in irgendwelchen Büros und Fabriken gelandet und viele von ihnen waren nach der Wende auch arbeitslos geworden. Wir hätten jeden Job angenommen. Wir hatten uns überall vorgestellt und beworben, egal, was, egal, wo. Aber die Arbeitslosigkeit kam sofort mit der

Abschaffung von Arbeitsplätzen, mit neuen Tarifverträgen, mit Umstrukturierungen.
Nicht, das die Oma jetzt dachte, die DDR sei doch gar nicht so schlecht gewesen. Sie schob es uns in die Schuhe, wir seien nicht gut genug gewesen. Andere hätten ja noch Arbeit. Die Guten würde man immer behalten.
Ich konnte es nicht mehr hören und unterschrieb sofort, noch am Abend der Rekrutierungsveranstaltung.
Zu Hause waren sie verschiedener Meinung. In einem waren sie sich jedoch einig. Ich sollte nicht weg gehen.
“Mädchen bei der Armee, das schickt sich nicht“, sagte meine Oma. Auch wenn es mich in den Westen bringen würde. Ich solle mir lieber einen anständigen Mann suchen, so sagte sie. Einundzwanzig und unverheiratet, das schickte sich auch nicht.
Und welcher Mann wolle schon so ein Mannsweib zur Frau haben, eine Soldatin?
So würde ich eine alte Jungfer werden oder eine Schlampe. Was schlimmer wäre, sagte sie nicht.
Meine Mutter heulte, wo würde ich hinkommen, wie weit weg würde das sein und wie oft würde ich heimkommen können.
Nur mein Vater, der sagte etwas sehr Nettes und musste sich danach erst einmal einen Schnaps genehmigen.
„Scheißland“, so sagte er bedächtig und starrte vor sich auf den blauen Stragulaboden. „Scheißwende und scheiß neues Deutschland, in dem ein Vater nicht einmal für seine Tochter sorgen kann und sie muss zur Armee gehen, Soldat werden, und das als Mädchen.“
Er kippte seinen Schnaps und griff zum Bier und sagte nichts mehr, den ganzen Abend nicht.
Als wäre es ihm zu hart, zu schwer, darüber nachzudenken, was für ein Scheißleben er hatte.

Als der Tag meiner Abreise gekommen war und er mich an den Bus brachte, nahm er mich in den Arm, drückte mir heimlich einen Zwanzigmarkschein in die Hand und sagte leise, so dass es die Mutter und die Oma nicht hörten: „Ich hab dich lieb, meine Kleine. Halt dich tapfer und sieh zu, dass du hier raus kommst.“

Die Mutter und die Oma heulten, und sie sagten: „Komm bald wieder, hörst du!“

Und ich weiß nicht, was es schwerer machte, den Abschied, den ich so herbeigesehnt hatte und der nun doch so traurig war.

5

Ich fuhr mit dem Bus, dann mit dem Zug, stieg drei Mal um und nahm dann wieder den Bus, bis ich in der Kaserne in Roth bei Nürnberg angekommen war, in der ich meine dreimonatige Grundausbildung machen sollte.

Ich wurde mit fünf andern Mädels in einer Stube untergebracht. Drei waren schon angekommen. Eine hieß Anita, sie kam irgendwo aus Bayern und mit ihrem starken bayrischen Akzent verstand ich fast überhaupt nicht, was sie sagte, aber sie schien ganz nett zu sein.

Die beiden anderen stammten so wie ich aus dem Osten. Beide hatten einen starken sächsischen Akzent. Chantal und Jessica hießen sie und sie waren beide sehr schlank, sehr klein und sehr schüchtern. Bevor eine von ihnen etwas sagte, schaute sie immer erst fragend die andere an.

Sie stammten aus dem gleichen Ort, beide hatten Arzthelferin gelernt, beide waren arbeitslos und genau wie ich hatten sie keine Ahnung, was sie hier erwarten würde.

Nach einer Weile kam unsere fünfte Mitbewohnerin.

Sie kam aus Hamburg, hieß Sabine, auch sie war schlank und klein, aber überhaupt nicht schüchtern. Quirlig und lebendig wirbelte sie herein und lachte, als wir uns miteinander bekannt machten.

„Da hat es mich mit lauter Ossis zusammengewürfelt, na wird schon werden“, und sie strich sich ihre blonden Locken aus dem Gesicht, die ihr dauernd in die Augen fielen.

„Dann wollen wir uns mal gemütlich einrichten“, sagte sie und warf ihre Sachen auf eines der unteren Betten. Es gab drei Stockbetten, Chantal und Jessica bezogen gemeinsam das zweite, ich legte meine Sachen auf das untere des dritten und Anita bezog das Bett über Sabine.

Wir inspizierten gerade die Schränke und überlegten, wo wir alle unsere Sachen unterbringen sollten, als die Tür aufging und eine junge Frau hereingestampft kam. Durch meine Schwimmerei war ich ja kräftig und durchtrainiert, aber sie war ein Schrank gegen mich. Sie musste über eins achtzig groß sein, hatte breite Schultern wie ein Zimmermann und ganz kurz geschorene braune Haare. Hätte man sie von hinten gesehen, hätte man sie mit Sicherheit für einen Mann gehalten.

Sie sagte knapp: „Tach, ich bin die Micky“ und warf ihre Reisetasche auf mein Bett. Sie fragte nicht, wie wir hießen, wir sagten es ihr trotzdem, sie nahm es zur Kenntnis und warf sich mitsamt ihren Stiefeln, denn unter den dreckigen Jeans trug sie schwarze ausgelatschte schwere Stiefel, sie ließ sich also mitsamt ihren Stiefeln auf das Bett fallen, das ich als das meine auserkoren hatte und schob meine Tasche mit dem Fuß auf den Boden.

Nach einem kurzen Seitenblick auf die anderen vier, die entsetzt und betreten zu Boden blickten, versuchte ich es gar nicht erst, hob meine Tasche auf und nahm das obere Bett. Nur Sabine öffnete den Mund, wollte wohl etwas sagen, ließ es aber sein, als ich den Kopf schüttelte.

Ich wollte nicht gleich am ersten Tag mit Ärger anfangen, es würde sich schon alles einspielen und nichts wird so heiß gegessen, wie es gekocht wird, sagte meine Oma immer. Erst mal abwarten, so dachte ich und vielleicht hat sie nur Angst.

In den nächsten Monaten sollte sich heraus stellen, dass Micky vor wenig oder gar nichts Angst hatte und wenn, so verstand sie es ausgezeichnet zu verbergen.

Sie trank mit den Männern jeden Abend bis zum Umfallen, verließ heimlich nachts die Kaserne, trank draußen weiter, sie raufte sich und prügelte sich und nachdem sie das dritte Mal eine Woche im Bau verbracht hatte, flog sie raus.

Warum sie so war, fanden wir nicht heraus. Mit uns sprach sie nicht und bis es soweit war, dass sie gehen musste, machte sie uns das Leben schwer.

Man legte bei der Bundeswehr sehr viel Wert auf Sauberkeit und Ordnung. Eines der ersten Dinge, die man uns beibrachte, war, das Bett ordentlich zu machen. Sie mussten alle gleich aussehen, die Decke musste auf eine bestimmte Weise gefaltet und auf das Bett gelegt werden. Auch das Innere der Spinde musste ordentlich sein, alle Hemden mussten auf die gleiche Größe gefaltet sein, die Socken gehörten in eine ganz bestimmte Schublade, die Unterwäsche in eine andere und es erinnerte mich an die Wäscheschränke in meinem geliebten Dessauer Krankenhaus. Natürlich musste alles auch sauber sein, schmutzige Stiefel irgendwo in einer Ecke führten sofort zu Ärger.

Denn sie kontrollierten uns dauernd. Zu allen möglichen und unmöglichen Zeiten, manchmal mitten in der Nacht, kam der Zugführer in unsere Stube. Ohne anzuklopfen natürlich.

Wir mussten dann sofort aufstehen, nein aufspringen, strammstehen und die Stubenälteste, das war Sabine, machte Meldung. Dazu musste sie die Hand im militärischen Gruß, wie wir es gelernt hatten, seitlich an den Kopf legen und laut und deutlich sagen: „Soldat Menke meldet alle Bewohner Stube fünf anwesend beim Stuben reinigen.“ Oder beim Lernen oder halt eben nicht anwesend. Letzteres musste sie ziemlich oft sagen, denn Micky war andauernd abwesend. Nun hätte Sabine melden müssen, wo sie war, aber das konnte sie nicht, denn sie wusste es nicht.

Also gab es einen Anschiss und eine Strafe. Für uns alle.

Wenn der Zugführer in Mickys Schrank sah und das Chaos erblickte, das regelmäßig dort herrschte, oder unter ihrem Bett die verdreckten Stiefel hervorangelte, dann gab es richtig Stress. Er brüllte uns an, als kriegte er es bezahlt und irgendwie war das ja wohl auch so. Dabei schien es ihn nicht zu interessieren, wer dafür verantwortlich war, die Stube hatte sauber zu sein und die Stube, das waren wir. Und wir hatten anwesend zu sein, und zwar wir alle.

Wir machten Liegestütze, fünfzig pro Mann und Vergehen. Pro Mann, denn ein Soldat wird immer als Soldat bezeichnet, immer als Mann und immer als er.

Die einzige Konzession, die sie machten, war ein Frau vor dem Dienstgrad. Frau Unteroffizier, das würden wir nach der Grundausbildung sein, aber noch waren wir einfache Soldaten und noch waren wir Mann.

Alle Mann antreten, alle Mann Sprung auf Marsch Marsch, alle Mann im Laufschritt Marsch.

So hieß es. Immer Mann und immer Marsch.

Wir machten alles im Laufschritt. Zum Essen, zum Unterricht, alles, was in der Kaserne erledigt wurde, geschah im Dauerlauf.

Im Gelände sowieso. Wir waren sehr viel draußen, und zum Glück war es Sommer. Wir gingen laufen, das schienen sie bei der Bundeswehr sehr zu lieben. Nicht nur für das deutsche Sportabzeichen, das mussten wir auch ablegen, aber auch sonst. Unseren Zugführer sah man jeden Morgen und jeden Abend auf dem Sportplatz Runde um Runde drehen. Er trainierte ständig für irgendeinen Marathonlauf. Aber er war nicht der Einzige. Auch die Offiziere, die nicht in der Kaserne wohnten, sah man vor und nach dem Dienst laufen. Und wenn sie nicht auf dem Sportplatz waren, dann liefen sie irgendwo durch den Wald.

Mir machte es nicht viel aus, ich war es gewöhnt durch meine Schwimmerei und das harte Training dafür.

Aber Chantal und Jessica, die hatten große Probleme. Sie hatten ständig Blasen an den Füßen, denn die ganze Lauferei in der Kaserne fand ja im Kampfanzug mit den schweren schwarzen Stiefeln statt.
Und dann war da der wöchentliche Marsch, bei dem wir zusätzlich noch Gepäck auf dem Rücken trugen, den großen Rucksack, für den es genau vorgeschrieben war, was er enthalten und wie schwer er sein musste.
Die beiden waren auch von graziler Gestalt, so dass ich mich überhaupt schon gewundert hatte, wieso man sie überhaupt angenommen hatte bei der Bundeswehr. Ich hatte gedacht, dass man schon gewisse körperliche Fähigkeiten und Kräfte mitbringen müsste und war auch vor meiner Musterungsuntersuchung noch ein paar Mal bei uns im Wald laufen gewesen. Als es dann bei der Untersuchung mit ein paar Kniebeugen abgetan war, war ich ganz überrascht gewesen.
Das Schlimmste für die beiden war das Biwak.
Für drei Tage und drei Nächte schliefen wir im Wald in unseren kleinen Dackelgaragen, wie unsere Zelte genannt wurden. Jeder Soldat besaß eine Zeltbahn, mit der man allein nicht viel anfangen konnte. Wenn man sie alle zusammenfügte, konnte man schon ein anständiges Zelt damit bauen, natürlich ohne Boden. Aber allein konnte man sie gerade so über die Zeltstange hängen und erhielt ein kleines, spitzwinkeliges Einmannzelt, auch das natürlich ohne Boden. Gerade groß genug für einen Dackel eben.
Wir hatten auch eine Isomatte, sehr dünn und auf Din A4 zusammenfaltbar, jedes gute Outdoorgeschäft würde sich glatt weigern, so etwas zu verkaufen.
Der Schlafsack hingegen war einigermaßen in Ordnung, vorausgesetzt, man wurde nicht nass.
Nass allerdings wurden wir, denn es regnete während unseres gesamten Biwaks und es war wirklich kalt und ausgesprochen eklig, nachts in den nassen Schlafsack zu kriechen und Chantal und Jessica heulten und wollten

heim.

Der Zugführer sagte, das käme überhaupt nicht in Frage, wenn sie die Grundausbildung abbrächen, hätten sie nicht bestanden und das wollten sie sicher nicht und außerdem sagte er natürlich, wir wären selbst schuld.

Wir hätten das Zelt nicht ordentlich gebaut, den falschen Platz ausgesucht, und wir hätten wohl wieder mal nicht zugehört.

„Frauen bei der Bundeswehr, das war ein großer Fehler", so sagte er. Und „Lernen durch Schmerzen", das müssten wir nun.

Sabine legte sich mit ihm an, erzählte etwas von Beschwerde und Personalrat und dergleichen mehr.

Das half natürlich nichts, sondern machte es nur schlimmer und er änderte das Programm für den Tag und es gab es einen Orientierungsmarsch. Zwanzig Kilometer mit Karte und Kompass, natürlich verliefen wir uns mit unserem reinen Frauenteam, in dass er uns voller Sadismus eingeteilt hatte und mussten gesucht werden und durften anschließend fünfzig Liegestütze machen.

„Immerhin ist das hier kein Grundkurs für Wehrdienstleistende, sondern eine Grundausbildung für zukünftige Zeitsoldaten, da kann man doch wohl ein gewisses Niveau verlangen", wetterte der Zugführer beim Antreten in Würdigung unserer „beschissenen", wie er sagte, Leistung des Tages.

Mir war es sowieso peinlich, ich wollte hier nur einfach durchkommen, die Grundausbildung bestehen und dann in mein Bundeswehrkrankenhaus verschwinden.

Am liebsten hätte ich mich in einem Loch im Boden verkrochen und das durfte ich dann auch.

Eingraben und tarnen, hieß die Devise, aber nur für die Frauen. Die Männer mussten kochen.

Sie nahmen es uns übel, anscheinend hätten sie sich auch lieber eingegraben und wahrscheinlich sind ihre Hände auch immun gegenüber dem harten,

eckigen Griff des Klappspatens und entwickeln nicht die üblen Blasen, die wir an diesem Abend hatten.
Das Essen war nicht gerade vergiftet, aber essbar war es auch nicht und wir begnügten uns mit Panzerplatten, so nannten wir die Hartkekse aus den Einmannverpflegungspaketen.
Nachts lag ich in meinem nassen Schlafsack, Blasen an den Händen, mit knurrendem Magen und lauschte dem unterdrückten Schluchzen von einem der beiden Mädchen und den flüsternden Tröstungsversuchen des anderen.
In dieser Nacht bekam Jessica verfrüht ihre Tage und keine von uns hatte Tampons oder Binden dabei. Ich war einmal im Leben schlau gewesen, hatte mir genau aus diesem Grund vor der Grundausbildung die Pille verschreiben lassen und wenn ein Biwak oder etwas ähnliches anstand, nahm ich sie durch, ließ die monatliche Pause und damit die Regelblutung einfach aus.
Jessica bekam einen hysterischen Anfall, der Zugführer auch, als er ihre blutverschmierte Hose sah. Jessica wurde in die Kaserne zurück gebracht und anschließend wegen nicht erreichten Ausbildungsziels in der Probezeit aus der Bundeswehr entlassen.
Chantal ging ein paar Tage später freiwillig und Anita, Sabine und ich hatten die Hölle auf Erden in den letzten drei Wochen, bis wir es endlich überstanden und die Grundausbildung beendet hatten.

6

Ich wurde in das Bundeswehrkrankenhaus in Ulm versetzt, wo es mir, nachdem ich mich an den Dialekt gewöhnt hatte und die Menschen dort auch verstehen konnte, gut ging.

Ich arbeitete in der Notaufnahme, gewöhnte und arbeitete mich ein, schloss ein paar Freundschaften und es gefiel mir gut.

Nach zwei Jahren beantragte ich die Übernahme als Berufssoldat, ich musste einige Prüfungen ablegen, das meiste davon war Sport und es machte mir keine Probleme.

Als ich meinen Eid ablegte, feierlich mit erhobener Hand und zum Schwur gekrümmten Fingern und sagte: „Ich schwöre, die Bundesrepublik Deutschland tapfer zu verteidigen", fühlte es sich merkwürdig an.

Die Bundesrepublik, das war doch gar nicht meine Heimat, das war doch die DDR gewesen, aber dann dachte ich an die Oma und dass sie sich jetzt freuen und denken würde, ich hatte es geschafft.

In den nächsten zwei Jahren wurde ich zur Fachschwester für Anästhesie- und Intensivmedizin ausgebildet und bekam eine Stelle auf der Intensivstation, wo ich bis zur Geburt meiner Kinder blieb und wo es mir gut gefiel.

Während der Fachausbildung hatte ich meinen Mann Andreas kennen gelernt. Er hatte als Patient lange auf der Intensivstation gelegen, hatte bei einem Unfall irgendwo im Auslandseinsatz üble Verletzungen erlitten.

Er war Berufssoldat, Fernspäher und in einem kleinen Ort am Bodensee stationiert.

Bei Wikipedia steht: Fernspäher sind die infanteristischen Aufklärer im deutschen Heer. Fernspähkräfte sind zur direkten Unterstützung anderer Spezialkräfte sowie zur Gewinnung, Auswertung und Dokumentation von Informationen von besonderer Bedeutung bei Tag und Nacht befähigt. Der Einsatz dieser Kräfte kann über einen längeren Zeitraum in allen Klimazonen über Land, Luft oder See erfolgen. Der Fernspähtrupp führt auf sich gestellt tief hinter den feindlichen Linien Aufklärung und Erkundung durch. In Deutschland sind die Fernspäher Teil der Heeresaufklärungstruppe und seit März 2008 keine eigenständige Truppengattung mehr. Sie fungieren als spezialisierte Kräfte des Heeres mit erweiterter Grundbefähigung (Abkürzung SpezlKrH EGB) und gehören damit zum Einsatzverbund der Spezialkräfte.

Na ja. Damals waren die Fernspäher noch nicht dem Heer unterstellt. Andreas war von Haus aus Fallschirmjäger und musste einmal im Jahr nach Altenstadt, um seine Lizenz zu erhalten. Auch der Rest, der da steht, ist relativ großer Blödsinn.

Hohles Gerede, ohne auch nur ansatzweise zu beschreiben, um was für ein Leben es dabei wirklich geht.

Interessant allerdings die Zeile: führt auf sich gestellt tief hinter den feindlichen Linien Aufklärung und Erkundung durch.

In der Ausbildung „Militärische Taktik und Strategie“, die ich auch irgendwann einmal absolvieren musste, ging es immer noch, auch wenn der Zweite Weltkrieg lange vorbei war, um den Feind, der von Osten kommt.

Die Konflikte im Kosovo oder in Afghanistan wurden nicht als Kriege identifiziert, die Bewohner nicht als Feinde, der Einsatz dort nicht als Aufklärung hinter den feindlichen Linien.

Schon gar nicht wurde darüber geredet, ob Spezialkräfte heimlich in anderen Krisen- oder Kriegsgebieten dieser Welt zu Gange sind.
Das habe ich erst in einem meiner Einsätze in Afghanistan bemerkt, als es in der Presse hieß, die KSK sei nicht involviert. Aber da saßen sie doch, direkt neben mir beim Abendessen. Später gingen sie in den Irak. Das war, wenn ich mich nicht irre, vor, während und nachdem Herr Schröder den Amis die offizielle Absage für eine Beteiligung der Deutschen erteilte.
Aber all das habe ich damals nicht in keinster Weise kapiert. Ich habe mir gar keine Gedanken darüber gemacht. Ich tat meine Arbeit, befolgte meine Befehle und fand es selbstverständlich, dass Andreas das auch tat. Deshalb, so haben wir später herausgefunden, hatte auch keiner von uns Anstalten gemacht, auf den anderen zuzugehen, solange Andreas noch Patient war und ich seine Krankenschwester. Man lässt sich nicht mit Patienten ein.
Heute, lange danach und weil ich mich damit beschäftigt habe und sehen und herausfinden wollte, was ich damals nicht wissen wollte, weil es damals wohl auch besser war, dass ich es nicht wusste, heute jedenfalls weiß ich, dass sich die Fernspähertruppe schon immer hervorragend dazu geeignet hat, Spezialkräfte aller und anderer Arten zu beherbergen, besser gesagt, zu verstecken, ihnen falsche Identität zu geben, Schutz und Deckung.
Mehr will ich gar nicht dazu sagen. Das traue ich mich nicht einmal heute. Obwohl man über das „auf sich gestellt“ in der Wikipedia Beschreibung auch einiges sagen könnte. Aber ich lasse es sein. Immerhin habe ich zwei Kinder, für die ich verantwortlich bin. Nur so viel. Dass Andreas wirklich immer in Bosnien war, wenn er sagte, er sei es, das glaube ich heute nicht mehr.
Einige Wochen nach seiner Entlassung aus dem Krankenhaus erhielt ich einen Brief von ihm. Er schrieb, dass er mich sehr nett gefunden hatte und mich gerne näher kennen lernen würde.

Ich fühlte mich geschmeichelt, antwortete aber nicht gleich, sondern dachte erst eine Weile darüber nach.
Dann dachte ich, ein Brief könne ja nicht schaden, es entwickelte sich ein monatelanger Briefwechsel, dann kam er mich besuchen und danach ging alles ganz schnell.
Ich fand ihn sehr attraktiv, er war immer gut gelaunt und fröhlich, ich verfiel seinem Charme und seiner Lebenslust und als er mir eines Tages einen Antrag machte, sehr förmlich, in einem Restaurant beim Essen, mit Rosen auf dem Tisch und einer schwarzen Schachtel, in der ein kleiner Diamantring auf schwarzen Samt gebettet lag, sagte ich ja und ein Jahr später heirateten wir.
Es war eine große Hochzeit. Wir feierten im Dorfgemeinschaftshaus in dem kleinen Ort in der Nähe von Ulm, in dem wir eine Souterrainwohnung gemietet hatten. Andreas konnte nur am Wochenende daheim sein, aber das war uns egal. Wir freuten uns, dass wir uns sahen, gruben uns aber auch nicht daheim ein, sondern trafen uns mit meinen Arbeitskollegen und Freundinnen und er lernte sie kennen, überhauptauch sonst kannte er durch seine aufgeschlossene Art Gott und die Welt und wir hatten sie alle eingeladen.
Auch meine Eltern waren gekommen und wir hatten sie im Dorfgasthaus untergebracht.
Die Oma hatte nicht mitgewollt. Sie sei zu alt, hatte sie gesagt. Ihr Leben lang hatte sie vom Westen geredet und hatte doch außer Tante Lenchens Wohnung bei ihren jährlichen Besuchen nach der Wende nichts vom Westen gesehen, hatte ansonsten nie einen Fuß aus ihrem Dorf herausgesetzt.
Es passte ihr nicht, dass ich nicht daheim heiratete. Mädchen heiraten vom Elternhaus aus, so kannte sie das. Es passte ihr auch nicht, dass ich mit Andreas schon vor der Hochzeit zusammengezogen war und schon gar

passte es ihr, dass ich kein weißes, kein richtiges Hochzeitskleid hatte. Obwohl sich das ja nun ihrer Meinung nach sowieso verbot, da wir schon zusammenlebten. Alles in allem war es zu viel für sie und so blieb sie daheim und hütete das Haus.

Ein weißes Kleid hatte ich nicht gewollt, fand es zu teuer und unpraktisch und so hatte ich mir ein Kleid gekauft, dass ich auch später noch würde tragen können. Es war blasslila, aus dünnem Chiffon und es war sehr elegant und passte gut zu meinem dunklen Teint und den fast schwarzen Augen und Haaren, die mir irgendein polnisch-schlesischer Vorfahre vererbt haben muss. Ich trug die Haare halb lang und lockig und ich gefiel mir ausnehmend gut. Nur bedauernd gab ich meine silbernen Sandalen her, als sie traditionsgemäß versteigert wurden und der Gewinner, Andreas Trauzeuge, nicht einsehen wollte, dass das nur ein Spaß gewesen sei und sagte, er würde sie behalten als Andenken an diesen Tag.

Es war trotzdem eine schöne Feier. Es gab eine Lifeband und ein großes Buffet, über hundert Gäste waren gekommen, wir bekamen Geschenke ohne Ende und tanzten die ganze Nacht hindurch. Ich halt ohne Schuhe.

Die Hochzeitsreise fiel aus, weil Andreas in den Einsatz gehen musste.

Das musste er andauernd.

Er war schon überall gewesen, in Äthiopien, Namibia, im Iran, in Somalia, Anatolien, Kambodscha, Georgien, so genau hatte er mir das nie erzählt. Neuerdings, nach unserer Heirat, ging er viel nach Ex-Jugoslawien, nach Bosnien.

Er sprach nicht viel darüber, sagte, man muss Arbeit und Familie auseinander halten, das sei besser.

Er sagte immer, er sei froh, dass ich dort in meinem Krankenhaus auf meiner Intensivstation so gut aufgehoben sei. Mir war es recht und ich war es zufrieden, denn er war ein liebevoller und zärtlicher Ehemann, der sich immer zu freuen schien, wenn er Zeit mit mir verbringen konnte.

Er war nicht oft zu Hause, umso mehr genossen wir die gemeinsame Zeit.
Ich beklagte mich nicht. Dass er viel weg sein würde, das hatte ich vorher gewusst, er hatte es mir gesagt. Sonst sprach er nicht viel über seinen Job, trennte ihn ab von unserem Leben.
Aber er machte die Zeiten seiner Abwesenheit immer wieder gut, brachte mir große Blumensträuße, führte mich zum Essen aus und verwöhnte mich in jeder Hinsicht.
Es war sein Job und auch wenn ich nicht viel darüber wusste, ich akzeptierte es.
Ich gewöhnte mich daran. Der Mensch ist ein Gewohnheitstier, sagte meine Oma immer.
Außerdem, was hätte ich schon tun können?
Ich liebte ihn und lieber verbrachte ich mit ihm wenige, aber kostbare und wunderschöne Zeiten, als mit einem anderen, den ich nicht liebte, Tag und Nacht.
Auch wenn es jedes Jahr nur eine Woche gewesen wäre. Diese eine Woche wäre es mir wert gewesen.
Aber seine Worte, er würde die Fernspäherei aufgeben und sich auf einen ruhigeren Posten in der Nähe versetzen lassen, wenn wir eine Familie hätten, gingen mir nicht aus dem Sinn und so setzte ich eines Tages die Pille ab, vier Jahre, nachdem wir geheiratet hatten und ich dachte, es sei nun an der Zeit, und als ich es auch langsam ein wenig satt bekam, dass er nie da war. Die größte Liebe kann nicht nur von schönen Worten und großen Blumensträußen leben.
Als ich schwanger war, sagte ich es ihm. Er freute sich auch, allerdings nicht so, wie ich es erwartet hatte. Dass es aus Versehen passiert war, glaubte er keinen Moment. Ohnehin kann ich nicht gut lügen, man sieht es mir immer sofort an und er sowieso, aber ich brauchte es auch gar nicht.

Nüchtern sagte er: „Du hast die Pille abgesetzt, ohne mit mir darüber zu sprechen.“

Er sagte es so, als ob es nur eine sachliche Feststellung sei, nicht vorwurfsvoll oder anklagend und dann fügte er nachdenklich hinzu: „Wann hättest du auch mit mir reden sollen, ich bin ja nie da.“

Seine Augen nahmen einen gequälten Ausdruck an, als er weiter sprach, langsam, ohne Freude, wie pflichtgemäß kam es mir vor: „Dann werde ich mich mal nach einem anderen Posten umsehen, was, meine Kleine?“ und dann lächelte er doch, nahm mich in den Arm und küsste mich und die Welt schien in Ordnung zu sein.

Ein klein wenig schlechtes Gewissen hatte ich schon und ein schwacher, bitterer Nachgeschmack blieb und er wurde auch durch die Süße des in mir heranwachsenden Lebens nicht völlig überdeckt.

Denn süß und wundervoll, das war es. Wenn ich nach der Arbeit im Park spazieren ging, dachte ich, obwohl ich noch gar keinen Bauch hatte, alle, die mir entgegenkamen, müssten es mir ansehen, dieses Wunder, dass ich ein neues Leben in mir trug, dass ich ein Baby bekommen würde.

Ich fühlte mich so gut. Ich hatte sofort das Rauchen aufgegeben, ich litt nicht unter Morgenübelkeit, ich war heiter und gelassen wie nie und so merkte ich kaum, dass Andreas stiller war, wenn er heimkam, dass die Blumensträuße nicht mehr kamen und dass er nicht so oft wie früher mit mir schlief.

Ich war beschäftigt mit Vorbereitungen, ging zur Schwangerschafts-gymnastik, kaufte Babybettchen, Kinderwagen und kleine goldige Sachen zum Anziehen und strich die Wände in Andreas Arbeitszimmer, das nun das Kinderzimmer werden würden.

Als ich erfuhr, dass es Zwillinge werden würden, kannte mein Glück keine Grenzen. Zwei von Großtante Lenchens Geschwistern waren Zwillinge und es heißt ja immer, dass es eine Generation überspringt.

So hatte ich es mir gewünscht, aber als ich erfuhr, dass es tatsächlich zwei sein würden, konnte ich mein Glück kaum fassen.

Andreas Augen wurden dunkel, als ich es ihm sagte, er murmelte etwas von Verantwortung und dass er noch keinen neuen Job habe finden können.

Er zog sich noch mehr zurück und kam immer seltener heim, aber ich machte mir nichts daraus und dachte, wenn sie erst da sind, die beiden, und wenn er sie sieht, dann wird alles gut und dann wird er gar nicht mehr weg wollen.

Die Hormone der Schwangerschaft schützten mich.

Auch wenn meine Freundinnen manchmal dunkle Andeutungen machten, etwas drastischer wurden, als ich nicht reagierte, fragten, ob ich sicher war, das Andreas keine Freundin hatte, sagten, das gäbe es oft, wenn die Frau schwanger ist und dicker wird, dass die Männer das unattraktiv fänden und sich eine andere suchten und er wäre ja wohl lange nicht mehr daheim gewesen, ich achtete gar nicht darauf und sagte immer nur, er arbeitet halt viel.

Wie gesagt, die Hormone schützten mich wie eine Wand.

Sie hörten jäh auf, mich zu schützen, als er zur Geburt nicht, wie versprochen, erschien und auch danach verschwunden blieb.

Die Schwangerschaft war vorbei und meine Gelassenheit verwandelte sich in wilde, ungezähmte Wut.

Ich erinnerte mich an seine Worte von Verantwortung, die er nun ganz offensichtlich vergessen hatte. Daran, dass er sich trotz aller Versprechungen keinen anderen Job in unserer Nähe gesucht hatte.

Ich hatte immer gewusst, wie sehr er seine Arbeit als Fernspäher geliebt hatte, wie er es genoss, mit seinen Kameraden, mit seinem Team in der Weltgeschichte herumzureisen und wie er selbst im Urlaub immer nur zelten und campen und wandern wollte.

Nie waren wir mal in einem schönen Hotel mit Pool und Sandstrand gewesen. Immer Abenteuerurlaub, mit dem Paddelboot auf der Spree, mit dem Fahrrad durch die Mark Brandenburg, in Österreich oben auf den Bergkämmen von Hütte zu Hütte.

Ich hatte es alles mitgemacht, es hatte ja auch Spaß gemacht und immerhin waren wir dabei zusammen, aber jetzt, wo ich mal etwas machen wollte, nämlich eine Familie haben und Kinder, da machte er sich aus dem Staub.

Die Männer sind alle gleich, so sagte meine Oma und ich hatte sie immer belächelt. Nun dachte ich, dass sie Recht hatte, verdammt Recht sogar.

Der Gedanke stimmte mich friedlicher gegenüber meiner Familie und meiner alten Heimat in Niederdorla und so konnte ich sie besuchen und die erste Zeit nach der Entbindung bei ihnen verbringen.

Ich stimmte ihnen sogar zu, dass es besser sei, mich nach dem Mutterschutz und dem Erziehungsurlaub in die Nähe versetzen zu lassen, damit sie mich unterstützen konnten, nun, da ich mit den Kindern allein war und irgendwann wieder arbeiten gehen musste.

Ganz in der Nähe gab es nichts, aber ich bekam einen Posten in Weißenfels im Sanitätskommando.

Es war traurig, aus dem Krankenhaus und von den Patienten wegzugehen und der Gedanke an einen Job am Schreibtisch erschien mir nicht sehr verlockend.

Aber ich hatte nun Verantwortung, ich hatte zwei kleine goldige Jungs mit überraschenderweise blonden weichen Locken und einer samtweichen, süß duftenden Haut, wie hätte ich sie im Stich lassen können?

Außerdem hatte ich Gleitzeit dort und konnte die Kinder vor dem Dienst zur Krippe bringen und nachher wieder abholen.

Es war in Ordnung und ich gewöhnte mich und richtete mich ein.

Ich hatte mir ein kleines Haus mit Garten gekauft, von meinem Gesparten und meinem mittlerweile Hauptfeldwebelgehalt konnte ich mir das bei den billigen Immobilienpreisen im Osten locker leisten und ich stellte bei schönem Wetter den Kinderwagen in den Garten und als die beiden größer wurden, baute ich eine Sandkiste und legte ein Erdbeerbeet an.

Ich hatte eine nette Nachbarin, die die beiden betreute, wenn sie mal krank waren und nicht zur Kinderkrippe konnten, sie hatte zwei kleine Kinder und ihr Mann war auch Soldat und auch viel unterwegs und wir freundeten uns an. Gelegentlich kamen meine Eltern zu Besuch oder wir fuhren über das Wochenende zu ihnen und meine Kinder wuchsen in Frieden, zwar ohne Vater, aber mit den Großeltern und Freunden in sicherer Umgebung auf.

7

Als es dann mit den Afghanistaneinsätzen los ging und sie nach zwei Jahren nicht mehr genug Soldaten hatten für all die Einsätze, da schickten sie auch die aus den Kommandos, die sie bislang verschont hatten, oder deren Arbeit in Deutschland sie für wichtiger erachtet hatten.
Als sich das nun änderte, da erinnerte man sich auch an mich und daran, dass ich eigentlich ausgebildete Intensivkrankenschwester war und man mir mit der Versetzung in das Kommando nur einen Gefallen getan hatte, meiner Kinder wegen und weil ich mit ihnen allein war, und man schickte mir einen Einplanungsvermerk. Ich wurde für drei Monate in das 7. Einsatzkontingent ISAF kommandiert.
Also ging ich nach Afghanistan. Die Zwillinge waren mittlerweile fast drei, was günstig war, denn ich musste sie zu meinen Eltern bringen. Sie waren noch klein genug, um goldig zu sein und gerne aufgenommen zu werden, sie mussten noch nicht zur Schule, aber sie waren schon alt genug, um sich alleine anzuziehen und selber zu essen und sauber, den Windeln entwöhnt, waren sie auch schon, so dass sie nicht so eine große Belastung waren.
So ging es weiter die nächsten Jahre. Von meinem Sanitätskommando aus ging ich immer wieder in den Einsatz, zuerst nach Kabul, dann nach Kunduz, wieder nach Kabul, und später nach Feyzabad.
Fast immer wurde ich auf der Intensivstation eingesetzt und im Großen und Ganzen gefiel es mir. Die Arbeit war ähnlich wie in Deutschland, die gesamte Ausrüstung war aus Deutschland mitgebracht worden und die

Patienten sind immer und überall die Gleichen, auch wenn sie manchmal eine andere Hautfarbe haben.

Immer hatten wir uns irgendwo auch einen kleinen Aufenthaltsraum eingerichtet mit einer Kaffeemaschine, einem Radio, Zeitschriften. Im Sommer in Kabul hatten wir sogar draußen vor der Intensivstation, verdeckt und abgetrennt durch Zeltplanen und Tarnnetze, eine Terrasse mit einem kleinen Plastikplanschbecken mit kühlem Wasser darin, was die Anzahl der Besucher, die nur mal eben mit uns eine Tasse Kaffee trinken wollten, drastisch in die Höhe schnellen ließ.

Ich hatte die Besucher gerne, sie waren eine willkommene Abwechslung, denn anders als zum Beispiel die Rettungssanitäter der MedEvacKompanie oder auch unsere Ärzte, die regelmäßig in einheimische Krankenhäuser fuhren, konnte ich das Lager nie verlassen und verbrachte die drei Monate, die meine Einsätze in der Regel dauerten, abwechselnd in meiner Stube, auf Station oder in der Sanshinebar, der Betreuungseinrichtung der Sanität.

Das Lager durfte nur im dienstlichen Auftrag verlassen werden und was hatte ich schon draußen für einen dienstlichen Auftrag, die Intensivstation mit den vier Betten darin war drinnen und so blieb auch ich und kam nie raus. Es machte mir nicht viel aus, denn draußen schien es gefährlich zu sein und die hohen, wunderschönen schneebedeckten Berge des Hindukush, die konnte ich auch vom Lager aus sehen und mit den Einheimischen konnte ich auch Kontakt haben, sie putzten für uns und manchmal bauten sie auch einen kleinen Markt auf, so dass ich sogar ein paar Mitbringsel für meine Familie und einen kleinen Teppich für mich erstehen konnte.

Einen der Besucher hatte ich besonders gerne.

Er war Hauptfeldwebel wie ich, hieß Jan und arbeitete für Radio Andernach. Sie machten Radiosendungen für die Soldaten im Lager und manchmal fuhren sie auch raus und machten eine Sendung für die

Afghanen oder Musik für eine NGO-Veranstaltung, eine der vielen Hilfsorganisationen, „Non Governmental Organisations", die in Kabul vertreten waren.

Einmal nahm er mich mit, obwohl es eigentlich verboten war. Aber der Anästhesist, der auch der klinische Direktor war, hatte es mir erlaubt, es mir als kleine Belohnung für gute Arbeit, wie er fand, zugestanden.

Es war eine Veranstaltung der GTZ, Gesellschaft für Technische Zusammenarbeit. Was sie genau taten in Kabul, wusste ich nicht, aber ich staunte, wie schön sie es hatten im Gegensatz zu unserem ewig staubigen, grauen, riesigen Zeltlager.

Sie wohnten in einem Haus in der Innenstadt in Kabul und wenn sie auch jammerten, dass das fließende Wasser oft nicht funktionierte oder sich nicht erwärmen ließ, so hatten sie immerhin ein Badezimmer, in dem man sich einschließen konnte, sie hatten jeder ein eigenes Zimmer, sie hatten etwas, das wir in unserm Lager nicht hatten. Sie hatten Privatsphäre.

Und sie hatten hinter dem Haus einen Garten. Einen wunderschönen, gepflegten Garten mit grünem Rasen, Rosenbüschen und hohen, laubbedeckten, Schatten spendenden Bäumen.

Hier war es, wo Jan, nachdem er Musik gemacht hatte, zu der alle getanzt hatten und nachdem alle anderen betrunken waren und es ihnen egal war, dass er einfach eine Kassette eingeschoben hatte, die nun von alleine weiterlief, hier in diesem Garten unter einem der Bäume war es, wo er mich in den Arm nahm und küsste.

Ich wunderte mich darüber, wunderte mich, dass es passierte und wunderte mich, dass es mir gefiel und wunderte mich noch mehr, als er mich an der Hand nahm, in das Haus führte in ein Zimmer, das leer stand und darin stand ein großes Bett und er zog mich darauf nieder und knöpfte meine Uniformbluse auf und dann schlief er mit mir, sanft, behutsam, zärtlich.

Und wieder wunderte ich mich darüber, dass es mir gefiel, hatte ich doch seit Andreas mit keinem Mann das Bett geteilt, nicht mal daran gedacht hatte ich und hätte doch, so dachte ich nun, erwarten können, dass ich genug hatte von den Männern.

Ich wunderte mich nicht mehr, als er im Lager zurück, die Beziehung mit mir weiterführte. Diese merkwürdige Beziehung, die darin bestand, dass er mich regelmäßig auf der kleinen Terrasse der Intensivstation besuchte, mit mir Kaffee trank, so oft, dass die anderen Schwestern schon Witze darüber machten und darin, dass er nachts, wenn es still geworden war im Lager, Plätze fand, die einsam waren, wo keiner war, wo er mit mir schlafen konnte.

Darüber machten die andern keine Witze, denn sie wussten es nicht und ich erzählte ihnen nichts. Ich wartete nachts, bis die anderen drei in unserer Vierbettstube eingeschlafen waren, dann schlich ich mich leise hinaus und wenn beim Verlassen oder Betreten des Zimmers jemand wach wurde und sich regte, dann tat ich so, als sei ich auf Toilette gewesen.

Meistens traf ich ihn oben auf dem Dach des Bunkers und wir betrachteten die Sterne und bevor und nachdem wir uns geliebt hatten, unterhielten wir uns leise.

Wir sprachen auch über Liebe und er sagte, dass er mich liebte. Ich sagte es nicht, denn ich wusste es nicht.

Andreas hatte ich geliebt und danach hatte ich über Liebe nicht mehr nachgedacht.

Trotzdem, ich hatte ihn sehr gern, und wenn er mich in manchen Nächten nicht treffen konnte, so vermisste ich ihn.

Als er mir eines Tages erzählte, dass er verheiratet sei und zwei kleine Kinder habe, dachte ich an meine Oma und dass die Kerle alle gleich sind und wunderte mich wieder nicht.

Und falls man hätte erwarten können, dass mir das Herz brach, so tat es das nicht.

Ich war erwachsen, ich war Soldat und Krankenschwester und Mutter, ein kleines naives Ossimädchen, das war ich schon lange nicht mehr.

Dennoch, es schien irgendwie nicht richtig zu sein, was ich da tat. Mitzuhelfen, beteiligt zu sein daran, seine Frau zu betrügen. Dabei brauchte ich nicht mal an die Oma zu denken, das wusste ich von allein.

Andererseits, ich konnte tun und lassen, was ich wollte, ich war allein und niemandem Rechenschaft schuldig.

Und was er tat, war das nicht seine Sache? Ging mich das überhaupt etwas an?

Er sagte auch nicht so etwas Banales, wie: meine Frau versteht mich nicht. Wenn er ab da von ihr sprach und das tat er manchmal, so geschah es immer liebevoll und voller Respekt.

"Was mit uns beiden ist, hat mit meiner Frau nichts zu tun", so sagte er. Und dass sie es darum nicht zu erfahren brauche.

Sein Einsatz dauerte ohnehin nur noch zwei Wochen, solange blieb ich mit ihm zusammen, wenn man das so nennen kann, dann fuhr er heim.

Allerdings blieben wir in Kontakt und irgendwie kriegten wir es hin, konnten wir es so hindrehen, dass wir das nächste Mal wieder zur gleichen Zeit in den Einsatz geschickt wurden.

Ich kam ein paar Tage vor ihm an. Mittlerweile hatte ich darüber nachgedacht, dass es bescheuert war, was ich hier tat und beschlossen, die Affäre mit ihm nicht wieder aufleben zu lassen.

Was, wenn ich ihn lieber gewann, als es gut für mich war? Ich würde es sein lassen, nicht meine Karriere und meine kleine Familie aufs Spiel setzen. Es war einfach vernünftiger und anständiger seiner Frau gegenüber war es auch, das Ganze zu lassen.

Alle guten Vorsätze waren vergessen, als er mir plötzlich gegenüber stand und mich umarmte. Etwas hölzern und formell, denn wir waren nicht allein. Nachts trafen wir uns auf dem Dach des Bunkers und dieses Mal wurde es ernst und ich mochte ihn lieber, als gut war und er mochte mich auch lieber und er versprach, in seinem Urlaub mit seiner Frau zu sprechen und ihr zu sagen, dass er sich von ihr trennen wollte, dass er sie verlassen würde.

Er kam aus dem Urlaub zurück und hatte es ihr nicht gesagt. Dieses Mal brach mir das Herz, oder doch beinahe, denn er versprach, er würde es nach dem Einsatz tun und dann würde er mich in Deutschland treffen.

Ich nahm es hin, so wie ich so vieles in meinem Leben hingenommen hatte.

Eines Tages, einige Wochen nach meinem letzten Einsatz in 2007 und kurz bevor die Zwillinge in die Schule kamen, hatte ich einen kleinen Zusammenbruch, so nannten sie es. Ich war in meinem Büro in Tränen ausgebrochen und zum Truppenarzt geschickt worden.

Er sagte, ich hätte ein Burn Out Syndrom, ein posttraumatisches Stresssyndrom, überwies mich ins Krankenhaus, bis nach Hamburg musste ich deswegen, er sagte, es wäre besser dort als in Berlin und ich hatte ja die Kinder sowieso zu meinen Eltern bringen müssen.

Also machte ich, was er sagte.

Ich wurde noch eine Zeit lang krankgeschrieben und habe 25 Doppelstunden Therapie bei einem zivilen Therapeuten bekommen. Danach bin ich wieder zur Arbeit gegangen.

Seit meinem Zusammenbruch habe ich diese Störung, dass ich keine Farben mehr sehe. Ich habe es aber keinem erzählt bei der Bundeswehr, als die genehmigten Stunden vorbei waren, es war mir zu gefährlich wegen meiner Karriere. Ich bin heimlich weiter bei dem zivilen Arzt in Therapie gegangen, habe selbst bezahlt. Ich habe mich um die Kinder gekümmert und einmal im Monat meine Eltern besucht. Irgendwann habe ich dann auch aufgehört, mich mit Jan zu treffen.

Nach Afghanistan musste ich nicht mehr nach meinem Zusammenbruch und so hatte ich wieder ein ganz normales, fast schönes Leben. Nur ohne Farbe.

8

Irgendjemand stöhnte. Jemand stöhnte so laut, dass ich nicht mehr schlafen konnte.

Unwillig versuchte ich weiter zu schlafen, ich wollte nicht aufwachen.

Wenn doch nur das Gestöhne neben mir nicht wäre. Oder träumte ich nur? Schlief ich überhaupt?

Ich versuchte, wieder dahin abzudriften, wo ich hergekommen war.

Es war so warm dort. Nicht schwül und drückend, sondern es war eine wohltuende Wärme, und ein wunderbares Licht war da. Nicht hell, nicht grell, einfach nur leuchtend, sanft, in allen Farben, dass einem das Herz aufging und Freude hereindrang. Beschützt hatte ich mich dort gefühlt, sicher und geborgen. Ich war ganz leicht, wie schwebend war ich durch das Licht geflutet oder das Licht durch mich, es war, als sei ich ein Teil davon.

Es war wie ein Elfenwald. Ein Wald voller Licht. Er war nicht einfach nur so in Licht getaucht und Sonnenstrahlen drangen durch die Baumwipfel, nein, der ganze Wald war Licht und das Licht war der Wald. Und der Wald war Musik. Es waren keine richtigen Lieder, es waren wunderschöne, harmonische Klänge, alles war Licht und Klang und schwebte und tanzte und manchmal schien das Schweben Gestalt anzunehmen und Elfen wiegten sich in ihren Kleidchen aus zarter schillernder Seide sanft in den Klängen und dem Licht. Alles war Freude und Wärme und vor allem war es sicher.

Ich schwebte mit den Elfen. Das Licht und die Musik durchfluteten mich, flossen durch mich und trugen mich durch die Baumwipfel mitten in die Quelle des Lichts, der Wärme, der Klänge und ich flog und wusste, ich würde nicht fallen, ich war ein Teil des Lichts und der Musik, ein Teil des Elfenwaldes, wo es schön war und warm und sicher. Hier gehörte ich hin, hier wollte ich bleiben, für immer. Alles war gut.

Ich wollte dort nicht weg.

Aber das Stöhnen hörte nicht auf, wurde lauter und lauter und immer mehr trieb ich weg von dem Licht und der Wärme und tauchte auf, an die Oberfläche, zum Ende des Lichts und es war dunkel und kalt und ich schwitzte.

Meine feuchten Hände tasteten umher, fühlten glatten, sanften Stoff.

Und jetzt, obwohl meine Augen immer noch geschlossen waren, merkte ich auch, dass ich es war, die so stöhnte.

Warum tat ich das? Warum gab ich diese grauenvollen, krächzenden Laute von mir?

Ich wollte es nicht wissen, ich wollte meine Augen nicht öffnen, ich wollte nicht aufwachen. Falls es schlafen war, was ich getan hatte, falls Schlaf der Ort war, an dem ich gewesen war.

Ich wollte dort nicht weg, ich wollte dort wieder hin, zurück in den Elfenwald, wo alles gut war.

Hier war nichts gut. Gegen meinen Willen drang ein Geräusch an meine Ohren und unwillig nahm ich es zur Kenntnis. Ein rhythmisches, regelmäßiges Piepsen, das störte und nervte und mich wie ein Metronom zwang, im Takt zu bleiben, im Takt zu atmen und vor allem, aufzuwachen, nicht wieder abzutreiben, wegzuschweben.

Da waren andere Geräusche, ein Rascheln, Fußtritte, eine Frauenstimme.

„Sie wacht auf, ich glaube, sie hat Schmerzen."

Über wen sprach diese Frau? Redete sie über mich?

Hatte ich Schmerzen, wie sie sagte?

Vorsichtig überprüfte ich es. Nein, da war nichts, kein Gefühl, gar nichts. Außer Kälte und diesem klebrigen Schwitzen und dem Stoff in meinen Händen war da nichts.

Und der Dunkelheit.

Wo war ich und vor allem wer war ich?

Ich wusste gar nichts, in mir war alles leer. Ich war in einer großen, schwarzen Tonne gefangen und ich wusste nicht, wer ich war und wo diese Tonne war.

Nein, sie musste über jemand anderen reden.

Ich fühlte nichts, konnte mich an nichts erinnern.

Ich stellte fest, dass ich nicht mehr schwebte, sondern lag.

Ich wollte das nicht, das Schweben und das Licht waren zu schön gewesen.

Aber ich lag auf diesem Stoff und mein Körper wurde schwerer und schwerer und ich nahm ihn wahr.

Jetzt merkte ich auch, dass ich Schmerzen hatte, in der Brust, im Bauch, an den Beinen, den Armen, aber vor allem in der Brust.

Ich konnte kaum atmen. Bei jedem Atemzug kam ein schreckliches Geräusch aus meinem Mund. Das war das Stöhnen, das mich in dem Elfenwald voller Licht und Wärme gestört, mich hierher gezogen hatte in die schwarze Tonne.

Ich versuchte, es sein zu lassen, schloss meinen Mund, hörte auf zu stöhnen.

Vielleicht konnte ich wieder zurück in meinen Lichtwald. Wenn ich mich ganz leicht machte, die Augen geschlossen hielt und ganz leise war, vielleicht trieb ich dann wieder ab, vielleicht konnte ich dann wieder eintauchen in die Wärme und die Musik und in das Licht. Schon glaubte ich, es zu sehen, dachte, dass es heller würde, da verschwand es jäh.

Unsanft rüttelte mich jemand an der Schulter, klopfte mir auf die Wange und sagte: „Kristina, wach auf!“

Kristina also. Das musste ich sein.

Wer zum Teufel war Kristina?

Es kam mir bekannt vor, aber es fühlte sich nicht wirklich an, nicht wirklich wie ich.

Ich wollte das alles nicht. Ich wollte nicht Kristina sein, wer immer das auch war, ich wollte nicht geschüttelt werden, ich wollte das alles nicht hören und vor allem wollte ich wieder in das Elfenland zurück.

Sie ließen mich nicht und plötzlich war da eine grelle Helligkeit, die mir wie ein Blitz durch den Kopf schoss und ich sah einen Kopf über mir, der nur aus Augen bestand, der Rest war grün, grüner Stoff.

Die Hand, die mit diesem grünen Kopf verbunden war, öffnete mit brutaler Gewalt eines meiner Augen.

Das war keine Elfe und hier war auch keine Musik.

Hier war ein unbeschreiblicher Lärm und grausames kaltes gleißendes Licht.

„Sie ist wach“, sagte die Stimme und ließ endlich mein Auge los und es wurde wieder dunkel. Die Dunkelheit erschien mir gegenüber dem grellen Licht fast barmherzig, auch wenn ich es traurig geschehen lassen musste, dass der Elfenwald zurück glitt mit seinem Licht, seinen Klängen und seiner Sicherheit, sich weiter und weiter von mir entfernte und mich allein ließ.

Irgendjemand machte sich an meinem Arm zu schaffen, ein Geschmack von Knoblauch breitete sich in meinem Mund aus und ich versank. Leider nicht in das Licht, sondern in eine Dunkelheit, aber eine, die wenigstens nicht schmerzte, sondern beinahe tröstlich war.

„Merkwürdig”, schoss es mir noch eben durch den Kopf, “woher weiß ich, was Knoblauch ist und wie er schmeckt, ich weiß ja nicht einmal wer und wo ich bin.“ Dann nahm das Dunkel mich gnädig wieder auf.

Ich träumte. Auf einmal wusste ich genau, dass es dieses Mal ein Traum war und ich war ganz sicher, der Elfenwald war keiner gewesen.
Dieses war ein Traum.
Ich saß in einem Auto und ich fuhr sehr schnell. Ich fuhr auf einer langen gerade Straße, die ich in meinem Traum gar nicht wieder erkannte. Sie war asphaltiert, musste irgendwo in Deutschland sein, aber ich kannte sie nicht. Sie war breit und hatte vier Fahrstreifen und außer mir war kein anderes Auto zu sehen. Alles was ich hörte, war das Motorengeräusch meines Autos und der Fahrtwind, der an den Scheiben entlang zischte, während ich dahinbrauste. Ich fuhr und fuhr und versank in Monotonie. Es war dunkel und kalt, die Heizung funktionierte mal wieder nicht.
Ich fuhr über eine Brücke, die sich über ein langes Tal erstreckte und gab noch etwas Gas. Was, wenn ich abstürze, fragte ich mich. Wenn ich einfach seitlich durch das Geländer fahre und hinunterstürze in die Tiefe.
„Es wäre in Ordnung" sagte eine Stimme in mir.
„Warum?", fragte eine andere Stimme.
„Weil es alles zu schwierig ist." Das war wieder die erste Stimme. „Da, wo ich bin, ist Licht und alles ganz leicht."
Die Brücke lag hinter mir und ich war nicht abgestürzt.
Jetzt fuhr ich durch einen Wald, vor mir erhob sich plötzlich quer über der Straße eine hohe Brücke mit dicken Brückenpfeilern, die ich in der Dunkelheit gegen das sanfte Mondlicht deutlich sehen konnte.
Entschlossen packte ich das Lenkrad fester und steuerte auf den Brückenpfeiler zu. Ich ließ nicht los, lenkte nicht weg und fuhr auf ihn zu, gab noch ein wenig mehr Gas.
Dann war alles still.
Und dann kam langsam und wabernd, wie Nebel, der sich morgens über den Wiesen um unser Dorf erhebt, das Licht. Es umschloss langsam meine

Füße, dann meine Beine, stieg mit dem Nebel nach oben, hüllte mich vollkommen ein und trug mich davon.

Es schwebte mit mir davon, und sanft und anders als der Frühnebel war es nicht kalt und klamm, sondern voller Wärme und voller wunderbarer Klänge.

Da war wieder eine Stimme. Ich kannte sie, sie war vertraut.

„Kristinchen, was machste nur für Sachen?"

Es war die Stimme meiner Mutter, aber sie bebte und zitterte, als würde sie das Weinen unterdrücken.

Das Licht verschwand jäh. Ich öffnete die Augen und sah meine Mutter an. So kannte ich sie gar nicht. Jammerig und vorwurfsvoll, das ja, aber jetzt war sie so weich auf einmal, so vorsichtig und ganz besorgt.

Zaghaft nahm sie meine rechte Hand in ihre und dann sprach sie zu mir, wie sie noch nie gesprochen hatte, sanft, fast zärtlich.

„Ich habe mit dem Arzt gesprochen und ihm versprochen, mit dir zu reden."

„Was für ein Arzt?" fragte ich und war erstaunt, dass meine Stimme funktionierte, auch wenn sie etwas krächzte und heiser klang.

„Wo bin ich?"

„Du bist im Krankenhaus, Kristina. Du hattest einen schlimmen Unfall."

Sie machte eine Pause, sah mich an, wartete, ob ich reagierte und als ich nicht antwortete, fuhr sie fort.

„Du hattest einen schlimmen Autounfall. Es ging dir sehr schlecht ein paar Tage lang. Und das, dein" wieder zögerte sie und als ich wiederum nicht antwortete, sie nur ansah, sprach sie weiter, langsam, druckste herum, als wüsste sie nicht wie, als würde sie nach Worten suchen.

„Du hast das, hast dein" und dann gab sie sich einen Ruck und sagte: „Du hattest eine Fehlgeburt, du hast das Kind verloren."

Und dann auf einmal strömte es aus ihr heraus: „Mein Gott, Kristinchen, ich wusste ja gar nicht, dass du schwanger warst, Kind, von wem denn bloß, was hast du bloß durchgemacht und keinem was davon erzählt. Warum bist du denn nicht nach Hause gekommen? Was fährst du denn wie eine Wilde in der Gegend herum und setzt dein Leben aufs Spiel?"

Und jetzt weinte sie doch.

Aber richtig, ehrlich, nicht nur, um zu jammern, wie sonst. Es ging ihr wirklich nahe und sie schien sich nicht nur Sorgen zu machen, sondern auch Vorwürfe.

„Warum bist du nicht zu mir gekommen, wir hätten schon einen Weg gefunden, du musst doch nicht so dumme Sachen machen."

Und langsam, ganz langsam, fügten sich in meinem Hirn die Puzzleteilchen zusammen und es dämmerte mir, was passiert war.

Es war gar kein Traum gewesen. Das heißt, ich hatte vielleicht davon geträumt, aber davor war es wahr gewesen, es war Realität gewesen, ich war mit Absicht an den Brückenpfeiler gefahren, ich hatte versucht, mich umzubringen, mich und das Baby in meinem Bauch.

Das Baby, von dem niemand außer mir etwas gewusst hatte und von dem nun alle zu wissen schienen.

Denn eins war klar, wenn es die Mutter wusste, dann wussten es auch der Vater und die Oma, und wenn die es wusste, dann wussten es alle.

Andererseits, alle, was heißt schon alle? Alle in dem kleinen Kaff dort im Osten hinter dem Mond. Alle, die ich schon ewig nicht gesehen hatte und die mir herzlich egal waren.

Solange es sonst niemand wusste, solange es – mir stockte der Atem. Konnte ich immer noch nicht aufhören, an diesen Kerl zu denken?

Dieser Mensch, der mich immer wieder verlassen hatte, verraten hatte, so hatte ich sogar manchmal gedacht. Der über Jahre seine Frau mit mir betrogen hatte, zu mir von Liebe gesprochen und doch nie zu mir gestanden hatte, sondern immer wieder zu seiner Frau zurückgekehrt war. Konnte ich ihn denn nicht endlich vergessen und mich um meine Arbeit und um meine Kinder kümmern?

Meine Kinder. Du großer Gott. Die Zwillinge. Ich hatte keine Sekunde an sie gedacht und was aus ihnen werden würde.

Ich hatte mir nur selbst leid getan und ein klein wenig wollte ich es ihm auch zeigen. Ihm ein schlechtes Gewissen machen. „Da siehst du, was du angerichtet hast..." So ungefähr.

Meine Söhne, die hatte ich dabei vollkommen vergessen.

„Wo sind die Jungs?" fragte ich meine Mutter.

Und als sie mich nur ansah hinter ihren tränenverschleierten Augen und nicht gleich antworte, drängte ich: „Die Jungs, Peter und Paul, wo sind sie?"

„Das hättest du dir mal früher überlegen sollen", verfiel meine Mutter wieder in ihr altes Ich, korrigierte sich aber gleich, als sie meinen Blick sah und beruhigte sich. Dieser Arzt musste ganze Arbeit geleistet haben in dem Gespräch mit ihr und mir musste es wirklich sehr schlecht gegangen sein.

„Sie sind noch bei uns daheim, die Oma kümmert sich und die Zenkersche kocht für sie."

Die Zenkersche, das war Frau Zenker, die seit eh und je unsere Nachbarin war, die Frau des Tierarztes im Ort, im gleichen Alter wie meine Mutter. Sie hatte mich aufwachsen sehen und gehörte zu meinem Leben wie der Apfelbaum hinter dem Haus.

Meine Gedanken drifteten ab, ich schloss die Augen und muss eingeschlafen sein.

So ging es ein paar Tage, ich war so müde und schlief die ganze Zeit, vielleicht gaben sie mir auch Schlafmittel, das weiß ich nicht genau. Ich weiß nur, andauernd kam eine Schwester herein und wechselte Infusionen und Verbände und pumpte irgendwelche Flüssigkeiten in kleinen und großen Spritzen in mich hinein.

Ich schlief und wenn ich aufwachte, saß meine Mutter neben mir und sagte: „Den Jungs geht es gut und wenn du hier raus kommst, dann kommst du erst mal heim und wir päppeln dich ordentlich auf."

Aber ich antwortete ihr nicht mehr. Kein einziges Mal. Ich sah sie nur an, aber ich sprach kein Wort.

Ich versuchte es nicht einmal.

Ich nahm es ihnen ein wenig übel, dass sie mich nicht in Ruhe gelassen hatten in meinem Elfenwald.

Der Gedanke an die Zwillinge half und er ließ mich die Augen öffnen und sie ansehen, aber zum sprechen, da reichte es nicht.

Ich war zu müde.

Und was würde es schon bringen, die ganze Rederei.

Noch dazu mit meiner Mutter. Es reichte schon, dass ich ihr dankbar sein musste.

Dankbar, dass sie auf die Zwillinge aufpasste, dankbar, dass sie jetzt neben mir saß.

Wer hat das erfunden, dass man seiner Mutter dankbar sein muss?

Denn darin waren sie sich immer einig gewesen, die Mutter und die Oma.

Sie nahmen immer alles persönlich und die Mutter kriegte es von der Oma zu hören und ich von der Mutter: „Da hab ich mich mein Leben lang aufgeopfert, und was ist jetzt der Dank?"

Keine Ahnung, wie sie sich aufgeopfert hatten.

Nicht mal jetzt, wo ich selbst Kinder habe, kann ich das verstehen.

Ich liebe sie zärtlich, meine beiden Jungs und es hat mir nie etwas ausgemacht, dass ich ihretwegen abends nicht mehr ausgehen konnte. Das habe ich nie gerne getan. Und auch alles andere macht mir nichts aus.

Nachts aufstehen, wenn sie weinen, zum Arzt bringen, wenn sie krank sind, Geschichten vorlesen, wenn sie knatschig sind und was man eben so tut als Mutter.

Ich empfand es immer als großes Glück und Privileg, zwei so niedliche kleine Kerlchen um mich haben zu dürfen. Von Opfern habe ich nichts bemerkt in meinem Leben.

Dennoch war es angenehm, dass die Mutter neben mir saß. Zumindest störte sie mich nicht. So hatte ich sie früher daheim oft empfunden – störend, irritierend. Aber jetzt war es angenehm, dass sie so zuverlässig da saß neben meinem Bett, jedes Mal, wenn ich aufwachte.

Eines Tages musste sie heim, es war zu viel für die Oma und auch die Zenkersche hatte angefangen, langsam zu meutern, jeden Tag die viele Kocherei und die Jungs sind ungezogen und ärgern die Katze und niemand wird Herr über sie.

Anfangs ging es noch, aber dann hatten die Jungs ein Feld abgebrannt und das Dorf verlangte danach, dass die häusliche Ordnung wieder hergestellt wurde.

Sie hatten es nicht mit Absicht getan, natürlich nicht, und fast musste ich bei aller Benommenheit und allen Schmerzen lachen, als ich es mir bildlich vorstellte.

Wie sie dem Vater Rede und Antwort stehen mussten, denn bei aller Trinkerei war er doch der Herr im Haus und der Bauer, dem das Feld gehörte, hatte ihn aufgesucht, sich beklagt, und um Schadensersatz gebeten. So hatte es mir die Mutter erzählt.

Aber ich dachte, gebeten ist wohl eher das falsche Wort, wenn ich die Dickschädel dort in der Gegend richtig einschätze. Gewettert wird er haben, gebrüllt und geschimpft, dass man den Jungs den Hosenboden stramm ziehen sollte, aber dass es das ja heute bei dieser Schwachsinns-

antiautoritären Erziehung nicht mehr gäbe und früher wäre das nicht passiert.
Und wie dann die Jungs zum Verhör beim Vater antreten mussten und wie sie ihn ansahen mit ihrem Dackelblick aus den strahlend blauen unschuldigen Augen, und wie sie sagten: „Das haben wir nicht mit Absicht getan, es ist einfach so passiert, ohne, das wir es wollten.“
Auf jeden Fall musste die Mutter heim, das war sie dem Bauern schuldig und der Zenkerschen und der Oma und dem Vater auch.
Und ich, ich war ja schließlich selber schuld, ein Selbstmordversuch, hatte das Mädchen noch alle Tassen im Schrank, zwei so goldige Buben, weiß sie denn nicht, was sich gehört und was ihre Pflicht ist? So würden sie reden dort im Ort.
Und vielleicht hatten sie ja Recht und vielleicht hatten sie auch keine Ahnung.
Und vielleicht waren sie auch einfach nur undankbar mir gegenüber, die ich ja auch für sie dort in ihrem kleinen Dorf den Arsch hingehalten habe in Afghanistan, damit sie in Frieden leben können in ihrem kleinen beschränkten Leben, und ich bin dort in diesem fernen Land in die größte Scheiße meines Lebens geraten und jetzt hilft mir keiner und so ein blödes bescheuertes Feld ist wichtiger.
Ich konnte es nicht ändern und als die Schwester merkte, dass das Piepen der Maschine neben mir schneller wurde, als mir die Mutter sagte, sie müsse heim, spritzte sie mir wieder irgendetwas in den kleinen Schlauch in meinem Hals und ich schlief ein.

9

Als ich aufwachte, saß Großtante Lene neben mir.
Ich konnte es kaum glauben. Seit Jahren hatte ich sie nicht gesehen. Steinalt musste sie mittlerweile sein, ich gab es auf, nachzurechnen und sah sie an.
Schick sah sie aus in ihrem beigen Jil Sander Kostüm, die weißen Haare frisch dauergewellt, eine weiße Perlenkette um den Hals und dazu die passenden Ohrringe, sauber, frisch, wie aus dem Ei gepellt und wohl duftend. Ihr Gesicht und ihr Hals waren faltig wie der einer Schildkröte, aber das tat der Eleganz der schlanken Gestalt keinen Abbruch.
Zeitlos schien sie zu sein und die Falten schienen ihr auch ein wenig der Weisheit der Schildkröten zu verleihen.
Sie hatte etwas aus sich gemacht im Westen. Nachdem ihr Mann einige Jahre nach dem Krieg gestorben war, hatte sie von ihrer Witwenrente die sieben Kinder groß gezogen und, nachdem sie aus dem Haus waren, sich noch einmal verheiratet, sehr geschickt, wie die Oma fand, mit einem älteren, wohlbeleibten, glatzköpfigen Geschäftsmann, Import-Export, der in aller Herren Länder reiste und ihr teure Geschenke mitbrachte.
Ob aus Liebe oder schlechtem Gewissen, weiß man nicht. Die Oma spekulierte viel und gern darüber, ob Tante Lenes Mann sie betrog oder nicht und es war ein ergiebiges Thema zwischen ihr und der Zenkerschen, wenn sie ihren täglichen Tratsch über den Gartenzaun abhielten oder nachmittags bei ihrem Pulverkaffee zusammen saßen.

Letzten Endes schien es der Großtante gut zu gehen und selbst wenn es da etwas zu mutmaßen gab, so schien es ihr egal zu sein und das war ja wohl die Hauptsache.
Sie hatte ein schönes Haus, ein schnittiges Auto, Klamotten, so viel sie wollte, ihren eigenen Frisör, Luigi, er kam ins Haus und er machte auch Make up und Maniküre. Sie spielte Golf und Bridge und hatte jede Menge Freundinnen, die ihr halfen, die Zeit zu vertreiben, wenn ihre Männer auf Geschäftsreise waren.
Für Sentimentalitäten, Erinnerungen an den Krieg, den Bund der Schlesien-Vertriebenen oder gar die Fünfziger-Vereinigung war da keine Zeit.
„Wenn schon, dann die grauen Panther“, hatte sie immer gesagt, „aber dafür habe ich auch keine Zeit.“
Als ich aufwachte, küsste sie mich auf die Wange und hinterließ einen schwachen Duft von Chanel, der eine leichte Übelkeit in mir aufsteigen ließ. Er schien nicht mit den Flüssigkeiten zusammen zu passen, die in die Schläuche liefen, die aus meinem Körper herauskamen.
Dann sah sie mich streng und prüfend an.
„So, Madame, jetzt wollen wir mal Tacheles reden.“
Auch sie hatte ihren schlesischen Akzent vollkommen abgelegt.
Nur nebenbei bemerkte ich es, denn ich hatte Angst vor dem, was nun kommen würde.
Sie hielt mir einen langen schwungvollen Vortrag und anders als die Menschen, die ich in der letzten Zeit um mich hatte, anders als meine Mutter, die Krankenschwestern und die Ärzte, schien sie durchaus nicht der Meinung zu sein, man müsste behutsam mit mir umgehen, so als sei ich aus Porzellan.
„Deine Mutter hat mich angerufen. Nicht, dass das etwas Besonderes wäre, das tut sie ja andauernd und nicht, dass ich mir etwas aus dem permanenten Gejammer machen würde. Um ehrlich zu sein, ich höre ich nicht mal richtig

zu. Immerhin kann ich nichts dafür, dass sie so wenig aus ihrem Leben gemacht hat.
Aber dieses Mal war es anders und sie hat mich um Hilfe gebeten. Sie hat mich gebeten, dich aufzusuchen und mit dir zu reden.
Sprich du mit ihr, so hat sie gesagt, vielleicht kannst du etwas ausrichten.
Sie hat mir erzählt, dass du all die Tage, die sie neben deinem Bett gesessen hat, nichts gesprochen hast. Nur angesehen hättest du sie mit großen Augen und nichts gesagt. Keine Antwort gegeben, nur gefragt, wo du bist und wo die Jungs sind, danach nichts mehr.
Sie hat gesagt, du hast einen Selbstmordversuch gemacht und dabei eine Fehlgeburt gehabt und dass kein Mensch überhaupt gewusst hat, dass du schwanger bist, wo doch dein Mann schon seit Jahren nicht mehr da ist. Sie hat gesagt, dass sie es überhaupt nicht versteht, was mit dir los ist, wo du doch so ein gutes, sicheres Leben bei der Bundeswehr hast und zwei so nette Jungs.
Sie hat auch gesagt, dass sie die Jungs nicht mehr lange behalten kann, erstens fängt die Schule bald an und zweitens ist es zu anstrengend, sie machen dauernd Unsinn und stellen was an und es gibt dauernd Ärger."
Sie holte kurz Atem und sah mich erwartungsvoll an.
Ich sagte nichts. Ich konnte nicht, der Gedanke an meine Jungs schnürte mir die Kehle zu und Tränen stiegen in mir auf.
Ich wollte es nicht, ich wollte nicht in Selbstmitleid ertrinken, ich wollte stark sein, aber die Tränen konnte ich nicht zurück halten.
Sie bemerkte es und wurde etwas sanfter.
„Ist ja gut. Du brauchst es mir nicht zu erzählen. Aber du musst reden. Du hast ganz offensichtlich Probleme, es geht dir nicht gut und du brauchst jemanden, mit dem du reden kannst."
Jetzt reichte es mir und ich aktivierte meine Stimme.
„Ich rede doch. Seit zwei Jahren rede ich."

Und da sie mich erwartungsvoll ansah und ich es hinter mich bringen wollte, fuhr ich fort: „Als ich das letzte Mal aus dem Auslandseinsatz zurück kam, ging es mir nicht so gut. Da war ich ja auch im Krankenhaus, das wisst ihr ja. Seitdem habe ich einen Therapeuten, daheim in Weißenfels. Zu ihm gehe ich seit zwei Jahren. Anfangs, als die Bundeswehr noch bezahlt hat, jede Woche.

Dann wollte ich wieder zur Arbeit gehen, sie fingen schon an, über mich zu reden und ich brauche doch meinen Job, der Kinder wegen und da habe ich so getan, als ob es mir gut geht und habe wieder angefangen, zu arbeiten. Ich bin dann heimlich weiter zu dem Therapeuten gegangen und habe es selbst bezahlt. Jede zweite Woche bin ich hingegangen, aber es hilft nicht."

„Dann war es nicht der richtige Therapeut", sagte Großtante Lenchen trocken.

Ich war erstaunt, wie gut es tat, sie das sagen zu hören. Offensichtlich schien sie in keiner Weise in Betracht zu ziehen, dass es meine Schuld sei oder dass ich zu blöd sei oder zu faul oder zu feige und zum ersten Mal erlaubte auch ich mir diesen Gedanken und es war eine große Erleichterung.

So groß, dass ich anfing zu weinen und ich wollte mehr erzählen. Hier war ein Mensch, der mir keine Vorwürfe machte, mich nicht anklagte.

„Da war dieser Mann, weißt du. Ich habe diesen Mann kennen gelernt", und obwohl ich darauf brannte, es heraus zu lassen, es endlich jemandem zu erzählen, der mich zu verstehen schien, fand ich nicht die richtigen Worte und ich schämte mich auch ein wenig. Gerade vor Großtante Lenchen, die so viel durchgemacht hatte in ihrem Leben und immer tapfer war und nie gejammert hatte, immer weiter gekämpft und nie aufgegeben hatte und die jetzt so gelassen und gut riechend neben meinem Bett saß, die Beine übereinandergeschlagen, ein leises Lächeln in ihren lieben alten weisen Augen.

Es machte nichts, dass ich mich nicht richtig ausdrücken konnte.
„Haben wir das nicht alle einmal, einen Mann kennen gelernt?“ sagte sie nachdenklich und ihr Blick verschwamm, schien in weit entfernte, lang vergangene Zeiten zu sehen.
Dann wurde sie wieder klar, rückte sich in ihrem Stuhl zurecht und wurde ernst.
„Ich bin eine alte Frau, Kristina, und es hat keinen Sinn, mir das alles zu erzählen. Du brauchst einen Fachmann, eine Expertin, und ich glaube, ich weiß genau die richtige.
Sie war auch bei der Bundeswehr und jetzt hat sie eine Privatpraxis. Ihre Mutter spielt mit mir Bridge“, so sagte sie, als ob das als Empfehlung ausreichte.
Und Privatpraxis, das würde ich mir nicht leisten können. Ich sagte es ihr.
„Mein Gott, Kristinchen, das ist doch das Letzte, über das du dir Gedanken machen sollst. Natürlich werde ich dir das bezahlen. Mach dir keine Sorgen darüber, ich kann es mir leisten. Mein Mann verdient sehr gut und er wird mir gerne diesen Gefallen tun. Ich weiß, du kennst mich nicht sehr gut, aber das macht nichts.
Wir sind eine Familie und Blut ist dicker als Wasser, das durfte ich auch einmal erfahren in meinem Leben. Nun kann ich es vergelten und das ist ein schöner Gedanke. Am Ende des Lebens wird es wichtiger, Gutes zu tun und gut zu sein, weißt du, Kristina.
Ich wäre in meinem Leben gerne fromm gewesen, aber ich konnte es nicht, obwohl ich es immer wieder versucht habe. Nun frage ich mich manchmal, wie ich dem Tod entgegentreten soll ohne den Trost der Religion. Oft denke ich, es wäre leichter, zynisch zu sein, aber dazu fehlt mir wohl der Witz und der Esprit. So muss ich mich damit begnügen, zu versuchen, ein guter Mensch zu sein und vielleicht ist das ja auch gar kein schlechter

Gedanke. Aber was quatsche ich dich hier voll“, gab sie sich einen Ruck und wurde praktisch.
„Ich werde meine Bekannte nach der Telefonnummer ihrer Tochter fragen, sie anrufen und sie bitten, sich mit dir in Verbindung zu setzen, alles für dich zu tun, was nötig ist und die Rechnungen an meinen Mann zuschicken.“
„Was wird dein Mann sagen?“
„Mach dir keine Gedanken. Meine Freundinnen denken, er ist ein sehr unattraktiver Mann, aber für mich ist er von einer großen inneren Schönheit. Darum habe ich ihn geheiratet. Schönheit liegt im Auge des Betrachters. Du weißt, alte Leute müssen immer schlaue Sprüche von sich geben“, und sie lachte.
„Das Geld spielte dabei keine Rolle, Kristina, obwohl es natürlich mein Leben sehr angenehm gemacht hat. Zwar ist er etwas zynischer als ich, was keine große Kunst ist, aber er wird sich freuen, mir und auch dir etwas Gutes tun zu können. Auch er ist ein alter Mann und bereitet sich darauf vor, dem Sensemann zu begegnen, weißt du.“
„Was werden deine Kinder sagen?“
„Mein Gott, wenn ich meine Kinder jedes Mal fragen müsste, das wäre ja noch schöner. Natürlich sind sie hinter ihrem Erbteil her wie der Teufel hinter der armen Seele, aber sie sind erwachsen, sie können für sich selbst sorgen. Das haben wir ja alle gemusst und es hat uns gut getan. Ich halte nichts davon, den Kindern Häuser und Geld hinterher zu werfen. Es verdirbt den Charakter.
Und außerdem, ich mag zwar älter sein als Methusalem, aber noch bin ich nicht tot und noch bin ich Herrin über mein Leben und mein Geld, oder das Geld meines Mannes.“ Wieder lachte sie.
Sie war ganz unglaublich, meine Großtante Lenchen.

Und nachdem sie mich verlassen hatte, dachte ich darüber nach, was sie als letztes gesagt hatte, als sie mich zum Abschied wieder auf die Wange geküsst hatte und dieses Mal wurde es mir nicht übel von ihrem Parfüm.
„Denk nicht so viel nach, sondern komm zurück ins Leben, zurück auf die Erde. Ich kann mir schon denken, dass du nicht immer auf Rosen gebettet warst, wer ist das schon, aber las dir von einer alten Frau gesagt sein, die Erde ist vielleicht der beste Teil des Lebens."
Elfenwald oder Erde?
Während ich einschlief, dachte ich daran und ich roch ihr Parfüm, das noch an meinem Kopfkissen hing und es half mir hinweg über das leise Bedauern, den Elfenwald endgültig verlassen zu müssen.

10

Ich saß meiner neuen Therapeutin gegenüber. Die Psychiaterin, die Tochter der Bridgepartnerin von Tante Lene. Mein Lebenslauf lag vor ihr auf dem kleinen Couchtisch, dessen Glasplatte mit Zeitschriften und Schreibheften übersät und mit einer dicken Staubschicht bedeckt war.
Sie ignorierte den Lebenslauf und das ganze Durcheinander und sah mich an.
„Wie geht es Ihnen?“ fragte sie mich freundlich und automatisch antwortete ich: „Danke, gut.“
„Nein, nein“, antwortete sie rasch. „Ich meine es ernst. Das war keine Floskel zur Begrüßung. Ich will wissen, wie es Ihnen geht. Fühlen Sie sich gut?“
Ich starrte sie an. Ich war es nicht gewöhnt, dass Leute diese Frage ernst meinten. Ich war es auch nicht gewöhnt, darüber nachzudenken, wie ich mich fühlte und wie es mir ging.
Jetzt sagte sie erstaunlicherweise genau das.
„Ich weiß, dass es oft nur so daher gesagt wird. Aber ich meine es ernst. Ich interessiere mich für Menschen und ich interessiere mich für Sie. Ich hätte Sie nicht als Patientin angenommen, wenn es nicht so wäre. Auch wenn mich meine Mutter hundert Mal darum gebeten hätte.“
Ich starrte sie an und entschied, ihr zuliebe würde ich irgendwann einmal darüber nachdenken, wie es mir ging. Und es ihr erzählen.

Sie schien sympathisch zu sein, wie sie sich ganz auf mich konzentrierte und sich anscheinend wirklich mit mir unterhalten wollte.
Gleich zu Anfang hatte sie mir mitgeteilt, dass sie es mal wieder im Kreuz hätte und hatte sich auf einen dieser großen bunten Gymnastikplastikbälle gepflanzt, auf dem sie nun gemütlich leise hin und herschaukelte und mich fragte, wie es mir gehe.
Sie war nicht hübsch im eigentlichen Sinn. Sie war sehr kräftig, um nicht zu sagen dick. Offenbar hatte sie sich sorgfältig angezogen, eine gebügelte Bluse und eine Halskette aus bunten Muscheln und Holzperlen, nur dass es irgendwie nicht zu ihr zu passen schien. Sie wirkte robuster, als die Seidenbluse vorzugeben schien und irgendwie wirkte sie auch ein wenig zerstreut. Aber sie strahlte eine Wärme aus und strahlte von innen heraus auf eine Weise, die sie wunderschön machte in meinen Augen.
Einer der mittleren Blusenknöpfe stand offen, und als ich noch überlegte, ob ich es ihr sagen sollte, denn man konnte den Büstenhalter sehen und vielleicht würde es mit ihrem nächsten Patienten eine peinliche Situation geben, als das Telefon klingelte, sie sich entschuldigte und den Anruf annahm.
“Normalerweise schalte ich es aus während meiner Sitzungen“, sagte sie hinterher, aber meine Tochter ist alleine zu Hause und wartet auf den Tierarzt, eines unserer beiden Pferde ist krank und ich habe ihr gesagt, im Notfall kann sie mich anrufen.“
Ich fand es gar nicht schlimm, es machte sie menschlich und nicht so abgehoben und distanziert, wie ich die anderen Ärzte und Therapeuten vorher erlebt hatte.
Wir redeten noch viel in dieser ersten Stunde, über alles Mögliche, nichts, was half, aber auch nichts, was quälte.
Und am Ende der Stunde hatte sie es auf jeden Fall geschafft, dass ich sie mochte und mich auf die nächste Sitzung am nächsten Morgen freute.

„Was werden wir tun?“ fragte ich sie am nächsten Tag. „Wir werden wir es angehen, was wird anders sein als bei den anderen Therapien, die ich gemacht habe?“

Sie sah mich lange nachdenklich an. Dann sagte sie schlicht: „Ich weiß es nicht.“

Ich sagte nichts und anscheinend dachten wir nun beide darüber nach.

Ich überlegte, warum ich eigentlich hier war und ob das nur ihr Trick war, mich zu zwingen, selbst die Verantwortung zu übernehmen für meine Heilung.

Ich kenne mich aus. Ich hatte im Verlaufe meiner Odyssee so viele psychiatrische Patienten kennen gelernt, es blieb nicht aus, dass wir uns draußen in der Raucherecke über die Therapien unterhielten, die wir durchmachten. Eine Raucherecke, die gab es in jedem Krankenhaus und vor oder hinter jeder Praxis, und manchmal konnte man den Eindruck haben, da spielten sich in Wahrheit die Therapien ab. Auf jeden Fall fand da das soziale Leben statt, auch Nichtraucher gesellten sich oft dazu, weil sie nicht allein sein wollten und dort fand man immer Gesellschaft und wir saßen oder standen dort stundenlang, manchmal frierend, weil es kalt war, manchmal unter Regenschirmen, und redeten über Gott und die Welt und natürlich über unsere Therapeuten und Therapien.

Da gab es welche, in denen sagte der Therapeut überhaupt nichts. Man lag da auf einer Couch und sollte über irgendetwas reden. Der Therapeut hörte nur zu und sagte irgendwann abrupt, die Stunde sei zu Ende, bis zum nächsten Mal also.

Diesen Eindruck machte die Psychiaterin allerdings nicht. Sie redete, sie gab Tipps und sie gab auch ihre persönliche Meinung ab.

Das empfand ich als sehr wohltuend.

Bei meinen anderen Therapeuten hätte ich manchmal schreien können, wenn sie alle Fragen zurückgaben wie einen Pingpongball und sagten: "Was meinen Sie denn dazu? Wie fühlt sich das für Sie an?"

Diese hier schien anders zu sein. Sie hatte nicht nur mit ihrer Tochter telefoniert mitten in der Sitzung, so etwas hatte ich noch nie erlebt.

Sie hatte auch Sätze angefangen mit „ich denke", und das fand ich enorm.

Das hatte noch nie ein Therapeut zuvor getan.

Sie schienen immer großen Wert darauf zu legen, anonym zu bleiben. Natürlich hatten sie sich vorgestellt und ihren Namen genannt, aber dann hatten sie sich verschanzt hinter ihren Ikeastühlen, ihren Grünpflanzen und ihren modernen, abstrakten, teuer aussehenden Gemälden hinter ihnen an der Wand.

Dass jemand auch nur erwähnte, dass er eine Tochter hatte, kam nicht vor.

Hier gab es auch keine Grünpflanzen, nur einen kümmerlichen kleinen Kaktus auf der Fensterbank, der so aussah, als ob er froh sei, ein Kaktus zu sein, denn nur deshalb konnte er die langen Dürreperioden und den viel zu kleinen Topf überleben.

Und es gab auch keine Ikeamöbel, keine Gemälde. Bilder gab es schon. Da gab es Fotos von einem jungen Mädchen, vermutlich die besagte Tochter und noch viel mehr Fotos gab es von Pferden und Hunden.

Ich saß auf einer alten abgewetzten grünen Couch, die Psychiaterin saß auf ihrem Ball, dann gab es noch ein Bücherregal, vollgestopft mit allen möglichen medizinischen Büchern, aber auch Romanen und DVDs und daneben stand ein Fernseher.

Einen Fernseher hatte ich auch noch nie bei einer Therapiestunde gesehen.

Aber er war ausgeschaltet und störte nicht.

Es war ein ungewöhnlicher Raum und es war eine ungewöhnliche Frau, diese Psychiaterin.

Nun wusste sie anscheinend nicht, was sie mit mir anfangen sollte.

Es machte mir ein wenig Angst. Sie musste doch einen Plan haben. Ich betrachtete ihr freundliches, rundes Gesicht und traute mich, es ihr zu sagen.

Sie lachte. „Wir werden uns schon noch einen Plan machen. Und dann werden wir auch herausfinden, wie wir vorgehen wollen. Aber erst mal möchte ich Sie kennen lernen, ich weiß doch viel zu wenig über Sie. Und vor allem weiß ich nicht, was Sie wollen. Das müssen wir zuallererst herausfinden."

Das leuchtete mir ein. Sie durfte auch „wir" sagen. Sie meinte es offensichtlich so.

Ich hatte es immer gehasst, dieses „wir". „Na, wie geht es uns denn heute?" Woher soll ich wissen, wie es den Ärzten geht, die diese bescheuerte Frage stellen. Man sollte ihnen die Approbation aberkennen.

Erstens meinen sie es nicht so, und zweitens werden sie mir nie erzählen, wie es ihnen geht und drittens und eben darum, gibt es dieses „wir" gar nicht, von dem sie sprechen.

Es wird doch nicht zuviel verlangt sein, dass der Arzt, der meine Seele und meine Gedanken behandeln will, selbst auch mal ein wenig nachdenkt?

Dann würde er nämlich feststellen, dass es ein „wir" zwischen einem Therapeuten und einem Patienten nicht gibt. Schon gar nicht zwischen denen, die nach dem gemeinsamen Wohlergehen fragen.

Es disqualifiziert sie und darüber wären sie sicher erstaunt, würden sie mal darüber nachdenken. Man könnte nämlich daraus ableiten, wir, die Patienten, die Kranken, dürften bei ihnen in ihrer heilen Welt nicht mitmachen. Das steckt für mich jedenfalls dahinter, hinter diesem jovialen, wohlwollenden, „wie geht's uns denn".

Es ist ein hilfloser Versuch, sich bei uns anzubiedern, und genau damit, dass sie das nötig haben, zeigen sie ja ihre angebliche Überlegenheit, ihr

Herablassen auf unsere Ebene, ihr „den Patienten da abholen, wo er steht“. Auch so eine Floskel aus der Psychotherapie.
Ganz falsch. Damit zeigen sie uns, dass wir nicht gleich sind, das ja sowieso nicht, aber eben nicht gleichwertig.
Zu ihren Frauen sagen die Ärzte ja auch nicht: „Wie geht es uns?“. Da sagen sie: „Wie geht es dir heute, Schatz?“
Jedenfalls hoffe ich, dass sie das sagen.
Auf jeden Fall ist es andersherum, als sie wohl denken. Sie gehören nicht zu uns, so sieht es aus. Wir sind vielleicht krank, vielleicht sogar auch verrückt, aber nicht so bescheuert, dass wir nicht merken, wenn wir für dumm verkauft werden. Dumm sind wir nicht.
Wir, damit meine ich mich und die anderen Patienten, die ich kennen gelernt habe auf meiner Odyssee. Sie alle waren in Afghanistan, so wie ich und sie alle haben irgendwelche Störungen, so wie ich. Die meisten haben Depressionen, manche Aggressionen, manche fühlen gar nichts und manche fühlen nur in Teilen nichts, so wie ich nichts fühle bei den Farben.
Man sieht, ich habe darüber nachgedacht und man sieht, ich bin nicht ganz blöd.
Und auch die anderen Patienten, die anderen Afghanistanheimkehrer, die ich kennen gelernt habe, keiner davon war blöd.
Intelligenz und Gefühl ist zweierlei. Deshalb schickt man uns ja auch zu einem Seelendoktor und nicht zu einem Neurochirurgen, der sich mit Gehirn auskennt.
Vielleicht, so habe ich mir manchmal überlegt, wäre es besser, nicht so viel nachzudenken. Grübeln und sich im Kreis drehen mit den Gedanken bringt ja sowieso nichts. Aber vielleicht sollte man gar nicht so viel denken. Sind nicht einfache Menschen, die nicht so viel nachdenken, oft sehr zufrieden mit ihrem Leben? Die Zenkersche, zum Beispiel. Es kommt ihr gar nicht in den Sinn, mit ihrem Leben unzufrieden zu sein. Sie ist zufrieden damit, ihr

kleines Leben zu leben und mit der Oma am Gartenzaun zu plaudern. Philosophische Überlegungen stellt sie keine an.
Solche Fragen habe ich mit den Therapeuten gar nicht besprochen. Sie haben mich aber auch nie gefragt, über was ich eigentlich reden möchte. Sie haben mich immer nur ausgequetscht über Afghanistan. Über die Toten, die Bunker, die Raketenangriffe. Gefragt, ob ich schlafe und esse und waren zufrieden, wenn ich ja gesagt habe. Sie wollten angelogen werden, so habe ich es getan.
Diese Psychiaterin hier war anders. Sie gab mir das Gefühl, wir beide sind zwei Frauen, die sich über etwas unterhalten wollen, etwas, bei dem sie sich zugegebenermaßen besser auskennt, aber doch auf gleichem Niveau.
Natürlich praktizierte sie nicht in Weißenfels, nicht im Osten. Sie hatte ihre Praxis in Hannover.
Als ich aus dem Krankenhaus entlassen worden war, hatte der Truppenarzt mich kzH, krank zu Hause, geschrieben für unbestimmte Zeit, ich musste mich alle zwei Wochen bei ihm vorstellen und darüber hinaus hatte Großtante Lenchen bereits alles organisiert. Ich würde also jeweils alle vier bis sechs Wochen für eine Woche nach Hannover fahren, sie hatte mir eine Bahnfahrkarte gekauft, ein Zimmer in einer netten Pension reserviert und alles bezahlt.

11

Am nächsten Morgen ging ich wieder hin.

Die Psychiaterin sagt, es wäre nur fair, auch organische Erkrankungen auszuschließen. Sie würde mich also auch zu einem Augenarzt schicken. Nur, um sicher zu gehen.

Sie nahm mir Blut ab, ließ ein Elektrokardiogramm machen und ich musste verschiedene Testbögen ausfüllen.

Dann sagte sie: „Ich habe Ihren Lebenslauf gelesen und ich finde es ungemein spannend. Ich muss schon sagen, Sie haben ja schon etwas geleistet in Ihrem Leben. Sie haben ganz schön etwas auf die Beine gestellt und ich bin sehr beeindruckt."

Ich war still, dachte nach.

So hatte ich das noch nie gesehen.

Was hatte ich schon groß geleistet?

Ich hatte nur getan, was alle tun. Was von mir verlangt worden war. War zur Schule gegangen, hatte eine Ausbildung gemacht, geheiratet, Kinder bekommen. Ganz normal eben.

Etwas verlegen sagte ich es ihr. „Das ist doch nichts Besonderes." Und ich erzählte ihr von Großtante Lenchen und dass sie in meinen Augen etwas Besonderes war.

„Sie wird auch ihre schwachen Seiten gehabt haben und ihre dunklen Momente", sagte die Psychiaterin.

„Jedes Ding, jeder Mensch hat zwei Seiten."

Mehr sagte sie nicht. Aber ich dachte an diesem Abend in meiner Pension lange darüber nach.

Jan hatte zwei Seiten und ich hatte sie beide kennen gelernt. Er war es, der sie nicht in Einklang gebracht hatte. Nicht ich.

Andreas hatte auch zwei Seiten gehabt. Ich hatte es gewusst, aber er hatte mich die andere Seite nie kennen lernen lassen und ich hatte es akzeptiert.

Aber ich, ich hatte doch keine zwei Seiten? Ich war ich und nicht heute so und morgen so.

Am nächsten Tag sprachen wir über meinen Wunsch, einen Plan zu machen und ich war dankbar dafür. Dankbar, weil sie mir damit das Gefühl gab, dass sie meine Wünsche respektierte und dankbar, weil es mir half. Weil ich es besser fand, wenn ich wusste, was auf mich zukommt und weil ich es immer besser finde, wenn die Dinge geordnet ablaufen. Man kann sie dann besser im Griff haben.

Der Verantwortung entledigte es mich nicht, das merkte ich gleich.

„Bevor wir also einen Plan machen, wie wir vorgehen werden, müssen wir zunächst herausfinden, warum Sie hier sind, was Sie wollen."

Die Frage erschien mir durchaus berechtigt und sinnvoll. Nur, dass sie mir noch nie zuvor ein Therapeut gestellt hatte. Damals im Bundeswehrkrankenhaus hatte man mir erklärt, woraus die Therapie bestehen würde. Stabilisieren, zurückgehen, konfrontieren, wieder aufbauen. Dabei viel Sport.

Und so wurde es dann gemacht und genützt hatte es nichts.

Sie hatten nicht gefragt, was ich wollte. Sie hatten die Diagnose anscheinend schon fertig in der Tasche, als ich dort ankam.

Posttraumatisches Stresssyndrom, so wurden wir alle benannt, die in Afghanistan gewesen waren.

Zum ersten Mal überlegte ich jetzt, ob das überhaupt gestimmt hatte oder die Therapie damals vielleicht nicht geholfen hatte, weil die Diagnose falsch war?

Die Psychiaterin unterbrach mich nicht bei meinen Gedankengängen, sah mich aber erwartungsvoll an und so konzentrierte ich mich auf ihre Frage. Was wollte ich hier?

Ich war hier, weil Tante Lenchen mich hierher geschickt hatte.

Aber so gut kannte ich die Psychiaterin nun schon, um zu wissen, dass sie sich mit dieser Antwort keineswegs abspeisen lassen würde.

„Ich will das Bunte wieder in meinem Leben haben", sagte ich also.

Das war es ja, was mich am meisten störte und mir immer wieder klar machte, jeden Tag, jede Minute, dass da etwas nicht stimmte mit mir.

Und ich erklärte es ihr. Das ich nichts mehr fühlen würde bei dem Anblick der bunten Farben und wie ich mir vorstellte, das die böse Fee an meiner Wiege mich verwünscht hatte.

„Wo es böse Feen gibt, sind vielleicht auch gute." sagte die Psychiaterin und sie betonte es so, als ob es keine Frage sei, sondern eine Feststellung.

„Ja", sagte ich träumerisch und dachte an den Elfenwald. „Ich habe sie gesehen. Feen oder Elfen, das weiß ich nicht genau."

Ich gab mir einen Ruck und erzählte ihr davon.

Sie hörte zu, ohne mich zu unterbrechen.

„Kann ich gut verstehen, dass Sie da nicht weg wollten. Warum sind sie zurückgekommen? Warum haben Sie beschlossen, dass Sie leben wollen?"

„Wegen meiner Jungs" wollte ich sagen und hatte es schon auf der Zunge, als ich merkte, dass das falsch war.

„Wegen des Babys, das ich umgebracht habe" sagte ich dann stattdessen, ohne zu wissen, warum ich das sagte. Ungewollt waren diese Worte aus mir herausgekommen und atemlos hielt ich die Luft an.

Was hatte ich da gerade gesagt? Ich hatte ein Baby umgebracht? Ich merkte, dass es wahr war. Ich hatte versucht, mich und das Baby in mir zu töten. Ich, das liebevolle Muttertier von zwei wunderbaren Söhnen, die ich über alles liebte.

Ich hatte einen Selbstmordversuch unternommen und dabei mein Kind umgebracht.

Die Psychiaterin zuckte nicht einmal mit der Wimper.

„Damit werden wir uns dann wohl ein anderes Mal beschäftigen, vielleicht beim nächsten Mal, wenn Sie wieder kommen."

Ich starrte sie erstaunt an. Hatte sie nicht verstanden, was ich gesagt hatte? Erkannte sie nicht, dass sie einer Mörderin gegenüber saß?

Sie schien das alles für ganz normal zu halten.

„Sie haben ja also schon beschlossen, dass Sie leben wollen. Dafür brauchen Sie mich also nicht mehr", sagte sie ganz pragmatisch und fuhr dann fort: „Wofür also brauchen Sie mich? Was wollen Sie von mir? Ihre Tante bezahlt eine Menge Geld für meine Arbeit, Sie sollen auch etwas dafür bekommen, und zwar genau das, was Sie wollen. Sie haben gesagt, sie wollen wieder Farbe in ihrem Leben haben."

Ich sah sie erstaunt an. Irgendwie hatte sie Recht.

„Ich bin ja nicht doof", sagte ich dann nach einer kurzen Pause. „Ich weiß natürlich, dass dieses Grau in Grau, das ich sehe, Ausdruck ist für irgendetwas, das nicht stimmt in meinem Leben. Irgendwo scheine ich da etwas verpasst zu haben, nicht richtig aufgepasst zu haben. Der Selbstmordversuch hat damit gar nichts zu tun. Das war etwas anderes."

Etwas anderes, über das ich im Moment mit ihr nicht sprechen wollte. Noch nicht jedenfalls, das wurde mir in dem Moment klar, als ich es aussprach.

Und noch etwas anderes bemerkte ich. Eben hatte ich es zum ersten Mal gesagt, ausgesprochen, in den Mund genommen, das Wort.

Selbstmordversuch. Und hier bei dieser netten Frau, die davon ganz unbeeindruckt blieb, dass sie es mit einer Mörderin zu tun hatte, war es ganz leicht gewesen. Fast normal.

Als schien sie zu denken: "Machen wir doch alle irgendwann einmal, einen Selbstmordversuch." Auch wenn ich das ein wenig zynisch fand, mir kam auf einmal der Gedanke, dass das vielleicht gar nicht mal so verkehrt ist. Natürlich versuchen nicht alle Menschen, sich umzubringen. Aber darüber nachdenken, das taten sie bestimmt alle einmal in ihrem Leben. Vielleicht waren sie einfach nicht mutig genug.

Am Ende war ich ja auch nicht mutig genug gewesen, oder? Es war eine Entscheidung innerhalb einer Sekunde gewesen, die ich seitdem unzählige Male bereut hatte.

Nicht, weil es nicht gelungen war, auch das war mir klar.

Sich umbringen ist schwerer als gedacht.

Auch nicht, weil ich mich schämte.

Sondern weil ich mir so blöd vorkam.

Blöd und undankbar. Mein Leben war doch gut. Ich hatte doch alles. Oder fast alles. Alles kann man nicht haben, das weiß ich. Die Oma hatte es oft genug gesagt. Man kann nicht alles haben im Leben.

Eigentlich hatte ich ja sogar alles im Leben. Nur leider nicht gleichzeitig.

Aber ich hatte einen liebevollen Mann gehabt, hatte goldige wunderbare Kinder, eine interessante Arbeit.

Mehr, als die meisten DDR-Mädchen bekommen hatten.

So hing ich meinen Gedanken nach und hatte ganz vergessen, wo ich war. Als es mir wieder einfiel, fragte ich mich, was eigentlich die Psychiaterin tat, hob den Blick, sah zu ihr hinüber und musste lachen.

Sie schaukelte auf ihrem grünen Plastikball und blätterte in einer Zeitschrift. Als sie meinen Blick bemerkte, legte sie die Zeitung weg und sah mich an.

„Ich habe geträumt", sagte ich etwas verlegen.

„Das ist vollkommen in Ordnung", sagte sie und grinste dabei.
„Dieses hier ist Ihre Zeit und es ist gut, dass Sie zur Ruhe kommen und auf ihre Gedanken hören. Oft haben wir ja gar keine Zeit, mit uns selbst zu sprechen. Gerade wir Mütter, oder?" und sie lachte dabei.
„Aber neugierig bin ich schon, das möchte ich Ihnen sagen. Ich brenne geradezu darauf, zu erfahren, was in Ihnen vorgeht, wenn Sie so Ihren Gedanken nachhängen. Aber ich möchte nicht drängen. Vielleicht werden wir ja eines Tages dahin kommen, dass Sie in meiner Gegenwart laut denken können, ohne zu bewerten, was Sie gerade denken und vor allem, ohne zu überlegen, was ich darüber denke. Das ist nämlich vollkommen egal, müssen Sie wissen. Hier geht es um Sie. Ganz allein um Sie und dass Ihr Leben so wird, wie Sie es gerne wollen. Was andere davon denken oder wie andere es beurteilen, das ist doch eigentlich vollkommen egal."
Mit diesem langen Satz endete die Stunde und ich ging wieder in meine Pension.
Ich wollte für heute nicht mehr nachdenken, legte mich ins Bett und vertiefte mich in das Buch, das ich gerade las.
Man kann im Leben nicht entkommen und so war es wohl kein Zufall, dass mein Buch von Aboriniges, Eingeborenen in Australien, handelte.
Sie beobachten nur, hieß es da. Sie sehen nur zu, beobachten, nehmen Information auf, aber bewerten nichts, beurteilen nichts, nehmen die Dinge so hin, wie sie sind. Finden sie heute viel zu essen, dann ist es so, dann hat es Mutter Erde gut mit ihnen gemeint. Und finden sie morgen wenig Nahrung, dann ist es eben auch so, dann wird Mutter Erde ihre Gründe haben.
Wobei sie nicht darüber nachdenken, ob sie morgen mehr finden werden. Sie ziehen einfach durch ihr Land und wenn sie etwas sehen, dass sie essen können, essen sie es. Wenn sie nichts sehen, essen sie nichts. Sie leben im Jetzt.

Ich war ein wenig melancholisch an diesem Abend und auch am nächsten Morgen noch und beschloss, es der Psychiaterin zu erzählen. Immerhin hatte sie mir oft genug gesagt, sie interessiere sich dafür, wie es mir geht.
Ich tat es und wir sprachen darüber und sie brachte mir bei, etwas zu tun, das ich nie getan hatte.
Mich für mich zu interessieren und mich um mich selbst zu kümmern. Nachzusehen, wie es mir eigentlich ging. Das hatte nie zuvor jemand getan, außer Andreas, aber der hatte mich sitzen gelassen und schien es also nicht so ernst gemeint zu haben, wie ich gedacht hatte.
Und es dämmerte mir langsam, dass ich im guten Glauben daran, dass sich schon jemand anderes um mich kümmern würde, meine Eltern, Andreas, die Bundeswehr, die Therapeuten, ich es selber nie gemacht hatte.
Ich hatte einfach immer nur getan, was alle von mir erwartet hatten, habe einfach immer weiter gemacht.
Bis es nicht mehr weitergegangen war. Selbst dann noch, als ich herausfand, dass es nicht so einfach war, zu sterben, wie ich gedacht hatte, selbst dann hatte ich, als sie es verlangt hatten, den Elfenwald verlassen und getan, was andere von mir wollten.
Auch hier bei der Psychiaterin war ich, weil Tante Lene es organisiert hatte.
„Ein guter Ansatz, ein sehr guter Gedanke“, sagte die Therapeutin anerkennend und die Bewunderung in ihrer Stimme tat mir wohl.
„Vielleicht brauchen Sie mich ja auch gar nicht mehr. Ich werde es Ihnen nicht übel nehmen, wenn Sie nicht zurückkommen. Aber wenn Sie es tun, würde es mich freuen. Ich würde von ganzem Herzen gern Ihre Geschichte hören.“
So fuhr ich am Ende der Woche heim mit vielen neuen Erkenntnissen. Wenn ich nicht für mich sorgte, wer sollte es dann tun. Wenn ich es täte, vielleicht bräuchte es dann keiner anderer mehr zu tun?

„Bis zum nächsten Mal versuchen Sie bitte, heraus zu finden, was Sie wollen“, hatte sie beim Abschied zu mir gesagt.

„Ich meine damit, was Sie wollen. Nicht, was Ihre Eltern wollen oder Ihre Kinder oder die Bundeswehr. Versuchen Sie, herauszufinden, was Sie gerne tun. Was Sie gerne machen würden, wenn Sie ganz allein auf der Welt wären.

Stellen Sie sich vor, Sie wären Gott und würden die Welt erschaffen, so dass Sie sich darin wohlfühlen. Was würden Sie tun?“

Mit diesen merkwürdigen Worten hatte sie mich in die sechswöchige Pause geschickt und als ich das nächste Mal wieder hinfuhr, hatte ich viel nachgedacht und beschlossen, ihr meine Geschichte zu erzählen.

Weil ich nicht wusste, wie und wo ich anfangen sollte, hatte ich mein Tagebuch aus einem meiner Einsätzemeinem Einsatz in Feyzabad mitgebracht und begann damit, ihr daraus vorzulesen.

12

Tagebuch Feyzabad

9.November Abflug

Neunter elfter, elfter neunter, was hat es nur mit diesen beiden Zahlen auf sich in meinem Leben? Nicht nur in meinem, sondern auch in den Leben Millionen anderer Menschen hat der elfte September 2001 eine immense Bedeutung angenommen und ihr ganzes Leben verändert. Nicht nur all die Toten, Verletzten, Vermissten, die Versehrten, die Waisen und Witwen, die das Vermächtnis dieses einen Tages sind, auch für viele andere Menschen auf der ganzen Welt hat das Leben nach diesem Tag eine andere Wendung genommen.

„Einmal Afghanistan, immer Afghanistan", so heißt es bei der Bundeswehr. Es wird derzeit als Königsdisziplin der Auslandseinsätze angesehen, gefährlich, anspruchsvoll, fordernd, und wer einmal dort war und hat es ohne augenscheinliche Blessuren überstanden, der ist hinfort für andere Einsätze erledigt und geht immer wieder nach Afghanistan, wieder und wieder, nie mehr in ein anderes Einsatzland. Es sei denn, es kommt noch ein schlimmerer Einsatz auf uns zu.

Ich habe seit dem 11. September 2001 bereits knapp über fünfhundert Einsatztage in Afghanistan hinter mir. Das ist nicht besonders viel, es gibt einige, die haben noch mehr auf dem Buckel, aber die überwiegende Anzahl der deutschen Soldaten war noch nicht da. Viele waren überhaupt noch nie im Einsatz und man fragt sich immer wieder, warum ich schon wieder, warum ich überhaupt. Vor allem wenn man an einem 9.11. im Flugzeug sitzt, erneut auf dem Weg nach Afghanistan ist und sich über die Ungerechtigkeit des Lebens und über Zahlenspiele Gedanken macht. Irgendwann stellt man dann fest, dass die Grübeleien das Heimweh nur verstärken, alles noch schlimmer machen, und man beschließt, nicht weiterzudenken, aus dem Fenster zu sehen oder ein Buch zu lesen. Nicht denken, nicht fühlen.

Ich bin schon vor zwei Wochen daheim abgereist. Da ich ja im Kommando nur Büroarbeit verrichte, sollte ich für zwei Wochen meine klinischen Fähigkeiten auffrischen und dazu kommandierten sie mich ins Bundeswehrkrankenhaus Koblenz, von wo aus sie mich mit dem Sammeltransport nach Köln zum Militärflughafen brachten und jetzt sitze ich im Flugzeug und schreibe. Dieses Mal habe ich mir vorgenommen, wirklich regelmäßig Tagebuch zu schreiben.

In Koblenz wurde ich sehr nett verabschiedet. Die Hauptfeldwebel aus dem Lagezentrum hatte mich spontan umarmt, gesagt: „Ich muss dich mal drücken! Zwar warst du nicht lange bei uns, aber ich habe dich schon richtig ins Herz geschlossen und werde dich vermissen!“ Dann war sie nachdenklich geworden und sagte: “ Ich sollte mich eigentlich daran gewöhnt haben, täglich schicken wir Soldaten in den Einsatz, aber es nimmt mich jedes Mal mit. Werden sie gesund zurückkommen? All die Familien, die solange allein sind, alle die vielen einzelnen Geschichten, die dahinter stecken. Und nun du schon wieder, mit deinen Zwillingen und als allein erziehende Mutter, du warst doch schon oft genug im Einsatz, oder nicht?“

Dann hatte sie abgebrochen, es schickte sich nicht in ihrer Funktion, so zu reden. Ihre Freundlichkeit hatte mir wohlgetan. Es fällt mir schwer, schon wieder in den Einsatz zu gehen. Aber ich hatte es nicht ändern können.

Eigentlich hatte ich nach Kunduz gesollt, was ich nicht schlecht gefunden und worauf ich mich bereits eingestellt hatte, ich kenne Kunduz ja schon. Kurzfristig aber war ich umgeplant worden nach Feyzabad. Der Standort dort ist noch ganz neu und es heißt, dass dort alles noch sehr spartanisch ist, auf jeden Fall ist es noch weiter weg, an der Grenze zu China, einsam und abgelegen, am Arsch der Welt. Eine Intensivstation gibt es auch noch nicht und mir ist nicht ganz klar, was ich dort tun soll.

Ich hatte erst in Koblenz von der Umplanung erfahren und den Spieß in um Rat gefragt, ein sehr netter freundlicher Mann, mit Verstand und Herzenswärme. Er hatte gesagt, wenn ich nicht nach Feyzabad will, hätte ich nur eine Möglichkeit, nämlich mich krankschreiben zu lassen. Er sagte, er könne es verstehen, wenn ich es täte. Was er mir dann erzählte, hatte ich gar nicht gewusst. Er war ein Jahr lang in Afrika gewesen, in einer integrierten Verwendung. Ich hatte ihn darum beneidet, aber er hatte nur abgewinkt. „Lohnt sich alles nicht“, sagt er ernüchternd und knapp. „Tausend Krankheiten und Keime, gegen die wir Europäer keine Abwehrkräfte besitzen. Bin sehr krank geworden da, heute kann ich nur noch Innendienst machen und wozu? Haben wir irgendetwas geändert dort, haben wir wirklich irgendjemandem geholfen? Bedankt hat sich keiner, und selbst wenn, ist es wert, dass man dafür seine Gesundheit ruiniert?“ Auch sein Verständnis und seine Sichtweise der Dinge hatten mir gut getan. Mich krank zu melden habe ich mich aber nicht getraut.

Den Abschied von den Kindern und den Eltern hatte ich kurz gemacht. Auch hier gilt: nicht denken, nicht fühlen. Es macht keinen Sinn. Zu kompliziert.

Die Bundeswehr ist mein Arbeitgeber, sie sichert das wirtschaftliche Überleben meiner Familie. Das emotionale leider nicht. Sie schicken mich in den Einsatz, es ist ihnen egal, ob es mir passt, ob meine Eltern mit den Kindern klar kommen oder nicht.

Als Soldat hat man keinen Arbeitsvertrag, sondern ein Dienstverhältnis, man dient. Der Bundesrepublik Deutschland, dem Vaterland. Die Bundeswehr kann unsere Grundrechte einschränken in mancher Hinsicht und es ist legal. So kann sie zum Beispiel bestimmen, wo wir uns aufhalten, in Deutschland, Afghanistan, auf dem Balkan, in Afrika, wo auch immer. Sie kann auch bestimmen, wie lange. Bundeswehr sage ich und meine die Vorgesetzten. Bei der Bundeswehr gibt es immer einen Vorgesetzten. Selbst der Inspekteur kann nicht machen, was er will, er muss auf den Verteidigungsminister hören. Wir sind Erfüllungsgehilfen der Politiker, der zugegebenermaßen von uns gewählten Politiker.

Offiziell ist es ihnen natürlich nicht egal. Sie nehmen großen Anteil an unseren Familien. Offiziell. Familienbetreuungszentren wurden eingerichtet. Meine Nachbarin kriegt immer, wenn ihr Mann im Einsatz ist, Einladungen zu den Grillfeiern der daheim gebliebenen Ehefrauen. Manchmal kriegt sie auch Einladungen, wenn er daheim ist und manchmal kriegt sie keine, wenn er weg ist. Sie scheinen keinen Überblick zu haben, wer wann wo ist. Auch das hilft nicht. Es verstärkt nur das Gefühl des Ausgeliefertseins an einen unorganisierten Verein.

Jedenfalls scheint es keinen Sinn zu machen, immer wieder über alles zu reden. Man kann es nicht ändern. Ich muss in den Einsatz und die Kinder müssen zu den Eltern. Was ich später einmal machen soll, wenn sie in die Schule kommen, weiß ich auch nicht.

Ich hatte die Kinder geküsst, die Eltern umarmt, gesagt: „Passt gut auf die Kinder auf!“ und dann war ich gegangen.

In der Wartehalle des Flughafens traf ich einen Bekannten auf dem Weg nach Kabul, ein sehr netter Röntgenassistent, den ich gern mag. Er freute sich sehr, weil er glaubte, wir würden mal wieder einen Einsatz gemeinsam verbringen. Traurig sagte ich: „Nein, ich gehe nach Feyzabad."

Es schnürte mir die Kehle ab, es wäre so schön gewesen, bereits jemanden zu kennen. Er merkte, dass ich nicht weiter darüber reden wollte. Aber das kurze Erschrecken in seinen Augen bei dem Wort Feyzabad, das hatte ich wahrgenommen. Gesehen, aber ignoriert. Nicht denken, nicht fühlen. Keinen Abschiedsschmerz, kein Bedauern, nichts. Nur warten, dass es vorbei geht. Bevor man überhaupt noch richtig auf dem Weg ist.

Es ging pünktlich los. Hunde hatten unser Gepäck nach Rauschgift und Sprengstoff abgeschnüffelt. Es ärgerte mich. Man schickt uns nach Afghanistan, um dort „am Hindukush unser Vaterland zu verteidigen" und glaubt, wir könnten heimlich Sprengstoff mitnehmen. Wie absurd ist das? Ich meine, sie geben uns Waffen und Munition und schicken uns in einen Krieg, aber sie trauen uns nicht? Und Drogen nach Afghanistan schleppen, das wäre doch Eulen nach Athen getragen. Manchmal weiß ich wirklich nicht, was ich von allem halten soll.

Im Airbus von Köln nach Termez in Usbekistan, der Zwischenstation nach Afghanistan, saß ein Fregattenkapitän neben mir, Chef der deutschen Feldpost. Die deutsche Post stellt den gesamten Postverkehr für die Bundeswehreinsätze sicher. Dazu sendet sie Mitarbeiter der Post im Status eines Reservisten in den Einsatz. Auch der Kapitän war Reservist, wie alle „Postler" in allen Einsätzen und er erzählte mir, er wolle die Versorgung mit Feldpost in Feyzabad verbessern. Zu diesem Zweck wolle er sich für eine Woche in sich Feyzabad vor Ort umsehen.

Ich weiß, was das bedeutet. Es funktioniert überhaupt nicht in Feyzabad. Schon für den Weg Kabul – Deutschland oder umgekehrt hatte ein normaler Brief drei Wochen gebraucht, Päckchen länger, manches kam nie an. Und das, obwohl das Lager in Kabul riesengroß ist, über 2000 deutsche Soldaten dort stationiert sind und andauernd Flugzeuge zwischen Deutschland und Kabul pendeln.

Also werden wir in Feyzabad vermutlich überhaupt keine Post bekommen. Und richtig, er sagte, es gäbe da noch gar kein Postamt, die Strukturen müssten erst geschaffen werden. Mist also, „Strukturen schaffen" beim Bund, das kann dauern. Auch länger als meine drei Monate, die ich dort verbringen soll.

10. November Termez

Morgens um vier Uhr ging es los, mit der Transall nach Kunduz. Wir hatten es beinahe schon erreicht, befanden uns in der Luft über Kunduz, als wir wieder umdrehten. Die Wolkendecke war geschlossen und so konnte der Pilot nicht landen. Alle Flüge von Termez aus über den Hindukush nach Afghanistan sind Sichtflüge, ohne Radar. Warum habe ich so ganz genau nie verstanden, auch wenn sich das blöd anhört, so oft wie ich nun schon da war. Mein Pass weist einige Stempel auf, „Kabul in" und Kabul out", aber es gab nicht immer Stempel und ich habe aufgehört zu zählen.

Insgesamt sieben oder acht Mal, vielleicht öfter, bin ich von Termez aus nach Kabul oder Kunduz geflogen und fast immer verzögerte sich der Abflug in Termez oder wir flogen los, kehrten um und kamen zurück.

Ich weiß nicht, wie viele Tage meines Lebens ich so schon wartend in Termez verbracht habe. Was nicht angenehm ist. Der Transitbereich dort, den man nicht verlassen darf, besteht aus Biertischgarnituren, über die erst, nachdem ich das fünfte oder sechste Mal dort war, ein Schattensegel gespannt worden war, außerdem gibt es ein Zelt mit einem Kühlschrank, in den man nach Entnahme einer Wasserflasche eine neue hineinlegen muss. Dort gibt es auch einen Tresen, an dem wohl Würstchen und kleine Snacks verkauft werden, aber nur zu bestimmten Zeiten und die habe ich nie erwischt.

Dann gibt es ein paar Zelte zum Übernachten, eines davon für Frauen, darin zehn oder zwölf Feldbetten mit kratzigen Wolldecken darauf, ähnlich denjenigen, die in manchen der Care-Pakete waren, die von den Amerikanern nach dem zweiten Weltkrieg nach Deutschland geschickt worden waren. Meine Oma hatte noch eine so genannte Kolter und an die erinnerten mich die kratzigen dünnen Decken, nur dass die meiner Oma sauber gewesen war. Diese hier waren es nicht. Im Sommer brauchte man sie auch nicht. Ich habe zu keiner Zeit erlebt, dass die Klimaanlage funktioniert hätte, so wenig wie die Heizung. Termez hat ein extrem kontinentales Klima mit sehr kalten Winternächten und subtropischen Sommern. Also schlief ich meistens nicht, wenn ich in Termez war, sondern blieb an den Biertischen sitzen, mit meiner Flasche Wasser und Zigaretten und einem Buch. Da waren immer Leute und manchmal traf man Bekannte.

So auch dieses Mal, zwei Soldaten aus dem SanHygZug von vor 2 Jahren in Kabul waren gerade auf der Heimreise. Solche Begegnungen sind immer eine Freude und man bekommt die neuesten Nachrichten aus dem Einsatzland brühwarm serviert. Ein wenig Sarkasmus, um die Frustration zu übertünchen, ist immer auch dabei. „Immer dieselben, die man trifft“, so lautet meist die Begrüßung. Und: „Muss man immer nach Afghanistan kommen, um sich mal zu sehen?“ Daheim ist man an verschiedenen Standorten, wäre sich normalerweise nie über den Weg gelaufen. In Afghanistan trifft man sich immer wieder. Begegnungen,

Wege kreuzen sich, für manche von uns Kreuzwege im wahrsten Sinne des Wortes.
An diese beiden Stabsunteroffiziere hatte ich nur gute und fröhliche Erinnerungen. Einer von ihnen hatte im Lager in Kabul einen einheimischen wilden Vogel gefunden und gezähmt. Er war wohl zu früh aus dem Nest gefallen und er hatte ihn liebevoll aufgezogen und mir manchmal auf mein großes Drängen hin ausgeliehen. Dann hatte ich ihn auf der Schulter sitzen und die Wärme und Weichheit des kleinen Lebewesens an meiner Wange genossen. Auf der Holzpalettenterrasse vor unserem Zelt hatten wir einen kleinen Wasserteller aufgestellt, da badete der Kleine voller Genuss und Lebensfreude und wir hatten unzählige Videos davon gedreht. Wie die Verkörperung von Freiheit war uns der kleine Vogel damals erschienen. Er hatte eines Tages einfach davonfliegen können und bis er das getan hatte, hatten wir ihn geliebt und für ihn gesorgt und seine Nähe und Lebendigkeit, den Frieden, den er verkörperte, seine Ungefährlichkeit aufgesaugt.
Durch die Umkehr an diesem Tage hatte ich später auch Gelegenheit, meinen lieben alten Hauptmann aus dem letzten Einsatz wieder zu sehen. Wenn ich ihn sehe, muss ich immer an die Martini-Geschichte aus dieser Zeit denken.
„Ja, lieber Spieß, was kredenzen Sie uns denn da?“ hatte er auf seinem unnachahmlich würdevolle und gediegene Art gefragt. Sein Gesicht hatte wie immer keine Miene verzogen, nur die Augen hatten unter dem weißen Haarschopf hervor gezwinkert und gelacht. Er hatte etwas an sich, das den Mannschaftsdienstgraden einen Heidenrespekt einflößte und auch sonst hätte in seiner Gegenwart niemand gewagt, ein unpassendes Wort in den Mund zu nehmen. Der Spieß hatte uns einen weißen Plastikbecher in die Hand gedrückt und nachdem sich der

Hauptmann umgedreht und sich vergewissert hatte, dass wir allein waren, hatte er den Becher angenommen und argwöhnisch daran gerochen. Auch ich hatte geschnuppert. „Martini, Herr Hauptmann“, hatte ich das Getränk sofort identifiziert.

„Martini, so, dass kenne ich ja gar nicht“, und vorsichtig hatte er einen Schluck genommen und genüsslich im Mund hin und her bewegt.

„Gar nicht mal so übel, lieber Spieß, herzlichen Dank“ sagte er. „Ein schöner Einstieg in den Feierabend. Merkwürdig, da bin ich so alt geworden und Martini habe ich nie kennengelernt!“ Sprach, trank aus und verschwand.

Am nächsten Vormittag hatte er sich entschuldigt, er habe eine Besorgung zu machen.

Nach zehn Minuten war er wieder erschienen, eine geheimnisvolle weiße Plastiktüte unter dem Arm. Ich hätte nie gewagt zu fragen, aber der Spieß war ganz heiter und gelassen und im Plauderton hatte er gefragt: „Na Herr Hauptmann, was haben Sie denn Schönes eingekauft?“

Wieder hatte sich der Hauptmann umgesehen, dann verschwörerisch die Tüte ein wenig geöffnet und den Spieß hineinspähen lassen.

„Martini, Herr Haupttpmann, habe ich Sie etwa auf den Geschmack gebracht?“

„Ja, lieber Spieß, das ist ein guter Tropfen!“

Und damit war seiner Meinung nach dem Thema mehr als ausreichend Genüge getan und entschieden hatte er sich seinem Schreibtisch zugewandt.

Als er am nächsten Tag nach seinem täglichen Mittagsschläfchen, das er immer abgehalten und nie zugegeben hatte, aber von dem wir gewusst und das wir liebevoll toleriert hatten, offenbar einen Abstecher über den

Marketender gemacht hatte und wieder mit einer weißen Plastiktüte erschienen war, hatte der Spieß gelacht.
„Nicht etwa schon wieder, Herr Hauptmann! Es war ja nicht meine Absicht, Sie zum Alkoholiker zu machen!"
Äußerst würdevoll hatte der Hauptmann die Flasche in der untersten Schublade des Metallschreibtisches verstaut, bevor er sich in aller Seelenruhe und ohne den Hauch eines schlechten Gewissens dem Spieß zugewandt und gesagt hatte: „Wissen Sie, mein lieber Spieß, als ich gestern Abend da so vor meiner Behausung saß, dachte ich an Sie und genehmigte mir ein kleines Schlückchen. Und noch eins und noch eins, und bevor ich es mich versah, war die halbe Flasche leer. Das läuft ja wirklich sehr angenehm die Kehle herunter, dieses Getränk, äußerst angenehm und wohlschmeckend, ein Labsal!"
Wir hatten große Mühe gehabt, uns das Lachen zu verbergen, aber der Hauptmann war ungerührt fortgefahren.
„Und Sie wissen ja, auf einmal ist der Marketender leer gekauft und so ist es besser, man trifft Vorsorge und ist gerüstet!"
Ja, so war der Hauptmann und er hatte den Einsatz für uns erträglich gemacht. Als sein Einsatzende herangekommen war und er leider lange vor uns nach Hause geflogen war, hatte er versprochen, zum Dank für die gute Kameradschaft ein Glas der besten Erdbeermarmelade seiner Frau zu schicken. Und das hatte er getan und wir hatten sie genossen wie etwas ganz Besonderes. Was sie ja auch war. Nicht nur ein Glas Erdbeermarmelade, es war ein Herzensgeschenk und die Art des alten Raubeins, uns seine Wertschätzung zu zeigen.
Dieser Hauptmann war nun gerade im Einsatz in Termez und aufgrund des unvorhergesehenen Aufenthaltes hatte ich Gelegenheit, ihn zu begrüßen, was nicht nur mich, sondern auch ihn außerordentlich zu

freuen schien. Der alte Haudegen konnte das natürlich nicht so zugeben, aber er hielt meine Hand eine Sekunde länger als schicklich und er stellte mich allen seinen Kameraden als alte „Kriegskameradin“ und Einsatz erfahrene Intensivkrankenschwester vor, mit, wie ich mir einbildete, einem gewissen Stolz in der Stimme, was mir gut tat.
Ich brauchte nun keine Angst mehr vor einem längeren Aufenthalt in Termez zu haben. Der Hauptmann würde mich im Krankenhaus übernachten lassen, falls das Wetter nicht besser würde. In Termez sind ein Einsatzgeschwader und eine kleine Sanitätseinrichtung stationiert. Hier werden die Verwundeten von den kleineren Transalls oder Hubschraubern in den Airbus der Luftwaffe umgeladen und nach Deutschland zurückgeflogen. In der Zeit, bis der Airbus gelandet ist, werden sie in der CSU, Casual Staging Unit betreut und versorgt. Ich weiß ja nicht, warum dass alles immer auf Englisch bezeichnet werden muss, jedenfalls da liegen sie solange auf einer kleinen Intensivstation. Hier würde mich der Hauptmann schlafen lassen, denn dass da wirklich mal ein Patient liegt, kommt selten vor, meistens ist der Airbus da, bis die Patienten aus Afghanistan hier eingetroffen sind und es geht direkt weiter.
Schon einmal hatte ich hier übernachten dürfen, vor 2 Jahren. Ich hatte nach einem Urlaub nach Kabul zurückkehren sollen, aber das Wetter war so schlecht gewesen, dass wir Tag um Tag einen Flugversuch unternommen hatten, aber nie den Hindukush hatten überqueren können und immer wieder nach Termez zurück gekehrt waren. Am Ende hatte ich über eine Woche in Termez verbracht, ich glaube der Rekord, in Termez stecken zu bleiben, steht im Moment bei dreizehn Tagen.
In der ersten Nacht war ich wie gewöhnlich wach geblieben, aber in der zweiten Nacht hatte ich Glück und hatte Bekannte getroffen,

Krankenpfleger, die mich im Feldlazarett hatten schlafen lassen, in einem schönen weichen Patientenbett. Die meisten der in Termez stationierten Soldaten waren in der Stadt in Hotels untergebracht und so hatten sie mich am nächsten Tag sogar mit in ihr Hotel genommen und mir dort ein Zimmer besorgt. Es war dem damaligen Qualitätsstandard angepasst, ich hatte zunächst die Klospülung reparieren müssen und aus der Dusche lief nur ein ganz dünnes Rinnsal einer braunen Flüssigkeit, die Bettwäsche konnte ich zum Glück nicht sehen, denn das Licht funktionierte nicht und es war spät geworden, als wir die Hoteldiskothek verlassen hatten. Ich hatte es aber den Rest der Nacht krabbeln und rascheln hören, trotz des Vodkas. Er hatte nur bewirkt, dass ich nicht genau wissen wollte, was da alles um mich herum kreuchte und fleuchte.
Hoteldisco, das war ein Keller voll ohrenbetäubender Musik, halbnackten betrunkenen einheimischen Mädchen auf der Suche nach ein wenig Abwechslung und Körperwärme, gegen Bezahlung oder auch ohne und einer Bar, an der man den besten Vodka für umgerechnet einen Euro pro Flasche erwerben konnten, was wir auch ausgiebig getan hatten. Überhaupt war der Keller voller Soldaten in ziviler Kleidung, da sah man Piloten und andere Offiziere, aber wir ignorierten uns gegenseitig in stillschweigendem Übereinkommen, denn keiner von uns hätte da sein und keiner von uns hätte trinken dürfen, offiziell.
Aber was scherten wir uns um offizielle Dinge in dieser dunklen Nacht, weit weg von daheim mitten in Zentralasien in einem Land voller Wüste und Steppe und in einer Stadt, in der man die Nachwirkungen des Kommunismus in voller Breitseite zu spüren bekam und in der die Menschen so arm waren, dass es gerade nur zum Überleben reichte.
Auf dem Weg ins Hotel waren wir durch die langgezogenen Straßen gefahren, in der alle Häuser entweder in grün oder in blau gestrichen

waren, je nachdem welche Farbe es in der Kolchose gerade gegeben hatte. Diese Stadt war das deprimierendste, was ich je gesehen hatte. Es gab nichts. Nur die Häuser und die Menschen. Blaue oder grüne Häuser ohne Gärten und ohne Blumen. und Menschen, die irgendwelche Kleider trugen, damit sie nicht nackt waren und nicht, weil es schön war. Einige alte Frauen trugen Bademäntel auf der Straße und wir überlegten, taten sie es, weil es ihnen gefiel oder weil sie nichts anderes hatten. Wir vermuteten das Letztere. Ein kurzer Abstecher zum Basar bestärkte uns in dieser Meinung. Es gab nur lebenswichtige Dinge. Gemüse, Reis, Gewürze und Stoffe.

Jetzt merkte ich, was mir in den Straßen so gefehlt hatte. Auch da hatte es nichts Schönes gegeben, nichts, das auch nur von einem Hauch von Wohlstand gezeugt hätte. Keine Gardinen, keine Topfpflanzen oder Kerzen in den Fenstern, keine Plakate oder Bilder. Auf dem Basar hatte ich geprüft, ob es irgendetwas gäbe, das ich meinen Kindern mitbringen könnte. Es gab nichts. Keinen Nippes, kein Spielzeug, nicht mal ein T-Shirt oder einen Hut. Nichts außer den Dingen, die zweckmäßig sind und lebensnotwendig. Nicht einmal einen schönen Stoff für die Oma hatte es gegeben, alles billig, Polyacryl, grau und braun, universal, hässlich. Gerade das, was man braucht, nichts, was das Leben einfacher macht, geschweige denn schöner oder bunter.

Außer dem Blau und Grün der Häuser gab es keine Farben in dieser Stadt und ich verstand, wozu sie den Vodka brauchten. Ohne Vodka konnte man hier nicht leben und zum Glück war er billig wie alles hier, wobei ich doch vermutete, dass man uns ein wenig mehr Geld abnahm als den Einheimischen. Aber es spielte keine Rolle. Für unsere Euros hatten wir so viel Sum bekommen, die einheimische Währung, dass sie nicht in den Geldbeutel gepasst hatten.

Ich kaufte Safran, die beste Qualität, wohlriechend und in Deutschland unbezahlbar. Ich kaufte eine große Tüte und konnte doch das dicke Bündel Banknoten, das man mir im Stützpunkt in die Hand gedrückt hatte, kaum dünner machen.

„Zwanzig Euro wollen Sie umtauschen?“ hatte der Rechnungsführer gelacht. „So viel können Sie hier nie ausgeben!“ und er hatte mir zu dem großen dicken Bündel Banknoten ein Gummiband gegeben, das usbekische Portemonnaie, wie er lachend hinzufügte. Keine Geldbörse hätte diesen dicken Packen Geldscheine aufnehmen können.

In dem Lokal, in dem wir heimlich und verbotenerweise zu dritt essen waren, und wo wir Fleisch, Gemüse, Reis, Yoghurt, Kräuter, Brot und Tee bekommen hatten bis zum Umfallen, hatten sie umgerechnet einen Euro verlangt. Für uns alle drei. Als ich zwei Euro gegeben hatte, erkannte ich gleich, was für ein immenser Fehler das gewesen war. Ich hatte die freundliche Bedienung tödlich beleidigt. Sie hatte das Geld genommen, hatte es sich nicht leisten können, auf so viel Geld zu verzichten, aber ihren Stolz, den hatte ich verletzt und zwar sehr.

Ich hatte daraus gelernt und am nächsten Morgen der jungen Frau im Hotel, die mir einen Kaffee gab, nur einen kleinen Schein und ein Lächeln geschenkt.

Dafür hatte sie einen Tauchsieder in ein schmieriges hohes Gefäß gesteckt und als das Wasser heiß war, geheimnisvoll und verschwörerisch eine angeschlagene Porzellantasse und ein Glas Nescafe aus einem alten Schrank hervorgezaubert. Beides gab es hier eigentlich nicht. Hier gab es Blechtassen und keinen Kaffee, jedenfalls keinen Pulverkaffee mit Coffein. Hier gab es Tee oder Getreidekaffee, Malzkaffee.

Milch gab es auch nicht, auch nicht heimlich.

Ich dankte ihr überschwänglich und wurde mit einer kleinen Rede auf usbekisch oder tadschikisch, keine Ahnung,usbekisch belohnt. Ich verstand kein Wort, aber dass sie nett sein wollte und freundlich und dass sie sich freute, dass sie mich traf und das für sie Fremdländische und Andersartige genoss.

Einen kleinen Adrenalinstoß gab es am nächsten Morgen bei der Rückkehr ins Lager. Erst da wurde mir klar, dass ich dieses Mal gar kein Visum für Usbekistan hatte und den Stützpunkt nie hätte verlassen dürfen. Die anderen lachten nur. „Das Letzte, was die Usbeken wollen, ist dass du im Land bleibst. Sie sind immer froh, wenn wir wieder im Lager unter ihrer Kontrolle sind.“

Und so erfuhr ich, dass die Anzahl der in Usbekistan stationierten Soldaten streng begrenzt ist und dass dies auch ein Grund war, warum wir fast täglich, auch bei geschlossener Wolkendecke einen Flug unternommen hatten. Auch wenn es für die Piloten schon vorher absehbar gewesen war, das wir nicht landen können würden. Wir hatten das Land verlassen müssen. Wir hatten kein Visum und durften selbst im Transitbereich nicht lange bleiben. So flog man uns immer wieder über die Landesgrenze und brachte uns dann zurück.

Ich war also mit den Anderen wie selbstverständlich an der Wache vorbeigegangen und sie hatten gar nicht nach meinem Pass gefragt.

Dieses Mal gab es keine Gelegenheit, die Stadt zu besichtigen, in der sich, wie ich hörte, zumindestens die Hotels, in denen die Soldaten untergebracht waren, sehr verbessert hatten und es dort kein Ungeziefer mehr gab und Licht und fließendes Wasser und Klospülungen funktionierten.

Während ich noch mit dem Hauptmann zusammen saß, wurde unser Flug aufgerufen und ich bestieg die Transall nach Kunduz, ein mittelgroßes

Transportflugzeug, 1959 gebaut in deutsch-französischer Kooperation, der Transporter Allianz, für Fallschirmspringer schön, weil man sehr bequem über die hintere Rampe einfach hinauslaufen kann, für uns eher langweilig und unspektakulär und hinaussehen kann man auch nicht. Man sitzt nebeneinander auf unbequemen Zeltstoffsitzen und alles was man sieht, ist das Gesicht der Soldaten auf der anderen Seite. Hoch über ihnen gibt es ein paar kleine Fenster, aber man sieht nur Himmel und manchmal ein Stück Erde, wenn die Maschine sich steil auf die Seite legt. Was sie tut.

Fast im Sturzflug zieht sie Spiralen hinunter zur Erde über Kunduz oder Kabul, um den hohen Bergen und eventuellen Raketen zu entkommen. Von Kunduz würde es nach kurzem Aufenthalt weiter gehen mit einem Hubschrauber der Heeresflieger, einer Sikorski CH 53. Einer der größten Transporthubschrauber, der je gebaut wurde, der neben den vier Mann Besatzung bis zu 36 Soldaten und jede Menge Ausrüstung transportieren kann. Dieser Hubschrauber wurde von einem Russen konstruiert, dem Ukrainer Igor Sikorski, der 1919 von Kiew nach Amerika auswanderte und in Stratford, Connecticut die Sikorski Aircraft Corporation gründete. Das bekannteste seiner Modelle ist wohl die MH 60 Black Hawk aus dem Film Black Hawk Down, der auf einer wahren Begebenheit im somalischen Bürgerkrieg beruht.

Im Rahmen einer Blauhelm-, einer UNO-Mission in 1993, hatte General Thomas Montgomery für die Jagd nach dem wichtigsten Clanführer Mohammed Farah Aidid eine Task Force zur Unterstützung angefordert. Die Task Force bestand aus US Army Rangern und Soldaten der Delta Force. Nachdem zwei ihrer Black Hawks mit Panzerabwehrgranaten abgeschossen worden waren, wurden sie bei dem Versuch, zu den abgeschossenen Hubschraubern durchzudringen, in blutige

Straßenkämpfe mit somalischen Milizen verwickelt. In dem 12stündigen Feuergefecht starben 18 amerikanische Soldaten, 84 waren verwundet worden. In einer friedensbewahrenden Mission!
In einem Notfalllehrgang wurde uns dieser Film vorgeführt, aus medizinischer Sicht und im Hinblick auf Strategie, Triage und Evakuierung Verwundeter.
Wir hatten verstanden, dass der Versuch der Amerikaner, ihre Verwundeten und Toten zu bergen und niemanden zurückzulassen, zu immer weiteren Toten geführt hatte. Eine unlösbare Situation, aber eine, über die man nachdenken muss, wenn man an einem Anschlagsort, wie zum Beispiel bei dem Busanschlag am 07. Juni 2003 eine Sichtung und Stabilisierung der Verwundeten vor Ort durchführen muss. Eine logische Schlussfolgerung muss sein, so schnell wie möglich den Anschlagsort zu verlassen, und zu überlegen, wie weit man gehen muss bei der Herstellung der Transportfähigkeit der Verletzten. Hinterher sind alle immer schlauer und sollte ein Soldat auf dem schnellen Rückzug verbluten, weil er keine Infusionen und blutstillenden Verbände bekommen hatte, und dabei hatte es gar keine neuen Anschläge gegeben, dann war es falsch und alle hätten es besser gewusst.
Den Begriff Rückzug soll es im Übrigen bei der Bundeswehr nicht geben, wenn man den Ausbildern in der Grundausbildung Gglauben schenken darf.
„Zurückziehen kann man die Vorhaut, bei uns heißt es ausweichen", ist so ein Spruch da...
Man sieht schon, ich habe nichts zu tun. Seit Tagen sitze ich hier nun in Termez und schreibe, nur unterbrochen von gelegentlichen Kaffeepausen mit dem Hauptmann.

Aber jetzt will ich versuchen, ein wenig zu schlafen, morgen früh neuer Flugversuch nach Feyzabad.

11. November Feyzabad, Ankunft am Ende der Welt

Dieses Mal ging der Flug glatt und morgens um acht Uhr sind wir auf dem Flugfeld in Feyzabad gelandet. Es war nur ein Flugfeld, kein richtiger Flugplatz. Da ist nur die Landebahn, auch diese nicht glatt und eben, sondern holperig, es gibt nicht einmal einen Zaun und direkt nach unserer Landung liefen prompt zwei Schafe und ein paar struppige streunende Hunde wieder auf die Landebahn.

Ich stieg aus und drehte mich einmal um mich selbst. Hohe schneebedeckte Bergketten rings um mich und um die Hochebene, auf der ich stand. Der Boden war karg, kaum Bäume, kein Gras, nur Steine und Erde und an der Seite des Flugfeldes ein altes, zerfallenes lehmgelbes Gebäude voller Einschusslöcher.

Ein Oberfeldwebel wartete, bis wir uns genähert hatten und begrüßte uns dann nicht etwa, sondern deutete einfach nur auf einen alten weißen Mitsubishi-Bus, ein ziviles Fahrzeug, kein Bundeswehrauto und sagte: „Da einsteigen, wird ein bisschen eng, müsst zusammenrücken."

Das war es. Kein Willkommen, keine Begrüßung, keine Erklärung, nichts. Nachdem wir uns in den Wagen gequetscht hatten wie Sardinen in eine Büchse, klemmte er sich hinter das Steuer, drehte das Radio voll an, aus dem schrille orientalische Musik plärrte und fuhr los. Er sprach nicht, so sprachen wir auch nichts, trauten uns nicht und ich sah mich um.

Eine gottverlassene Gegend hier am Ende der Welt. Die Straße, wenn man das so nennen konnte, war nicht asphaltiert und voller Schlaglöcher. Bestenfalls Schritttempo fuhr der Oberfeldwebel und hätten wir nicht so

zusammengedrängt gesessen, wären wir wohl andauernd mit dem Kopf an die Decke gestoßen, so passierte es nur ab und an.
Die Straße führte einen Hügel hinauf und wieder herunter, wir überquerten einen ausgetrockneten Fluss, dessen Rinne quer über die Straße führte oder wohl eher die Straße durch das Flussbett. Im Moment war es fast ausgetrocknet, nur ein paar kleine Pfützen hier und da. Rechts und links der Straße war nichts. Nichts außer verdörrten braunen Wiesen und Äckern, die im Sommer vielleicht zu Feldern bestellt werden würden, im Hintergrund überall rundum die Bergketten, sonst nichts. Nichts außer grandioser Natur. Wirklich großartig, das musste man zugeben. Vorausgesetzt, man mag Berge. Die hier sind beeindruckend in ihrer Größe und Pracht und Einsamkeit. So weit das Auge reicht, erstrecken sie sich vom Rande der Hochebene aus. Nur Berge, man sah kein einziges Haus, keine Menschen, nichts. Dann fuhren wir hinein in das, was, wie sich herausstellen sollte, die Stadt Feyzabad war.
Feyzabad, nahe der chinesischen Grenze, das für die Kabuler in Kriegszeiten so etwas wie ein Erholungsort war und wohin sie ihre Kinder schickten, damit ihnen in Kabul nichts geschah. Bis hierher sei der Krieg nie gekommen, so wurde mir später immer berichtet und auf meine Frage, woher dann die Einschusslöcher am Flugplatzgebäude kämen, sollte ich immer nur die vage Auskunft erhalten, die Russen hätten genau vor der Stadt halt gemacht.
Aber ich greife vor. Ich bin in den ersten Tagen in Feyzabad nicht dazu gekommen, mein Tagebuch zu führen und bin jetzt damit beschäftigt, die Ereignisse nachzutragen.
Soweit man das Ereignisse nennen kann in dieser Einöde und sofern es jemanden interessiert, was eine Handvoll Menschen aus einem fernen

Land an diesem von Gott und der Welt verlassenem Fleckchen Erde als wichtige Ereignisse erachten.
Wir fuhren also hinein nach Feyzabad. In meiner Heimat hätte man diesen Ort wohl ein Straßendorf genannt. Eine Straße, an der sich rechts und links Häuser aufreihten wie Perlen an einer Schnur und die Felder liegen irgendwo darum herum.
Häuser, was sag ich? Hütten sind das, Baracken, aus Lehm gebaut, zusammengemantscht so wie Kinder eine Sandburg bauen. Aus Kabul kannte ich wenigstens gebrannte Ziegel. Auch die waren aus Lehm geformt, aber gebrannt worden und damit ein wenig widerstandsfähiger. Hier schienen sie nicht einmal dafür Geld zu haben. Manche der Hütten waren auch aus Blech, auseinandergezogene, glatt geklopfte alte Coladosen.
Vor den meisten davon waren Propangaskocher aufgebaut, auf denen ein Topf stand, in dem irgendetwas brodelte. Vor einigen Hütten waren auch kleine Stände aufgebaut, auf denen Obst lag zum Verkauf oder Brot oder tote Hühner oder halbe Tierhälften baumelten. Trilliarden von Fliegen saßen darauf, erhoben sich in großen Wolken, wenn wir in unserem Schritttempo daran vorbei fuhren und ließen sich anschließend wieder auf dem Fleisch nieder.
Nachdem wir eine halbe Stunde schweigend gefahren sind, von der Höllenmusik, die aus dem Radio drang, fast zum Wahnsinn getrieben, bogen wir irgendwann links um eine Ecke und hielten vor einem etwas größeren, ebenfalls lehmgelben Gebäude an. An der Wand war eine Aufschrift:
„Welcome to Unica Guesthouse Feyzabad“.
Unser Fahrer stieg schweigend aus und so taten wir das auch. Als wir in das Haus gehen wollten, sagte er: „Halt. Hier steigt nur einer aus“, und er

nannte einen Namen, worauf hin einer unserer Mitfahrer seinen Rucksack schnappte und ebenfalls schweigend in Richtung der Eingangstür verschwand.
„Alle anderen fahren weiter.“
Also gab es offenbar zwei Lager in Feyzabad, aber wir fragten nicht. Anscheinend wollte er uns nichts erklären und mir persönlich war es egal. Sie würden mich schon irgendwo hinbringen. Mit etwas Glück würde es da sein, wo ich hin sollte, wenn nicht, so war es mir auch egal.
Ich wollte hier nicht hin, ich will hier nicht sein und wo man mich unterbrachte, war mir Jacke wie Hose. Irgendwie wird es jedes Jahr Weihnachten und irgendwie geht jeder Zeitraum um, irgendwie waren auch meine vorherigen Einsätze vorbeigegangen und so würden auch diese drei Monate vorbeigehen und ich würde wieder nach Hause fliegen. Würde diese holprige Straße lang fahren, über das Flugfeld gehen, in eine andere CH 53 oder eine Transall oder eine Herkules C 130 einsteigen, eines der meistgebauten Flugzeuge der Welt, das militärische Transportflugzeug, mit dem die Belgier, Portugiesen und Engländer Feyzabad anfolgen. Falls sie es anflogen. Jedenfalls in irgendein Flugzeug, das mich zurück nach Kunduz bringen würde, von da würde es weiter gehen nach Termez und von da nach Köln, von da nach Weißenfels und da würde mich mein Vater abholen, mit etwas Glück würde er die Kinder mitbringen und dann wäre ich wieder daheim.
Was sie hier solange mit mir machen, ist mir total egal.
Ich hatte keine Ahnung, warum die anderen nicht fragten, wo wir hinfuhren, warum wir in einem zivilen Auto saßen. Ob es ihnen ebenso ging wie mir? Gleichgültig, abgestumpft, schicksalsergeben? Ob sie eingeschüchtert waren? Auch das war mir letzten Endes egal. Ich kenne hier niemanden und es interessiert mich auch nicht.

Alles, was ich will, ist das die Zeit umgeht, so schnell sie kann.

Wir fuhren weiter, die Häuser wurden größer und sahen etwas stabiler aus. Hier wurden auch gebrannte Lehmziegel verwendet und die Gehöfte waren von hohen Lehmmauern umgeben. Nach weiteren dreißig Minuten bogen wir in eine kleine Gasse ein. Rechter Hand gab es ein großes Tor, das von einem Afghanen zur Seite aufgeschoben wurde und uns einließ. Er war in landestypischer Tracht gekleidet, eine schmierige Pumphose, darüber eine ebenso schmuddeliger Kaftan, eine kleine goldbesetzte Kappe auf dem Kopf und eine AK 47 über der Schulter.

Die AK 47, Awtomat Kalaschnikowa, obrasza 47, das Sturmgewehr der Roten Armee, wie die Black Hawk entwickelt von einem Russen, Mikhail Kalaschnikov im Jahr 1947, die am häufigsten produzierte Waffe weltweit und benutzt nicht nur von der Sowjetarmee, sondern von den meisten Mitgliedsländern des Warschauer Pakts.

Ein halbautomatischer Karabiner, der sich ausgezeichnet bedienen lässt, sehr treffsicher ist und unter schwierigsten Bedingungen funktioniert. Der Verschluss hat nur punktuelle Berührung mit dem Verschlussgehäuse und kann weder durch Schmutz, Sand, Matsch oder Wasser blockiert werden. Er ist unempfindlich gegenüber Hitze oder Kälte und wenn der hölzerne Schaft kaputt geht, nimmt man einfach ein Stück Holz und schnitzt einen neuen. Ich habe in Kabul damit geschossen, natürlich nur auf der Schießbahn, aber ich war von dem kleinen, leichten Gewehr begeistert und wundere mich nicht, ihm überall auf der Welt zu begegnen.

Nicht, dass unsere Waffen schlecht wären. Aber sie sind schwer und sie haben zu viele Plastikteile. Ob sie einem Einsatz in der Hitze der Wüste standhalten, weiß ich nicht. Aber sie sind ausgesprochen mühsam zu reinigen und wir Frauen haben immer versucht, jemanden zu finden, der es für uns tat. Einige Frauen hatten sie in Kabul in den Sterilisator des Feldlazaretts gepackt. Was in Ordnung war für die Metallteile und gar nicht gut für die Plastikgriffe und einen Haufen Ärger gab. Ich hatte davon gehört, wir haben daraus gelernt und sie in das Ultraschallbad gelegt. Das war gut und sie wurden picobello. Was der Soldat nicht kann, das übt er.

Der Afghane verschwand in einem kleinen, mit Sandsäcken bewehrten Holzverschlag neben dem Eingang und unser Fahrer parkte den kleinen Bus gleich hinter dem Tor und verschwand ohne ein weiteres Wort. Wir befanden uns auf dem Innenhof eines afghanischen Hofes, in dem sich die Gebäude in traditioneller Weise an die Außenmauern schmiegen. Hier stand in der Mitte allerdings noch ein weiteres Haus, ein richtiges Haus, das sogar verputzt und grün gestrichen war und mich ein wenig an die grüne Kolchosefarbe in Usbekistan erinnerte. Im Hof standen ein paar Soldaten, die offenbar auf uns warteten und nun wurden wir endlich begrüßt.

Nicht gerade herzlich, so dass das Wort Begrüßung eigentlich unangebracht ist, aber doch in Empfang genommen von einem Stabsfeldwebel der Reserve, der sich als Spieß vorstellte und mich an das Sanitätspersonal übergab.

„Guten Tag“ sagte eine Hauptfeldwebel und: „Du bist meine Ablösung.“

Wie sich herausstellen sollte, würden das die einzigen Worte bleiben, die sie jemals zu mir sprechen sollte.

Aber das konnte ich noch nicht wissen und so war ich nun doch erleichtert, ganz offenbar an meinem Bestimmungsort angekommen zu sein. Ich wartete, dass meine neuen Kollegen mir alles zeigen und erklären würden. Das allerdings taten sie nicht und sonst tat es auch keiner. Der Spieß war offenbar der Meinung gewesen, die Sanis würden

uns einweisen, aber diese dachten nicht daran, sondern verschwanden in irgendwelchen Ecken und wuarden nicht mehr gesehen.
Ich machte mich daran, mich einzurichten. Immerhin hatte der Spieß mir das Frauenzimmer gezeigt. Das gesamte Lager befindet sich mitten im Ort in diesem Hof, der größer ist als die meisten anderen Hütten und Häuser. In einem der Gebäude, die sich an der Außenmauer entlang ziehen, ist die Funkzentrale untergebracht, zwei andere dienen als Schlafstuben und eines als Unterkunft für zwei Mitarbeiter des BND, Bundesnachrichtendienst, die zwar meistens in der Nähe unserer Auslandseinsätze sind, aber selten mit uns wohnen. Weitere Unterkünfte und die Küche befinden sich in drei großen Zelten und dann gibt es noch das Betreuungszelt. Es gibt zwei Duschcontainer, einer davon ist nicht weit von dem großen grünen Haus entfernt, in dem sich die Frauenstube, mehr Unterkünfte für Männer und im Obergeschoß Büros und die Apotheke befinden. Überhaupt ist hier nichts weit voneinander entfernt. Direkt gegenüber dem grünen Haus befindet sich der Sanitätsgefechtsstand, bestehend aus drei Zelten, Büro, Truppenarzt und Krankenstation und zwei Containern, Op und Intensivstation. Die BATs, zwei Zweitonner und ein Wolf mit Kabine stehen draußen, neben der Bettenstation. Alles sehr klein, aber alles vorhanden.
Ob es funktioniert, wird sich zeigen.
Ich betrat das Frauenzimmer und das Herz sank mir in die Hose. Auf den höchstens zwölf Quadratmetern standen fünf Betten. Zwei Stockbetten und ein einzelnes Bett. Der Fußboden war übersät mit Schuhen, Gepäckstücken und Müll. Leere Flaschen, Papier, Dreck. Es gab keine Schränke, nur ein roh gezimmertes Holzregal, gerammelt voll mit Unterhemden, Waschbeuteln, Wasserkochern, Kartoffelchips, Haartrocknern und allem möglichen Kram. Ein junges Mädchen war da,

Stabsunteroffizier, und föhnte sich gerade die Haare. Sie sagte nichts, als ich hereinkam, starrte mich nur an. Ich stellte mich vor und so, als ob es große Mühe bereitete und sie eigentlich lieber nicht mit mir reden würde, sagte sie mürrisch, sie sei die Mandy.

Auf allen Betten lagen Klamotten, Schlafsäcke, Zeug. Auf einem war kein Laken, so fragte ich, ob ich dieses Bett nehmen soll. Sie schnappte nur mit sächsischem Akzent: „Is ja sonst wohl keens frei, oder?"

Also nahm ich es. Wie ich darauf schlafen sollte, war mir nicht klar. Auf keinen Fall würde ich mich auf diese dreckige, schmierige, fleckige Matratze legen, nicht mal im Schlafsack.

Auspacken konnte ich auch nicht, es gab keine Schränke. Mein Gepäck stand noch draußen im Hof und hier war nicht mal ein Platz auf dem Fußboden, wohin ich meine Kiste hätte stellen können.

Ich begab mich auf die Suche nach dem Spieß und fragte nach Bettlaken, ob es welche gäbe und als er das bejahte, bat ich um zwei. Er sah mich komisch an, aber ich sagte, eines sei nicht genug, um mich auf der ekelhaften Matratze vom Erbrechen abzuhalten.

Er sagte, etwas zögernd, wie mir schien: „ Ja, sind nicht so ganz ordentlich, die Damen, oder?"

Ja, in der Tat.

Nachdem ich die Laken auf das Bett gespannt, meinen Schlafsack darauf ausgebreitet hatte und meine Kiste in dem Raum stand, ich hatte ein wenig Gerümpel zur Seite geschoben, ging ich in den Sanitätsgefechtsstand. Ein großes Wort für ein ganz normales Zelt mit den üblichen Biertischgarnituren darin und einem Regal mit Funkgeräten darin.

Hier saß Oskar, ein lieber alter Bekannter aus anderen Einsätzen. Ich konnte ihn schon reden hören, als ich das Zelt betrat, mit seiner hohen, fast piepsigen Stimme und da saß er, klein, drahtig, dunkle Haare, sah auf, als ich hereinkam, strahlte über das ganze Gesicht, stand auf, kam mir entgegen, umarmte mich und nun endlich bekam ich meine Begrüßung. „Herzlich willkommen in Feyzabad, schön, dass du da bist!“ Seine Wärme öffnete eine Schleuse in mir und Tränen strömten meine Wangen hinunter und tropften auf seine Feldbluse Der erste Mensch, den ich hier traf, der erste, der sich benahm wie ein Mensch. Der erste, der nett zu mir war. Meine Anspannung, meine Disziplin, meine Absicht, nicht zu denken, nicht zu fühlen, zerbröselte, löste sich nicht auf, aber zerbröselte wie ein trockener Marmorkuchen und die Krümel fielen auf den Boden.

Sein kleiner Satz und dass er es ausgesprochen hatte, dieses Wort, Feyzabad, hatte einen Schalter in mir umgelegt und nun plötzlich verschob sich alles in mir, Bilder rasten wie im Schnellvorlauf vor meinen inneren Augen vorbei, die Fahrten nach Koblenz und Köln, der Abschied, Termez, die Flugversuche, die Ankunft, die Fahrt durch die Stadt, die schmutzige Stube, mein dreckiges Bett und dann schob sich alles wieder auf seinen Platz und da war wieder Oskars Uniformhemd, auf die meine Tränen fielen und das Zelt um mich herum und ja, nun war ich da, in Feyzabad. Ich hatte seine Stimme noch im Ohr. Willkommen in Feyzabad. Seine Stimme und dass er das Wort aussprach, hat es plötzlich real für mich gemacht. Fezyabad. Ich bin in Feyzabad. Genauer gesagt, im PRT Feyzabad. Provincial Reconstruction Team, wie es in der Sicherheitsanalyse des Verteidigungsministeriums heißt: Die PRT-Teams sollen unter anderem „durch Wiederaufbau den Einfluss der Kabuler Zentralregierung stärken“.

Und weil ich daran nicht glauben kann, oder es mir persönlich gerade egal ist, und weil es so traurig ist, dass ich nicht zu Hause bei meinen

Kindern sein kann und weil drei lange Monate vor mir liegen und ich Heimweh hatte und müde war und verzweifelt, konnte ich nicht aufhören zu weinen. Mit aller Gewalt schluckte ich und wischte mir mit dem Ärmel über das Gesicht. Oskar sagte nichts, er ist ein alter Einsatzhase und verstand. Er nahm mich an der Hand und führte mich in sein Büro, im ersten Stock des Hauses, in dem unsere Schlafstube war. Oskar ist Reservist, schon etwas älter, so um die fünfzig. Eigentlich ist er finanziell versorgt, aber er bastelt immer etwas an seinem Haus in Deutschland, kann also immer etwas Geld brauchen und er geht gerne die Einsätze.

Er ist recht vielseitig, das letzte Mal als ich ihn traf, war in Kabul und er war dabei ein neues Fahrzeugmodell für die Fallschirmjäger zu testen. Später war er dann als Elimech-Soldat zu uns in die Sanität gekommen, zuständig für Strom, Heizung und Kühlaggregate. Da es unsere Patienten warm brauchen und die Medikamente und Blutkonserven kühl, haben wir bei jedem Feldlazarett auch eigene EliMechSoldaten.

Nachdem ich einen Kaffee von ihm bekommen und mich beruhigt hatte, und er gesagt hatte: „Das wird schon“ und ich mich gefügt hatte in mein Schicksal und gewusst hatte, dass es mehr auch nicht zu sagen gibt, denn natürlich wird es, es muss ja werden, klagte er sein Leid. In seinem Bereich funktionierte hier noch nichts so richtig und anklagend fragte er, was das Vorkommando, das sich seit September in diesem Einsatz befand, eigentlich getan hatte. Er war auch ganz allein, hatte nicht einmal einen Mannschaftsdienstgrad zur Unterstützung und „Du weißt ja, die Klimaanlagen sind schwer, wie soll ich die allein tragen und bewegen?“

Auch jetzt wieder: „Muss man extra nach Afghanistan fahren, dazu noch in diese Einöde am Ende der Welt, um sich zu begegnen?“ Immer wieder, die Welt ist so klein, noch kleiner die Gruppe der

Afghanistanreisenden der Bundeswehr, Ypsilon- Reisen, wie wir zu sagen pflegen. „Sie buchen, wir fluchen", so sagen wir immer.

In dieser ersten Nacht bin ich einige Male aufgewacht und wusste nicht, wo ich war. Es war stockdunkel in dem kleinen engen Raum, fünf Frauen atmeten darin und schwitzten und es roch ganz fürchterlich, es gab kein Fenster, die Klimaanlage schien außer Brummen nichts zu können. Panikartig schreckte ich jedes Mal hoch, ich kann nicht schlafen, wenn es so dunkel ist, aber was soll ich machen. Ich tastete umher, klammerte mich an meinem Schlafsack fest, ihn kenne ich, weiß, wie er sich anfühlt und wie er riecht.

12. und 13. November Im Lager

Ich kann mich nicht mehr genau erinnern, was ich an diesen beiden Tagen getan habe. Ich habe am Anfang nicht in mein Tagebuch geschrieben, es ist nun schon der 24. November, ich sitze auf der Baustelle, habe sonst nichts zu tun und bemühe mich, nachzutragen.

Ich habe versucht, mich einzugewöhnen, alles kennen zu lernen. Eine Abordnung aus Kunduz war da, dabei auch unser Kompaniechef. Unsere kleine Sanitätstruppe hier ist zu klein für einen eigenen Chef und gilt als Teileinheit der Sanitätskompanie in Kunduz. Es gibt hier fünf Ärzte. Ein Chirurg, ein Anästhesist, der Truppenarzt, der auch als Assistenz herhalten muss bei Operationen, und zwei Notärzte. Einer von ihnen ist mit seinem Team im anderen Lager untergebracht und ich habe ihn noch nicht kennen gelernt.

Unteroffiziere gibt es ein paar mehr. Eine Operationsschwester, das ist Katja, drei Krankenschwestern, je ein Unteroffizier für Apotheke, Sterilisator und Röntgen, zwei Rettungssanitäter, dazu zwei Mannschaftsdienstgrade als Fahrer.

Ich werde zu meiner großen Überraschung und zu meinem Entsetzen als Rettungssanitätertitäer auf dem BAT mitfahren. Zwar darf ich das, irgendwann hatten sie mich mal zu dieser Ausbildung geschickt, weil ich sonst nicht hätte befördert werden können, aber niemand hatte mir das vor diesem Einsatz gesagt. Kein Trost für mich ist, dass ich die BAT Gruppe leiten soll. Es soll mich vermutlich versöhnen, mich wichtig machen, ist ja auch meinem Dienstgrad entsprechend, aber es macht mir nur mehr Arbeit, Papierkram ohne Ende und beliebt machen wird es mich auch nicht. Lieber würde ich mich wie immer auf meiner Intensivstation verstecken, aber die gibt's hier ja nicht.

Jetzt verstehe ich endlich auch, warum ich das zweiwöchige Praktikum in Koblenz in der Notaufnahme machen musste.

Ist so eine ganz blöde Angewohnheit bei der Bundeswehr, dass einem nie einer was sagt. Befehl und Gehorsam heißt es und damit basta. Ich denke immer, ich könnte vielleicht noch besser gehorchen, wenn mir manchmal einer sagen würde, warum. Aber das tun sie nicht.

Der Anästhesist ist hier der Leiter, er ist Oberstabsarzt, wie auch die anderen Ärzte außer dem Truppenarzt, der Stabsarzt ist. Dann gibt es noch einen Hauptmann, den Einsatzoffizier, der den Arzt in militärischen Angelegenheiten unterstützen soll und das Unteroffizierkorps anführt.

Mit dem Hauptmann und dem Anästhesisten also verschwand der Chef und ward nicht mehr gesehen, außer bei einem Antreten mit dem üblichen Geschwafel. Geredet hat er nicht mit uns.

Dennoch gab ich ihm einen Brief an die Eltern mit, Internet gibt es zwar, aber ich habe noch nicht herausgefunden, wie ich da eindringen kann, es geht nur über Handy und noch weiß ich nicht, wie das funktioniert. mit meinem alten langsamen Laptop.

Im Lager gibt es einen Feldwebel, der für die Post eingeteilt wurde, aber er ist kein richtiger Postler und wie ich höre, funktioniert es tatsächlich nicht wirklich.
Außer Briefe schreiben aber hatte ich nichts zu tun gehabt.
Es gibt drei Fahrzeuge in der BAT-Gruppe. Begleiteter Arzttrupp heißt das und bedeutet, ein Arzt wird von einem Fahrer und einem Sanitäter begleitet. Oder umgekehrt, das hat mir nie einer erklärt. Wahrscheinlich ist es umgekehrt, der Arzt begleitet den Sanitätstrupp.
Als der Feind in Deutschland noch nur von Osten kam, gab es Sanitätstrupps, bestehend aus zwei Mann und Material. Heutzutage, wo es in Deutschland Rettungsdienstgesetze gibt und an jeder Mülltonne ein Notarztwagen stationiert sein muss, die Minuten gezählt werden, und man innerhalb von 10 Minuten jeden Patienten erreicht haben muss, der 112 gewählt hat, muss man Ärzte mitnehmen.
Ein riesengroßes Problem in der Bundeswehr. In meiner Zeit im Sanitätskommando musste ich einmal eine Anfrage an das Sanitätsführungskommando richten, das Ergebnis war, es gibt nur 53 Ärzte mit Fachkundenachweis Rettungsdienst. In jedem Auslandseinsatz braucht man mehrere, diese Ärzte sind also pausenlos im Einsatz und alle anderen fürchten beständig, dass sie in den entsprechenden Notarztlehrgang geschickt werden. Wenn dieser bestanden ist, geht es nämlich sofort los und ab da andauernd.
Bundeswehrärzte denken um und denken anders. Immer war es von Vorteil, besser ausgebildet zu sein und immer hat man darum gekämpft, Weiterbildungen bewilligt und bezahlt zu bekommen. Jetzt nicht mehr.
Die Gerüchteküche sagt, dass einige Ärzte diesen Lehrgang zivil besuchen, selbst bezahlen und nicht an ihren Vorgesetzten melden und

auch, dass Sanitätskommandos versucht haben, Auskunft von der Ärztekammer einzuholen.
Jetzt bin ich abgeschweift und so etwas muss man ja auch nicht weiter kommentieren. Es gibt hier also drei SanitätsfFahrzeuge, zwei geländegängige Zweitonner und einen Wolf, ein jeepähnliches Fahrzeug mit einer Kabine, einem Koffer hinten drauf.
Alle drei ungepanzert, was ich anfangsda noch nicht verstehen konnte. N, nach dem Busanschlag am 7. Juni 2003 fuhr in Kabul kein einziges ungepanzertes Fahrzeug mehr. Gleich bei meiner ersten Fahrt am nächsten Tag erkannte ich, warum. Auf diesen Wegen hier kann kein Panzer fahren, sie sind zu schmal. Außerdem sind Kettenfahrzeuge schwer zu reparieren und eine Instandsetzung gibt es hier noch gar nicht, so weit ich gesehen habe. Auf jeden Fall kein großes Werkzeug.
Ich konnte die BATs noch nicht übernehmen, hatte nur einen kurzen Blick hineingeworfen und den desolaten Zustand erkannt, aber noch war meine Vorgängerin da und es wäre sehr unhöflich gewesen, noch während ihrer Anwesenheit alles umzuräumen und zu putzen.
Auch wenn sie nicht mit mir sprach, ich wollte sie nicht öffentlich bloßstellen und es hätte nur Ärger gegeben. Also wartete ich.
Unser Hauptmann hatte nicht so viel Feingefühl. „Das müssen wir alles umräumen“, hat er gesagt und alles Mögliche befohlen, eine Großaktion eingeleitet. Der Gefechtsstand ist nicht wieder zu erkennen. Ob es besser ist, wie es jetzt ist, werden wir nie erfahren. Wir wissen ja nicht, wie es gewesen wäre, wenn alles an seinem alten Platz geblieben wäre. Eins hat er erreicht. Die „Alten“ sind jetzt richtig angepisst, und zwar alle. Warum die Frauen so sauer waren, haben sie mir irgendwann auf meine beharrlichen Fragen schnippisch und grantig gesagt. „Ist eh kein Platz in unserem kleinen Zimmer und dann kommt noch eine weitere Frau an!“

Das habe ich verstanden. Auch wenn ich ja nun wirklich nichts dafür kann. Ich wäre viel lieber nicht da, wäre lieber daheim als, in ihrer blöden Stube. Wenn man es Stube nennen kann, den Schweinestall. Kein Wunder, dass Ossis so einen üblen Ruf haben. Es ärgert mich.

Außer Oskar und Katja habe ich noch niemanden getroffen, mit dem ich mich anfreunden könnte. Die meisten bleiben ohnehin für sich, lesen viel, sehen Filme auf ihren Laptops.

14. November In Richtung Kunduz

Letzte Nacht hatten sich die sogenannten Damen, die wir ablösen sollen, Mandy, die Oberstabsärztin und unsere fünfte Mitbewohnerin, von der ich immer noch nicht weiß, wie sie heißt, eine Frau Stabsunteroffizier, sich bei ihrer Abschlussfeier, zu der wir Neuen nicht eingeladen gewesen waren, so furchtbar zugerichtet, dass das Zimmer nachts wie ein Pumakäfig stank. Sie dünsteten so viel Alkohol aus, als sie spät in der Nacht hereingetrampelt kamen und ohne sich auszuziehen auf ihren Betten zusammenbrachen, dass ich das Gefühl hatte, wenn ich für den Rest der Nacht diese dampfige alkoholgeschwängerte Luft ein atmete, würde ich morgens selbst total voll sein. Mit dem Waschen hatten sie es sowieso nicht, ich hatte sie seit meiner Ankunft vor drei Tagen den Duschcontainer nicht betreten sehen.

Also stand ich auf, wickelte meinen Schlafsack um mich und ging hinüber in den Sanitätsgefechtsstand, wo Katja Dienst hatte. Warum da einer von uns die ganze Nacht sitzen musste, habe ich noch nicht verstanden. Es geschieht auf Befehl des Hauptmanns und ich habe den Verdacht, dass der einzige Grund ist, dass es immer so ist im Einsatz, dass nachts ein Sanitäter den Gefechtsstand besetzt.

Was ja Sinn macht in einem großen Lager, in dem man nachts damit rechnen muss, dass Soldaten kommen mit Fieber oder Durchfall oder mit kleineren oder größeren Blessuren nach Nachtpatrouillen. Hier aber hatten wir keine Patienten auf der Bettenstation liegen, und wenn, würde eine der Krankenschwestern die Nacht dort verbringen. Und sollte jemand krank werden, so konnte er einen von uns leicht in einem Bett neben sich oder im angrenzenden Raum finden. Nachtpatrouillen gab es keine und überdies war die OPZ des Lagers vierundzwanzig Stunden am Tag besetzt und ungefähr zwanzig Meter weit entfernt.

Aber der Hauptmann hatte es befohlen, er befahl gern etwas, so viel hatte ich schon gemerkt. Und ich wusste, dass Katja heute Nacht dort sitzen und nichts zu tun haben würde. Also setzte ich mich zu ihr und wir unterhielten uns lange, so lange, bis ich um halb fünf sowieso hätte aufstehen müssen. An diesem Tag sollte meine erste Fahrt stattfinden. Meine Vorgängerin würde heute abfliegen, so war es mir tausend Mal lieber, weg zu sein, als mich scheinheilig von ihnen verabschieden, sie am Ende noch zum Flugplatz begleiten zu müssen. Normalerweise macht man das ja mit seinen Kameraden so. Man begrüßt sie und man verabschiedet sie.

Ich habe es von meinem Kommandeur in Kabul gelernt. „Die sechs Monate Einsatz verschwimmen in der Erinnerung, aber das letzte, an das man sich erinnert, ist der Abschied.“ So hatte er mir ins Gewissen geredet, weil ich mich nicht von einem Oberleutnant verabschieden wollte, den ich nicht gemocht hatte. Dem Kommandeur zu Liebe machte ich mir dann doch die Mühe. Sein Gesicht, als er sagte: „Bist du extra meinetwegen hergekommen?“ werde ich wohl nie vergessen. In dem einen kurzen Moment verschwanden alle vorangegangenen Missstimmungen, lösten sich auf, wurden unwichtig. Und ich wusste, was es bedeutete, als er mir die Hand drückte, mich anlächelte. Schwamm drüber, sollte es heißen. Wir sind alle nur Menschen. Eine Sache weniger, die ich in Ordnung bringen muss, damit ich ruhig sterben kann und ich bin dem Kommandeur dankbar und habe es nicht vergessen.

Dass unsere Kameraden hier uns bei der Ankunft nicht höflich begegnet waren, entband mich ja also nicht davon. „Stil und Form sind rar geworden bei der Bundeswehr", das hatte unser Kommandeur gesagt und es klingt mir noch im Ohr. Dennoch war ich froh, dass ich es dieses Mal nicht zu tun brauchte und durch den Auftrag exkulpiert war. Ich sollte mit dem Pionier-Offizier, einem jungen Oberleutnant, in Richtung Kunduz fahren. Von dort aus ist Holger unterwegs, eine kleine Raupe, die für die Baustelle gebraucht wird und steckengeblieben ist.

Die Baustelle, das ist das neue Lager, das direkt neben dem Flugfeld errichtet werden soll und Holger – dass die Pioniere ihren Fahrzeugen Namen gaben, finde ich ganz normal, wir tun das mit unseren BATs auch oft.

Ich bat den Oberleutnant, mich in seinem Prada mitzunehmen.

Wenn jemand hier einen Auftrag außerhalb des Lagers hat, kann er natürlich nicht einfach alleine hinfahren. Es muss ein Konvoi zusammengestellt werden und nicht nur ein Sanitätsfahrzeug, sondern auch und Schutzsoldaten, die die andern im Notfall, bei einem Hinterhalt, wie es immer heißt, verteidigen können, müssen mitgeführt werden. Dazu werdenird hier die Schutztruppe und Militärpolizei vorgehalten. Konvoiführer ist immer der, der den Auftrag hat, in diesem Fall der junge Oberleutnant. Der BAT fährt normalerweise als zweitletztes Fahrzeug, so weit hinten im Konvoi wie möglich, damit ihm nichts passiert, aber als letztes Fahrzeug kommt noch einmal Schutz, um

den Treck von hinten abzusichern. Das Minimum hier sind also vier Fahrzeuge. Schutz, der Auftrag, BAT, Schutz. In jedem Fahrzeug mindestens zwei Personen, Fahrer und Beifahrer, bei Schutz drei, ein Schütze dazu, und jeder nimmt sein Gewehr mit. Jeder. Hier haben auch die Sanitäter, die eigentlich mit einer P8 ausgerüstet sind, ein G36 empfangen, dazu zweihundert Schuss Munition.
Ich sah also aus wie ein Weihnachtsmann, als wir das Lager verließen. Die Splitterschutzweste mit ihren schweren Kevlarplatten darin, der Stahlhelm, den ich daran gehängt hatte, über der Schulter das Gewehr, von meiner Hüfte baumelten die Pistole und dass Funkgerät, mein Rucksack, Schlafsack und meine kleine persönliche Tasche mit Fotoapparat, Zigaretten und ein paar Dingen, von denen ich dachte, dass ich sie eventuell brauchen könnte.
In Kabul waren die Regeln anders gewesen, bei Stadtfahrten waren zwei Fahrzeuge und eine Langwaffe auf jedem als ausreichend erachtet worden. Die Erfahrung zeigt ja, dass es genügte. Die Gefahren lagen nicht im Feuergefecht, sondern in Sprengstoffanschlägen und Minenfallen, da ist es egal, wie viele Gewehre man dabei hat.
Hier, in diesem weiten ausgedehnten Hochgebirge am Ende der Welt ist es allerdings besser, nicht allein in der Gegend herumzufahren. Schon eine Reifenpanne kann ein Riesenproblem werden, wenn man nicht mal schnell jemand anfunken kann, der kommen und helfen und einen abholen kann. Wir nahmen auch jeder einen gepackten Rucksack mit, Schlafsack, Wasser, Epa (Einmannpackung Essensration), für den Fall, dass wir irgendwo liegen bleiben und übernachten müssen. Dann sind wir natürlich mit unserem BAT mit einer Trage und einem Fußboden, auf dem man sich ausstrecken kann, klar im Vorteil.

Das Konvoi fahren haben wir übrigens in der Vorausbildung geübt. Es war uns zunächst lächerlich vorgekommen. Was soll schon dabei sein, mit einigen Fahrzeugen hintereinander zu fahren?
Erst in Kabul habe ich begriffen, warum man es lernen muss, aber auch, dass sie vergessen haben, uns die wichtigen Dinge beizubringen.
Die überlebenswichtigen. Dass man so dicht hintereinander fahren muss, dass sich kein einheimisches Fahrzeug dazwischen drängen kann.
Das ist uns in Kabul auf der Jalalabadroad einmal passiert. Ein pick up truck hat sich in den Konvoi geklemmt, genau vor unseren BAT. Hinten auf der Ladefläche saßen sechs Männer und alle hielten Kalashnikovs in ihren Händen und alle waren auf uns gerichtet. Zum Glück fuhren wir in einem Sanitätspanzer, einem Fuchs. Ich verschwand sofort unter der Luke und schloss sie fest. Meinem Fahrer gab ich die Anweisung, langsamer zu fahren und Abstand zwischen das Fahrzeug und uns zu legen. Ich saß nun im hinteren Teil des Panzers und konnte die Straße vor uns nicht mehr sehen, aber der Fahrer gab mir über Funk durch, dass die Männer gelacht, Gas gegeben hatten und verschwunden waren.
Dennoch, als wir das Lager erreicht hatten, hatten wir weiche Knie. Selbst wenn sie einen Witz hatten machen wollen, es hätte ernst sein können. Es ist sicher schlau, wenn man den Feind angreifen will, die Sanität zuerst auszuschalten. Und wenn sie gelacht hatten, dann deshalb, weil sie bemerkt hatten, dass ich untergetaucht war, dass sie uns erschreckt hatten. Wir fanden es überhaupt nicht lustig.
Das Fahrzeug hätte auch voller Sprengstoff sein können und wenn es in uns hinein gefahren wäre, hätte der Panzer vielleicht nicht standhalten können. Sicherer ist es also immer, keine Lücken im Konvoi zu lassen, in die fremde Fahrzeuge einscheren können. Das haben sie uns nicht beigebracht.

Hier in Feyzabad war es unwahrscheinlich, dass jemand in unseren Konvoi einscherte. Die Wege waren meist gerade breit genug für ein Fahrzeug und es gab schon Probleme, wenn uns eines entgegenkam.
In der gesamten Provinz Badakhshan, deren Hauptstadt Feyzabad ist und die flächenmäßig in etwa der Größe Dänemarks entspricht, existieren momentan ganze 80 Meter Teerstraße und die befinden sich auf einer Brücke in der Mitte Feyzabads. Alles andere ist Lehm- und Schotterpiste, voller Schlaglöcher und Unebenheiten und furchtbar schmal.
Bevor ich da hinten in der Kabine des, wenn auch geländegängigen Zweitonners, den wir hier als BAT benutzen, hin und her geschleudert wurde wie ein Sack Kartoffeln, setzte ich mich lieber zu unserem PiOffz in seinen Prada. Den Platz neben auf dem Beifahrersitz des BATs hatte ich dem Arzt überlassen. Mittlerweile hatte ich verstanden, dass hier in Feyzabad einheimische Autos gekauft worden waren anstatt Bundeswehrfahrzeuge herzubringen. Über die Straße war es ein langer Weg bis hierher und große Flugzeuge, die große Fahrzeuge transportieren können, können auf der relativ kleinen Hochebene, die von allen Seiten von Bergen eingeschlossen war, vielleicht landen, aber nicht wieder starten, ohne an den Bergen zu zerschellen.
Aus Kabul und Kunduz waren wir ja schon eine abenteuerliche Fliegerei gewöhnt durch den Sichtflug ohne Radar. Die Flugzeuge bleiben aus Sicherheitsgründen hoch in der Luft, bis sie direkt über Kabul oder Kunduz sind und stoßen dann steil spiralförmig hinab, um so kurz wie möglich Angriffsfläche zu bieten, und geben dabei noch permanent Flares (Täuschkörper gegen Lenkwaffen mit Infrarotsuchkopf) ab.
Hier, das ist noch mal eine andere Kategorie. Die Flugzeuge müssen sofort nach dem Start steil hochgezogen werden, um es über die Berge zu schaffen. Die deutsche Transall verfügt nur über zwei Triebwerke, sollte

eines der beiden ausfallen würde, hätte man mit dem verbleibenden weder eine Chance über die Berge zu kommen, noch umdrehen und wieder landen zu können. So sind wir mit allem, Post, Verpflegung, Passagiere, auf die Unterstützung anderer Nationen angewiesen, die über die viermotorige Herkules verfügen. Als einziges deutsches Luftfahrzeug schafft es die CH 53 hierher, sie kann aber keine Lastwagen transportieren.

Auf dem Landweg waren die BATs hergebracht worden, auf demselben Landweg, auf dem nun Holger auf unsere Rettung wartete und man fragt sich, warum es diesen Einsatz überhaupt gibt, grundsätzlich ja sowieso immer, warum überhaupt Afghanistan, warum immer noch, selbst wenn man den Sinn am Anfang noch erkannt hatte, aber warum immer noch und nun vor allem, warum hier.

Warum Feyzabad, am Ende der Welt, an der chinesischen Grenze, vor allem, wenn es so viele logistische Probleme gibt. Dieses Land ist doch riesengroß, warum nicht an einem anderen Ort, der nicht mitten im Hochgebirge liegt und aus dem im Zweifelsfall kein Mensch rauskommt und auch nur schwer rein.

Ich verstehe es nicht. Auch niemand, den ich bisher getroffen habe, konnte mir das erklären. Vielleicht finde ich es ja noch heraus. Und vielleicht hätte ich öfter Nachrichten sehen sollen. Ich interessiere mich nicht besonders für Politik, dass mein Beruf nun so eng damit verbunden ist, bereitet mir oft große Verständnisschwierigkeiten.

Der Weg von Feyzabad nach Kunduz ist landschaftlich wunderschön. Immer Richtung Westen folgt man zunächst dem Fluss Kookcha, überquert dann den Chenar-e-Gonjeshkan-Pass (1600 m) und kann in schlappen 12 Stunden die 250 km lange Fahrstrecke im Schritttempo bewältigen.

Aber schön ist es, ohne Frage. Man folgt auf dem schmalen Weg dem Flusslauf und rechts und links des Flusses erheben sich majestätisch die Berge. Die Straße schmiegt sich mehr oder weniger in den Felsen, und eine überhängende Felsnase war Holger zum Verhängnis geworden. Er passte hier einfach nicht durch, das Gebilde aus ihm und dem Transporter, auf den er geladen worden war, war zu hoch. Der PiOffz stieg aus, um die Lage zu prüfen.

Sein Auftrag lautete, die kleine Raupe abzuladen, den Transporter und Holger einzeln durch die enge Schneise zu fahren und danach die Raupe wieder aufzuladen. Es funktionierte nicht, nach langer Zeit kam er unverrichteter Dinge zurück. Die Raupe hätte er schon abladen können, aber der Fahrer des Transporters hatte sich geweigert, durch die enge Stelle zu fahren. Ganz zu Recht, wie ich fand, denn der Weg war an dieser Stelle extrem schmal und fiel steil nach unten zum Fluss ab. Wir hatten auf dem Weg dorthin schon einige Autos unten im Fluss liegen sehen. Ich dachte mir auch, dass es sowieso egal war, denn bei einigen schmalen Brücken, die wir überquert hatten, hatte ich sowieso schon die Luft angehalten und war ganz egoistisch froh gewesen, nicht in dem schweren BAT gesessen zu haben. Ich kann mir nicht vorstellen, dass der schwere Transporter über diese Brücken fahren kann, ohne dass sie einstürzen.

Es war leider keine gute Idee von mir gewesen, im Prada mitzufahren. Im Kofferraum hatten wir Dieselkanister für Holger dabei. Leider waren die Deckel nicht dicht und bei jedem Schlagloch spritzte Dieseltreibstoff heraus. Bis wir merkten, dass es viele Schlaglöcher und viel Diesel gewesen war, hatte er den Rücksitz durchnässt, meinen Rucksack, meine Jacke, meinen Helm.

Ich stank für ein paar Tage wie die Pest, trotz allen Duschens und Waschens und der Helm wird nie mehr zu retten sein, ich muss ihn aber weiter benutzen, hier gibt es keinen Ersatz. Natürlich nicht.

Der einzige Erfolg dieses Tages war, dass die HauptfeldwebelOberstabsärztin weg war, als wir heimkamen. So konnte ich aus meinem Stockbett ausziehen und ihr Bett übernehmen. Hierfür brauchte ich allerdings drei Bettlaken und einen Putzeimer. Vor ihrem Bett klebte der Fußboden so, dass ich kaum den Stiefel hochkriegte, als ich Probe saß. Dann aber putzen Katja und ich gründlich und als Mandy hereinkam, die aus irgendeinem Grund noch immer da ist, und feststellte, dass wir ihr Gerümpel beiseite geschoben hatten, sogar ein Brett im Regal okkupiert hatten, fiel ihr erst mal die Klappe aus dem Gesicht!

Was sie hier noch macht, kapieren wir nicht. Arbeiten tut sie nichts, aber sehen können wir sie auch nicht. Obwohl das Lager so klein ist, wissen wir nicht, wo sie die ganze Zeit steckt und womit sie sich den ganzen Tag beschäftigt. Nur nachts kommt sie irgendwann ins Bett, hat nie geduscht, stinkt immer nach Alkohol.

Nicht zum ersten Mal schäme ich mich für meine ostdeutschen Landsleute und noch mehr als sonst bemühe ich mich, hochdeutsch zu reden, damit ja keiner merkt, woher ich komme und mich mit diesen Schlampen hier in eine Schublade steckt.

15. November Im Lager

Wir haben den ganzen Tag die BATs aufgeräumt und geputzt, jetzt da die Oberstabsärztin weg ist. Mandy ist zwar noch da, aber was schert es mich. Soll sie es daheim erzählen, ist mir egal. Ich weiß ja nicht mal, was Mandy eigentlich hier gemacht hat, ist sie BAT gefahren oder war sie auf der Krankenstation. Vielleicht merkt sie nicht mal, dass wir geputzt haben, wie immer war sie verschwunden. Nur, dass sie letzte Nacht nicht mal auf die Stube kam. Wie sie allerdings in der Enge dieses Lagers auch noch unentdeckt eine Affäre unterhalten kann, denn das muss es ja sein, wo wäre sie wohl sonst nachts, das ist mir schleierhaft.

Momentan sind hier ungefähr achtzig Soldaten stationiert. Das Lager hat insgesamt die Größe eines Fußballfeldes, die Gebäude können mühsam fünfundvierzig Soldaten aufnehmen, es ist eng und das Gebäude entlang der Mauer, in dem die Feldbetten dicht an dicht stehen, wird U-Boot genannt. Zusätzlich zu den Gebäuden wurden Zelte aufgebaut und mit Stockbetten bestückt, so lässt sich die Grundfläche effektiver nutzen.

Wir in der Sanität sind so an die zwanzig Personen. Dann gibt es den Kommandeur, und seinen Vertreter, den S3 (S von Stabsabteilung, eins bis fünf bezeichnet die sogenannten Führungsgrundgebiete, S1: Innere Führung, Personalwesen, Öffentlichkeitsarbeit, Jugendarbeit, Nachwuchsgewinnung, S2: Militärische Sicherheit, Militärisches Nachrichtenwesen mit Aufklärung und Zielfindung – ja so heißt das wirklich – S3: Ausbildung, Operationsplanung, Organisation, (in Bataillonen und Regimentern zugleich Chef des Stabes und stellvertretender Kommandeur) S4: Beschaffung, Versorgung, Logistik, S5: Zivil-militärische Zusammenarbeit (in territorialen Kommandobehörden ständig vorhanden, ansonsten nur im Einsatz oder Verteidigungsfall) S6: Führungsunterstützung, Fernmeldewesen, Datenverarbeitung, IT-Sicherheit, Stabsorganisation).

Die Küchenjungs sind zu sechst, der S5 ist ein älterer Oberstleutnant der Reserve mit ein paar Untertanen. Schutzsoldaten bilden den größten Anteil, ungefähr dreißig, die zweitgrößte Gruppe bilden die Pioniere, die das neue Lager bauen sollen und dann wohnen ein paar Humints bei uns im Lager. (Human Intelligence, die zur S1-Abteilung gehören, aber selbstständig arbeiten, der Auftrag ist „Informationsgewinnung vermittels menschlicher Quellen"). Hier ließe sich sicherlich allerhand Spöttisches sagen, allein wegen des Namens. Ihre Arbeit besteht im Wesentlichen darin, einheimische „Spitzel" zu finden, die Geheimnisse ausplaudern, aus welcher Motivation heraus auch immer. So sind sie oft unterwegs, sie fahren allein, für sie gelten andere Regeln und sie verlassen das Lager auch gelegentlich in ziviler Kleidung.

Zwei Mitarbeiter des BND, auch sie in zivil, wohnen ebenfalls im Lager, auch das finde ich ungewöhnlich. Zwar sind sie immer irgendwo in der Nähe eines jeden Auslandseinsatzes, aber dass sie in einem militärischen Lager wohnen und somit ihre Tarnung aufgeben, habe ich noch nicht erlebt. Uns gegenüber sind sie recht aufgeschlossen, sitzen abends bei uns und unterhalten sich mit uns. Ganz normal. Obwohl wir vermuten, dass die Namen, die sie nennen, nicht wirklich ihre sind.

Die meisten Soldaten im Lager sind noch vom alten Kontingent, der Übergang hier zwischen Vorauskommando und erstem Kontingent ist fließend. Sie bezeichnen sich als Vorkommando, somit wären wir das erste Kontingent. Offiziell sind wir wohl schon das zweite, aber viele, die noch hier sind, waren von Anfang an da und so ist es kompliziert. Wir Sanitäter gehören ja zu Kunduz und das ist das zweite Einsatzkontingent Kunduz. Kompliziert, aber nicht ganz unwichtig. Es gilt irgendwie als ruhmreicher und heldenhafter, bei einem ersten Kontingent dabei gewesen zu sein als im 15. Kontingent SFOR in Bosnien, wo man in die Stadt gehen kann zum Pizza essen.

S1 und S2 gibt es hier nicht, merkwürdig wie ich finde gerade angesichts der Sicherheitslage. Wir hören schon gar nicht mehr hin. „Die Lage ist nicht ruhig und nicht stabil." So oft haben wir das gehört in Kabul morgens beim Antreten und so oft ist nichts passiert, aber manchmal ist auch etwas passiert, wenn die Lage mal ausnahmsweise ruhig und stabil war. Manchmal ist jemand auf einer belebten Straße, die jeden Tag befahren wird auf eine Mine gefahren, so dass man davon ausgehen kann, dass die Lage doch nicht so stabil war oder die Attentäter, die die Mine hingelegt haben müssen, denn es hatte nicht geregnet, so dass sie nicht hoch gewaschen sein konnte, hatten nicht gewusst, dass die Lage sicher zu sein hatte.

Auch hier in Feyzabad ist die Lage nicht ruhig und nicht stabil, auch unser Kommandeur hier verkündet es beim Antreten und auch hier hören wir nicht hin oder machen uns nichts draus. Das kann man nicht. Man kann nicht jeden Tag Angst haben. Also haben wir keine. Es geht einfach nicht. Dann könnte man nicht leben, nicht atmen, würde bewegungsunfähig, gelähmt, und das geht hier nicht.

Unser Kommandeur hat gesagt, wir sollen diese Aussage nicht so ernst nehmen. Ob er es gesagt hat, weil er das weiß oder weil er glaubt, die Lage sei doch ruhig und stabil oder sie ist es nicht, aber uns, gerade uns, wird schon nichts passieren, weiß ich nicht. Wenn er glaubt, dass es ruhig und stabil ist, warum sagt er es nicht? Und wenn er es nicht glaubt, warum sagt er dann, wir sollen uns nichts daraus machen, was er sagt?

Das kann er doch nicht ernst meinen, oder? Er kann doch nicht wollen, dass wir nicht ernst nehmen, was er sagt?

Wir hätten doch sowieso keine Angst, weiß er das nicht?

Nicht weil ein Soldat keine Angst hat. Sondern weil er nicht täglich Angst haben und damit weiter leben kann. Also hat er keine, zumindest nicht jetzt und verschiebt es auf später, wenn überhaupt.

Verwirrend.

Das Auto jedenfalls sah noch schlimmer aus als unsere Stube. Dass es hier staubig wird auf diesen Straßen ist ja klar. Aber was wir da alles aus den Schubladen rausgefischt haben, war unglaublich. Fischdosen zwischen den Medikamenten. Felix, der neue Fahrer, hat auch geschimpft. Luftfilter total verstopft, Stoßdämpfer kaputt. Die Luftfilter muss man hier nach jeder Fahrt reinigen und nicht alle was weiß ich wie viele Wochen es die Vorschrift vorschreibt. Er war wieder mal sehr ungehalten und hat wieder kräftige Ausdrücke benutzt. Wie sich herausstellt, ist Felix Kfz-Mechaniker, was natürlich ein unglaublicher Glücksfall ist und das Auto wurde von ihm gründlich überholt. Nur die Stoßdämpfer bleiben kaputt, ohne die Ersatzteile kann er da auch nichts machen.

Abends haben wir uns in den Sanitätsgefechtsstand gesetzt und angefangen zu spielen. Ein schlanker, gut aussehender Stabsunteroffizier, sein Name ist Chris, er ist verantwortlich für den Steri, Tim, ein ruhiger, etwas kräftiger und hochintelligenter Krankenpfleger, Oberfeldwebel der Reserve, Katja und ich. Über Kniffel und Schwimmen sind wir dann bei Rommee gelandet. Der Anästhesist, der hier neben oder über dem Hauptmann als Chef unserer Truppe fungieren soll, wie ich mittlerweile kapiert habe, saß die ganze Zeit neben uns und schien uns zu beobachten, das war uns unangenehm und wir haben uns in das B-Zelt, das Betreuungszelt, verzogen.

16. November Im Lager

Wir haben weiter aufgeräumt und eingeräumt und geputzt. Abends gab es dann eine kleine Feier zu Katjas Abschied, die leider auch zum ersten Kontingent gehörte und abreist. Sie wird am Flugfeld mit ihrem Nachfolger abklatschen, was ihr überhaupt nicht gefallen hat. So konnte sie ihr Material nicht ordnungsgemäß übergeben und hat es teilweise anderen aufgehängt, die es dann an ihren Nachfolger übergeben müssen. Überhaupt war sie etwas verzweifelt. Chris, der Sterilisationsassistent, ist zwar hier, aber der Steri nicht. Es gibt nur einen kleinen Autoklaven, in den nur die kleinen Instrumente passen. Alles andere, die großen Siebe und die großen Instrumente müssen zum Ssterilisieren nach Kunduz geschickt werden. Alle Instrumentier-Sets und Siebe mit chirurgischem Besteck sind eingeschweißt und verpackt und sie kann den Inhalt nicht prüfen. Hätte sie sie aufgerissen, um den Inhalt zu kontrollieren, wären sie unsteril geworden und sie hätte sie wegschicken müssen. Es gibt aber jedes Sieb nur einmal, somit hätte hier nicht operiert werden können, falls es notwendig geworden wäre. Weiter darf man an dieser Stelle gar nicht denken, denn es bedeutet ja, wenn hier etwas passiert und jemand muss operiert werden, geht das auch nur einmal, danach gibt es eine Zwangspause, bis die Siebe aus Kunduz zurück kommen, was ja mindestens drei Tage dauert, wenn alles gut läuft.

Katja war jedenfalls verzweifelt. Bei der Bundeswehr gibt es nichts Schlimmeres, als wenn das einem anvertraute Material nicht stimmt und fehlt etwas, zahlt der, bei dem es zuerst nicht mehr da war. Dass es bei ihr noch da war, konnte sie nun nicht beweisen.

Chris konnte leider an der Feier nicht teilnehmen, saß im Sanitätsgefechtsstand, weil da ja einer sitzen muss. So haben wir ihn nachts noch aufgesucht, um mit ihm ein wenig zu plaudern.

17. November Flugplatz

Heute haben wir Katja zum Flugplatz gefahren. Ich habe mich vorgedrängt, um die Flugunfallbereitschaft zu übernehmen. Sonst wäre der BAT aus dem anderen Lager hingefahren, sie sind näher dran am Flugplatz. Bei jedem Start und jeder Landung muss ein BAT dastehen. Ein vollkommen sinnloses Unterfangen. Hier gibt es keine Feuerwehr, nicht mal einen Feuerlöscher. Was glauben die wohl, was ich machen werde, wenn ein Flugzeug eine Bruchlandung hinlegt? Wie ein Held und ein VolliVTimdiot in die brennende Maschine stürmen und Menschen retten? Und selbst wenn. In meinem BAT ist Platz für einen liegenden Verwundeten. Zwei könnten noch sitzen und ich auf dem Fußboden. Aber das wäre es dann auch. Ich habe noch nie ein Flugzeug gesehen, aus dem nur drei Menschen aussteigen. Die Besatzung besteht ja schon aus vier Personen. Selbst wenn man dummen Statistiken glaubt, nachdem bei einem Großschadensereignis zwanzig Prozent der Beteiligten gleich tot sind, wenn hier ein Hubschrauber oder ein Flugzeug ankommt, sind da mindestens zehn Personen drin. Oft mehr. Wenn dann zwei tot sind, bleiben acht. Am Flugfeld gibt es nichts. Kein Zelt, keine Tragen, keine Kisten mit etwas mehr Verbandmaterial und Infusionen, nur das, was wir an Bord haben. Wir haben den BAT so vollgestopft, wie es geht. Aber wir haben dennoch nur eine Beatmungsgerätmaschine und zu wenig Sauerstoff. Selbst wenn man die beiden Extraflaschen bedenkt, die wir aus Sicherheitsgründen gar nicht dabei haben dürften. Aber diese Überlegungen führen zu nichts. Befehl ist Befehl und am Flugplatz muss ein BAT stehen.

Es war sehr traurig, mich von Katja zu verabschieden. Ich hab sie in der kurzen Zeit, in den paar Tagen, sehr ins Herz geschlossen. Wir machten es kurz und schmerzlos. Unterhielten uns bis zum Abflug, lachten und machten Scherze. Als sie dann einsteigen musste, umarmte sie mich kurz und ging los. Am Hubschrauber drehte sie sich um, winkte noch einmal, dann war sie weg. Den Rest des Tages fühlte ich mich etwas hilflos ohne sie. Tim und Chris richteten mich auf, nahmen mich mit zum Rommee ins B-Zelt. Rommee scheint zu einer festen Institution zu werden.

Wir hatten vom Flugplatz zwei Neue mitgebracht. Beides Reservisten. Julian vom Deutschen Roten Kreuz in Hamburg und Heinz. Heinz soll Katjas Nachfolger sein, OP-Pfleger. Er ist aber gar kein Instrumenteur und hat ganz offen gesagt, dass er auch gar keine Lust dazu hat. Unser

Chirurg wurde ganz blass und tobte. Ich erspar es mir, das alles aufzuschreiben. Der Hauptmann hat den Sachstand nach Kunduz gemeldet. Nun warten sie auf Anweisungen, auf Entscheidungen. Sollte es nötig sein, hier zu operieren, würde ich das fragwürdige Vergnügen des Instrumentierens übernehmen dürfen. Der Chirurg sagte, es dürfte kein Problem sein. Er würde auf das Instrument zeigen, das er brauche und dann solle ich es ihm geben. Kein Problem. Warum ist es dann so eine lange Ausbildung, frage ich mich, wenn es so einfach ist und es jeder einfach so kann?

Die Überlegung war die, dass ich ja frei wäre, wenn der Patient ins Lager gebracht worden sei. Immer ist die Rede von einem Patienten...

Was Heinz betrifft, so ist er auch Rettungsassistent. Wir glauben, er braucht die Kohle und hat sich deswegen in den Einsatz gemeldet. Somit, aus sozialen Gründen, kriege ich ihn in die BAT Gruppe. Nur kurz war die Rede davon, ihn postwendend zurückzuschicken. Er hat sich gewehrt, somit blieb es dabei. Reservisten darf man nicht verärgern, ohne sie läuft gar nichts in der Bundeswehr. Hier im Lager sind denn auch fünfzig Prozent aller Soldaten Reservisten. Ausgerechnet hier, wo man verlassener nicht sein kann und es im Zweifelsfall richtig drauf ankommt.

18. und 19.November

Ich war im Lager, es gab keine Fahrten und keine ankommenden Flugzeuge. Was ich gemacht habe, weiß ich nicht mehr.

20. November Baharak

Wir sind nach Baharak gefahren.

Dieses Mal ist der Arzt mit dem Hauptmann gefahren und ich konnte im BAT neben Felix sitzen. Er fährt sehr gut. Mit Gefühl für das Auto und die grauenhaften Strassen, besonnen und belastbar, dabei immer freundlich. Es war dann auch eine ganz entspannte Fahrt. Obwohl die Straße eine Katastrophe ist. Voller Steine, Schlaglöcher, Pfützen. Auf einer Seite geht es steil den Berg hoch, auf der anderen Seite genauso steil hinunter zum Fluss. Es geht Richtung Osten immer am Fluss entlang und das Panorama ist einfach umwerfend.

OTL Werner, den ich aus Kabul kenne, soll in Baharak das DDR Projekt der Vereinten Nationen (Disarmament Demobilization and Reintegration) unterstützen. Da sollen Kämpfer der Warlords gegen ein Ausbildungsprogramm entwaffnet werden.

Die Kämpfer hatten dazu keine Lust, jedenfalls heute nicht und haben keine Waffen abgegeben. Vielleicht morgen, haben sie gesagt. Sie interessieren sich auch nicht für Ausbildungsprogramme, wo sie zu weiß der Teufel was ausgebildet werden sollen. Ihr Leben lang waren sie Kämpfer. Wenn überhaupt, so wollten sie Vieh züchten oder Land bebauen so wie ihre Väter und Onkel oder eher ihre Großväter, denn auch ihre Väter und Onkel haben ja schon mehr oder weniger nur gekämpft in ihrem Leben.

Wir haben uns stundenlang aufgehalten, der OTL ist mit irgendwelchen afghanischen Generälen in einem Gebäude verschwunden und wir haben uns das ganze Gelände angesehen. Es liegt ungefähr 2 km hinter Baharak auf einem Plateau, nur Gras soweit das Auge reicht und am Horizont rundum die Berge. Das Gelände, auf dem das DDR Projekt statt findet, ist circa zwei Quadratkilometer groß und von einer Mauer eingegrenzt. Von der UN war heute niemand da. Alles steht voller alter russischer Panzer und in kleinen Räumen aus Lehm, die sich an die Außenmauer anschmiegen, lagert Munition ohne Ende. Die Afghanen haben mich interessiert beobachtet, waren wie immer von meinen blonden Haaren fasziniert und haben mich zum Tee eingeladen. Wir haben uns auf den

Boden in die Sonne gehockt und wie immer versucht, die schmierigen Gläser zu ignorieren. Sie wollten wissen, was ich hier mache und ich habe gesagt, dass ich „daktar“ bin, Arzt, weil ich nicht weiß, was Krankenschwester heißt. Als sie das hörten, haben sie mir erzählt, wo sie überall „dard“ haben, Schmerz, und ich habe ein paar Aspirintabletten ausgeteilt. Viele klagen hier über Ganzkörperschmerzen, nicht nur die Frauen, wie bei uns in Deutschland, wo wir es das mediterrane Syndrom nennen. Immer jammern und klagen. Hier sind es auch die Männer, obwohl sie andererseits zäh und ausdauern sind wie Juchte. Ich denke, sie sind ausgelaugt von den Kämpfen und Kriegen über Generationen, sehen kaum Verbesserungen, wenig Zukunft und sind einfach erschöpft von ihrem harten Leben und deprimiert.

Dennoch haben wir gelacht und Fotos gemacht, das lieben sie so sehr, wenn man Digitalfotos macht und sie ihnen auf dem Display zeigt.

Ursprünglich sollten wir zwei Tage bleiben, aber aus Kunduz war uns verboten worden, dort zu übernachten, also mussten wir wieder heim. Für die fünfzig Kilometer brauchten wir vier Stunden zurück, hatten fünf für den Hinweg gebraucht, weil zwei der Pradas einen Platten hatten. Unser S5 hatte sich dem Konvoi angeschlossen, sich aber in Baharak von uns getrennt und irgendetwas an seinen Projekten gemacht. Was das für Projekte sind, hab ich noch nicht kapiert. Leider ist ihm dabei seine Kamera geklaut gekommen, für ihn der Weltuntergang. Wie ich höre, war es nie sehr beliebt, mit ihm zu fahren, weil er alle fünf Minuten den gesamten Konvoi anhält, um zu fotografieren.

Der Mann, der die Kamera gestohlen haben soll, fährt einen gelben VW-Bus, nach dem wurde dann gesucht und wir mussten mit unserem BAT mitten in der Stadt stehen bleiben und warten. Ich hatte wieder die übliche Ansammlung von Kindern um mich.

Um mir die Zeit zu vertreiben, zu sehen, was passiert, und auch weil ich ein Tuch haben wollte, habe ich einem einheimischen ungefähr sechzehn jährigen Jungen fünf amerikanische Dollar gegeben, ihn gebeten, die für mich zu wechseln und mir ein Tuch dafür zu kaufen. Felix hat gesagt, ich bin bescheuert und das Geld seh ich nicht mehr wieder, aber er kam zurück, nach einer langen Zeit, nach der ich es selbst schon nicht mehr glaubte und gab mir ein schönes, weißes Tuch und Wechselgeld. Das Tuch kam leider aus der Wäsche von Ecolog nicht zurück. Ecolog ist eine Firma, die Infrastrukturleistungen wie Abfallentsorgung und Wäscheservice für alle Einsätze der Bundeswehr, für andere Armeen und auch für die GTZ (Gesellschaft für Technische Zusammenarbeit) leistet. Ich habe dann einen der Humints gebeten, mit den Locals von Ecolog zu sprechen und tatsächlich war im übernächsten Sack zwei Tage später, nach einer angemessenen Zeit, um das Gesicht nicht zu verlieren, das Tuch.

Total kaputt bin ich abends ins Bett gefallen und direkt eingeschlafen, was gut war. Wieder ein Tag vorbei, wieder einmal konnte ich einschlafen, ohne nachdenken zu müssen.

21. November Baharak

Um fünf Uhr ging es los, dieselbe Strecke zurück nach Baharak. Den ersten Teil der Strecke bin ich in einem der Fahrzeuge von Schutz mitgefahren. Nach der ersten Pause beschloss ich, da ich die Strecke gestern schon gesehen hatte, der Prada nach Diesel stank, und ich müde war, mich auszuruhen, vielleicht konnte ich sogar schlafen. Ich machte also den Versuch, hinten im BAT in der Patientenkabine mitzufahren und legte mich auf die Trage. Nachdem ich zwei Mal hinuntergefallen war, wohl besonders tiefe Schlaglöcher, schnallte ich mich an und so dämmerte ich von Schlagloch zu Schlagloch vor mich hin. Getreu der

ZDV (Zentrale Dienstvorschrift) Gefechtsdienst aller Truppen: „Wenn der Soldat keinen Auftrag hat, ruht er."
Bei einem Halt hielt ein einheimischer Jeep an und ein alter Mann, der darin saß, bot mir ein grünes Pulver an, dass er Haschisch nannte, mit der Betonung auf er zweiten Silbe. Ich habe das Zeug schon bergeweise in Usbekistan auf dem Basar liegen sehen. OTL Werner hat es mir erklärt. Es ist eine Art Kauhaschisch, das über die Mundschleimhaut resorbiert wird. Sie nehmen es gegen Schmerzen und sind sich auch gar keiner Schuld bewusst.
Gegen Ende des Weges kam uns dann ein Lkw entgegen, der sich gegen die Felswand presste, so dass Felix ganz dicht am Abgrund lang fahren musste. Ich hatte ihm eingeschärft, wenn uns Fahrzeuge entgegen kämen, solle er sich immer an der Bergseite halten. Nun, dieses Mal ging es nicht. Wir hatten vorher schon enge Stellen und schwindelige Brücken passiert und ein paar Jingletrucks waren uns entgegen gekommen. So nennen wir die einheimischen Lastwagen, wegen der vielen Glöckchen, mit denen sie verziert sind und die beim Fahren klingeln und bimmeln.
Diesmal war es so eng, dass meine Handflächen ganz nass wurden.
Heute ging es schon besser mit den Pinkelpausen. Gestern und den Tag davor hatte ich versucht, wenig zu trinken, damit ich nicht so oft musste, aber dann hatte ich Kopfschmerzen bekommen und fühlte mich ganz ausgetrocknet. Ich weiß noch aus Kabul, wie gefährlich das ist. Manchmal hatten wir uns abends auf der Terrasse meiner Kollegen Infusionen angelegt, wenn wir merkten, dass wir vollkommen verdörrt waren, die Zunge sich anfühlte wie Pappe und die Haut Falten warf wie eine alte Schildkröte. Einmal hatten mir nach einer Woche Durchfall die Kollegen einen Beutel nach dem andern angehängt, sechs Liter

insgesamt, dazu noch zwei Flaschen, die ich austrinken musste und ich hatte nicht einmal zur Toilette gemusst.

Das will ich dieses Mal gar nicht erst anfangen. Aber es ist schwierig, wenn wir den ganzen Tag unterwegs sind. Bei jeder Pause stellen sich die Männer ganz ungeniert an den Straßenrand und ich drehe mich diskret um und versuche, sie zu ignorieren. Vielleicht hätte ich nicht einmal gemusst, aber ihr Anblick bringt mich natürlich auf den Gedanken. Bäume gibt es entlang der Straße kaum und selbst wenn, habe ich wegen der allgegenwärtigen Minen viel zu viel Angst, sie zu verlassen.

Ich ging also heute zum Angriff vor. „Jungs“, sagte ich zu den Soldaten der Fahrzeuge vor und hinter mir, der BAT ist immer eins der letzen Fahrzeuge im Konvoi, „haut mal ab, ich muss auch mal pinkeln.“

Erstaunlicherweise war es ihnen viel peinlicher als mir selbst, sie ergriffen die Flucht, gesellten sich zu ihren Kameraden weiter vorne und ich musste nur noch darauf achten, dass kein Einheimischen in der Nähe waren, unter der schweren Splitterschutzweste den Hosenbund finden, aufpassen, die Pistole, die an meiner Hüfte baumelte, nicht nass zu machen und mich beeilen, falls uns ein Fahrzeug mit Einheimischen, die sicher kein Verständnis hätten, entgegen kommt.

Ein Kinderspiel.

Hände waschen fällt natürlich aus, die Männer scheinen sich darüber keine Gedanken zu machen und ich muss an die alte Geschichte von der Untersuchung der Glasschale mit den Erdnüssen auf dem Kneipenthresen denken und wie viel Urin sie enthalten. Jedenfalls war ich abends wieder schlagskaputt, wollte duschen, Rommee, Bett. Aber der Anästhesist gab noch einen aus auf seinen Abschied, anstandshalber musste ich dabei sitzen und Rommee fiel leider aus.

23. November Flugplatz, Baustelle

Heute Dienst auf dem Flugplatz, Flugunfallbereitschaft. Der Notarzt aus dem andern Lager fliegt heute heim, vielleicht kommt sein Nachfolger. Obwohl das Wetter gar nicht gut war, sind die Abflieger dann auch mit zwei CH 53 abgeflogen. Ausgestiegen ist tatsächlich ein neuer Notarzt, der aber direkt im anderen Lager verschwunden ist, so dass ich ihn für heute nur kurz begrüßen, aber noch nicht richtig kennen lernen konnte. Er scheint ganz nett zu sein, machte aber keinen Hehl daraus, dass es ihn überhaupt nicht amüsiert, hier sein zu müssen. Nett auf den ersten Blick scheint auch der neue Anästhesist, das ist wichtig, denn er wird ja hier die Chefrolle übernehmen. Er bestellte schöne Grüße aus Kunduz und brachte Post mit! Bis nach Kunduz gelangt sie offenbar, aber bis hierher ist es schwierig. Dann ist noch ein Hauptgefreiter für die Pflege angekommen und einer als Ersatz für den zweiten BAT-Fahrer. Er hat aber gar keinen Führerschein für Lkws.

Dafür ist er ausgebildeter Steri-Gehilfe, was Chris sehr erfreut, der ja der Steri-Assistent ist. Der Steri selbst ist immer noch nicht da.

Überhaupt.

Fabian, der Röntgenassistent, der etwas vor uns eingetroffen ist und den ich auch aus Kabul schon kenne, hat zwar ein Röntgengerät, aber keine Entwicklungsmaschine. Vermittels großer Schalen aus der Feldküche und irgendwie in der Stadt beschaffter Chemikalien hat er Felix Portemonnaie geröntgt und die Bilder entwickelt und es hat tatsächlich funktioniert! Jetzt wird er auch Patienten röntgen können. Röntgen hätte er sie ja können, aber was hätte es genützt, wenn er die Filme nicht entwickeln kann?

Leider hat er dafür die kleine Küche vor unsere Stube okkupiert und nun fällt das gelegentliche Kaffee kochen oder Eier backen dort aus und es hängt ein Schild an der Tür: „Entwicklungsraum, Betreten verboten, Fabi“.

Den Rest des Tages verbrachten wir auf der Baustelle. Auf der von der Straße abgewandten Seite des Flughafens soll hier ein großes Lager errichtet werden, das zweihundert Soldaten Platz bieten soll. Im Moment ist dort noch nichts zu sehen, das Gebiet muss zunächst von Minen geräumt werden. Zu diesem Zweck sind heute auch zwei EOD-Soldaten angekommen. EOD heißt Explosive Ordnance Disposal, auf deutsch also Kampfmittelräumer oder bei der Bundeswehr Feuerwerker. Die beiden sind Marinesoldaten, Minentaucher. Mit meiner Versetzung als Fliegerarzt in ein Marinefliegergeschwader wurde ich Marineoffizier, die Dienstgradabzeichen sind golden, ein Oberstabsarzt hat drei Streifen im Gegensatz zu der Luftwaffe und dem Heer, wo es drei silberne Sterne sind. Erfreut, geradezu begeistert bemerkten sie meine Streifen und begrüßten mich auf das allerherzlichste. Die deutsche Marine ist klein, man fühlt sich sehr zusammengehörig und hat einen anderen Sprachgebrauch und andere Sitten. Das Antreten zum Beispiel heißt bei der Marine Musterung und eine ganz wichtige, unbedingt, immer und überall einzuhaltende Tradition ist der Seemannssonntag, der jedoch aus Gründen, die sich mir nie erschlossen haben, am Donnerstag stattfindet.

Überall, wo sich mehr als zwei Marinesoldaten treffen, gibt es also am Donnerstagnachmittag ab 15.00 Kaffee und mit Glück auch Kuchen. Da fragt man nicht viel warum. Erfreut planten wir sofort unseren ersten Seemannssonntag für den kommenden Donnerstag und als ich zu diesem Zweck meinen Wasserkocher zur Verfügung stellte, war ich sofort integriert und wurde eingeladen, mich jederzeit in ihrem Container aufzuhalten.

Wasserkocher sind hier ein unentbehrliches Utensil und ich hatte einen von daheim mitgebracht. Man kann sich damit jederzeit Kaffee oder Tee machen, Dinge auskochen, zum Beispiel meine grauen dienstlich gelieferten Lederhandschuhe, die viel zu groß waren, die habe ich, nachdem ich erkannt hatte, dass ich sie hier wegen der Kälte brauchen würde, zwei Stunden im Wasserkocher gekocht, bis sie soweit eingegangen waren, dass sie passten.

In Kabul habe ich schmerzhaft gelernt, wie es ist, wenn man keinen dabei hat. In dem Zelt, das ich mir mit fünf andern Frauen geteilt hatte, gab es nur einen Wasserkocher. Die Besitzerin war die Chefin. Und ihre Einstellung war, der gehört mir. Man musste fragen, wenn man ihn benutzen wollte. Dazu musste sie da sein. Was nicht oft der Fall war. War sie da, und kriegte man heißes Wasser von ihr, musste man große Dankbarkeit bezeugen, sonst kriegte man nächstes Mal nichts mehr.

Ich hab natürlich nur ein Mal gefragt. Dann nicht mehr. Auch ihr Kühlschrank, den sie von irgendwelchen Vorgängern abgekauft hatte, war fast leer. Ihre Gesichtscreme stand darin und ein paar einsame Flaschen Wasser. Ansonsten hatte sie was dagegen, dass wir ihn benutzten, weil es ihrer war. Auch wenn er in unserem Zelt stand und eine Menge Platz wegnahm und nachts laut brummte. Jedenfalls trank ich lieber lauwarmes Wasser und benutzte den Wasserkocher der Männer, die ihn extra für mich auf die Terrasse gestellt hatten, so dass ich ihn jederzeit erreichen konnte. Das war bei meinem allerersten Einsatz gewesen und seitdem hatte ich immer einen Wasserkocher und eine Tasse dabei.

Für die Einladung in den Container bin ich dankbar.

Unserem BAT wurde auf der Baustelle kein eigener Container zur Verfügung gestellt. Wie immer sollen wir uns in unserem Fahrzeug aufhalten. Erstens kann das manchmal empfindlich kalt sein, immerhin ist es November und der Container lässt sich sogar heizen, außerdem gibt es im Container Strom und wir können unsere Laptops anschließen.

Zweitens werden wir ab jetzt sehr viel Zeit hier verbringen. Die Arbeit des EOD ist verantwortungsvoll und sehr gefährlich. Immerhin garantieren sie hinterher für die Minenfreiheit des gesamten Geländes. Da man nie weiß, was sie finden, Blindgänger, Munition, Panzer- und Personenabwehrminen und in welchen Zustand das ganze explosive Zeug ist, manches liegt hier schon ewig, ist total verrostet und eine kleine Berührung oder Bewegung kann es zur Explosion bringen, muss für den Fall eines Unglücks immer ein BAT anwesend sein, wenn sie arbeiten.

Die beiden Minentaucher sind nur zu zweit und müssen das gesamte Gelände absuchen und räumen. Sie hoffen auf Verstärkung, ich habe nur gelacht, als sie das aussprachen. Aber wer weiß, vielleicht haben sie ja Glück. Bis dahin werden sie sich mit Kollegen aus Kunduz im wöchentlichen Rhythmus abwechseln, es werden immer zwei von ihnen hier sein, bis das gesamte Gelände geräumt ist. Es kann also dauern.

Aber sie sind nett, ich habe nichts dagegen, hier friedlich meine Tage zu verbringen in der Nähe der Dixie-Klos.

Noch immer habe ich keine Lösung für das Toilettenproblem auf den Patrouillen gefunden. Ich habe alle Möglichkeiten erwogen. Blasenkatheter scheiden aus, obwohl es einige versucht haben, aber es tut weh und der Beutel stört im Inneren des Hosenbeines und zeichnet sich unter der Hose nach außen ab. Es gibt angeblich bei der Bundeswehr Klappklos aus Pappkarton, in den man einen Plastikbeutel hängt. Wir haben sie ein paar Mal bestellt, sie wurden aber nie geliefert. Vielleicht gibt es sie ja doch nicht. Dann gibt es kleine Plastiktüten mit einem etwas festeren Plastikeingang. Dieser ist sehr klein und man muss ihn genau treffen. Hinterher, wohin mit der Tüte? Die liegt dann im BAT und läuft langsam aus. Besser, man nimmt einen großen blauen Müllsack, versteckt sich hinten im BAT, pinkelt rein und knotet ihn fest zu. Auch der fällt dann im Auto hin und her und jeder weiß, was es ist und die Jungs ekeln sich davor. Ihnen ist es lieber, sie drehen sich um und ich hocke mich hinter das letzte Fahrzeug des Konvois. Hinter das letzte Fahrzeug, darauf bestehen sie. So ungeniert und ganz ohne Scham wie sie selber damit sind, am Straßenrand die Hose zu öffnen und auszupacken, bevor sie in meine Pfütze treten würden, machen sie lieber einen Umweg von zehn Kilometern. Alles in allem ist der blaue Müllsack dennoch die Variante, die ich bevorzuge. Trotzdem ist es unangenehm und unpraktisch und man treibt das alte Spiel. Wenn man weiß, dass man eine Tagestour vor sich hat, trinkt man ab dem Abend davor nichts mehr, aus Angst pinkeln zu müssen, wenn es nicht geht. Nach einer Woche voller Tagespatrouillen ist man völlig ausgetrocknet und Gnade einem Gott, wenn man in dieser Zeit seine Tage kriegt. Den Tampon kann man ja vielleicht gerade noch wechseln, wenn die Soldaten des Konvois sich taktvoll umdrehen. Aber wohin mit dem gebrauchten Tampon? Man kann ihn schlecht auf der Straße liegen lassen, wo ihn jeder sieht. In die Tasche stecken kann man ihn auch nicht einfach. Ich habe dann also immer eine kleine Plastiktüte dabei, stecke sie in die Hosentasche und bilde mir dennoch immer ein, jeder kann das Blut riechen. Eklig ist es natürlich auch ohne Ende.

Man gewöhnt sich echt an alles in diesem Land.

Bei der abendlichen BAT-Besprechung ging ein Aufatmen durch die Runde, der neue Anästhesist ist wirklich sehr nett, menschlich und scheint ehrlich zu sein. Es geht uns schon ein wenig besser. Noch etwas Rommee, dann ins Bett.

23. November Baustelle

Heute wieder wegen EOD zur Baustelle, es ist auch Flugbetrieb. Da das neue Lager ja direkt hinter dem Flugplatz gebaut wird, kann man beide Dienste gleichzeitig von den Containern auf der Baustelle aus versehen. Ich habe ja das Handfunkgerät und auch Sichtkontakt zum Flugfeld. Es war strahlend schönes Wetter mit einem super Panoramablick. Auch sehr nette Gesellschaft mit Oberleutnant Winkler und Hauptmann Radetz, den ich vom letzten Jahr aus Kabul kenne als Chef der Feldlagerbetriebskompanie. Er hat tausend Geschichten und Anekdoten auf Lager. Ein feiner Kerl, allerdings nicht zimperlich. Ich habe mir ein Feldbett aufgestellt und schön in der Sonne geschlafen. Zuvor hatten wir das Auto aufgeräumt, wir haben ja zwei BATs, den anderen hatten wir schon gemacht, diesen hier hatte Julian angeblich gestern in Ordnung gebracht, aber ich konnte davon nichts merken, er sah aus wie Sau und es war eine Katastrophe und hat mich sehr geärgert. Ansonsten war es ein ganz friedlicher Tag. Da abends ein Film geplant war, wollte außer Heinz niemand mit mir Rommee spielen. Stattdessen haben wir uns lange unterhalten. Da kam dann seine Lebensgeschichte. Es war, wie ich erwartet hatte, nur noch ein bisschen schlimmer.

Er fing plötzlich aus heiterem Himmel an: „Weißt du, ich habe ein Alkoholproblem.“ Es verschlug mir die Sprache und ich hielt für einen Moment den Atem an. Was zum Teufel wollte er hier, an diesem gottverlassenen Ort, an dem es gefährlich war, wir uns aufeinander verlassen mussten und es überdies nichts gab und auch verboten war, mehr als zwei Dosen Bier pro Tag zu trinken?

Das war die sogenannte „Two can rule“. In allen Einsätzen gibt es Bier in Dosen, mManchmal verlassen sie sich auf uns und vertrauten uns, dass wir uns nicht betrinken und manchmal, meist, wenn der Einsatz schon einige Zeit dauerte, führen sie ration cards ein. Dann darf man auch nur zwei Dosen pro Tag kaufen. Oder äquivalent eine Flasche Wein. Was manche eingefleischte Biertrinker zu Weinliebhabern werden lässt. Denn von einer Flasche Wein hatte man mehr als von zwei Dosen Bier, das ist klar.

Was also wollte er hier, wenn er ein Trinker war?

Er sagte es mir. „Ich bin hier hergekommen, um wieder zu mir zu finden."

„Ach du liebe Zeit", sagte ich spontan. „Da bist du aber hier total am falschen Ort. Hierher musst du kommen, wenn du stabil bist und dich nichts so leicht umwirft. Wie willst du dich hier finden?"

Ich war entsetzt, schockiert und ein bisschen Mitleid hatte ich auch. Was musste er hinter sich haben. Auch das erzählte er mir. Eigentlich alles. Geschieden, Kinder, die Frau taut alles, um die Kinder gegen ihn aufzubringen, er sahieht sie kaum, er kam damit nicht klar, fing an zu trinken, wie immer in seinem Leben, wenn es schwer war, verlor dadurch den Arbeitsplatz, und dadurch dann das Haus.

Eine traurige, aber im Grunde ganz normale Lebensgeschichte.

Ich habe schon oft darüber nachgedacht und ich finde, es gibt im Grunde nur drei Lebensgeschichten, drei Muster. Alle anderen weichen nur in Einzelheiten davon ab.

Die Glücklichen, Erfolgreichen, Sesshaften mit einem gepflegten Einfamilienhaus, eine Tochter, ein Sohn, sie fahren in den Urlaub und sind mit ihrem Leben zufrieden. Leben im Mittelmaß, keine großen Höhen oder Tiefen, aber zufrieden.

Die Verlierer, die Pessimisten, die Zaghaften, Unentschlossenen, deren Phantasie nur selbsterfüllende negative Prophezeiungen aus reicht, die dann auch regelmäßig eintreffen. Bei ihnen geht alles immer schief, und wenn nicht, empfinden sie es so. Sie machen aus jeder Situation das Schlechteste.

Die dritte Gruppe sind die alleinerziehenden Eltern. Egal, ob Männer oder Frauen, sie wurden verlassen, vielleicht auch geschlagen oder sonst wie schlecht behandelt, es gab Zeiten, da wären sie gerne in die zweite Gruppe eingestiegen, aber wegen der Kinder ging das nicht. Sie haben Verantwortung, sie jammern je nach Veranlagung mehr oder weniger dazu, aber das Leben erlaubt ihnen nicht, einfach aufzugeben und so machen sie eben weiter. Sie wachsen an ihrer Verantwortung, manche mehr, manche weniger, aber sie können nicht aufgeben und so tun sie es nicht.

Abweichungen gibt's hier nur im Detail. Alle lassen sich ansonsten mehr oder weniger hier einordnen.

Heinz ist schon vom Aspekt her ein Mitglied der zweiten Gruppe. Klein, drahtig, dennoch wirkt er nicht sportlich, sondern eher ungepflegt. Zottelige Haare, die bei ihm nicht charmant aussehen, sondern so, als ob er sich nicht mal Shampoo leisten kann, geschweige denn einen Frisörbesuch. Obwohl es das wahrscheinlich gar nicht ist, sondern der stumpfe Ausdruck seiner Augen, die hängenden Schultern, das zu Zeiten allzu beflissene Auftreten.

Seine ersten Worte hatten es bestätigt, als er sagte, „Alkohol", hätte er gar nicht weiter sprechen müssen, ich hätte die Geschichte zu Ende erzählen können. Was ich natürlich nicht getan habe, aber es kam genau wie erwartet.

Jetzt ist er pleite, keine Frau, kein Kind, kein Haus, keine Wurzeln mehr, nur finanzielle Verpflichtungen und denen versuchte er durch die Freiwilligenmeldung in den Einsatz zu begegnen. Was er mir nicht glauben wollte, ist, dass sie es mit der Sozialhilfe gegen rechnen werden.

Er war der Meinung, er könne den Wehrsold und den Auslandsverwendungszuschlag behalten, aber das ist nach meiner Meinung nicht der Fall.

Genau weiß ich es natürlich nicht, aber ich bin fast sicher, dass er nur teilweise des Geldes wegen hier ist. Der andere Teil der Motivation ist weglaufen.

Deprimiert ging ich ins Bett. Eigentlich hätte mich die Geschichte motivieren können, ich hätte denken können, wie gut ich es habe. Das aber ist schwer hier, wo ich so gar nicht das Gefühl habe, dass es mir gut geht. Wo ich mir verbiete, zu fühlen und allzu viel zu denken, damit ich es aushalte. Für anderer Leute Unglück habe ich sehr wenig Mitleidskapazität im Moment.

24. November Flugfeld

Angeblich soll heute hier irgendetwas passieren, ein Anschlag oder, Raketenangriff, irgendetwaskeine Ahnung. Habe auch keine Ahnung, woher sie immer ihre Weisheiten und Voraussagen nehmen. Ich sollte es heute also umgekehrt machen, mit dem BAT direkt am Flugfeld stehen bleiben, um im Falle eines Falles die hundert Meter von der Baustelle bis zum Flugplatz einzusparen und bin mit der Baustelle über das Funkgerät verbunden.

Außerdem gab es Befehl, die Splitterschutzwesten den ganzen Tag anzubehalten. Wir haben sie natürlich doch ausgezogen und bis jetzt (11.45 Uhr) ist auch noch nichts passiert. Außer, dass heute so viele Flugzeuge landen wie noch nie. Es ist wieder strahlend schön. Ich sitze in der Sonne und schreibe in mein Tagebuch und bin jetzt endlich mit meinen Notizen auf Stand.

Unten auf der Baustelle bauen sie gerade Holger zusammen.

Die, wie wir sie nennenannten „never ending story“ von Holger, der kleinen Raupe“, ging übrigens so weiter:
Er sollte an der engen Felsnase umdrehen und zurück nach Mazar-E-Sharif. Wie sie den Transporter mit Holger darauf gewendet haben, ist mir schleierhaft. Wahrscheinlich sind sie stundenlang rückwärts gefahren, bis sie an eine Stelle kamen, wo man einen Lastwagen mit Anhänger wenden kann. Jedenfalls ist er in Mazar-E-Sharif nie angekommen, es kam die Nachricht: „Holger is lost!“ Plötzlich tauchte er dann in Kunduz auf. Dort flexten sie ihm das Dach ab und wollen es hier wieder aufsetzen. Inzwischen war mit einem Mal Elisabeth aufgetaucht, seine baugleiche Schwester – aus Mazar. Die Wahrheit war, Holger ist hier und Elisabeth stand geköpft in Kunduz. Wo er die ganze Zeit war und wie er hierherkam, haben wir nie so richtig verstanden. Mittlerweile ist nun auch Elisabeth hier und wartet auf ein Team von Mechanikern, das ihr hier das Dach wieder aufsetzen soll. Das Team kam gestern Abend per Landtransport aus Kunduz an, die Straße ist mittlerweile fast gar nicht mehr zu befahren, sie haben siebzehn Stunden gebraucht für die Fahrt.
Auf der Baustelle ging es mittlerweile ohne sie los. Jeweils auf dem Gelände, das die Feuerwerker frei gegeben hatten, war mit dem Bau von Fundamenten für die noch zu liefernden Container begonnen worden. Fasziniert sehe ich jeden Morgen zu, wie eine ganze Armee von Locals, die zu diesem Zweck angeheuert worden war, sich dem Lager nähern. Sie werden nicht untersucht, es gibt ja noch gar keinen Zaun und auch keine Wache hier. Sie kommen einfach über die Felder angeschlappt in ihren Kaftanen und in Tücher eingewickelt, und jeden Morgen denke ich, sie könnten so viele Kalashnikovs unter ihren Kutten verstecken, um uns allesamt in zwei Minuten zu erledigen und wir könnten gar nichts tun.

Sie bekommen Eimer und Schaufeln ausgeteilt und dann fangen sie an zu buddeln. Beton mischen sie in einer kleinen Grube einfach auf dem Boden und schleppen ihn dann auf kleinen Holztabletts, die sie gebaut haben, in die Löcher. Es dauert ewig, was sie zu freuen scheint, denn sie werden pro Tag bezahlt und verdienen hier in einer Woche mehr, als sie in ihrem ganzen Leben mit ihren kleinen Marktständen oder ihrer Feldarbeit verdienen könnten. Die Pioniere teilen sie ein und überwachen sie und scheinen bereits ein freundschaftliches Verhältnis zu ihnen aufgebaut zu haben.

25. November Baustelle

Jetzt weiß ich, was gestern los war. Die Briten haben per russische Hubschrauber Soldaten abgesetzt, um Drogenhändler zu fangen. Zwei haben sie verhaftet und mitgenommen. Wir saßen zwar den ganzen Tag am Flugfeld, haben aber nicht gesehen, wie sie abgeflogen sind, das muss wohl später in der Nacht gewesen sein und offenbar legen sie keine Wert auf unsere Flugunfallbereitschaft. Wir haben nur ein paar Leute in Kakhihosen aus den Hubschraubern aussteigen sehen, die sich in dicke Jeeps gesetzt haben und direkt in einer großen Staubwolke verschwunden sind.

Unser Kommandeur wusste anscheinend auch nicht, was los war und schickt heute Humint in die Richtung, in die sie gefahren sind, um Gespräche zu führen und wir müssen jetzt Rotkreuzarmbinden tragen.

Ich versteh das alles nicht. Wie gesagt, ich hab mich nie sehr für Politik interessiert. Aber ist es denn zu viel verlangt, wenn wir hier einen NATO-Einsatz durchführen, dass die NATO-Partner miteinander abstimmen, was sie machen? Das kann doch nicht wahr sein, dass die Engländer hier, wo sich ein deutsches Camp befindet, irgendwelche

Aktionen machen und nicht mal Bescheid sagen. Und wir sollen jetzt herausfinden, was sie gemacht haben? Warum eigentlich?
Dass das gefährlich ist, findet ja auch der Kommandeur. Deshalb die Rotkreuzbinden. Auch vollkommen bescheuert. Als ob die hier schon mal was von der Genfer Konvention gehört haben. Und wenn, interessiert es doch keinen.
Heute sind noch zwei Frauen angekommen, Bettina als Truppenärztin und KatrinMonika, eine Krankenschwester für die Pflege. Dann kam endlich Katjas Nachfolger, so ist das potentielle Instrumentieren jetzt für mich erledigt. Es ist ein alter Mann ohne Frontzähne, er lispelt etwas, auch Reservist, aber ganz nett.
Dennoch, ich wundere mich schon, was für ein Club hier versammelt ist und wenn ich darüber nachdenke, wird mir angst und bange. Also nicht denken. Wie immer. Nicht einmal denken, wie sehr ich meinen Spieß aus Kabul vermisse. Der würde diese eigenartige Mannschaft hier schon ordentlich aufmischen und die gelegentlich aufkommenden Missstimmung unter den Männern würde er auch beenden. Er würde sie einmal gepflegt aufbocken, durch das geschlossene Fenster sprengen – im übertragenen Sinn, aber so würde er es nennen und so würden sie sich fühlen, und dann wäre Ruhe. Von da an würde er sie mit „Na mein Hase“ ansprechen und alles wäre Frieden und Freude. Na ja, vielleicht nicht alles, aber manches wäre besser, wenn er hier wäre und wenn ich daran denke, fühle ich mich so verdammt allein wie selten in meinem Leben.
Bei der abendlichen Besprechung führte mich der Hauptmann öffentlich vor wegen meiner Weste. Ich habe in Kabul eine holländische Splitterschutzweste geschenkt bekommen, die wiegt weniger und ist angenehmer zu tragen als unsere. Vor allem passt sie. Bei unseren deutschen Westen sind Frauenbrüste nicht vorgesehen und sie drücken.

Wegen der bei mir deswegen erforderlichen Weite kriegte ich eine größere Nummer verpasst, die dann empfindlich in die Leisten einschneidet. Ich trug also meine eigene Weste, sie hatte viel Platz in meinem Gepäck eingenommen und andere Dinge limitiert, die ich gerne mitgenommen hätte und ich bin wild entschlossen, sie zu tragen. Immerhin bin ich täglich außerhalb des Lagers unterwegs und irgendwie muss ich diese drei Monate aushalten. Der Hauptmann kann das nicht verstehen, so viel ich weiß, hat er das Lager noch nicht einmal verlassen und scheint es auch nicht vor zu haben.

Er sagt, es ist unfair wegen der anderen. Und es stört die Gleichheit, natürlich hat meine Weste ein etwas anderes Flecktarnmuster als die Deutschen. Ich glaube nicht, dass das die Afghanen stört und ich glaube, dass sie ganz genau wissen, wer ich bin, dennoch habe ich abends Kataloge gewälzt und mir eine Combatweste bestellt, die ich darüber ziehen kann, aus dünnem Stoff, aber mit deutschen Flecktarn. Zwar gibt es die nur in oliv und hier tragen wir ja beige. Aber es ist deutsch und er wird nichts machen können.

Ich bin ziemlich sauer auf ihn. Es gehört sich nicht, mich zu kritisieren in Anwesenheit aller Unteroffiziere und Mannschaften und es wird die nächsten Tage für mich wieder schwerer machen.

26. November Baustelle

Heute habe ich den Dienstplan der kleinen BAT-Gruppe für die nächsten Tage gemacht. Das betrifft hauptsächlich die Sanitäter und Fahrer, es gibt ja nur einen Notarzt in unserem Lager und er muss immer mit.. Dann geht es noch darum einzuteilen, welche Aufträge der Notarzt aus dem anderen Lager übernehmen kann. Die meisten darf er nicht, weil er nicht über den Fachkundenachweis Rettungsdienst verfügt.

Die Bundeswehr ist nicht dumm und so haben sie schnell diesen Schwachpunkt erkannt und behoben. In der Bundeswehr gibt es nicht genug ausgebildete Rettungsmediziner, die BATs müssen aber mit einem Notfallarzt besetzt werden. Also hat man einfach die Hälfte der BATs anders benannt. LTBs heißen sie jetzt. Landtransportbegleittrupp. Dafür ist die Fachkunde Rettungsdienst nicht erforderlich. Und anscheinend unterliegen wir im Einsatz auch nicht den Rettungsdienstgesetzen irgendwelcher deutschen Bundesländer.

Wir haben manchmal gefragt, nach welchem Recht wir behandelt werden, wenn wir zum Beispiel wirklich mal einen Fehler machen und ein Mensch stirbt oder erleidet Schaden, weil wir nicht gut genug waren, überfordert oder einfach nur übermüdet. Wir sind ja alle nur Menschen. Die Frage konnte letzten Endes nie wirklich schlüssig beantwortet werden.

Die Geschichte mit dem deutschen Soldaten in Somalia verunsicherte uns noch mehr. Zumindest, dass was wir an Gerüchten darüber hörten. Was Genaues erfährt man ja nie. Er hatte auf Wache einen Einheimischen erschossen. Der Somali hatte sich dem Lager genähert, was er nicht gedurft hätte. Als er auch auf korrekt durchgeführte Anrufe nicht reagierte, wahrscheinlich hat er sie nicht verstanden, da gab der Wachsoldat wie es vorgeschrieben war, einen Warnschuss ab, der leider traf und den Somali erledigte. Das Gewehr, das er bei sich hatte, entpuppte sich als Holzstab und wahrscheinlich hatte er nur etwas zu essen stehlen wollen. Der Soldat wurde sofort aus dem Einsatz gelöst und der Staatsanwaltschaft vorgeführt, die wegen Mordes ermittelte. Nach eineinhalb Jahren wurde der Soldat freigesprochen, so dass ja nichts passiert ist, wie uns unsere Vorgesetzten beschwichtigend versicherten.

Außer dass der Soldat irritiert war, schließlich hatte er alle Befehle korrekt ausgeführt, außer, dass ihm der Auslandsverwendungszuschlag entging, außer dass er eine Beförderung verpasste, denn ein Soldat, gegen den polizeilich ermittelt wird, kann nicht befördert werden und außer, dass es jeder weiß und irgendetwas hängen bleibt. Auf jeden Fall, dass er dumm ist, denn sonst wäre ihm das nicht passiert. Alle andern hätten es natürlich besser gemacht. Und schlauer.

So wie ich gegenüber einer Kollegin hier in Deutschland einmal etwas abfällig sagte, es war ja nur eine Schreckschusspistole. Sie war bei einer Einsatzfahrt mit dem Rettungswagen von einem Patienten empfangen worden, der eine Pistole auf sie richtete, so dass sie einen Satz hinter den Rettungswagen machte. Erst hinterher hatten wir von der Polizei erfahren, dass es gar keine richtige Waffe war und ich hatte gelacht. Sie war echt sauer auf mich gewesen und hatte ironisch gesagt: „Ja, das konnte ich natürlich gleich erkennen, du blöde Kuh!“ Recht hat sie. Hinterher sind alle immer schlauer.

Auf jeden Fall hat der Kollege keine Fachkunde und wir sind in einer Unsicherheit über die Rechtsgrundlagen und darüber hinaus der Meinung, hier nach Feyzabad gehören ausgebildete Rettungsmediziner. Der OSA hat also angeordnet, dass wir gemäß früherer Bestimmungen verfahren, nach denen für EOD und Flugunfallbereitschaft und auch für Patrouillen über Land ein BAT fährt. Also bleibt der Kollege mit seinem LTB – obwohl das ja nur eine Definition ist, die Ausrüstung ist die gleiche, nur seine Ausbildung eben nicht, in seinem Lager. Wie er sich dort beschäftigt, weiß ich nicht, ich war noch nie da.

Insgesamt habe ich mich ganz gut eingelebt. Die ersten Tage dachte ich noch, wie gut es war, dass ich nur so kurz in Kunduz war auf der Herreise, denn dort erschien es mir im Vergleich zu hier wie ein weiches, warmes Nest. Wenn ich länger da geblieben wäre, hätte ich mir noch mehr leid getan, hierher ans Ende der Welt zu müssen. Mittlerweile ist die Unsicherheit der ersten Tage vergangen und ich habe mich an vieles gewöhnt, vieles ist vertraut geworden. Die Kälte, die viele Arbeit, kein oder wenig Kontakt nach Hause, die Duschzeiten. Wir müssen den Duschcontainer mit den Männern teilen, was so geht, dass wir immer freundlich fragen, wann es denn passen würde, dass wir duschen und dann gemeinsam gehen, um Zeit zu sparen und so lange den ganzen Container sperren. Am besten abends haben sie gesagt und so stehen wir morgens einträchtig mit ihnen am Waschbecken und putzen uns die Zähne und abends gehen wir duschen.

Der Mensch mag ja im allgemeinen Dinge, die vertraut sind.

Ich habe zum Beispiel staubsaugen immer gehasst. Nachdem ich Kinder hatte und Hunde und jeden Tag den Staubsauger in Betrieb nehmen musste, hab ich mich daran gewöhnt und heute fehlt mir etwas, wenn ich nicht staubsaugen darf.

Katja am Anfang hier gehabt zu haben hat natürlich sehr geholfen, mit ihrer Zuversicht, ihrem Mut und ihrer Lebensfreude. Ich denke oft an sie. Wenn sie es hier geschafft und überlebt hat, kann ich es auch.

26. November Baustelle

Heute gab es einen Sprengstoffanschlag auf eine Patrouille in Kunduz. Drei Soldaten wurden leicht verletzt. Sagen sie. Das kann nun alles bedeuten. Leicht verletzt, schwer verletzt, kann stimmen oder nicht. Erstens können es die Presseleute nicht beurteilen und zweitens gibt es immer undurchschaubare Gründe, Informationen so oder anders weiter zu geben, sie zu dramatisieren oder herunter zu spielen, je nachdem, was die politische Lage gerade hergibt und je nachdem, wer damit beauftragt ist. Das Einzige, was es sicher heißt, ist, das sie leben.

Ich habe es vom Spieß, der Kommandeur tut mal wieder sehr geheimnisvoll. Diese Taktik des dumm haltens werde ich wohl nie verstehen. Denken sie denn, wir erfahren es nicht sowieso? Ich wäre beruhigter und würde mich sicherer fühlen, wenn sie ehrlich zu uns wären. So spekuliere ich immer und reime mir alles zusammen aus den Bruchstücken an Information, die ich bekomme. Phantasie ist meistens schlimmer als Wirklichkeit.

Der Spieß hat mir ein paar Lapislazulisteine gezeigt, die er von Einheimischen gekauft hat. Der Name stammt aus dem Lateinischen, Lapis „Stein“, lazulum „blau“, ein glänzender blauer Stein, dessen bekannteste Fundstätten weltweit sich hier in der Provinz Badakshan in Afghanistan befinden. Im afghanischen Bürgerkrieg spielte der teure Lapislazulis eine wichtige Rolle als Einnahmequelle zum Kauf von Waffen. Die Gewinnungsstellen bei Sar-é Sang vom Kokscha-Tal in Badakhshan, in der noch heute Lapislazuli gewonnen wird, war schon zu Zeiten des alten Ägypten in Betrieb. Um den Stein zu gewinnen, wurde er in der Mine mit Feuer gesprengt: Man erhitzte die Steine durch örtliche intensive Holzfeuer und kühlte sie dann mit Wasser plötzlich ab, worauf sie Risse bekamen und heraus geklopft werden konnten. Heute wird in Badakhshan mit Sprengstoff gearbeitet.

Der Stein hat eine lange Geschichte. Von den alten Ägyptern wurde er vor siebentausend Jahren als das Kostbarste angesehen, das sie besaßen und so gaben sie es ihren Pharaonen mit in die Grabstätten. Auch in der Kunst besaß er eine wichtige Bedeutung, im Mittelalter wurden aus ihm Pigmente gewonnen, aus denen beispielsweise Madonnengewänder gemalt wurden. Heute werden Schmuckstücke und Figuren aus Lapislazuli gefertigt, und bei mir haben sich auf meinen Afghanistaneinsätzen einige Stücke und Schachspiele daheim angesammelt. Der Spieß hat meiner Meinung nach viel zu viel dafür bezahlt. Das Angebot regelt die Nachfrage, in Kabul haben die Amerikaner oft die Preise verdorben, hier halten uns die Leute offenbar für dumm und vielleicht haben sie ja Recht.

In Kabul habe ich gelernt, dass das Handeln nicht nur Spaß macht und Geld spart, sondern eine Geste der Höflichkeit ist und ein Ritual, das als wichtig angesehen wird und einem Respekt verschafft, wenn man es einhält. Ich nahm mir immer Zeit dazu, erledigte die Präliminarien, erkundigte mich nach der Familie, trank Tee um dann zu erklären, dass die Ware uns zwar gefällt, aber doch überteuert ist. Manchmal war es notwendig, die Fotos meiner Kinder vorzuzeigen, um zu demonstrieren, dass ich mir hohe Preise nicht leisten kann. Am Ende habe ich immer gute Preise erzielt und es wurde festgestellt, dass wir beide, der Händler und ich, nun „happy“ waren, ich, weil ich ein gutes Geschäft gemacht hatte, er auch, obwohl er es nicht zugab, sondern weil er eine angenehme Zeit verbracht und sich mir, der Ausländerin gegenüber höflich und gastfreundlich gezeigt hatte, auch wenn er nun so gar keinen Gewinn gemacht hatte. Mit einem Augenzwinkern und einem Lachen wurde das vorgetragen und wir wussten beide, dass es nicht stimmte.

Der Spieß zeigte mir auch Fotos von den ersten Tagen hier in Feyzabad und es sieht dilettantisch aus und so, als ob die Bundeswehr das erste Mal einen Auslandseinsatz durchführt. Irgendwie lernt die Bundeswehr nichts dazu. Was vielleicht daran liegt, dass nicht die Bundeswehr hier im Einsatz ist, sondern einzelne Leute. Und die weigern sich, aus den Fehlern Anderer und vorangegangener Einsätze zu lernen, wissen es besser, lassen sich nichts sagen. Profilneurotiker gibt es viele bei der Bundeswehr, ein Phänomen, das hier im Einsatz nicht nur nervt, sondern gefährlich ist.

Die, die wirklich was können, machen sie stumm.

27. November Baustelle

Das ganze Gebiet ist minenverseucht. Es bilden sich bereits Berge voller alter Munition, die von den Pionieren gefunden und von den beiden Minentauchern geborgen wurden und auf einem noch einzurichtenden Sprengplatz gesprengt werden sollen. Gelegentlich wird auch ein gefährlicheres, noch aktives oder so verrostetes explosives Objekt gefunden, dass es an Ort und Stelle gesprengt werden muss.

Wir müssen ja nur in Bereitschaft sein, Anwesenheit genügt und ich hatte Zeit, den Oberstleutnant zu beobachten. Er stellte heute Arbeiter ein. Er ließ sie alle in den Container kommen, um sich vorzustellen, einen nach dem andern. Natürlich konnte ich da nichts anderes tun, ich wollte nicht, dass sie sehen, was ich da an meinem Computer so mache. Ich war fasziniert von der Gutartigkeit und Gutgläubigkeit des Oberstleutnants.

Immer und immer wird uns eingebläut, dass alles geheim ist beim Bund. VSNFD, Verschlusssache, nur für den Dienstgebrauch, das steht unter jedem Schriftstück, und wenn es nur eine Teilnehmerliste für einen Grillausflug ist.

In diesem Container hängen die Baupläne für das neue Camp an der Wand, Dienstpläne und alles Mögliche. Als ich den Oberstleutnant fragte, ob es richtig sei, dass er die Afghanen hier so herein lässt und sie das alles sehen, sagte er: „Aber es ist doch so kalt draußen und ich muss doch mitschreiben und überhaupt, die können doch nicht lesen."

Auch sonst glaubte er alles, was sie sagten, selbst als der fünfzehnte angab, der Name seiner Mutter sei Bibi. „Scheint ein häufiger Name zu sein", sagte er.

Ich dachte, dass die Afghanen wahrscheinlich dachten, dass es uns überhaupt nichts angeht, wie ihre Mutter heißt. Auch nicht, wann sie geboren sind und wo sie wohnen. Sie zögerten jeweils einen Tick zu lange, bevor sie einen Ort nannten, den der Oberstleutnant sowieso nicht kannte. Wann sie geboren sind, das wissen sie halt oft wirklich nicht. Kinder werden irgendwann geboren und Mütter, die fünfzehn Kinder haben, können sich das nicht alles merken. Bestenfalls, dass es in dem Jahr war, wo die große Dürre herrschte oder so.

Der Oberstleutnant sagte, ich bin zu misstrauisch und man muss doch Vertrauen schaffen. Der Meinung bin ich ja grundsätzlich auch. Aber es ist doch ein Unterschied, ob man bei den Frauen zum Tee eingeladen ist und die sprichwörtliche Gastfreundschaft der Afghanen in Anspruch nimmt oder sich zweihundert Eingeborene auf seine Baustelle bestellt, ohne sie auf Waffen zu untersuchen und sie die ganzen VSNFD–Sachen an der Wand lesen lässt. Gastfreundschaft ist eine Sache, die Toleranz Allahs eine andere. Ich glaube, dass der Ehrenkodex gegenüber einem Ungläubigen, also Nicht-Moslem, nicht so sprichwörtlich ist und Allah da recht großzügig ist, wenn man lügt bezüglich des Vornamens seiner Mutter oder Schlimmeres. Immerhin sind die Taliban, die glauben, dass man als Märtyrer an die Seite Allahs kommt, wenn man einen Ungläubigen tötet, auch Moslems. Obwohl nach meiner Meinung nichts davon im Koran steht, dass man andere umbringen soll und sich selbst dabei auch.

Wenn sich hier einer einschleicht, wie wird der Oberstleutnant das wohl merken. Er kann doch auch gar keine Nachforschungen oder Überprüfungen anstellen. Hier gibt es kein Einwohnermeldeamt und wenn, wären die Taliban sicher nicht als solche gemeldet.

Abends durfte ich den Rechner in der OPZ benutzen, um meine Mails abzurufen. Ich glaube, das soll eine Abkürzung sein für Operationszentrale. Bei der Bundeswehr gibt es so viele Abkürzungen, man benutzt sie und weiß oft selbst nicht, was sie eigentlich bedeuten. Jedenfalls ist es der Raum, in dem die Computer stehen, hier ist die Funkzentrale, sprich hier steht das große Funkgerät, über welches man Kontakt mit uns über unsere Handquetschen oder etwas größeren Funkgeräte, die in den Fahrzeugen eingebaut sind, hält. Über eine gewisse Strecke, keinesfalls weiter als fünf Kilometer. Bis zum Flugplatz reicht es gerade so, manchmal. In der OPZ gibt es auch Satellitentelefon und Computer mit Internetanschluss. Für uns „normale" Soldaten gibt es hier keine Internetanschlüsse. Ich habe mir auf der Anreise in Kunduz eine Sim Karte von KB-Impuls gekauft, die für alle Auslandseinsätze der Bundeswehr die Telefon- und Internetverbindung sicher stellt und über mein Mobiltelefon kann ich mich ins Internet einloggen und meine Mails abrufen. Ein Kollege von der Arbeit daheim hat mir aber ein Foto geschickt, das so groß ist, dass es Stunden dauern und Millionen kosten würde, es herunter zu laden und so hat es alles blockiert. In der OPZ hatten sie ein Herz, ließen mich an den Rechner und so konnte ich es vom Server löschen und an meine Mails kommen.

Ist ja nett, dass die Kollegen in der Heimat an einen denken - wie das hier ist, können sie natürlich nicht wissen. Er hat es gut gemeint mit seinem Foto von einer geselligen Veranstaltung, aber mich hat es tagelang geärgert.

28. November Baustelle

Regen und sehr kalt. Felix saß hinten im BAT und guckte Filme auf seinem Laptop.

Heute ist der 1. Advent, im Lager hatten sie irgendwoher Kuchen gezaubert, die Botschaft war bis zu uns auf die Baustelle gedrungen und wir waren voller Vorfreude. Vergebens. Gebracht haben sie uns nichts und aufgehoben leider auch nicht. Als wir abends durchgefroren rein kamen, war es zudem zu spät zum duschen vor der Besprechung und frierend, hungrig und enttäuscht saßen wir da. Sie hatten nicht einmal gesagt, sie hätten nicht an uns gedacht. Das wäre ja schon schlimm genug gewesen. Wir frieren uns da draußen den Arsch ab, während sie in ihrem Sanitätsgefechtsstand unter dem warmen Gebläse des Heizluftschlauches sitzen und Kuchen essen und eine Kerze brennen haben. Wir gehören zusammen in der Sanität, in diesem Einsatz, aber irgendwie dann auch nicht. Nicht einmal entschuldigt haben sie sich, wer nicht da ist, hat Pech. „Wer nicht kommt, hat frei“, so lautet ein lakonischer Spruch beim Bund.

Und auch die Eintracht unter meinen BAT Jungs hatte einen Grund, wie sich herausstellte. Sie hatten Einigkeit gefunden, in dem sie sich gegen mich verbündet hatten und der neue Anästhesist, der OSA, wie wir ihn nennen, die umgangssprachliche Abkürzung für Oberstabsarzt, militärisch kürzt man es eigentlich OStArzt ab, hatte auf ihren Wunsch nach der Sanitätsbesprechung noch eine BAT-Besprechung angesetzt, ohne mir vorher davon etwas zu sagen. So verging eine weitere Stunde, in der ich nichts zu essen bekam, und die Herren Sanitäter und Fahrer machten mir heftige Vorwürfe. Ich sei zu streng und würde mich nicht ausreichend um sie kümmern. Sie müssten putzen, während ich mit den Offizieren herum sitzen würde. Innerlich kochte ich. Ich hatte mitgeputzt, mit ihnen gemeinsam die Autos hergerichtet. Es war die alte Geschichte und bestätigte die Vorgesetzten, die der Meinung sind, man darf nicht zu nett und zu leutselig zu seinen Leuten sein und soll immer Distanz zu Mannschaften und Unteroffizieren halten. Nur, dass das in so einem Einsatz, in dem man so eng zusammen ist nicht geht.

Aber es ist der alte Konflikt. Vorgesetzte, die der Meinung sind, „Sie Arschloch“ geht besser als „du Arschloch“ und Unteroffiziere und vor

allem Mannschaften, die Freundlichkeit mit Dummheit verwechseln. Nun, ich kann du Arschloch sagen und ich sagte es.
Ich holte meinen Laptop und zeigte ihnen, warum wir hier sind. Warum wir Sanitäter hier sind, versteht sich. Warum die Bundeswehr an sich hier ist, verstehe ich nicht und dazu kann ich auch nichts sagen. Aber warum ich als Krankenschwester und Rettungssanitäterin hier bin, das weiß ich und ich zeigte es ihnen.
Zeigte ihnen Fotos von dem Busanschlag in Kabul. Zeigte ihnen Bilder, auf denen die Chirurgen in Zentimeter hohen Blutlachen im Operationssaal stehen. Zeigte ihnen die Gesichter der Kameraden, die tot sind, zeigte ihnen die Gedenktafel mit ihren Namen darauf. Ich zeigte ihnen Fotos von aufgerissenen Wölfen, die auf Minen gefahren waren und Kameraden, die im Bett im Lazarett lagen und unter der Decke, da wo die Beine hätten sein sollen, da war es flach und die Decke glatt gezogen. Ich zeigte ihnen Gesichter mit einem Auge und darunter das Hemd des Kampfanzuges mit denselben Dienstgradabzeichen auf der Schulter, die sie selber tragen.
Es war mittlerweile still geworden in unserem Gefechtsstand. Nur der Regen prasselte leise auf das Zeltdach und das Gebläse der Heizung brummte. Ich klappte den Laptop zu und sah sie an, meine Männer, von denen noch keiner in einem Einsatz gewesen war. Alle waren sie neu und alle hatten keine Ahnung, was sie hier eventuell erwarten könnte. Sie waren betroffen, das zeigten ihre Gesichter, aber da war auch ein leiser Zweifel, der sagte, vielleicht übertreibt sie ja auch, die Kristina. Es fiel ihnen sichtlich schwer, sich von einer Frau etwas sagen zu lassen. Und da war auch der Ausdruck, den ich so gut kenne. Diese etwas trotzige, leicht verbissene Überzeugung: es betrifft immer nur die andern. Uns wird nichts geschehen.

Kurz und knapp, mit sehr leiser Stimme sagte ich: „Das ist der Grund, warum ich hier bin, warum wir Sanitäter hier sind. Um dafür zu sorgen, dass jeder von uns gesund oder zumindest lebendig nach Hause zurückkehrt. Und deshalb werdet ihr putzen und die Ausrüstung in Stand halten, ob es euch gefällt oder nicht. Und wir werden uns ausruhen, solange es keine Verletzten gibt und dafür sorgen, dass wir fit sind, wenn es soweit ist. Und wenn ich dafür mit den Offizieren oder sonst wem Kaffee trinke und ihr hinten im BAT Filme seht, dann ist das ok. Und wenn ihr meint, dass ich ein Arschloch bin, so ist mir das egal. Ich bin nicht hier, um mir euer Gejammer anzuhören, sondern dafür zu sorgen, dass ihr gesund nach Hause kommt. Ihr und alle andern. Ich habe es gesehen, ich habe es erlebt und ich weiß, wie es geht. Hier wird gemacht, was ich sage und sonst gar nichts. Arschloch hin oder her. Findet euch damit ab."

Damit verließ ich sie und ging.

Auch der Anästhesist war still geworden, auch er war noch nie in einem Einsatz gewesen, noch nicht einmal in der Truppe in Deutschland, nicht mal auf einem Truppenübungsplatz, immer nur im sicheren Bundeswehrkrankenhaus.

Ihm sagte ich am nächsten Tag, dass er bitte solche Stuhlkreise in Zukunft unterlassen soll. Für die BAT-Truppe ist es wichtig, dass sie draußen im Falle eines Falles blind und schnell und ohne zu diskutieren mache, was ich sage.

Ob sie mich mögen oder nicht, ist dabei egal. Überleben sollen sie, nicht sich in mich verlieben, hab ich gesagt.

Aber das tat ich erst am nächsten Tag. An diesem Abend ging in ins B-Zelt. Ich hatte mit Oskar, der am nächsten Tag heim fliegen sollte, zum

Abschied einen trinken wollen. Aber bis ich endlich fertig war, war er natürlich nicht mehr da.

29. November Baustelle

Oskar sollte eigentlich heute abfliegen, aber es ist noch kein Nachfolger da ist. Oskar hatte Heinz die letzten Tage ein wenig eingearbeitet, gelernt hat er es natürlich nicht. Aber jemand muss es machen, sonst erfrieren wir hier.

Es war ein friedlicher Tag, allerdings schweinekalt und es regnete.

Wir hatten einen Patienten mit, der muss nach Kabul zum Zahnarzt. Mit seiner geschwollenen Backe saß er den ganzen Tag bei uns rum, aber da das Wetter so schlecht war, kam kein Flieger und wir nahmen ihn abends wieder mit ins Lager, den armen Kerl. In Feyzabad gibt es natürlich keinen Zahnarzt, aber hier in Afghanistan in der dünnen Luft des Hochgebirges gehen die Zähne oft „hoch", wie wir sagen, soll heißen, kleinste Löcher oder Fissuren, die man in Deutschland vielleicht gar nicht bemerkt hätte, entzünden sich und es kommt zu üblen Infektionen und Abszessen. Wir können ihn hier antibiotisch abdecken, aber zur Behandlung muss er zum Zahnarzt, und der einzige, den wir hier haben, sitzt in Kabul. Wenn er Glück hat, kriegt er morgen einen Flug und wenn er noch mehr Glück hat, kriegt er einen direkt nach Kabul. Ansonsten muss er erst nach Kunduz. Fliegen mit einer Entzündung im Zahnfleisch über die hohen Berge des Hindukush in einem Flugzeug oder Hubschrauber ohne Druckausgleich in der Kabine ist eine Tortur und er tut mir sehr leid.

Oskar konnte natürlich auch nicht abfliegen und auch sonst niemand. Es kam den ganzen Tag kein Flugzeug und abends haben sich alle Alten, die nicht weggekommen waren, dezent irgendwohin verzogen und sich einen angesoffen. Ich bin froh, wenn sie dann weg sind.

Nächste Woche kommt ein Major vom Einsatzführungskommando zusammen mit dem Befehlshaber zu Besuch und der Major hatte mich angerufen und gebeten, ihm ein paar Informationen über die Arbeit der BAT-Gruppe zusammen zu stellen.

30. November Baustelle

Ich saß bei den Pionieren im Container und habe das gewünschte Briefing erstellt. Ich habe lange nachgedacht, wie ich es aufbereiten soll. Die BAT-Gruppe hat keinen Computer, wenn ich also mit den mir offiziell zur Verfügung stehenden Ressourcen arbeiten soll, muss ich es mit der Hand schreiben.

Ich dachte, dass, selbst wenn der Major, der ein netter Mann ist, dafür Verständnis hat, in Deutschland werden sie es nicht und es ist ohnehin besser, ich bereite ihm etwas vor, das er mitnehmen und vorführen kann und das anständig aussieht, also habe ich meinen eigenen Laptop benutzt. Ich habe versucht, so viele Bilder wie möglich von den katastrophalen Straßen hier zu zeigen und die weiten Entfernungen darzustellen, die Unmöglichkeit, an den meisten Orten, an denen wir uns hier bewegen, einen Rettungshubschrauber zu landen, selbst wenn das Wetter es hergibt, dass sie aus Termez oder Kabul hierherkommen können.

Mittags kam eine amerikanische C130. Wir standen mit unserem BAT am Rande des Flugfeldes und beobachteten, wie sie anflog und landete. Wir hatten sonst ja nichts zu tun. Mitten beim Abladen drehte sie plötzlich die Motoren wieder höher und fuhr zurück aufs Flugfeld. Wir dachten schon, sie fliegt wieder weg. Aber sie beschleunigte nur stark und plötzlich flogen die Gepäckpaletten hinten aus der Luke, dann kam sie wieder zurück. Der Gabelstapler zum Abladen war nämlich zu niedrig gewesen, so wurde uns später erzählt und sie hatte die Paletten auf der Landebahn mit Absicht abgeworfen. Wir waren dankbar dafür.

Jede Palette, jede Kiste, die ankommt, wird von uns gespannt daraufhin angesehen, ob sie wohl Post oder Marketenderwaren enthält. Bier, Süßigkeiten, Zigaretten.
Mit dieser Maschine flog dann Oskar ab. Natürlich auch alle andern von den Alten, die noch da waren, aber von ihnen hat sich keiner bei uns verabschiedet. Egal, Hauptsache, sie sind weg.
Als wir ins Lager zurück kamen, war es wieder mal zu spät zum duschen vor der Besprechung. Danach kam dann noch eine halbe Stunde Fortbildung über Warmblutspende. Es war heute eiskalt in dieser Bude. Die Stimmung war sowieso ausgesprochen schlecht. Der Hauptmann ist wohl der Meinung, die Eingewöhnungsphase ist beendet und hat einen Rundgang durch alle Bereiche gemacht. Selbst Julian, der als Einziger der BAT-Gruppe im Lager war, musste sich am BAT aufstellen. Sie waren alle einig in ihrem Zorn und wieder dachte ich, so ergibt sich auch ein Team, vereint im gemeinsamen Feindbild. Chris hat beim dritten Auftrag, den er bekam, angefangen zu zählen und kam auf 28 Aufträge, die er heute vom Hauptmann erhalten hat.
Dann gibt es Ärger wegen des Dienstplanes, den der Hauptmann aufgestellt hat und einige fühlen sich ungerecht behandelt. KatrinMonika und Bettina, die neue Truppenärztin, die gelegentlich auch BAT fahren soll, wollen morgen einen neuen aufstellen, darauf und wenn sie ihn dem Hauptmann präsentieren, bin ich schon sehr gespannt. Julian hat nicht zur Zufriedenheit von Bettina geputzt und war frech zu ihr. Ich habe ihn mir gleich gekauft, dachte an Fabi, der mir gesagt hatte, ich soll meine Jungs mal frisch machen, was ich nicht getan hatte, nun tat ich es, es nützte aber nichts. Die Gerätehüllen von den Geräten, die er vor Tagen schon an Ecolog geben sollte, liegen noch unter seinem Bett. Ganz langsam aber sicher platzt mir der Arsch!

Nach der Fortbildung enthüllte Bettina dann ihren Weihnachtskalender, den sie gebastelt hatte und jeder durfte eine Nummer ziehen. Dann habe ich noch mit Tim und Chris endlich wieder mal eine Runde Rommee gespielt und danach haben Bettina und ich unsere Bude aufgeräumt. Endlich habe ich gleich zwei Regalbretter und die Fensterbank vor dem vernagelten und abgedunkelten Fenster bekommen. Wir haben den kleinen, dreißig Zentimeter hohen Plastikweihnachtsbaum, den mir meine Mutter geschickt hatte und der tatsächlich angekommen ist, ausgepackt und aufgestellt und waren ganz begeistert, wie schön wir es jetzt haben. Darüber wurde es Mitternacht und bis ich geschlafen habe, halb zwei. Irgendwie bin ich gar nicht müde, gehe spät ins Bett und stehe früh wieder auf. Dafür schlafe ich in der kurzen Zeit dann aber wenigstens wie ein Stein.

1. Dezember Baustelle

Die EODs haben tatsächlich Verstärkung bekommen, ihr Container ist voll und der Oberstleutnant der Pioniere hat mich sehr freundlich eingeladen. Auch gut. Ich bin mit dem Oberstleutnant hinunter zur Baustelle gelaufen und habe für ihn ein paar Fotos gemacht, da hatte ich wenigstens mal etwas Bewegung.

Heute hat Chris Geburtstag. Für drei Uhr nachmittags hat Bettina in scharfem Ton alle zur Fortbildung einbestellt - in Wahrheit gibt es dann Kuchen für Chris! Wir konnten natürlich nicht dabei sein, bis wir heimkamen, war es wieder spät, aber wir waren noch rechtzeitig zum Antreten für Chris Geburtstag und zur Verabschiedung. Der Großteil des Kontingents ist jetzt ausgewechselt, aber es gibt immer welche, die bleiben nur kurz und es ist ein ständiges Kommen und Gehen.

Ich überlege, was es für ein Gefühl ist, hierherzukommen in dem Wissen, dass man nur vier oder fünf oder gar nur zwei Wochen bleibt. Ob es

einem dann weniger gottverlassen und wie die Hölle vorkommt? Ob dann die wunderbare Landschaft und der Zauber des Fremdartigen die Oberhand gewinnt?
Es müsste sich doch dann wirklich eher anfühlen wie eine Urlaubsreise anstatt einer Inhaftierung, so wie es mir nämlich vorkommt. Wenn ich mir mal ganz kurz erlaube, darüber nachzudenken, wie ich mich fühle. Ansonsten gilt immer noch: nicht denken, nicht fühlen, nur weiter machen und warten, dass es vorbei geht.
2. Dezember Baustelle
Heute Morgen war Raureif auf den Feldern. Obwohl es nun noch kälter ist, habe ich heute nicht so gefroren wie sonst. Es ist ja Winter hier und seit ich angekommen bin, friere ich tagsüber. Ich habe ein kleines Heizkissen mitgebracht, genauso unentbehrlicher Bestandteil meines Armee-Reisegepäcks wie der Wasserkocher. Dennoch dauert es eine Weile, bis es meine halb erfrorenen Füße aufgetaut hat und ich schlafe erschöpft jede Nacht mit kalten Füßen ein. Gegen Morgen macht sich dann eine wohlige Wärme breit, die ich aufzuspeichern versuche und die mir über den Tag hilft. Wir tragen Unmengen von Kleidungsstücken übereinander im Zwiebelschalensystem. Ein kurzärmeliges Unterhemd, darüber ein langärmeliges, darüber die Feldbluse, darüber eine grüne Fleecejacke. Die dienstliche gelieferte gesteppte sogenannte Wärmeschutzjacke, bei welcher der Name leider nicht Programm ist, lassen wir dafür weg und zum Glück lässt man es uns hier durchgehen. In Kabul kostete es mich einmal Punkte bei meiner Beurteilung. Nicht immer korrektes militärisches Auftreten, hatte es da geheißen.
Über die Fleecejacke kommt dann die Feldjacke und darüber die Splitterschutzweste. Wenn dann die Sonne herauskommt, können wir einzelne Schichten ablegen. Die Sonne hat auch im Winter Kraft, sobald

sie aber verschwindet, ist es sofort schneidend kalt und oft kann sie sich gegen den kalten scharfen Wind ohnehin nicht durchsetzen.
Man gewöhnt sich an alles und mit dem Gedanken an mein Heizkissen bleibe ich gegenüber dem täglichen Frieren gelassen.
Ich war mit dem OTL wieder zur mittlerweile schon üblichen Fototour für sein Reisetagebuch. So nennt er das, was er da tut. Den Fortschritt auf der Baustelle in Fotos dokumentieren. Dann hab ich mich wieder in den Container zurück gezogen und er ist noch mal los auf die Baustelle. Als ein dringendes Telefonat für ihn kam, hab ich mich in den Wolf gesetzt und bin losgefahren, um ihn zu holen. Das brachte ihn auf die Idee, er könnte mit mir einmal die Grenzen des neuen Lagers abfahren bis hinunter zum Fluss.
Es ist wirklich wunderschön hier, eine Landschaft wie bei Nonni und Manni, dem Film, der im landschaftlich atemberaubend schönen Island spielt und den ich so liebe. Das Tal, in dem das Lager direkt neben das Flugfeld gebaut wird, ist Endmoränengebiet. Weiche Erde, samtiges, kurzes Gras und Moos, dazwischen kleinere und größere einzelne Steine und gelegentlich riesige Findlinge. Teletubbiland würden meine Kinder wohl sagen. Dazwischen liegt immer wieder mal ein alter russischer Panzer, das Rotorgetriebe einer alten MI 28, eines russischen Kampfhubschraubers, der dem amerikanischen Apache ähnelt, daneben ein russischer Unterstand. Diese Unterstände sehen aus wie eine Konservendose mit einem Spitzdach, unter dem man gerade eben so stehen kann. Unten am Fluss kann man auf der anderen Seite eine Straße sehen, die sich am Flusslauf entlang zieht. Ab und zu kommt eine Familie oder ein Eselreiter oder ein Moped vorbei.
Gerade als die Arbeit auf der Baustelle für heute eingestellt wurde, kam die Nachricht über Funk, dass wir alle dableiben sollen, weil von dem

letzten Flieger noch eine Palette stehen geblieben ist und der Allmann, der Gabelstapler benötigt wird. Uns bräuchten sie dazu eigentlich nicht, aber allein dürfen wir nicht heim fahren und so waren wir mit den Pionieren gefangen, mussten warten. Warten, immer warten, das scheint meine Hauptbeschäftigung in diesem Einsatz zu werden. Irgendwo herum sitzen und warten und dann passiert nichts.
Abends wieder Rommee mit Tim und Chris. Da kam dann Heinz dazwischen. Er hatte ja anfangs nicht in den OP gewollt, obwohl er dafür eigentlich hergeschickt worden war. Dann hatte ich ihn gekriegt als Rettungsassistenten. Einmal war er glaube ich mit auf der Baustelle, dann hatte er dazu auch keine Lust gehabt. Der Anästhesist hatte dann mit ihm vereinbart, dass er am Flugfeld eine Sanitäts-Station aufbaut, ein kleines Lager für uns mit Bevorratung größerer Mengen Material, als wir an Bord haben, für einen Massenanfall von Verletzten am Flugfeld und mit der Möglichkeit, im normalen Dienstbetrieb Kleinigkeiten wir kleinere Verletzungen, Kopfschmerzen, Halsschmerzen oder ähnliches dort erstzuversorgen. Wir hatten ihn also in den letzten Tagen immer mitgenommen und er hatte angefangen, Kartons im Container des EOD aufzustapeln.
Die EOD-Leute, immer noch meine Minentaucher, werden ja nur solange da bleiben, bis die Erdarbeiten beendet sind. Dann werden wir den Container übernehmen. Lange Rede, kurzer Sinn, er war gerade beim Chef und hat ihm gesagt, er hat jetzt auch keine Lust mehr auf Flugfeld SanStation. Also entfällt selbige, wie er uns mitteilte, auf Beschluss des OSA. Ich habe dabei anscheinend gar nichts zu sagen, und Heinz muss dann vielleicht nach Kunduz, weil ihm keine weiteren Jobs hier mehr angeboten werden können, aber das ist mir total egal. Was mir nicht egal ist, ist, dass er anscheinend machen kann, was er will. Wir

aktiven Soldaten kriegen immer nur gesagt, wir sind hier nicht bei „Wünsch dir was" und da kommt ein Reservist, kann machen, was er will oder vielmehr, braucht nicht zu machen, was er nicht will und dafür kriegt er nicht nur Geld, sondern auch noch die Verpflegung bezahlt.
Das ist übrigens etwas, mit dem ich einfach nicht klar komme. Ich muss, wenn ich im Einsatz bin, für meine Verpflegung bezahlen. Sie ziehen sie mir vom Gehalt ab. Daheim müsste ich ja auch essen, hat mir der Rechnungsführer erklärt, als ich gefragt habe, warum. Immerhin bin ich nicht freiwillig im Einsatz und da werde ich gezwungen für das Essen zu bezahlen, ohne dass ich mir bestellen könnte, was ich will. Selbst wenn ich es nicht essen würde, müsste ich bezahlen. Aber ich muss ja, es gibt ja sonst nichts anderes. Ein Mal in der Woche ist hier übrigens EPA Tag. Das ist einigermaßen hart, vor allem für die anderen, denn es wurden nur zwei Sorten hierher geliefert. Es gibt natürlich viel mehr, aber hier kommen immer nur die gleichen Kisten an. Hamburger und Tofu. Ich mag zum Glück beides, aber die meisten Kameraden hassen das Tofugericht. Ich esse es, aber ich denke mal, in einigen Wochen wird es mir zu den Ohren heraus kommen, wenn es immer nur das gleiche ist.
3. Dezember Baustelle
Heute hatte ich Bernhardt mit, den neuen Op-Pfleger. Der OSA hat es befohlen und ich habe mich nicht gewehrt. Der neue OSA versucht andauernd, sich in die BAT-Gruppe einzumischen, sei es bezüglich des Dienstplanes oder welche Medikamente ich für erforderlich halte oder wen ich mitnehme. Am Anfang habe ich mit ihm diskutiert, dann eingesehen, dass seine Unerfahrenheit keine Großzügigkeit zulassen kann, sein ausgeprägtes männliches Selbstbild keine Ratschläge durch eine Frau zulässt und selbst die Akzeptanz meiner Auslandserfahrung eine Schwächung seiner Autorität in seinen Augen bedeuten würde.

Frieden unter uns ist jedoch wichtiger als alles andere und so habe ich versucht, mir eine gewisse Gleichgültigkeit anzugewöhnen. Unser aller Sicherheit geht vor und wenn wir Teileinheitsführer anfangen, uns zu streiten, dann geht alles den Bach hinunter. Der Fisch stinkt vom Kopf, so heißt es und das müssen wir im Keim ersticken, auch wenn es mir schwer fällt.
Im Grunde kann er mir nicht einfach irgendjemanden aufs Auto setzen, der vielleicht gar nicht mal über die notwendige Ausbildung verfügt, aber irgendeinen Grund hat er immer gefunden, um alles besser zu wissen und ich war irgendwann die dauernden Diskussionen leid. Letztlich gibt es ja tatsächlich vierhundert Wege nach Rom. Ein paar Maßnahmen habe ich dennoch ergriffen. Die Medikamente, die er verbot, packte ich in meine private Tasche. Dann packte ich dicke, schwarze Kabelbinder in die linke obere Schublade im BAT.
Felix hat gefragt, wofür die bestimmt sind. Da er und ich inzwischen ein eingeschworenes Team geworden sind, weil wir ja fast immer draußen sind, hab ich es ihm erklärt. Und damit er mir hilft, wenn es mal notwendig sein sollte. Ich hab gesagt: „Felix, wenn mal die Luft brennt, und einer von den Pappnasen, die wir andauernd mitnehmen müssen, Panik bekommt, hysterisch wird und uns dadurch in unserer Arbeit behindert, dann schnappen wir ihn und binden ihn hier vorne im Auto am Sitz fest, so lange bis wir fertig sind."
Felix hat gegrinst und gesagt: „Ok." Mehr nicht. Aber mittlerweile kenne ich ihn gut genug, um zu wissen, dass ich mich blind auf ihn verlassen kann und umgekehrt. Ich mische mich in seine Fahrerei nicht ein und er sich nicht in meine Arbeit. Ich mache, was er sagt, wenn es ums Fahren geht. Wenn er sagt: „Stell dich auf den Sitz, mach die Luke auf und sag mir genau, wie viel Platz da neben ist bis es zum Fluss abfällt", dann

mach ich es. Und wenn er sagt: „Steig aus und lauf über die Brücke, ich fahr den Bock allein rüber“, dann mach ich es. Auch wenn mir dabei immer mulmig ist, denn ich weiß, warum er es sagt. Er denkt, die Brücke ist zu fragil und stürzt vielleicht ein und dann will er mich schützen. Auch ein paar Patienten haben wir schon versorgt, nichts großartiges, ein paar Einheimische, die sich auf der Baustelle leicht verletzt hatten und auch ein paar Infektionskrankheiten und immer war er ein treuer und zuverlässiger Helfer, der ohne zu fragen genau gemacht hat, was ich gesagt habe. Schuster bleib bei deinem Leisten, so ist es richtig und so halten wir beide es.

Und wenn der Anästhesist bei seinen Narkosen bleiben würde anstatt den Feldherren zu spielen, dann wäre für uns manches leichter. Aber so ist es beim Bund und nach meiner Meinung fragt sowieso keiner. So kümmere ich mich um meinen Kram und fertig.

Bernhardt hat es auf alle Fälle gut getan, mal aus dem Lager rauszukommen. Begeistert wie ein kleines Kind hat sich unser Op-Pfleger auf der Baustelle umgesehen. Schwups, saß er in der Raupe und als ich ihn später wieder vermisste, war er mit dem Bagger unten am Fluss, um Kies zu holen.

Morgen sollen 1,5 Tonnen Marketenderwaren kommen und wir sind schon ganz aufgeregt. Vielleicht kommt sogar Post. Ich brauch noch mal ein Päckchen, ich hab es daheim bei meiner Mutter bestellt: Slipeinlagen, Cappuccino, Haarspülung und Shampoo, Tampons. Einen richtigen Marketender gibt es hier noch nicht.

Heute Morgen war strahlendster Sonnenschein, gegen Mittag kam auf einmal ein fürchterlicher Wind auf. Alle Dixieklos sind umgekippt und es war eiskalt. Dann fing es an zu schneien, der Strom fiel aus, also keine Heizung und wenn der Strom ausfällt, gibt es auch kein Wasser, weil die

Pumpen nicht funktionieren. Das passiert jetzt immer öfter. Es wird Zeit, dass für Oskar bald ein Nachfolger kommt, sonst gehen wir hier ein wie die Primeln. Erfrieren und erstinken.

4. Dezember Baustelle

Heute Nacht hat es geschneit. Alles war fast weiß, nur etwas Erde schimmerte noch durch. Es war gar nicht mal so kalt. Unsere Guards haben gesagt, im Laufe des Tages würde alles weg tauen und so war es dann auch.

Mit den Guards unterhalten wir uns oft. Sie bewachen unser Camp, immer zusammen mit einem von uns. Neben dem Eingangstor haben sie einen kleinen Raum okkupiert, darin kochen sie sich Tee und kleine Mahlzeiten. Es sind immer dieselben und sie sind sehr freundlich und unterhalten sich gern mit uns. Ich habe angefangen, mit ihnen etwas Dari zu üben. Es gefällt ihnen, dass ich es versuche und wir können schon kleine Konversationen führen. Die Höflichkeitsfloskeln, mit denen jedes Gespräch beginnt, sind langwierig, aber leicht zu lernen, da es immer das Gleiche ist.

Shoma khub hasted? Wie geht es dir?

Khanom es homa khub ast? Wie geht es deiner Ehefrau?

Shanhar es homa khub ast? Wie geht es deinem Ehemann?

Famil es homa khub ast? Wie geht es deiner Familie?

Das gleiche gilt für bradar, Bruder, khuhar, Schwester, pesar, Sohn, dokhtar, Tochter.

Bis man die ganze Familie durchgeleiert hat, sind so schon zehn Minuten vergangen, in denen mich meine Kameraden bewundern, weil ich so schön Dari sprechen kann.

Dabei ist es immer das gleiche.

Ich lerne aber auch dard, Schmerz, und ein paar Körperteile, da sie mich immer um medizinischen Rat bitten. Da ich ihnen gelegentlich dann Medikamente gebe, brauche ich auch andere Worte. Ein Antibiotikum muss man zum Beispiel sefer hafta einnehmen, eine Woche lang.
Am Ende heißt es immer Taschakor, Danke schön und Khoda Hafez, Gott beschütze dich, auf Wiedersehen.
Am nächsten Morgen dann: Az didam shoma, khush shalam. Ich freue mich, dich zu sehen. Oder kurz natürlich, beim Vorbeigehen Salaam maleikum, wobei man die rechte Hand zur linken Brust führt, da wo das Herz sitzt und sich dabei leicht verneigt.
Wir waren trotz des Schnees wieder auf der Baustelle. Im Laufe des Tages kam immer wieder die Sonne durch, taute den Boden auf und es gab einen grandiosen Matsch. Allein auf dem Weg vom Auto bis zum Container hatte ich schon einen Kiloklumpen Matsch an den Stiefeln. Der Oberstleutnant hat sich die großen Gummiüberstiefel über die Kampfstiefel gestülpt und ist tapfer losgestiefelt. Gutes Training für die Beinmuskulatur, würde ich sagen. Ich habe es heute vorgezogen, im Container zu bleiben und habe mich mit einer Powerpoint-Präsentation über den Fortschritt der Baustelle beschäftigt, der Oberstleutnant ist ganz begeistert. Ich habe es mit Musik von Rammstein unterlegt, Reise, Reise, ich dachte, das ist ganz passend.

5. Dezember Baharak

Im sieben Uhr morgens sind wir wieder mal losgefahren nach Baharak. Es war eine sehr schöne Fahrt. Ich habe Chris, den Sterilisationsassistenten mitbekommen. Er wollte mal raus aus dem Lager, kriegte einen Koller gestern. Ich versuche, nicht mehr darüber nachzudenken. Was, wenn sie im Lager operieren müssen? Dann fehlt er da. Und seine Ausbildung? Er hat mal irgendwann einen Schein gemacht als Rettungssanitäter. Bei der Bundeswehr genügt das. Die Papierlage stimmt. Ob es genügt, wenn wir Verletzte versorgen müssen, werden wir sehen. Wenigstens werde ich für ihn keine Kabelbinder brauchen, er ist ein ruhiger, besonnener Mensch und wird machen, was ich sage. Und wenn er die Nerven verliert, dann erst hinterher. Er wollte im BAT unbedingt hinten sitzen, so konnte ich neben Felix Platz nehmen und die großartige Aussicht genießen.

Als die Nebelbänke aufrissen und die weißen Berggipfel zum Vorschein kamen, ging mir das Herz auf. Felix war still, völlig auf das Fahren konzentriert und ich konnte mich ganz der Natur hingeben, die großartig und überwältigend in mir den Wunsch erweckt, später einmal ohne Bundeswehr wieder hierher zurückzukehren, um mit einem kleinen Wohnmobil, einem VW-Bus vielleicht, dieses wunderbare Land zu bereisen.

Das Schönste heute war vielleicht die Stille, die ich ganz bewusst wahrnahm, dankbar war dafür, dass es keine Geräuschkulisse gab wie im Lager. Immer das Brummen der Generatoren, immer das Plärren der Funkgeräte.

Dort draußen war nur das Motorengeräusch und bei jeder Pause nichts. Nur die leisen Unterhaltungen der Männer, das Klicken eines Feuerzeugs hier und da.

Der Aufenthalt in Baharak war kurz, weil sie uns nicht rein ließen. Das DDR Projekt wird von der UN geleitet, wir sollen da unterstützen. Das Gelände, in dem die UN sich die Waffen übergeben lässt, ist von einer großen Mauer eingezäunt und voller alter russischer Panzer und anderer Waffensysteme. Es wird streng bewacht und wenn gerade kein UN-Mitarbeiter da ist, sind die Afghanen relativ ungnädig. Der Hauptmann kam deprimiert zurück und sagte, wir fahren in die Stadt und essen Pommes.

Er hat uns tatsächlich fünfundvierzig Minuten freigegeben zum Einkaufen, zwar immer nur zu zweit, aber immerhin. Wir sind durch die Stadt gegangen und haben das Gewimmel genossen, die Marktstände besichtigt. Ich habe ein paar schöne Tücher für meine Mutter gekauft und die sogenannten Pommes haben wir auch gegessen. Frische Kartoffeln, in Streifen geschnitten und in Fett gebacken, dazu kleine Hammelspießchen auf offenem Feuer geröstet. Ob wir das dürfen oder nicht, war uns egal, dem Hauptmann anscheinend auch. Mir erscheint es unsere Sicherheit zu erhöhen, wir pflegen dadurch freundschaftlichen Umgang mit den Einheimischen und wir bringen Geld in den Ort. Natürlich sind sie da freundlich und haben versucht, uns alles mögliche anzudrehen. „Madam", so ging es immer und sie wedelten mit Tüchern oder zeigten auf ihre kleinen schmierigen Metallstäbe, die sie über einem Holzkohlenfeuer angebracht hatten und auf denen die Spießchen brutzelten.

Was den gesundheitlichen Aspekt betrifft, so ist ja alles frittiert oder gebraten und die meisten Keime dürften abgetötet sein. Außerdem können wir ja zu Hause in Deutschland eine Wurmkur machen, zwei Tabletten und der Fall ist erledigt. Die Ungarn machen das alle nach ihrer Rückkehr nach Hause, so erzählte mir einmal eine ihrer Ärztinnen.

Die Keime, die durch die Luft fliegen, sich in der getrockneten Scheiße befinden, die sich mit dem Staub der unasphaltierten Straße vermischt und die wir einatmen, erscheinen mir da ungleich gefährlicher. Gerade in Kabul hatten wir viele Atemwegsinfektionen, manchmal sehr gefährlich bis hin zur Sepsis und zum Multiorganversagen, ohne dass wir je die Keime hätten identifizieren können. Und oft waren Soldaten betroffen,

die nie das Lager verlassen und nie einheimische Nahrung zu sich genommen hatten.
Durchfall hatte ich immer nur bekommen, wenn ich den in der Feldküche angebotenen Salat gegessen habe. Dieser war aus Deutschland eingeflogen worden. Ich hatte es wieder und wieder probiert. Salat gegessen, Durchfall, kein Salat gegessen, gesund. Also habe ich es gelassen.
Überhaupt, zum Essen kann ich mal was erzählen.
Wenn so ein Einsatz startet, wird immer erst mal eine Feldküche aufgebaut. Die bietet nicht viele Möglichkeiten, das sieht man ein und bescheidet sich damit. Da sind zwei riesige Töpfe in einer Art überdachtem Wagen eingebaut. Ähnlich wie eine Gulaschkanone auf dem Jahrmarkt und erinnert mich immer irgendwie an die Siedlertrecks in Nordamerika. Später werden dann gewöhnlich feste Küchen gebaut und das Angebot der Gerichte wird durch die Lieferungen aus Deutschland bestimmt oder eben eingeschränkt.
In Kabul gab es zu Anfang der Einsätze eine Feldküche und es gab jeden Tag Kartoffelbrei. Jeden verdammten Tag. Eines Tages konnte ich ihn nicht mehr sehen, bin in die Küche und habe gefragt, ob sie nichts anderes haben und ob es denn so schwer sei, mal Nudeln zu kochen, das wäre doch wohl noch einfacher als Kartoffelbrei, einfach nur heißes Wasser, kochen, fertig. „Irrtum“, haben sie gesagt. „Nudeln muss man abgießen, dazu braucht man ein großes Sieb und große Schüsseln, es ist viel mehr Arbeit und viel mehr Abwasch und das schaffen wir momentan noch nicht.“
Ganz freundlich sagten sie es, waren gar nicht beleidigt. Ihre Arbeit stellten sie dabei nicht ein und als ich sie ansah, die beiden Stuffze, wie sie unermüdlich werkelten und schafften und wie ihnen dabei die

Schweißperlen auf der Stirn standen und in das um den Hals gewickelte Handtuch rannen, entschuldigte ich mich, bedankte mich und verzog mich ernüchtert und ein wenig beschämt. Die beiden arbeiten hart und taten, was sie konnten. Ich aß weiterhin Kartoffelbrei und sah ihn von nun an mit ganz anderen Augen.

Im nächsten Jahr, als es in Kabul eine riesige feste Küche gab, eine Salattheke mit glänzenden silberfarbigen Edelstahlschüsseln, Kronleuchter über jedem Tisch hingen und riesige Toastmaschinen an den Seiten standen, da ärgerte ich mich wieder. Das Angebot war gut. Es gab Fleisch, Salat, Nudeln, Reis und das riesige Salatbuffet. Verwöhnt, wie wir nun waren, meckerten wir über das Fleisch. Sie mussten eine Riesenladung Schweinefleisch bekommen haben. Aber es schien schon alt zu sein. Sie brieten es, kochten es, egal, wie sie es zubereiteten, es war zäh und trocken und man konnte es kaum hinunterbekommen.

Zäher alter Bernd, so nannten wir es. Warum Bernd, keine Ahnung. Wahrscheinlich erschien uns dieser Name der Inbegriff der Langeweile zu sein.

Bei jeder Mahlzeit setzten wir uns an den Tisch und schon wieder: zäher alter Bernd. Ich aß ihn schon gar nicht mehr. Aber den Salat konnte ich auch nicht essen, kriegte ja immer Durchfall davon. Er schien in Ordnung zu sein, den anderen geschah nichts.

So war ich wieder auf Kartoffelbrei reduziert, aber immerhin ich konnte abwechseln mit Reis und Nudeln. Immerhin. Und ich nahm ab, was mir insgeheim tiefe Befriedigung verschaffte. Immer kämpfe ich mit meinem Gewicht.

Manchmal, da gab es Hähnchen Cordon bleu. Festtage waren das. Einmal, als es wieder auf dem Speiseplan stand, freute ich mich. Der Soldat, der hinter der Theke stand, um das Essen auszuteilen, sagte zu

mir: „Nein, wir haben nicht genug, das ist nur für Moslems.“ Die Einheimischen, die bei uns im Lager arbeiteten, erhielten als Teil ihrer Bezahlung auch Verpflegung.
Der Soldat klatschte mir ein Stück zähen alten Bernds auf den Teller und ich konnte es kaum fassen. Am Nebentisch saßen die Locals und aßen Hähnchen Cordon bleu. Der Schweineschinken darin schien sie nicht zu stören. Als der Spieß sich zu mir setzte, ein Hähnchen Cordon bleu auf dem Teller und ich ihn fassungslos ansah, grinste er, schob sich genüsslich ein Stück davon in Mund und sagte: „Ich habe gesagt, ich esse nur koscher.“
Leider erblickte ich in der Ecke des Küchenzeltes den S4 und leider stand ich auf und leider war der Spieß nicht schnell genug, um mich zurückzuhalten und so warf ich meinen Teller dem S4 vor die Füße und schrie ihn an hysterisch, mit überkippender Stimme, aber ohne dass ich mich beherrschen konnte: „Den Fraß können Sie allein essen. Jetzt werde ich hier auch schon wegen meiner Religion diskriminiert!“ und wütend, zornig, aber auch enttäuscht ging ich in mein Lazarett. Ich war nicht nur enttäuscht über das Essen, vor allem war ich entsetzt über mich selbst und auch erschrocken. Wie hatte ich mich so gehen lassen können?
Der Spieß kam ein wenig später herein, brachte mir einen Schüssel mit Nudeln und Tomatensoße und sagte: „Hast ja Recht. War trotzdem blöd, es waren wohl so an die 200 Soldaten im Verpflegungszelt zu der Zeit und der S4 kann ja auch nichts dafür. Der kann auch nur mit dem arbeiten, was er aus Deutschland geliefert bekommt.“
Ich konnte mich der Logik nicht verschließen und auch nicht der Tatsache, dass ich mich ausgesprochen daneben benommen hatte, auch wenn es einige lustig gefunden hatten.

Ich fand es gar nicht lustig, mir zeigte es nur, dass ich doch einigermaßen angespannt war und ich konnte es gar nicht verstehen. Waren wir nicht im Jahr zuvor während der drei Monate Kartoffelbrei ganz anders belastet gewesen? Dennoch dauerte es eine ganze Woche, bis mich der Spieß soweit gebracht hatte, dass ich zum S4 ging um mich zu entschuldigen.

Merkwürdig, da sitze ich hier in Feyzabad und denke an Kabul.

Schöne und weniger schöne Erinnerungen habe ich da.

Und hier habe ich Zeit, um ihnen nachzuhängen. Aber es ist gefährlich und ich will es eigentlich gar nicht. Die schönen Erinnerungen verursachen so etwas wie Heimweh, die traurigen schwächen mich und ich habe das Gefühl, jetzt ist nicht der geeignete Moment, mich damit auseinanderzusetzen.

Jetzt muss ich erst einmal diesen Einsatz hier bewältigen, hinter mich bringen, überleben. Sentimentalitäten bringen mich da nicht weiter.

Lieber gehe ich noch ein wenig Rommee spielen.

6. Dezember Baustelle

Sonnig, sehr kalt

An der Tür hingen doch heute Morgen tatsächlich Nikolaussäckchen, für jeden eines. Mit Schokolade. Wie wertvoll so eine kleine Geste hier ist. Wie sehr wir uns gefreut haben, wie kleine Kinder.

Gestern hat Fabi, der jetzt einen Marketenderladen in einem Container aufgebaut hat und jeden Abend eine Stunde geöffnet hat, Ware bekommen und ich konnte tatsächlich kleine Stofftierchen ergattern. Da habe ich doch etwas, um es für Weihnachen heim zu schicken. Auch wenn die Kinder dafür eigentlich schon zu groß sind. Darum geht es nicht. Es geht um Päckchen, eingepackt, eine Überraschung, das Gefühl, jemand denkt an einen. So habe ich auch ein Paket bekommen von

meinen Eltern mit Geschenken darin. Die habe ich natürlich noch nicht ausgepackt.
Unsere Küchenjungs haben sich heute Abend selbst übertroffen. Ente in Orangensoße gab es zur Feier des Nikolaustages. Sie haben ihre ganze Ehre dareingesetzt, uns einen unvergesslichen Abend zu bereiten und das ist ihnen gelungen. Im feinsten Restaurant hätte man nicht besser essen können. Sie haben auch nicht die großen Warmhaltewannen benutzt wie sonst immer, aus denen sich jeder selbst bedienen muss, sondern jeden Teller einzeln angerichtet und garniert. Es hat ein wenig länger gedauert, aber das haben wir sehr gern in Kauf genommen und es kam eine ganz festliche Stimmung auf. Jeder faltete ganz andächtig die Papierserviette auf, breitete sie auf dem Schoß aus und wir vergaßen fast, dass es eine Kampfhose war, auf der die Serviette lag und ein Zelt, in dem wir saßen und dass es Feyzabad war. Mit den Kerzen auf dem Tisch, der Ente und der Orangensoße auf dem Teller vergaßen wir für eine Stunde, wo wir waren und gaben uns der Illusion hin, einen ganz normalen Abend bei einer ganz normalen Weihnachtsfeier zu verbringen.
Den Küchenjungs haben wir sehr gedankt und fürchten uns schon vor dem Tag, an dem sie nicht mehr da sein werden. Noch vor Weihnachten werden sie abgelöst und uns ist klar, so gut werden wir nie mehr bekocht werden.
7. Dezember Baustelle
Eigentlich sollte ich heute nach Baharak, aber der S5 hat sich den SanWolf angefordert, er meinte so gehe es schneller. Der SanWolf steht im anderen Lager. Dass er in dem SanWolf noch schlechtere Bedingungen hat, einen Verletzten zu versorgen, ist egal, Hauptsache, es geht schnell. Bei diesen Fahrten sollte eigentlich ein erfahrener Notarzt dabei sein mit der Befähigung, einen polytraumatisierten Patienten zu

versorgen, das heißt, Beatmung und Narkose eventuell schon am Unfallort oder im Auto durchführen. Das kann der Arzt nicht, den sie uns geschickt haben. Daheim ist er Truppenarzt, den Fachkundenachweis Rettungsdienst hat er nicht. Natürlich kann er auch nichts dafür. Aber wie immer hört auf mich keiner, ich habs versucht, die Papierlage ist anders. Er heißt LTB und LTB darf die Fahrten machen und damit basta. Sie haben die Befehlslage so geändert, dass die Papierlage stimmt.

Ich frage mich, ob das die Mutter eines potentiell hier verletzten Soldaten interessiert, wie die Papierlage ist. Sie will den Arzt, der am besten ausgebildet und am erfahrensten ist. Auf die Baustelle muss er nächste Woche auch. Was ja nun selbst nach der Papierlage keinen Sinn macht, denn da ist immer noch der BAT gefordert. Aber die EODs haben verboten bekommen, geplante Sprengungen durchzuführen, so stimmt die Papierlage wieder. Auch wenn die Pioniere beim buddeln vielleicht auf eine Mine treffen.

Ich kann es nicht ändern und eine Lösung habe ich auch nicht. Der Arzt tut mir leid. Johannes heißt er und ich habe ihn mittlerweile ein paar Mal getroffen. Er spricht aus, was alle denken. Die Papierlage ist ihm egal. Er ist Allgemeinmediziner und ein hervorragender Truppenarzt. Notarzt ist er nicht. Er hat Angst, dass ihm unter der Hand ein Patient weg stirbt, weil er ihn nicht intubieren kann oder eine arterielle Blutung nicht stoppen kann. Er sagt, er weiß nicht, wie er damit weiter leben soll, wenn einem Menschen Schaden entsteht, weil er nicht gut genug ausgebildet ist. Auch wenn es quasi auf Befehl geschieht.

Der Notarztlehrgang ist lang und umfangreich, den kann man nicht mal schnell machen, wenn man erfährt, dass man in vier Wochen nach Feyzabad geschickt wird. Da kann man vielleicht gerade noch ein Praktikum in der Anästhesieabteilung eines Bundeswehrkrankenhaus

machen, um intubieren zu üben, wenn einen denn die Vorgesetzten lassen, denn solange fehlt ja der Truppenarzt. Der allerdings fehlt ja jetzt auch, jetzt wo der Arzt hier ist. Ein Praktikum durfte er übrigens auch nicht machen.
So saß ich heute wieder auf der Baustelle, der Oberstleutnant hat Geburtstag und ich konnte von den Küchenjungs einen kleinen Stollen bekommen, davon haben sie uns Tonnen geliefert und wir können ihn eigentlich nicht mehr sehen, aber haben nichts anderes, den habe ich dann mit ein paar Bonbons auf seinem Schreibtisch aufgebaut. Für abends hat er dann ins Küchenzelt zum Getränk eingeladen.
8. Dezember Baharak
Wir sind in Richtung Baharak erst um acht Uhr losgefahren, was ich gar nicht verstehen konnte. Sonst sind wir immer in aller Herrgottsfrühe gestartet, weil es so weit ist und weil wir ja am Abend wieder im Lager sein müssen. Aber die gesamte Mannschaft, die wir da begleiten, hat gewechselt und beim ersten Halt verstand ich es.
„Ist euer Auto kaputt?“ fragte der neue Hauptfeldwebel von S5. Wir sahen ihn verständnislos an. „Könnt ihr nicht schneller fahren oder habt ihr Angst?“
Wir erklärten ihm, dass der Lkw am Limit sei und kaputt ginge, wenn wir schneller fahren würden. Die anderen Fahrzeuge des Konvois waren allesamt einheimische, das heißt russische Pkws, meist Pradas. Nach einer Diskussion, in der sich Felix erhitzte, wurde uns befohlen, schneller zu fahren. Schon nach einer Weile meinten wir merkwürdige Geräusche vom Stoßdämpfer zu hören.
Der Aufenthalt in Baharak dauerte zehn Minuten, sie hatten uns wieder mal nicht reingelassen und bevor wir uns auf den Rückweg begaben, machte ich den neuen OTL nochmals darauf aufmerksam, dass bei einer

solchen Fahrweise unser Fahrzeug kaputt gehe. Er tat es ab, sagte die Autos seien dafür gebaut. Kaum eine halbe Stunde später brach die Achse des Pradas der MP. Felix und ich hätten gelacht, wenn wir nicht in einer so einsamen Gegend so weit vom Lager weg gewesen wären.

Darin saßen drei MPs, die morgens noch gesagt hatten, sie könnten den Arzt nicht mitnehmen, weil, wenn etwas sei, „sie dann loslegten" und dann sei er im Weg. Nun, sie legten nicht los, sondern nahmen ihre Sachen und stiegen hinten in den BAT zum Arzt und ließen ihr Auto einfach stehen.

Nun haben wir uns doch kaputt gelacht, Felix ließ kein Schlagloch aus, immerhin hatten wir Befehl, schneller zu fahren, der hatte sich auch nach dem Achsbruch nicht geändert, aus irgendeinem Grund hatten wir es eilig, und einer von ihnen hat es gerade noch bis zum Lager geschafft, bevor er sich übergeben musste. Felix sah nach dem Auto, die Gummidichtungen und Stoßdämpfer sind hin. Der Instler hatte keine Zeit und keine Ersatzteile, regte sich auf, als Felix und ich beschlossen, das Fahrzeug still zu legen, das dürfe nur er. Uns war es egal, wir räumten in den zweiten BAT um, der ja sowieso nur herumsteht, weil kein zweiter Arzt da ist. Im Grunde, so sagte Felix, hat es sich gelohnt, den BAT zu Schrott zu fahren, als er den arroganten MP-Kameraden im Sanitärcontainer kotzen sah. Aber als gutem treuen Fahrer und Kfz-Mechaniker tat es ihm nun doch leid.

9. Dezember

Heute sind die meisten von der Schutztruppe heimgefahren, also bin ich zum Flugfeld, um sie zu verabschieden. Ich habe ein Abzeichen von ihnen geschenkt bekommen und es gleich auf die Tasche genäht.

Ich habe irgendwann mal diese kleine olivgrüne Werkzeugtasche geschenkt bekommen und in einem Einsatz in Kabul haben ein Kollege, der genau so eine Tasche hatte und ich viele Stunden damit verbracht, die verschiedenen Aufnäher und Wappen der Einheiten, in denen wir gedient und Kameraden, mit denen wir zusammen gearbeitet hatten, aufzunähen. Mittlerweile ist die Tasche fast voll, es ist kaum noch Platz darauf. Ich betrachte sie gerne, denn jedes Wappen erzählt mir eine Geschichte. Da ist zum Beispiel die amerikanische Flagge, die mir ein amerikanischer Major geschickt hatte, als er schon wieder zurück in den Staaten war. Er hatte meine Tasche gesehen und spontan zum Messer gegriffen, um sein Abzeichen abzuschneiden und mir zu schenken. Sein Kamerad war ihm in den Arm gefallen, hatte gesagt, er würde bestraft werden, wenn er ohne das Wappen herum läuft. Da hat er gesagt, wenn er zu Hause ist, schickt er mir eines. Und tatsächlich brachte die Feldpost mir eines Tages, so zwei Monate später einen Briefumschlag mit einem kleinen Brief und zwei Abzeichen darin.

Dann sind da viele Abzeichen der Holländer, mit denen ich in Kabul oft und gern zusammen gearbeitet und die mich auf viele Patrouillen mitgenommen hatten. Die Österreicher haben mir ihre Schlange geschenkt, den Äskulapstab, das Abzeichen der Ärzte, er sieht anders aus als unserer, ist viel dicker.

Da ist die Schulterklappe eines treuen Freundes und Kameraden, die ich um den Griff genäht habe. Da ist das katholische Kreuz des Pfarrers, der in Kabul vor und nach dem Bombenanschlag in 2003 unser Freund geworden war – und viele viele andere, die mich an Menschen erinnern, mit denen ich zusammengetroffen bin und mit denen mich etwas verbindet.

Mit den Kameraden aus Schneeberg habe ich mich gut verstanden. Bei jeder Fahrt, die ich bisher hier in Feyzabad gemacht habe, waren sie dabei, immer war es angenehm und freundlich zugegangen, auch sie

haben meine Tasche gesehen und mir zum Abschied ihr Abzeichen dagelassen. Es ist immer so etwas wie eine kleine Ehrenbezeugung, wenn man so ein Abzeichen geschenkt bekommt. Manchmal tauscht man auch welche aus, so wie mein Freund und ich unsere Schulterklappen.
Es war schön sonnig, ich habe etwas draußen gesessen und an OTLs Bautagebuch gearbeitet. Er möchte die Bilder komprimiert haben und da ich das jetzt kann, weil ich mich so viel mit dem Laptop beschäftigt habe hier und nichts zu tun habe außer darauf zu warten, dass etwas passiert, kriege ich diese Aufträge.
Mit den neuen Paxen (Passagieren) heute ist ein OTL von EOD gekommen, der wird vermutlich den EOD-Trupp hier abziehen. Danach werde ich nicht mehr dauernd zur Baustelle müssen. OSA meinte, ob ich nicht morgen mal drin belieben will, base day, ausschlafen, aber bis der EOD weg ist, bleibe ich hier. Ich verstehe die Logik nicht. Einmal muss es unbedingt BAT sein, dann wieder geht es ohne. Nächste Woche kommt der DCOM ISAF, da soll dann unbedingt Bettina, die Truppenärztin mit, weil sie so schön fotografieren kann. Ist es zu glauben?
Heute hat Fabi seinen 1000. Einsatztag. Natürlich haben sie kein großes Antreten gemacht, nicht mal Grundstellung, aber es gab Kerzen und Prosecco, immerhin. Er hat sich trotzdem gefreut. Und er sagt, er hat schon viel mitgemacht, sogar einen Anästhesisten als Chef! Wir haben gelacht, der OSA auch, aber etwas gequält.
Im B-Zelt hat er noch einen ausgegeben. Bernhardt saß dort ganz allein, ich habe mich mit ihm unterhalten. Er soll nach Kunduz zurück, weil er hier überfordert ist. Zuvor war er als einer der wenigen von uns zur Nachtstreife eingeteilt worden, danach war er müde und jetzt soll er weggeschickt werden.

Über diesen Streifendienst hatte es große Diskussionen gegeben.
Streife ist Wache und Wachdienst ist nach unserer Meinung laut Genfer Konvention für Sanitätssoldaten nicht vorgesehen. Es ist ja keine Frage, dass wir uns beteiligen würden, wenn wir zum Beispiel zu viert tagelang unterwegs wären und müssten uns rund um die Uhr abwechseln, dass wir dann mithelfen und auch mal eine Wache übernehmen würden. Aber wir sind hier nie nur zu viert unterwegs und eine Schutzkompanie ist da.
Auch ich sollte in der OPZ Dienst leisten und hatte mich energisch dagegen gewehrt. Ich würde schon genug BAT Bereitschaft verrichten und überhaupt sei ich ja sowieso immer im Dienst, so hatte ich argumentiert. Ich habe einfach sehr energisch gesagt: „Nein, das mache ich nicht" und wahrscheinlich war ich damit durchgekommen, weil sie keine Lust hatten, mit mir zu streiten und nicht wegen der Genfer Konvention. Mir hatte man es abgekauft, den Unteroffizieren ohne Portepee nicht, sie waren zum Streifendienst verpflichtet worden und mussten nun zusätzlich zu ihrem Dienst im Gefechtsstand nachts Streife laufen. Mit Lampe auf dem Kopf und entsichertem Gewehr laufen sie die ganze Nacht am Zaun auf und ab.
Bernhardt hatte er zuerst erwischt. In voller Montur war er abends noch bei uns vorbeigegangen. Unbehaglich war er sich dabei vorgekommen, das hatte man genau gesehen. Es war ihm nicht wohl dabei und natürlich war er morgens müde. Was, wenn hätte operiert werden müssen? Er ist nun mal der einzige Op-Pfleger hier.
Jetzt will man ihn also nach Kunduz abschieben, er ist der Belastung hier in Feyzabad nicht gewachsen heißt es. Keiner redet mit ihm, weil alle unsicher sind. Ich finde es traurig.
10. Dezember Baustelle

Um 06.55 Uhr ist jetzt morgens immer Antreten in der alten Röhrenfabrik, auf dem Parkplatz gegenüber der Wache. Hier lagern noch einige alte Tonröhren, die früher hier produziert wurden. Heinz und Felix, die einige Tage nicht draußen waren und das nicht kannten, haben blöd geguckt. Auch wenn der Kommandeur abends gelegentliche Antreten veranstaltet zur Begrüßung oder Verabschiedung, insgesamt gibt es hier wenig Formalitäten, das Leben ist anders als in deutschen Kasernen, wo strenge Grußpflicht und Kleiderordnung herrscht. Hier sagt man freundlich „Hallo" wenn man sich im Hof begegnet und rennt innerhalb des Lagers meist im T-Shirt oder in einer Fleecejacke rum. Mir geht es heute nicht so gut, ich kann den Prosecco einfach nicht vertragen und er schmeckt nicht mal. Also war ich froh, dass es heute nur Baustellenroutine war wie immer.

Zurück im Lager gab es eine kleine BAT-Besprechung. Anschließend gingen KatrinMonika und ich duschen, danach um 18.50 zur Besprechung, die jeden Abend um 19.00 statt findet. Nur, dass sie heute schon vorbei war. Der neue Chirurg, der heute angekommen ist, hätte sie gerne schon um 18.30 Uhr. Uns hat man wieder nichts gesagt. Der OSA teilte mir meine Aufträge für die nächsten Tage mit. Morgen eine Fahrt mit S 5, am Sonntag eine Fahrt mit dem Spieß zu einer Brunneneinweihung, am Montag kommt der Befehlshaber.

Die Baustelle wird inzwischen von den Kameraden aus dem anderen Lager besetzt. Sagt der OSA. Warum ich überhaupt Dienstpläne mache, wird mir immer unklarer.

11. Dezember Operation Junifer, Argu

Unser Auftrag lautete, in der Region Argu noch einmal genau festzustellen, was die Briten bei ihrer Aktion am 24. November zerstört haben. Führer vor Ort ist er OTL EOD, der S5 hatte gebeten, mitfahren

zu dürfen, um Möglichkeiten für weitere Projekte zu erkunden. Das hieß wieder Verzögerungen ohne Ende, der S5 lässt andauernd die Konvois anhalten, denen er sich anschließt, um Fotos zu produzieren und wenn er so viele humanitäre Projekte durchführen würde, wie er Fotos schießt, hätte dieses Land mehr Kindergärten und Schulen als der Rest der Welt.
Voll bewaffnet, mit MG, trat der S5 in Würdigung des „gefährlichen“ Auftrages des EOD morgens auf. Sein dummer Hfw sagte schon beim Frühstück ganz stolz: „Heute spielen wir Krieg!“ Der Idiot.
Das ist einer der Nachteile, wenn man Angehöriger des Sanitätsdienstes ist. Man muss diese Deppen von der Truppe bei allem begleiten, was sie tun, auch wenn man ihnen nicht vertraut. Selbst wenn ich nichts von Politik verstehe, das sagt ja der gesunde Menschenverstand, wie man in den Wald hineinruft, so schallt es zurück und wenn man mit Maschinengewehren anrückt, spricht das wenig für eine humanitäre Aktion.
Damit hatte ich nicht gerechnet, als ich mich damals in meinen ersten Einsatz aufmachte. Ich hatte erwartet, dass ich unsere Soldaten medizinisch versorge, wenn sie zum Beispiel mit dem Fuß umknicken, sich an einer scharfen Kante des Panzers verletzen oder eine allergische Reaktion auf irgendetwas haben, Durchfall bekommen und dehydriert sind. Und so war es ja anfangs auch. Dass einige von ihnen Gefallen daran finden könnten, Krieg zu spielen und das niemand unterbindet, damit hatte ich nicht gerechnet. Ich hatte natürlich auch nicht damit gerechnet, dass wir mit Granaten, Bomben und Minen attackiert werden würden, von wem auch immer, das lässt sich so schwer unterscheiden.
Ich versuchte, mir keine Gedanken darüber zu machen, ich habe ja keine Wahl. Die Fahrt an sich war wunderschön und der Ausblick ausgesprochen lohnenswert. Wir bogen kurz vor dem Flugplatz links ab

in Richtung Keshe und fuhren hoch in die Berge. Nachdem der frühmorgendliche Nebel sich aufgelöst hatte, war die Aussicht grandios. Am Horizont erhoben sich mächtige massive schneebedeckte Felsformationen, davor braune wellige Hügel, die aussahen, als hätte man einen riesigen Ballen Seide aufgefaltet. Wir fuhren von einem Hügel zum anderen und auf jedem Bergkamm erschloss sich der Blick in ein weites fruchtbares Tal, das vor dem seidigen Braun der weichen Hügel leuchtete wie goldgrüner Samt. Nur gelegentlich sah man in der Ferne ein kleines Anwesen oder ein kleines Dorf, ansonsten war die Gegend sehr dünn besiedelt und wir sahen kaum Menschen.

Irgendwann folgten wir einem Flusslauf und die Besiedelung nahm zu. Die Menschen hausten hier in schäbigen kleinen Hütten oder Zelten und schienen sehr erfinderisch dabei zu sein, das Geschenk des fließenden Wassers für andere Zwecke als nur zum Trinken oder Waschen zu benutzen. Da gab es mehr als eine Kreation zur Stromgewinnung. Wasserräder in allen Formen, aus allen möglichen Materialien gebastelt, hingen ins Wasser und trieben Autobatterien oder Windräder an, von denen wiederum ein Kabel wegführte und offensichtlich Strom produzierte.

Dann gab es Seilbahnen über den Fluss, an denen man sich auf einer Plattform über den Fluss ziehen konnte. Wir überquerten den Fluss schließlich auf einer kleinen Brücke und hielten in einem kleinen Ort.

Nach langen Verhandlungen des Oberstleutnants mit der örtlichen Polizei fuhren wir zu einem Haus, in dem sich ein Drogenlabor befinden sollte. Auch hier musste ich natürlich im Auto sitzen bleiben. Der OTL sagte aber, es hätte nichts zu sehen gegeben außer ein paar Tonnen, in denen etwas verbrannt worden war. Um das festzustellen, waren sie ganz schön lange weggeblieben, ich war inzwischen auf meinem Beifahrersitz eingeschlafen. So hatte ich auch nicht bemerkt, dass der OTL S5 inzwischen verschwunden war. Sein Auto stand mitten auf der Brücke mit zwei G36 und einem Funkgerät darin, er und seine Leute waren verschwunden und als der EOD Trupp aus dem Drogenlabor-Haus trat und das sofort bemerkte, gab es einen Riesenstress. Als der S5 ganz vergnügt wieder auftauchte, verschwanden die beiden OTLs um eine Ecke, dennoch hörten wir laute und wütende Stimmen, danach ging die Fahrt deutlich schneller weiter, weil es keine weiteren Fotostops mehr gab.

Ich genoss noch einmal die wunderbare Landschaft und machte viele, viele Fotos. Die digitale Fotografie macht es möglich, was nichts wird oder verwackelt ist, wird später einfach gelöscht. Wir sahen viele Buskashi Reiter, ich denke ein großes Turnier steht kurz bevor.

Vom Fahren her gab es zwei gefährliche Situationen, einmal wären wir fast umgekippt und die MP hatte sich einmal im Matsch festgefahren, konnte sich aber durch vorwärts und rückwärts ruckeln freimachen.

12. Dezember Brunnenübergabe

Der Spieß hatte in Deutschland Geld gesammelt und davon für die Kinder in einem kleinen Dorf einen Brunnen bauen lassen. Mit ihm und dem S5 sind wir heute zur feierlichen Übergabe gefahren. Die Einheimischen haben alles schön vorbereitet. Unter freiem Himmel hatten sie Teppiche ausgelegt und Sitzkissen, es gab Tee und Rosinen. Die Kinder bekamen Kuscheltiere geschenkt, davon hatten wir einen großen Sack voll mitgebracht.

Die Kinder waren sehr zutraulich, auch die Mädchen. Sie ließen sich gerne fotografieren. Ich habe einen kleinen Rundgang gemacht und wieder mal gedacht, in welcher Armut die Menschen hier leben. Kleine Lehmhütten, kaum Einrichtungsgegenstände. Wenn jeder eine eigene

Matratze besitzt und die Familie ein Plastiktuch, um es auf dem Boden auszubreiten und darauf zu essen, ist es viel. Der Brunnen, der vom Geld des Spießes gebaut wurde, steht gleich neben der Schule, die aber auch nur aus einem Zelt besteht. Das Ganze befindet sich auf einer Anhöhe, von der aus man über das Tal und den Fluss sehen kann und wie immer ziehen mich die Landschaft und die Freundlichkeit der Menschen in ihren Bann. Obwohl sie so arm sind, haben sie immer ein Lächeln und einen Tee zu verschenken.

Insgesamt war es ein schöner Tag. Auf dem Rückweg habe ich mich hinten in den Schutzwolf gesetzt, die Füße gegen die Tür gestemmt und nach hinten gesehen, wie das Dorf mit den netten Einwohnern, den kleinen Mädchen und dem neuen Brunnen in der Staubwolke verschwand, die der Konvoi aufwirbelte. Auch der Hauptfeldwebel von Schutz, in dessen Auto ich saß, war wohl etwas weich gestimmt und bot mir an, mich auf eine der nächsten Patrouillen in die Stadt mitzunehmen, damit ich etwas einkaufen kann. Das ist zwar offiziell nicht erlaubt, wird aber trotzdem immer gemacht und anscheinend toleriert. Es kann dem Kommandeur ja nicht entgehen, wenn wir bunte Tücher haben und Teppiche und Zigaretten, auch wenn lange keine Marketenderwaren geliefert wurden.

Natürlich bringen uns die Guards auch gelegentlich etwas mit, zum Beispiel wollte ich gerne eine kleine Leselampe an meinem Bett haben, die hatte ich bei aller Vorsorge beim Packen dann doch vergessen. Da ich bisher keine Gelegenheit hatte, in die Stadt zu kommen, bat ich einen der Guards und bereits am nächsten Tag brachte er eine schöne Nachttischlampe und verlangte nur fünf amerikanische Dollar dafür. Zum Glück hatte ich so etwas geahnt und hatte welche dabei. An den Euro sind sie hier noch nicht gewöhnt, und über den Wert des Afghani kann man viel streiten und er ändert sich täglich. Amerikanische Dollar hingegen werden auf der ganzen Welt als Zahlungsmittel akzeptiert, so hatte ich gedacht und damit hatte ich Recht behalten.

Als wir ins Lager zurück gekehrt waren, war dort ein kleiner Weihnachtsmarkt aufgebaut. Ich hatte ganz vergessen, dass heute der dritte Advent ist. Es gab zwar nur drei Stände, auf denen einige Afghanen Waren anboten, von denen sie dachten, dass sie uns interessieren würden. Da gab es Burkhas, Paschtunenmützen, mit glitzernden Fäden bestickte Kappen und auch einige Dinge, von denen sie sagten, dass sie sehr alt oder antik seien, Münzen, Dolche, Schmuck. Insgesamt fand ich alles zu teuer und relativ uninteressant, nichts, was man braucht und nichts, was ich den Kindern schicken könnte. Nur eine Kamelpeitsche erstand ich schließlich, obwohl ich nicht wusste, was ich damit anfangen sollte, aber es erschien mir unhöflich, so gar nichts zu kaufen, nachdem sie sich solche Mühe gegeben hatten.

Danach gab es Glühwein und Plätzchen im B-Zelt und zu diesem Ereignis kamen auch die Jungs vom Schutz aus dem anderen Lager. Wir kannten sie noch nicht alle, die Schneeberger waren ja gerade erst weg und dies waren ihre Nachfolger. Wie immer, wenn man sich mit den Vorgängern gut verstanden hatte, waren wir skeptisch. Bei den Küchenjungs hatten wir damit auch Recht behalten, so eine gute Küche wie von den Vorgängern gab es nun nicht mehr.

Plötzlich stand ein großer, hochgewachsener, sehr gut aussehender Hauptfeldwebel vor mir und sprach mich an. Vorsorglich drehte ich mich erst mal um, um sicher zu sein, dass er wirklich mich meinte. Er meinte mich und wir haben lange geredet, er hat mir seine ganze Lebensgeschichte erzählt und trotz aller Unterschiede waren wir uns sehr sympathisch. Wir sind alle einsam hier und froh über jeden, den wir mögen, dem wir glauben, Vertrauen schenken zu können und mit dem wir reden können.

Natürlich hatte der eine oder andere mehr getrunken als gut für ihn war, vor allem, da der Chirurg am Abend noch Prosecco auf seinen Abschied ausgab und so gab es nachts noch lautstarken Streit unter unseren Unteroffizieren im Gefechtsstand. Ich habe vorgezogen, es zu ignorieren, irgendwann war dann Ruhe.

13. Dezember Flugfeld

Heute gab es einen Riesenaufriss, der Befehlshaber wurde erwartet und so hatten die Unruhestifter der letzten Nacht Glück, die ganze Sache ging unter in der allgemeinen Hektik. Von Schnittchen, Konvboibegleitung bis LVU (Lagevortrag zur Unterrichtung) war alles da und vorbereitet, aber er erschien nicht. Das Flugzeug kam, der Chirurg stieg ein, der neue aus, aber der Befehlshaber war nicht an Bord. Post für uns auch nicht.

14. Dezember Baustelle

Nachdem ich ein paar Tage nicht auf der Baustelle gewesen war, wurde ich dort sehr herzlich empfangen. „Na da ist ja unsere gute Seele wieder", sagte der OTL erfreut und auch die anderen Pioniere klopften mir auf die Schulter und schienen sich zu freuen, mich zu sehen.

Im Lager haben sie derweil begonnen, einen kleinen Fitnessraum einzurichten. Da das Lager mittlerweile aus allen Nähten platzt, haben sie die Genehmigung des Kommandeurs eingeholt, in einem kleinen Schuppen in der alten Röhrenfabrik direkt gegenüber auf der anderen Straßenseite damit zu beginnen. Tim hat sich bei dem Versuch, das Laufband, herüberzutragen, das Kreuz verrenkt. Ich habe ihm abends ein paar Spritzen gegeben und ihn ins Bett geschickt.

Zu allem Unglück ist das Laufband auch noch kaputt, wir hatten die Hoffung, jemand könnte es reparieren, aber leider sieht es nicht so aus. Hat sich Tim ganz umsonst wehgetan.
Fabi hatte auf dem Flugfeld einen Film gedreht, den haben wir angesehen und viel gelacht. Abends kamen kamen ein paar Pioniere zu uns wegen der Überbelegung in ihren Zelten. Mit zwölf Mann in einem Zelt ist es schwer, der Hygiene Genüge zu tun. Also haben KatrinMonika und ich eine Begehung gemacht und eine Bericht geschrieben, ich weiß zwar nicht, was es nützen wird, das Lager ist zu klein für noch mehr Zelte und das neue ist ja bereits im Bau, auch wenn es noch eine Weile dauern wird, bis es bezugsfertig ist.
Abends habe ich Fabi im Marketender geholfen. In der einen Stunde, in der er geöffnet hat, ist viel los und KatrinMonika und ich helfen gelegentlich.
Irgendwie war nichts Besonderes heute. Außerdem Regen, Regen, Regen.
15. Dezember
Morgens ging es schon los mit den Vorbereitungen für den General, der nun morgen wirklich kommen soll. Der OSA hat wieder alles allein eingeteilt, ich wurde auf dem Flugfeld platziert, Bettina (blond und fotografiert) in der Schule, die der General besichtigen will, der Truppenarzt und KatrinMonika im Konvoi. Mir ist es mittlerweile echt egal. Dann ging es ans packen, aufrüsten und überprüfen. Die Autos waren nicht vollständig, Akkus kaputt, im GPS kein Batteriefach, alles dreckig und so weiter. Morgens hat Dirk noch GPS Ausbildung gemacht. Meine Jungs haben schon wieder gemuckt. Da habe ich sie angeschissen vom Feinsten. Ab jetzt werde ich sie überprüfen und sie müssen mir melden. Streiten sollen sie so, dass es keinen stört. Jetzt haben sie eine

klare Ansage, mal sehen, ob es hilft. Dann habe ich sie zu einer Geräteeinweisung gezwungen, sie haben wieder gemotzt. Entnervt bin ich um 13.00 wie verabredet, von dem freundlichen Hauptfeldwebel vom Schutz zur Patrouille abgeholt worden. Die Dänen sind auch mitgekommen, so wurde es mehr eine Touristentour und nix aus meinen Einkauf, aber ich weiß jetzt, wo das Krankenhaus ist und habe auch sonst viel gesehen. Es war eine sehr nette Fahrt und nachdem ich morgens den Tränen nahe war, war ich dann wieder ganz ausgeglichen. Den Dänen habe ich geholfen, einen Teppich zu kaufen und ich habe mir für zwei Dollar einen kleinen Gebetsteppich gekauft und Kartoffeltaschen gegessen.

Der nette Hauptfeldwebel vom Weihnachtsbasar war dabei und es ist ein schönes Gefühl, mit jemandem reden zu können. Wobei ich sagen muss, dass dies schon über nur reden deutlich hinausgeht und er ganz offen mit mir flirtet, so dass die anderen schon kleine Kommentare abgeben. Aber sie lachen dabei und auch mir ist bewusst, dass es nichts zu bedeuten hat, sondern nur der Versuch ist, etwas „normales" zu tun, etwas das ablenkt von diesem ganzen Scheiß hier und ein wenig gute Gefühle vermittelt. So genieße ich es und versuche dabei, nicht an morgen zu denken und vor allem nicht an zu Hause. Ich könnte es nicht erklären, verstehe es ja selber nicht. Ich weiß nur, für diese Momente, in denen der Hauptfeldwebel mich anlacht und wie aus Versehen manchmal ganz kurz mit seinem Arm den meinen streift, für diese Sekunden geht es mir gut und ich weiß, ich kann den Tag überstehen.

In Deutschland hätte er mich wahrscheinlich nicht mal bemerkt, wenn ich direkt in ihn hineingelaufen wäre. Aber hier im Einsatz gibt es wenige Frauen und wir erfahren deutlich mehr Aufmerksamkeit ungeachtet unseres Alters oder Aussehens. Wie ein Pilot einmal bemerkte, als er Kameraden aus dem Einsatz nach Deutschland zurück brachte und kurz vor der Landung seine Ansage mit dem Satz beschloss: „Und für die Frauen an Bord, vergessen Sie nicht, nach der Landung spielen sie wieder eine Liga tiefer!“ Er bekam eine Disziplinarmaßnahme dafür. Natürlich war es unhöflich, aber er hatte vollkommen Recht.

„Männer denken mit dem Schwanz, wann kapiert ihr Weiber das endlich?“ So hatte der Spieß immer gepoltert. Vielleicht war das ja bei Jan in Wirklichkeit auch so. Aber darüber will ich jetzt nicht nachdenken. Ist halt schwierig, so ein Einsatz.

Auch wenn ich nicht hergekommen bin, um einen Mann zu suchen, kann ich mich dem Charme der vielen Männer um mich herum nur schwer verschließen. Da müsste man ja schon mit Blindheit geschlagen sein, wenn man all die attraktiven sportlichen Männer hier nicht bemerken würde. Und auch von ihnen gibt es genug, die mir das Leben schwer machen. Wenn dann jemand nett ist und attraktiv und es offensichtlich genießt, mit mir Zeit zu verbringen, wer könnte da nein sagen und sich allein in seine kalte ungemütliche Bude zurückziehen? Auf jeden Fall hatte ich den Ausflug genossen und wurde bei meiner Rückkehr ins Lager unsanft in die Wirklichkeit zurückkatapultiert.

Hier herrschte immer noch Chaos. Bettina hat wohl Julian angeschrien und der hat sich dann zwei Stunden lang beim OSA ausgeheult. Beim Antreten war einem Hauptmann schlecht geworden, er hatte sich direkt vor ein Zelt übergeben. Der größere der beiden Spione, wie wir die BND-Leute nannten, hatte mich gewarnt, dass nächste Woche Unruhen bevorstehen. Jemand, den ich auch kenne, soll verhaftet werden. Sie, also der BND, hätten zwar darum gebeten, die Aktion nicht hier zu machen, aber man sei nicht darauf eingegangen. Ich sagte, ich dachte eigentlich, sie würden Anschläge bei Vollmond machen, damit es Allah sieht. Bis

Vollmond sind es aber noch zwei Wochen. Er grinste nur. Jetzt überlege ich die ganze Zeit, woher die wissen, wen ich alles so kenne in diesem Land und auch, woher der BND weiß, wen ich kenne und wen nicht. Wegen dieser Überlegung aber hätten sie mich wohl ausgelacht.

Immerhin hatte ich noch so viel Zeit, im Marketender für eine Stunde auszuhelfen.

16. Dezember Flugfeld

Um 08.00 sollte ich mit dem Konvoi raus fahren, habe ihn aber verpasst. Bin dann mit dem nächsten gefahren, noch rechtzeitig. Habe mich zu Schutz gestellt und bin da geblieben den ganzen Tag. Der COM ISAF kam, auch pünktlich, besichtigte die Baustelle, fuhr dann zu einer Schule, ins PRT und zurück. Alles war ruhig, nichts passierte. Ich habe mich zu dem netten Hfw vom Weihnachtsbasar in den Schutzwolf gesetzt, wir haben uns lange unerhalten. Dann habe ich den Spiegel gelesen, den er dabei hatte, es war ein Artikel drin über Nazir Mohammed, und da dachte ich, der wird es sein, den sie schnappen wollen.

Abends kriegte ich es bestätigt, dazu die Info, dass in der Lage gesagt worden sei, die Wege der Patrouille seien ausspioniert. Mir wurde davon wieder nichts gesagt, obwohl ich da draußen herum fahren muss! Auf dem Flugfeld traf ich den Oberst aus Kunduz, den ich fragte, ob das denn wohl in Ordnung ist mit Post auf dem Jingletruck, und wir Soldaten müssen jede Adresse shreddern. Er sagte die Post hat diesen Vertrag mit der Bundeswehr und mit Müller und Partner, der einheimischen Transportgesellschaft und das sei ok. Ich sagte, die Kisten sind nicht plombiert, das wollte er nicht glauben, aber wird es prüfen. Dann zog er einen Zettel aus der Tasche, aus dem hervorgeht, dass wir dauernd verfolgt werden, Mitschnitte von Telefonaten. Ich solle aber nicht drüber reden. Aber da die Knispel sowieso wissen, wer alles hier ist und wo, wäre das mit der Post sowieso egal. Ist es zu fassen? Und so was von unserem Oberguru hier.

Auf der Baustelle wurde heute eine Handgranate gefunden und markiert. Heute kam ein Haufen Post, der sich ewig in Kunduz gestapelt hatte, weil sich Post und LUZ nicht hatten einigen können, wer es transportieren muss. Ich habe zwei Päckchen von zu Hause und einen Brief und ein Paket von Katja für alle kam an. Es war Wahnsinn, was sie alles eingepackt hat! Und ein langer Brief dabei an alle.

Zum Wetter habe ich lange nichts mehr geschrieben. Heute bewölkt, aber nicht kalt. Auf dem Flugfeld habe ich natürlich kalte Füße, aber wenn ich dann heimkomme, glühe ich den ganzen Abend. Man gewöhnt sich an alles. Meine schwarzen Marinestrümpfe, die ich hier nicht mitgebracht habe, weil ich dachte, es gibt Ärger, fehlen mir.

17. Dezember

Bin mit dem Olt erst mal zu der Handgranate, die sie am Fluss gefunden haben. Es war gar keine Handgranate, nur der Zünder einer Panzerfaust, also wie ich das sehe eigentlich ungefährlich, aber es ist vorgeschrieben, alle Uxos zu markieren und liegen zu lassen, also tun wir das. Bis jetzt kein EOD in Sicht.

Dann habe ich meinen monatlichen Bericht geschrieben, war kurz auf der Baustelle, einer hatte sich in den Finger geschnitten, dann sind wir auch schon wieder heim. Julian soll ins andere Camp, ich finde das eine schlechte Idee, er wird belohnt, es kommt seiner Faulheit entgegen, Julian hat hier die Oberhand und ich habe dann noch mehr Arbeit.

Na ja, konzentriere ich mich eben auf die nette Seiten. Habe im Marketender Fabi bei der Inventur geholfen, im B-Zelt von Hans Weihnachtsaufkleber bekommen. Heute ist das Paket vom Rangerversand gekommen, das Bettina als Sammelbestellung organisiert hat. Ich habe ein kuscheliges Unterhemd, die Hose fehlt noch. Morgen bleibe ich drin, da freue ich mich schon, Internet, Briefe schrieben usw. hoffentlich gibt es nicht so viel Fortbildung, und wenn es morgen nicht schneit, fahren wir am Sonntag nach Baharak. Heinz meinte, wenn ich morgen keinen Auftrag für ihn habe, würde er gern ausschlafen. Ich konnte es kaum glauben, entschied mich aber, mit KatrinMonika darüber zu lachen. Schließlich sind wir hier nicht beim gottverdammten Roten Kreuz, sondern bei der Armee. Da morgen kein baseday ist, wird also aufgestanden, so ist das hier. Nicht, dass es mir immer passt, aber es ist eben die Armee.

18. Dezember

Nach der Besprechung sind die anderen zum Krankenhaus gefahren. Ich habe mit dem Rest das KED System ausprobiert, ziemlich unpraktisch finde ich das. Dann haben KatrinMonika und ich die Weihnachtsaufkleber, die ich vom Spion Hans bekommen habe, überall hingeklebt, auch bei den Knispeln an der Wache. Felix hat getobt, weil wir auch welche an die Autos geklebt haben. Was er nur immer hat.

Kleiner Streit mit Heinz, er hat das falsche Auto aufgerüstet. Hört nie zu. Dann Post erledigt, Weihnachtskarten, mit KatrinMonika eine neue Bestellung aufgegeben bei Ranger für Ausrüstung. Wir kaufen uns zusammen für 50 Euro die Goldcard, so bekommen wir soviel Prozente, dass es insgesamt viel billiger wird.

Die Küchenjungs wurden verabschiedet, danach kommen welche, die angeblich nicht her wollen und das ist natürlich schlecht.

Baharak morgen fällt aus. Seit 19.00 schneit es und bis jetzt bleibt der Schnee auch liegen. OSA hat einen TPZ aus Kunduz angefordert. Der kann zwar nur die Strecke vom Lager bis zum Flugfeld fahren, aber das ist ja im Moment anscheinend auch die gefährlichste.

Noch ist alles ruhig, Kinder spielen auf der Straße, immer ein sicheres Zeichen, dass alles ruhig bleibt. Die Stimmung ist unauffällig. Hans wird Bescheid sagen, wenn es umschlägt, das hat er versprochen.

Heute waren auf jeden Fall ganz viele Locals im Lager, außer mir fand das wohl keiner auffällig. Hans sagt, der BND sucht Ärzte, weil die gut verdeckt arbeiten können. Es ist jetzt so um die 0 Grad und schweinekalt.

19. Dezember

Es hat die ganze Nacht geschneit und der Schnee liegt 10 bis 20 Zentimeter hoch. Trotzdem sind wir zur Baustelle gefahren. Die Steinhaufen seitlich der Straße sind mehr und größer geworden. Angeblich hat die MP welche geräumt, aber wenn das stimmt, dann sind sie wieder da. Steinhaufen können gefährlich sein, oft wird darunter Munition und Sprengstoff versteckt. Außerdem entstehen dadurch Engstellen an der Straße, wodurch der Konvoi langsamer wird.

Ich schiebe die Gedanken beiseite, ich kann es nicht ändern.

Stattdessen beschäftige ich mich mit Chris Weihnachtsgeschenk. Er hatte diese Scheißidee mit dem Wichteln, ich war dagegen, aber es nützte nichts und ich musste mitmachen. Alle oder keiner, Gruppenzwang. Ich wollte unbedingt Chris ziehen bei der Verlosung, um ein Geschenk zu basteln, an das er denken wird und mit dem ich mich für diese bescheuerte Idee rächen kann. Natürlich habe ich ihn nicht gezogen, sondern der Hauptmann. Chris hat es mir selber erzählt, weil es ihm nicht gepasst hat, dass er vom Hauptmann irgendwas Blödes kriegt und er sich dann noch bedanken muss. Also habe ich keine Ruhe gegeben, bis der Hauptmann mit mir getauscht hat.

Von Peter habe ich ein Schwulenmagazin bekommen, da habe ich einen nackten Mann abfotografiert und bastele eine Anziehpuppe mit einem Nikolauskostüm, das ich aus dem Spiegel ausgeschnitten habe. Alles schön in Plastik eingeschweißt und ordentlich ausgeschnitten. Aus einem Stück Dachlatte habe ich einen Ständer gebaut mit reichlich Unterstützung von den Pionieren auf der Baustelle. Meine nackte Mann Anziehpuppe fand reichlich Anklang bei den Pionieren, vor allem, nachdem er einen sexy Slip bekommen hatte.

Abends gaben die Köche ihr Abschiedsessen mit Lende oder Filet, Rösti und Kartoffelgratin. Auf diese Jungs muss man mal ein hohes Loblied singen. In ihrer Bruchbude von Küche, mit dem Schrott, den sie geliefert bekommen, haben sie immer für uns die dollsten Gerichte gezaubert, so wie die Ente mit Orangensoße. Unglaublich die Jungs. Außerdem waren sie immer nett und freundlich, haben KatrinMonika und mich in die Küche gelassen zum Plätzchen backen, total unkompliziert und immer fröhlich. Es kann also nur schlechter werden, sehr viel schlechter, wie ich sehr wohl weiß.

Ein voller Bauch kämpft besser, das wissen die großen Strategen, die Bundeswehr weiß es leider nicht. Es ist der persönlichen Initiative unserer Küchenjungs zu verdanken und nicht weil es irgendjemanden in Deutschland interessieren würde, dass wir hier ausgesprochen ordentlich ernährt wurden in den letzten Wochen.

Beim Essen meinte Hans, ich würde heute Nacht mit ihm raus fahren, es sei alles abgeklärt und ich sollte ab 19.30 bereit sein. Schnell habe ich meinen Kram zurecht gesucht, Bristol und Helm waren noch im Auto, Rucksack war nicht fertig gepackt, Tasche auch nicht. Zwischendurch noch Marketender und dann ließ ich KatrinMonika, für diese vollkommen unverständlicherweise, allein duschen gehen, was mir später großen Ärger mit ihr einbrachte.

Sie war kaum im Duschcontainer verschwunden, da gab es Übalarm bis hin zur Extraktion. KatrinMonika war sehr schnell fertig, aber ich hätte

es in der Zeit nie geschafft, so schlampig wie ich geworden war mit meinen Sachen, die überall verstreut waren.
Jetzt werde ich sie ordentlicher halten, auch wenn ich abends müde zurückkomme, werde ich immer noch so packen, dass ich nachts evakuieren könnte ohne die Hälfte zu vergessen.
Zwischendurch kam Hans vorbei, grinste und meinte, er hätte vermeiden wollen, dass ich gerade dusche, wenn der Alarm kommt. Dafür war ich ja auch dankbar, aber ich war auch enttäuscht, ich hatte mich gefreut, mal nachts rauszukommen und außerdem war KatrinMonika sauer, weil sie nicht sicher war, ob sie mir glauben sollte, dass ich wirklich nichts gewusst hatte, weil ich nicht mit zum Duschen gegangen war.
Nach dem Alarm war es fast 22.00 und die Abfliegerparty für die Küchenjungs gesprengt. Wir sind dann noch ins B-Zelt und haben dem jungen Oberleutnant der Pioniere beim Billard zugesehen.
20. Dezember
Heute kam General K. aus Kabul. Er hat die Baustelle besichtig und ist gar nicht ins Lager gekommen, auch unsern BAT hat er nicht wahrgenommen, wie ein Stück unbeachtete Dekoration standen wir herum. Mir war es recht. Er sieht aus wie eine Bulldogge. Wir haben uns mit Schutz die Beine in den Bauch gestanden. Ich habe mit Peter über Beziehungen philosophiert. jeder hat seine Geschichte.
Zwischen 2 und 3 am Nachmittag waren wir zurück im Lager und ich kriegte das Kantometer vorgeführt, das sie in unserer Abwesenheit gebaut hatten. Eigentlich hatten sie aus einer Fantadose ein Teelicht bauen wollen, aber es wurde mehr so etwas wie ein Windrad. Sie hängten es unter den Heizungsschlauch und es fing an sich zu drehen. So kamen sie darauf, es ein Warmluftvisualisierungsgerät zu nennen. Bei großer Wärmeabgabe dreht es sich langsam, sonst schnell. Oskar hätte es

sicher gefallen, es würde ihm anzeigen, wenn die Heizung verreckt. Die Einheit ist ein Kant, nach unseren HG Kantmann, der es erfunden hat. Er sagt, es kann maximal bis 3,4 Kant und hat ein Schild an die Heizung gehängt: „Bei weniger als 0,5 ist HG Kantmann zu benachrichtigen". Kantmann hilft nämlich mittlerweile bei EliMech aus, da er ja keinen Führerschein hat, um BAT zu fahren, wofür er eigentlich hergeschickt wurde.

Die Krönung war der Hauptmann, der in die tägliche Weisung, die Meldung, die er nach Kunduz täglich abgibt, geschrieben hat, Anforderung eines Kantometers, Lieferung ohne Versorgungsnummer. Hat ja doch Humor, der Alte und wir haben uns kaputt gelacht. Der Wahnsinn ging weiter und laufend wurden zusätzliche Gags erfunden. Dann haben wir den Marketender weihnachtlich dekoriert, es kam Post, 8 oder 9 Paletten. ich hatte ein Päckchen von meiner Freundin und eins von unserem Oberleutnant daheim mit Westerwälder Bärentrank, ausgesprochen nett.

Heute Abend wollte ich früh ins Bett, bin daher gar nicht erst ins B-Zelt. Habe mir eine Konjunktivitis eingefangen, die portugiesische C130 stand eine Stunde lang mit laufendem Triebwerk vor uns und mir haben gleich die Augen gebrannt. Es war strahlender Sonnenschein und kalte Füße stören mich nicht mehr, habe gelernt, mit ihnen zu schlafen. Die Wasserpumpe ist kaputt und bis die neue da ist, dürfen nur noch Pioniere duschen, weil sie bei der Arbeit so dreckig werden.

Zum Glück hat mir das auch mal wieder keiner gesagt und so habe ich es erst erfahren, als ich schon geduscht hatte. Es soll so an die 3 Tage dauern und zum ersten Mal hatte es nun auch mal etwas Gutes, dass sie mir nie etwas sagen.

21. Dezember Im Lager, auf Patrouille.

Heute Morgen wurde der Chirurg krank, Herzrhythmusstörungen, absolute Arrhythmie mit Vorhofflimmern. Sie haben wieder mal ein großes Geheimnis daraus gemacht, was sie da stundenlang in der Notaufnahme treiben, erst nach 2 Stunden sickerte es so langsam durch. Er sollte morgen evakuiert werden, MedEvac nach Deutschland, aber er wollte nicht, also muss er nicht. Typisch wieder mal. In einer Woche geht er dann, das macht Sinn für mich - zynisch gesprochen. Er hat Angst um seine Karriere, wenn er aus gesundheitlichen Gründen hier abgelöst wird, kriegt er nicht die gesundheitliche Freigabe für den BS.

Ich konnte nicht glauben, als OSA mir sagte, er hätte zu jeder Zeit noch operieren können. Ich habe es gesehen. Er hatte einen Puls von 180 und ich musste die Notfallmedikamente aus dem BAT holen, weil sie im Lazarett keine hatten. Es ist einfach unglaublich und viel besser, man bleibt gesund und lässt sich nicht verwunden.

Dann kommt ein Chirurg mit zitternden Händen kurz vor dem Kollaps und es gibt keine Medikamente.

Nachmittags Patrouille, Gläser für B-Zelt gekauft. Triagekisten aufgeräumt, Gefechtsstand aufgeräumt. Heinz hielt es nicht für nötig, zu helfen. Julian hat auch nix gemacht, sein Material ist ein Riesenchaos, alle Geräte abgelaufen, keine Sachschadensmeldungen geschrieben für Verluste usw. Ich habe ihm einen Woche Zeit gegeben.

Abends Fortbildung MP Hauptmann, Kriegsverbrechen, interessant zwar, aber ein sehr lang. Dann B-Zelt, Dusche, Bett, kalte Füße.

Alle sind fleißig am Wichtelgeschenke basteln, habe Felix meine Idee geschenkt mit Spitz pass auf basteln, Tom die Idee von der Minensperre, Bettina die vom Mobile. Anscheinend bin ich der einzig kreative Mensch hier, dabei war ich als ich klein war, überhaupt nicht im Kindergarten.

22. Dezember Baharak

Eine langweilige Fahrt, der Himmel bedeckt, viel Halts. Der neue S5 wurde eingeführt, alles wurde ihm gezeigt. Beim DDR Projekt wurden sie wie meistens nicht reingelassen. Einkaufen durften wir auch nicht. Dafür waren wir schon um 4 zurück und ich konnte ins Internet.

23. Dezember

Johannes war wohl irgendwie unordentlich oder unfreundlich zum OTL, jetzt darf keiner mehr außer mir in den Container. Also sitzen meine Jungs draußen im Auto. Ich kann es nicht ändern. Hätte Heinz seine Sanstation eingerichtet, hätten sie jetzt einen eigenen Container, aber das brauchte er ja nicht, weil er nicht gewollt hatte.

Sehr anregender Vortrag abends von Richi über die politischen und Drogenverhältnisse hier in Badakshan. Heute Abend 5x Stromausfall, Kantmann hat dann den Locals den Strom abgestellt „die haben daheim auch keinen Strom, „wichtigerer ist, dass es im B-Zelt warm ist und in meinem Zelt"

Julian hat sich für seine Schlamperei entschuldigt und alles in Ordnung gebracht.

24. Dezember Baustelle

Abends kam ein Jingletruck mit einem Container und ein ganzer Laster mit Trinkwasser, der von Hand abgeladen wurde, so dass wir erst um 18.30 im Lager waren. Da sollte eigentlich schon Antreten sein. Es wurde dann auf 19.00 verschoben, so konnten wir wenigsten noch schnell etwas essen. Die neuen Küchenjungs haben sich nicht gerade überschlagen mit dem Essen, nicht mal wegen Weihnachten.

Das Antreten war draußen und es war sehr kalt, auch wenn kein Schnee lag. Die Ansprache des Kommandeurs war zunächst sehr rührselig und wurde dann theatralisch. Ich fand es nicht gut. Es ist doch schlimm genug, dass wir heute nicht zu Hause sein können. Bei dem Gedanken, dass meine Kinder jetzt unter dem Weihnachtsbaum bei meinen Eltern sitzen und ich kann nicht dabei sein, muss ich sowieso schon schlucken. Weinen darf ich nicht, das geht nicht. Wenn ich das anfange, kann ich nicht mehr aufhören und wie soll ich dann weitermachen. Es ist nicht zu ändern. Auf die Zähne beißen und durch. Nachdenken kann ich später, weinen auch oder besser warten, bis ich daheim bin und mich dann freuen.

Zwei Ärzte, der Anästhesist und der Chirurg traten auf als Nikolaus und Knecht Ruprecht, mit einem Schlitten aus einer Krankentrage, mit einer Rettungsdecke bezogen und einer Lichterkette versehen. Sehr schön gemacht eigentlich. Sie können nicht wissen, dass ich immer, wenn ich Rettungsdecke sehe, an meinen toten Kameraden aus Kabul denken muss, dessen Bein unter eben so einer Decke hervorlugte, blutverschmiert, merkwürdig abgewinkelt und darüber sein Körper, der sich nicht bewegte, nicht mehr atmete, nicht mehr lebte.

Sie waren so doof, die beiden Ärzte, dass wir dann doch lachen konnten, nachdem wir es erst nicht so witzig gefunden hatten, dass gefragt wurde: „Wer hat kein Päckchen von daheim bekommen, der soll mal vortreten" und diejenigen kriegten dann irgendwelche Trostpreise. Sehr daneben wieder mal und oberpeinlich. Eine öffentliche Vorführung von „Ich hab Stress daheim oder hab keine Freunde, niemand hat an mich gedacht."

Dann waren wir kurz im Gefechtstand. Da sollte ein Brief für mich sein, hatte der Oberfeldwebel mir gesagt, der im Moment für die Post zuständig ist, den habe ich erst nicht gefunden, alle gefragt, aber es hat keinen interessiert. Er war von guten Freunden daheim und ich habe mich so sehr gefreut. Überraschend lag auf dem Tisch ein Paket, natürlich in Rettungsdecke eingewickelt mit großer Schleife und der Aufschrift Hauptfeldwebel Kristina. Ich wunderte mich, es war kein

Postpaket, keine Briefmarken darauf. Sicherheitshalber dachte mir, das nehme ich lieber mit auf Stube und packe es aus, wenn ich allein bin, und das auch gut so. Es war nämlich von den Schutzsoldaten. Sie haben sich so viel Mühe gegeben mit Mercischokolade, Gummibärchen, ein Weihnachtsmann, Eierlikör und vor allem war ein netter kleiner Brief dabei, extra ausgedruckt mit einem goldenen Stern darauf. „Es ist schön, mit dir zu reden“, stand darauf und er war von Peter, dem netten Hauptfeldwebel vom Weihnachtsbasar.
Ganz unten in dem Paket fand ich eine CD. „Für Kristina zu Weihnachten“ stand darauf. Ich legte sie sofort in den Computer ein und sah sie an und dann weinte ich auch. Ein ganz klein wenig nur, weil es konnte ja jeden Moment jemand hereinkommen, aber immerhin war Weihnachten und ich bin so allein und es interessiert keinen und hier sind welche, die haben an mich gedacht. Es war eine Präsentation auf der CD, mit Musik unterlegt, Fotos von all den Fahrten, die wir zusammen gemacht haben. All die kleinen Momente, die wir zusammen erlebt haben. Als wir im Schlamm stecken geblieben sind, als wir in der Stadt waren und ich mit dem Arm im Fenster des Wolfes aufgelehnt, da stand und mit Peter redete......“Na, was ist denn hier los???“ stand unter diesem Foto. So viele Erinnerungen schon wieder, Erinnerungen an viele Patrouillen, viele Kilometer in diesem Land, gute Kameraden in diesem Land fern der Heimat.
Erinnerungen, die zu den andern gepackt werden, zu den andern Bildern aus diesem Land, die dort gespeichert sind und warten auf den Moment, in dem es ungefährlich sein wird, sie anzusehen und auch die Gefühle zu fühlen, die damit verbunden sind.
Kameradschaft, Freundschaft, Familie. Begegnungen, Trennungen. Lachen und Weinen, große Freude, großes Leid, das pralle Leben, der

gnadenlose Tod, alles dicht nebeneinander und so viel, so furchtbar viel, dass es warten muss, jetzt nur gelebt, überlebt werden kann. Wahrgenommen, gesichtet, bewertet werden muss es später.

Ich konnte gerade noch die CD unter meinem Kopfkissen verstauen, die Tränen aus dem Gesicht wischen, dann kam auch schon KatrinMonika herein und heulte sich ein wenig aus. Ich war so mit mir beschäftigt gewesen, ich hatte ganz vergessen, auch für sie war ja Weihnachten und auch ihre Gedanken waren nach Hause geeilt zu ihrem Freund und den Problemen, die sie in ihrer Beziehung haben.

Energisch schüttelten wir nach einer Weile unsere melancholische Stimmung ab und machten uns auf den Weg ins B-Zelt zur Weihnachtsfeier.

Es wurde uns leicht gemacht, nicht mehr traurig zu sein, denn hier vor uns stand sie, die Krönung der Geschmacklosigkeit, der total bescheuerte afghanische Weihnachtsbaum, wie ihn unser Hauptmann stolz nannte, der diese Abscheulichkeit verbrochen hatte.

Er bestand aus Besenstielen, die mit weißen Filtermatten aus den Klimaanlagen umwickelt und mit goldsilbernen Lamettastreifen aus Rettungsdecke behangen waren. Er sah aus wie eine Vogelscheuche ohne Kopf, eine Sozialhilfe-Vogelscheuche, bei der es nicht mal für Klamotten gereicht hatte.

Dann lieber gar keinen Baum, also ehrlich.

Die Tische waren schön dekoriert und gedeckt, damit haben sie sich viel Mühe gegeben.

Dem Kommandeur haben sie einen afghanischen Anzug geschenkt. Schnellscheisserhosen mit Gummizug, einen Turban und Lackschuhe. Eigentlich und irgendwie war es auch fast witzig, aber als er das alles

anzog und sich so an den Tisch setzte, gab es mir ein merkwürdiges Gefühl.
Ist doch nicht Fasching oder was?
Es heiterte mich nicht auf, so wie es wohl eigentlich gedacht war, unsere Stimmung heben sollte, aber das tat es nicht. Es deprimierte mich, ich fand es stillos und fast geschmackloser als den Weihnachtsbaum und nur der Gedanke daran, dass eben alle nur Menschen sind und selbst die Kommandeure damit überfordert sind mit diesem Weihnachten weit weg von daheim an diesem fragwürdigen Ort, tröstete mich ein ganz klein wenig. Er hinterließ aber auch eine Unsicherheit. Wenn die Kommandeure damit nicht umgehen konnten, wie sollten wir es dann?
Ich verließ den Tisch und rief daheim an. Erstaunlicherweise klappte es auch, nützen tat es nichts. Die Kinder machten einen relativ zufriedenen Eindruck, nur meine Mutter nicht, die jammerte wie immer und sagte: „Wie schade, dass du nicht da bist, aber wir wollen nicht jammern, oder?
Warum tut sie es dann und welche Weihnachtstimmung vermittelt sie damit den Kindern?
Es klang auch nicht so ganz überzeugend. Vielleicht hat sie ja festgestellt, dass es gar nicht so schlimm ist, dass ich nicht daheim bin heute und das wäre ja irgendwie noch viel schlimmer.
Aber es nützt ja nichts. Ich bin zurück ins B-Zelt und habe mit KatrinMonika da gesessen, bis uns der Hauptmann rausgeschmissen hat. Stimmung kam keine auf, betrunken sind wir auch nicht geworden.
Im Bett habe ich mir noch einmal die CD angesehen und wieder fast geheult. Nur fast. Es nützt ja nichts. Contenance.
25. Dezember
Da heute kein Freitag ist und wir uns den afghanischen Feiertagen anpassen, warum weiß ich auch nicht, warum man nicht beides machen

kann, die Afghanen müssen uns doch für bescheuert halten, wenn wir nicht mal unserer Feiertage einhalten, jedenfalls ist heute für uns ein ganz normaler Arbeitstag.
Also saß ich wieder mal am Flugfeld, immerhin die Pioniere arbeiten heute dann doch nicht. Es war strahlender Sonnenschein und wir hatten Klappstühle mit, es kam mir vor wie ein Riesenluxus.
Der Flieger war ausnahmsweise mal fast pünktlich, so dass wir schnell zurück waren. Um drei Uhr war dann die große Verteilung der Wichtelgeschenke, es war ganz nett. Ich habe ein eigenes Kantometer bekommen mit einem Schmetterling darauf. Weil ich von dem Gerät so begeistert gewesen war. Wir wollten eigentlich mit den Jungs von Schutz um drei Uhr Kaffe trinken, Stollen und Glühwein, aber genau da hatten sie das Wichteln hin verlegt. KatrinMonika und ich sind so schnell wie möglich weg, aber Glühwein war nicht, gab keinen, ins B-Zelt konnten wir auch nicht, da war der Pfarrer drin mit Gottesdienst und im Küchenzelt stand noch der sogenannten Brunch von heute morgen aufgebaut. Da hatten sie einfach ein paar Toastscheiben hingelegt und abends haben sie Brot serviert und Fischdosen!!! Wir müssen unbedingt mal was unternehmen gegen diesen Fraß. Weihnachten und Hering in Tomatensoße aus der Dose!
19.00 Uhr wieder Antreten mit dem Oberst aus Kunduz, der hier immer noch herumhängt. Julian und Kantmann haben eine Medaille Sachsen Anhalt erhalten für den Einsatz. Man stelle sich vor. Eine extra Medaille ihres Bundeslandes, weil sie hier im Einsatz sind. Dann B-Zelt. Ich war so unruhig heute, ich weiß nicht, warum. Wäre ich immer nur im Lager wie in den vorherigen Einsätzen, würde ich durchdrehen. Überall herrscht heute schlechte Stimmung, vor allem wegen der Küche, und wegen des Hauptmanns, er hat miese Laune und auch ganz allgemein.

26. Dezember Jaftalpajan

13

An dieser Stelle unterbrach die Psychiaterin mein Vorlesen, das nun auch schon Stunden andauerte. Vielleicht war ihr langweilig geworden. Mir war nicht langweilig gewesen, beim Vorlesen hatte ich alles wieder so deutlich vor Augen gesehen, als würde ich es noch einmal erleben. Meine Stimme war allerdings ein wenig heiser geworden, vielleicht hatte sie auch das bemerkt, denn sie fragte: „Wollen Sie ein Glas Wasser haben?"

Ich nahm es dankend an und trank. Dann fragte ich, ob ihr langweilig geworden war. Sie sagte: „Nein, ganz im Gegenteil, ich fand es außerordentlich spannend und so gut beschrieben, dass ich beinahe das Gefühl hatte, selbst dort zu sein. Dass Sie nicht in der Lage sind, einen Lebenslauf zu schreiben, wie Sie behaupten, das glaube ich nun schon gar nicht mehr."

Ich wurde ein wenig verlegen. Es ist eine Sache, in ein Tagebuch zu schreiben, wenn einem langweilig ist und man eigentlich nur beobachtet und etwas anderes, von sich selbst persönliche Dinge zu erzählen, wie sie es ja wohl von mir erwartete.

Ich sagte es ihr. Und auch, dass ich einige Dinge nie in mein Tagebuch geschrieben hatte.

„Warum nicht?" fragte sie.

„Weil ich nicht wollte, dass es jemand findet, wenn ich sterbe und dann alles liest."

Die Psychiaterin schwieg. Es schien ein neuartiger Gedanke für sie zu sein.

„Ich habe das Tagebuch nie irgendwo liegen gelassen. Tagsüber trug ich es in meiner Beintasche und nachts nahm ich es mit in meinen Schlafsack." Das fügte ich als Erklärung hinzu, obwohl es nicht erklärte, wieso ich glaubte, wenn ich tot sei, würde niemand mein Tagebuch lesen, nur weil ich es, so lange ich lebte, nie aus den Augen gelassen hatte.

„Man kann nicht alles in ein Tagebuch schreiben. Kleine Mädchen können das vielleicht. Ich konnte es nicht. Vor allem kann man keine Sachen hineinschreiben, die man eigentlich nicht hätte tun, vielleicht nicht mal hätte denken dürfen. Falls es jemand findet, das Tagebuch, meine ich."

Ich gab es auf. Ich konnte es nicht besser erklären.

Dann fiel mir noch etwas ein.

„An manchen Stellen sind kleine Kreuzchen in meinem Tagebuch. Die erinnern mich an etwas, das passiert war, aber von dem ich mich nicht getraut habe, es aufzuschreiben."

„Ich verstehe", sagte sie aber. „Was haben Sie mit den anderen Erinnerungen gemacht, die sie nicht aufgeschrieben haben?"

„Die sind noch irgendwo in meinem Kopf", sagte ich. „Das glaube ich jedenfalls. Manchmal haben wir ja auch nichts erlebt, sehr oft haben wir einfach nur gewartet. Aber man kann ja nicht dauernd in sein Tagebuch schreiben, wir haben den ganzen Tag auf irgendwas gewartet, was nicht kam.

Das war in Feyzabad ja ganz oft der Fall. Warten auf Flugzeuge, die nicht kamen, auf Post, die nicht kam, auf Politiker oder Vorgesetzte oder den Pfarrer, die auch nicht kamen. Jedenfalls nie, wenn man darauf wartete."

Ich schwieg eine Weile, überlegte, dann sprach ich weiter. „Was wir erlebten, war nicht immer gefährlich. Nur manchmal. Meistens war es Langeweile und Warten. Manchmal, da wurde es kritisch. Aber wir konnten es uns nicht erlauben, darüber nachzudenken. Wenn wir nachgedacht hätten, wenn wir uns erlaubt hätten gar zu fühlen, hätten wir nicht überlebt.

Wenn wir uns gestattet hätten, Angst zu haben, hätten wir uns heimschicken lassen müssen.
Es war so, wie ich beschrieben habe. Tag für Tag, Stunde um Stunde nur warten darauf, dass es vorbei geht. Die Zeit verkürzen mit Rommee oder mit albernen Sprüchen oder Dingen wie dem Kantometer und Wichteln wie im Kindergarten.
Angst und Heimweh verdrängen mit Sprüchen wie: „Krieg ist die Hölle, aber der Sound ist so geil!“ und im BAT heimlich Boxen einbauen und unterwegs laute Musik hören.
Trotzdem kann nichts verhindern, dass man sich manchmal so einsam fühlt, dass man anfängt mit den Bäumen zu sprechen. Falls Bäume da sind.
Wir waren im Krieg, da waren Waffen und Gewalt und Minen und Bomben. Aber wir waren Sanitäter, die sich nicht wehren dürfen. Selbst die Schutztruppe durfte sich nicht wehren. Nicht mal Krieg nennen durften wir es. Trotz der Toten. Dumme Statistiken warf man uns an den Kopf. Dass von den über 2000 Soldaten unseres Kontingents statistisch gesehen mehr Soldaten bei Verkehrsunfällen gestorben wären, wenn sie in Deutschland geblieben wären. Ich wünschte, die Statistiker würden mal hinfahren nach Afghanistan. Würden mal mit einem G 36 umgehängt über die holprigen Schotterpisten fahren und die Minenmarkierungen am Straßenrand sehen und die bewaffneten Kontrollposten.
Würde mich interessieren, wie ihnen ihre Zahlen dann helfen würden.
Später, viel später erst kommt das Denken wieder in Gang und das Fühlen. Wenn überhaupt.“
„Den Eindruck bekomme ich so langsam auch“, sagte die Psychiaterin. Während sie sprach, wühlte sie in dem Kram auf ihrem Tisch und brachte einen Artikel zum Vorschein. „Sehen Sie mal, was ich im Internet gefunden habe. Ich hatte ein wenig gesucht. Aber nichts hat auch nur im

Entferntesten so viel Information vermittelt wie Ihr Tagebuch. Diesen Artikel hier fand ich allerdings spannend."
Sie drückte ihn mir in die Hand und ich begann zu lesen.

„Beobachtungen beim Besuch der PRTs in Feyzabad und Kunduz am 26.9.2004
Von Winni Nachtwei, MdB, 27./30.9.2004
„Ja, den kenne ich", sagte ich. „Er scheint einer von den guten Politikern zu sein, einer der zumindest versucht, sich ein realistisches Bild zu machen. Helfen kann er aber auch nicht." Ich las weiter.
Im Vorfeld der Bundestagsentscheidung über die Verlängerung des ISAF-Mandats besuchte Verteidigungsminister Struck am 26. September zusammen mit dem Vorsitzenden und den Obleuten des Verteidigungsausschusses sowie dem Vorsitzenden des Bundeswehrverbandes die PRTs in Feyzabad und Kunduz.
Die Aufenthalte an den beiden Orten dauerten jeweils nur wenige Stunden. Offizielle Unterrichtungen bei solchen Truppenbesuchen stehen unter erheblichem Beschönigungsrisiko. Das hat die Auswertung der März-Unruhen im Kosovo sehr ernüchternd gezeigt. Bei entsprechender Vorbereitung, Nutzung verschiedener Quellen und bilateralen Gesprächen am Rand und nachtäglichem Austausch unter den Besuchern lassen sich nichtsdestoweniger einige wichtige Eindrücke und Erkenntnisse gewinnen.
Meine Kernfragen waren:

- was hat sich in den acht Monaten seit dem letzten Besuch in Kunduz (30. Januar 2004) getan?
- Wie werden vor Ort Wirkungsmöglichkeiten und Risiken eingeschätzt?

- Welche Vorsorge ist für den worst case getroffen – inwieweit ist der Einsatz also verantwortbar?

Drei Tage nach unserem Besuch im PRT Kunduz trifft eine Rakete das Gebäude der Operationszentrale des PRT und verletzt fünf Soldaten, davon einen schwer. Wenige Stunden später billigte der Bundestag den Antrag der Bundesregierung, die Bundeswehrbeteiligung an ISAF incl. Region Kunduz um ein Jahr zu verlängern.

Gegen diesen Beschluss wandten sich einerseits die Gesellschaft für bedrohte Völker (das PRTKonzept sei gescheitert, weil die Teams nichts zur Entwaffnung der Kriegsfürsten noch zur Bekämpfung des Drogenanbaus beitragen würden), andererseits der Bund für Soziale Verteidigung, die IPPNW, DFG-VK, Grundrechte-Komitee u.a. („nur zivile Kooperation kann Afghanistan helfen").

Feyzabad

F. liegt im äußersten Nordostzipfel Afghanistans wie am Ende der Welt. Von Kunduz sind es ca. 150 km (mindestens 12 Stunden auf dem Landweg, eine halbe Stunde Flugzeit mit der C-130), vom deutschen Lufttransportstützpunkt Termez/Usbekistan ca. 350 km (eine Flugstunde). F. ist Hauptort der NO-Provinz Badakhshan mit ca. 70.000 Einwohnern und liegt in einem lang gezogenen Tal eine Gebirgsflusses, beidseitig steigen die kahlen braun-grauen Berge an. Aus Sicherheitsgründen fliegt die Bundeswehr F. nur mit einer viermotorigen Maschine der Niederländer an – eine Transall mit ihren zwei Motoren käme bei Ausfall eines Motor nicht mehr über die Berge. Die Landung auf der Stahlplankenpiste ist ausgesprochen robust.

Die „Hauptstraße", gleichzeitig überregionale Verbindungsstraße, ist eine wellige „Natur"piste, die ab und zu von Rinnsalen durchquert wird. Sie erlaubt die landesüblichen 20-30 km/h. Zur „Stadt" sind es ca. 5 km.

Der Augenschein der Verkehrsinfrastruktur, die vielen Kinder mit den wegen Mangelernährung auffällig überproportionalen Köpfen und die Informationen zur Trinkwasserversorgung, Gesundheits- und Schulwesen zeigen, wie dringend notwendig hier konzertierte Aufbaumaßnahmen sind. Umso auffälliger sind einige Immobilien des ehemaligen Staatspräsidenten Rabbani, der zu den bestimmenden Machtfaktoren in der Region gehört.

Die zentralen Einrichtungen des PRT liegen auf der Südseite des Flusses mitten in der „Stadt“ auf einem Gelände von der Größe eines Fußballfeldes. In den übernommenen Gebäuden können bis zu 45 Soldaten untergebracht werden. Im Unterkunftsgebäude stehen die (z.T. Feld-)Betten dicht an dicht, in einem Raum („U-Boot“ genannt) sind es 25. An der „Lärmschutztür“ der Hinweis „Sie lässt sich besonders gut leise schließen“. Solche Unterkünfte und primitiven sanitären Einrichtungen lassen sich nur übergangsweise in der Startphase, aber sicher nicht über längere Zeit aushalten.

Hier wie in Kunduz besteht absolutes Alkoholverbot.

Der Anteil der Soldaten für Präsenzpatrouillen ist relativ hoch. Die Patrouillen führen in die Altstadt, aber auch z.B. ins nahe liegende, drei Fahrtstunden entfernte Baharak. Im Unterschied zu den Briten mit ihren Kleinpatrouillen umfassen die Bundeswehrpatrouillen übers Land jeweils eine Komponente Schutz, CIMIC, Operative Information, San-Trupp.

Das PRT ist noch in der Aufbauphase. Vorarbeiten sind angelaufen für den Aufbau bzw. Sanierung der Trinkwasserversorgung, des Krankenhauses und zweier Schulen.

Der AA-Vertreter ist seit wenigen Tagen vor Ort. In der kommenden Woche kommen deutsche EZ-Experten aus Kunduz nach F., um weitere mögliche EZMaßnahmen zu eruieren. Die Bevölkerung in dieser Provinz

sei sehr konservativ, vor Fremden bestehe eine gewisse Angst. Gegenüber Internationalen habe es zunächst eher Ablehnung gegeben.
Offensiv lässt der Minister zu den Vorkommnissen um die gewalttätige Demo am 7. September vortragen. Das PRT sei weder von der – primär verantwortlichen – Polizei gerufen worden (diese wollte ausdrücklich keine Unterstützung), noch sei Demo-Bewältigung Aufgabe des PRT. Allerdings seien Verletzte versorgt und viele NGOs aufgenommen worden. „Meine Frauen und Männer haben das in ihrer Macht Stehende getan. Mehr ging nicht." (Dem SZ-Reporter Peter Münch bestätigt in F. ein VN-Vertreter, „dass die BW durchaus klug und umsichtig gehandelt habe".)
Zur Ausstattung mit Demo-Schutzschildern etc. erklärt ein deutscher General von ISAF Kabul, mit den dort vorhandenen mehr als 1000 Sätzen Demo-Ausrüstung solle die örtliche Polizei nach entsprechender Ausbildung ausgestattet werden.
Sicherheit: An die verstärkte und erhöhte Mauer schließen direkt Nachbargrundstücke und -gebäude an. Der Kommandeur betont, dass Schutz nicht nur mit dem Gewehr geschaffen werde. Sehr sicherheitsrelevant sei die Pflege einer guten Nachbarschaft. Dichte tägliche Kontakte bestehen zur örtlichen Polizei. Die hiesige 338. Brigade des VI. Korps der alten Afghanischen Streitkräfte (AMF) umfasse jetzt noch ca. 100-150 Männer (von früher 300). Im Winter ist F. auf dem Landweg schlecht bis gar nicht erreichbar. Die Ausstattung für Notsituation werde noch geliefert.
Vorräte für mehr als drei Wochen werden angelegt. Schwerverletzte können hier bis zu drei Tage lang betreut und transportfähig gemacht werden.

Für militärische Unterstützung durch quick reaction Kräfte von ISAF in Kunduz, Termez, Mazar-e-Sharf, Kabul oder niederländische und US-Flugzeuge ist vorgesorgt.

Der Evakuierungsplatz befindet sich nahe beim PRT. In Termez stehen acht Transall- Transportmaschinen und fünf Hubschrauber bereit.

Anmerkung zu Sicherheitswahrnehmungen: Eine Reise nach NO-Afghanistan wenige Tage vor den Wahlen und bei einer deutlich kritischeren Sicherheitslage im Land – aus der Entfernung spürte ich da doch etwas Risiko. Vor Ort, in Schutzweste, Konvoi oder Camp, umgeben von Personenschützern und Militärpolizisten ging das gewisse Bedrohungsgefühl schnell zurück. Auch als in F. ein starker Pkw mit rundum verdunkelten Scheiben immer wieder in den Konvoi drängt und wieder zurückgedrängt wird oder ein Mopedfahrer mit Beifahrer sich seitlich vorbeischlängelt sehe ich das nur noch mit interessiert gemischten Gefühlen. Ein ziviler PRT-Mitarbeiter, der auch ohne Soldaten unterwegs ist, konstatierte auf entsprechende Frage, er fühle sich keineswegs unsicher oder bedroht. Robert Birnbaum berichtet im Tagesspiegel von einem Unteroffizier: Riskant? „Na ja, Risiko ist dabei. Aber sonst brauchten sie uns hier ja wohl gar nicht erst.“ In Kunduz brauchen die Besucher keine Schutzweste zu tragen.

Zusammengefasst: Das PRT ist dringend nötig. Das Arbeiten und Leben ist für die PRT-Angehörigen besonders strapaziös. Der Einsatz ist mutig, aber nicht leichtsinnig und somit insgesamt verantwortbar. (Kein Offizier gibt kritische oder gar gegenteilige Hinweise.)

Kunduz

Schon die Fahrt vom Flugplatz zum PRT in der Stadt offenbart schnell deutliche Veränderungen gegenüber Januar: Fortschritte sind unübersehbar. Besonders auffällig ist die erheblich verstärkte

Bautätigkeit. Die Posten der neuen Afghanischen Nationalarmee (ANA) entlang der Fahrtstrecke machen mit ihrer Haltung, Uniformierung und Ausrüstung einen viel professionelleren Eindruck als die Militärposten im Januar. (Dass manche Panzerfäuste tragen, lässt zugleich auf die Verlässlichkeit dieser Soldaten hoffen.)

Der Lagevortrag steht unter dem Slogan „Wir sind angekommen".

Die PRTs der Region Kunduz umfassen insgesamt z. Zt. 429 Personen, davon 339 BW, 76 andere Nationen (39 NL), 14 Mitarbeiter von AA, BMI und BMZ, außerdem 113 afghanische Mitarbeiter. Zum Stärkevergleich: Das britische PRT in Mazar-e-Sharif umfasst ca. 230 Soldaten einschließlich der quick reaction Komponente.

Das PRT selbst ist deutlich gewachsen. Vor den Wohncontainern gibt es jetzt einige gemütliche Ecken. Am Tor stehen gepanzerte Transportfahrzeuge (Fuchs und Dingo). In der Nähe des Flughafens entsteht ein neues größeres Camp. Im Unterschied zu Januar, als es noch keine ausdrücklichen Präsenzpatrouillen gab, sind die Soldaten des PRT jetzt viel mehr draußen: zwei deutsche und eine niederländische Schutzkompanie, die militärische Gewalt zum Selbstschutz und zur Nothilfe einsetzen dürfen.

Netzwerkbildung fördere Sicherheit. In mehreren Fällen sei es in den letzten Monaten gelungen, per Mediation bewaffnete Auseinandersetzungen zu verhindern.

Vor acht Monaten gab es acht PRTs und nur Kunduz als ISAF-Insel. Heute sind es 19, davon fünf ISAF/NATO unterstellt. Der Norden ist inzwischen ganz abgedeckt. Die BW unterstützt ANA mit Ausbildung auf den Feldern Objektschutz und Sanitätswesen.

Bei der Operativen Information arbeiten inzwischen 13 einheimische Redakteure. Der Sender erreicht inzwischen 2 Mio. potentielle Hörer in der ganzen Nordregion statt 300.000 im Januar. Die alle 14 Tage erscheinende zweisprachige ISAF-Zeitung wird besonders gern als Unterrichtsmaterial verwandt.

Bei der PRT-Präsentation machen die Vertreter von BMVg, AA, BMZ und BMI einen auf gleicher Augenhöhe an. Beeindruckend die sehr systematische Planung der breiten PRT-Aktivitäten – ein umfassender Ansatz von Aufbau. Offen bleibt, ob sich das früher problematische Verhältnis EZ – BW gebessert hat. Hierzu gibt es am Rande gegensätzliche Hinweise.

Zu den zentralen PRT-Aufgaben gehört, die Autorität der Zentralregierung zu stärken. Berichtet wird, dass die Zentralregierung inzwischen eine kräftigere Personalpolitik bei der Besetzung von Spitzenposten betreibe und dabei gut die notwendige Machtbalance beachte.

Die Wählerregistrierung war eine große logistische Leistung und sei insgesamt sehr erfolgreich gelaufen, die Zusammenarbeit habe sehr gut funktioniert. Die Wahlabsicherung erfolge zuerst durch die Polizei, dann durch ANA, dann durch PRT, dann durch quick reaction Einheiten (spanisches Bataillon).

Polizeiberatung findet statt zur Struktur der Polizei, Ausbildung, Drogenbekämpfung und Ausstattung. Mit deutscher Hilfe (wieder)errichtet wird das Polizeihauptquartier, mehrere Polizeistationen, eine Terrorismusdienststelle. Mit 200 Krädern (davon 50 nach Feyzabad) und 13 Kfz aus Deutschland wurde die Mobilität der Polizei enorm erhöht.

Die Entwicklungszusammenarbeit konzentriert sich auf Trinkwasserversorgung, Ernährungssicherung, Erneuerbare Energien, Bildung, Straßenbau.

Der deutsche Botschafter betont, dass man die Drogenproblematik nicht ernst genug nehmen könne. Hierüber könne alles andere zurückgeworfen werden. Natürlich könne die Internationale Gemeinschaft, ISAF und BW nicht direkt gegen den Drogenanbau vorgehen. Aber die afghanische Seite müsse man dazu befähigen. Ein höherer Offizier betont, das PRT könne aber durch Aufklärungsmaßnahmen und Information mehr zur indirekten Drogenbekämpfung beitragen. Hier möchte man ein weniger einschränkendes Mandat.

An beiden Standorten äußern Offiziere völliges Unverständnis über die innerdeutsche Diskussion zu den PRTs, zum angeblichen Versagen in Feyzabad. Offenbar würden Auftrag und Leistung der PRT unzureichend bzw. falsch verstanden. Man ist offenkundig genervt. Die Leiter der zivilen Säulen sind unterschiedlich lange vor Ort: in Feyzabad zunächst nur zwei Monate, in Kunduz zwischen sechs Monaten und einem Jahr. Wo das gesellschaftliche Umfeld sehr komplex ist und es entscheidend auf persönliche Beziehungen und Vertrauensbildung ankommt, sind längere Stehzeiten in bestimmten Positionen von entscheidender Bedeutung."

Die Psychiaterin und ich sahen einander an und schwiegen eine Weile, hingen jede für sich unseren Gedanken nach.

Dann sagte ich: „Ich will nicht weiter aus meinem Tagebuch vorlesen, es ist doch immer nur das Gleiche. Am 26. Dezember haben wir eine Tour gemacht nach Jaftalpajan, auch eine sehr schöne Landschaft, dann sind wir wieder nach Baharak gefahren, dann nach was weiß ich wohin. Aber es war doch immer dasselbe und im Endeffekt haben wir nichts ausgerichtet. In Baharak haben sie uns nicht mehr reingelassen, Waffen hat auch keiner abgegeben, ins Krankenhaus sind wir auch nicht gefahren, um zu helfen, wir haben sogar Einheimische, die mit ihren kranken Kindern im Arm an die Wache kamen, manchmal wegschicken müssen. Es lohnt sich nicht, weiter zu lesen."

„Das würde ich nicht sagen", antwortete sie sanft. „Ich fand es sehr interessant, Ihnen zuzuhören. Aber im Grunde gebe ich Ihnen Recht. Sie geben sehr viel Information und viele Fakten über dieses Land und diesen Einsatz. Aber von sich selbst erzählen sie sehr wenig. Ich würde gerne etwas mehr von dem hören, was sie nicht in Ihr Tagebuch geschrieben haben. Auch von den Einsätzen zuvor. Würden Sie mir gerne mehr davon erzählen? Aus Ihrer Erinnerung? Wie es sich für Sie angefühlt hat?"

Ich versprach, es am nächsten Tag zu versuchen. Für diesen Tag war unsere Zeit um, ich ging in meine Pension zurück und versuchte, nicht an das zu denken, was ich ihr am nächsten Tag erzählen würde.

14

Selbst bei meinem ersten Einsatz in Kabul war das Lager schon riesengroß und ich merkte es kaum, dass ich eigentlich dort eingesperrt war hinter stacheldrahtbewehrten Mauern. Es war wie eine kleine Stadt und für jemanden wie mich, der vom Dorf kommt, war es vollkommen ausreichend. Ich war sowieso nie viel ausgegangen, weil es in der DDR-Zeit nicht gegangen war, danach nichts gab, wo man hätte hingehen können, dann hatte ich immer Schichtdienst und dann hatte ich die Kinder.
Im Lager gab es einen Marketender, wo man Parfüm und Zigaretten kaufen konnte, es gab ein Sportzelt, das war mir ganz besonders wichtig, und es gab viele Betreuungseinrichtungen, in denen man tagsüber mal einen Kaffee trinken und sich abends zum Bier treffen konnte. Es gab sogar ein kleines Kino, in dem jeden Abend ein anderer Film gezeigt wurde.
Es waren viele verschiedene Nationen in dem Lager untergebracht, die alle ihre eigenen Betreuungseinrichtungen hatten und am liebsten gingen wir zu den Spaniern. Die hatten eine alte Lagerhalle als Kneipe eingerichtet. Dort war immer am meisten los und es gab Sangria, das mag ich gern. Sie hatten einen Wachposten am Eingang stehen und ließen nicht jeden rein, aber uns Mädels immer.
Wir mussten am Eingang zu dem Bereich, in dem sie ihre Kneipe hatten, unsere Waffen abgeben, die wir eigentlich immer bei uns tragen müssen. Weil wir nicht wussten, ob das Ärger geben würde, erzählten wir lieber

nichts davon. Ich ging immer mit ein paar Kameradinnen, auch Krankenschwestern aus dem Feldlazarett, mit denen ich mich angefreundet hatte. Der Reiz des Verbotenen machte die Besuche bei den Spaniern noch interessanter.

Sie waren sehr charmant, einige lernten wir ganz gut kennen und als ich irgendwann später, als ich gerade in Deutschland war, in den Nachrichten hörte, dass eines ihrer Flugzeuge auf dem Weg nach Hause ins Meer gestürzt war und ungefähr sechzig spanische Soldaten ums Leben gekommen waren, weinte ich und hoffte, dass keiner dabei war, den ich kannte.

Als ob es für die Toten und die, die um sie trauerten, etwas geändert hätte, ob ich sie kannte oder nicht.

Es ist etwas Eigenartiges mit dem Tod.

Gerade als Krankenschwester ist man ja dauernd mit ihm konfrontiert. Besonders, wenn man auf einer Intensivstation arbeitet.

Manchmal wünscht man ihn sogar herbei.

Wenn man weiß, ein Patient wird, selbst wenn er am Leben bleibt, nicht alleine laufen, sprechen, essen können. Was er denkt und fühlt, weiß man nicht. Aber man macht sich Gedanken darüber, was Leben ist, was es bedeutet.

Ob es ausreicht, dass das Herz schlägt und man atmet.

Einer meiner Chefs in Ulm, er war schon ein alter Mann und kurz vor der Pensionierung, er hatte uns manchmal angewiesen, wenn es klar war, dass ein Patient sowieso sterben würde, ihn auf „Luft und Wasser“ zu setzen. Das bedeutet, kein Sauerstoff, nur Raumluft, und als Infusion nur noch Kochsalzlösung. Keine Medikamente mehr außer Schmerzmitteln, keine Wiederbelebungsversuche.

Die Angehörigen wussten, dass man nach menschlichem Ermessen nichts mehr tun konnte und waren froh, dass die Quälerei ein Ende hatte. Schluss mit den Schläuchen in allen Körperöffnungen.
Schluss mit dem Warten und Bangen.
Heute kann man das nicht mehr machen. Heute gibt es Patientenverfügungen und Patienten nehmen sich Rechtsanwälte. Heute tun die Ärzte vieles nicht mehr den Patienten zu Liebe, sondern um sich selbst zu schützen. Der Tod kann nicht akzeptiert werden. Und man darf auch nicht mehr zu Hause sterben so wie früher, wo der Pfarrer kam, eine Kerze anzündete und sich zu dem Sterbenden setzte.
So war es jedenfalls bei uns in Niederdorla. Die ganze Familie versammelte sich, auch die Nachbarn kamen.
Bei meinem Onkel habe ich es miterlebt, ich war so ungefähr zwölf und kann mich erinnern. Es war eine ruhige Stimmung im Haus, nicht gedrückt, eher andächtig. Der Onkel war gar kein richtiger Onkel, ich glaube, er war der Cousin meiner Oma, so genau weiß ich das gar nicht. Aber er war immer da gewesen und wir hatten ihn Onkel genannt, waren zu seinen Geburtstagen mit Kuchenplatten angerückt und hatten in seiner guten Stube Kaffee getrunken.
Wenn es nicht regnete, hatte er vor seinem kleinen Häuschen auf einer Bank in der Sonne gesessen mit zwei anderen alten Männern aus der Straße und alle drei hatten eine Pfeife im Mundwinkel hängen, die meist gar nicht brannte, nur einfach da hing wie angewachsen.
Wenn die Sonne wanderte und sie im Schatten saßen, standen die drei bedächtig auf, packten die Bank, trugen sie auf die andere Straßenseite und stellten sie vor dem Haus eines der beiden anderen Männer ab. Dann setzten sie sich wieder hin und beobachteten alles, was so vor sich ging, was nicht viel war in dem kleinen Dorf.

Manchmal redeten sie wohl auch und ihre Lippen bewegten sich und die Pfeifen wippten auf und ab, und wenn ich mit meinem kleinen Fahrrad vorbeifuhr, hoben sie die Hand zum Gruß. Friedlich war es und genau so friedlich war es, als der Onkel starb.

Vier Wochen zuvor hatte er eine Lungenentzündung bekommen und sich ins Bett legen müssen. Die Gemeindeschwester war jeden Tag gekommen, um ihn zu pflegen und nach drei Wochen war sie zu meiner Oma gekommen und hatte gesagt, der Onkel wolle nicht mehr essen und trinken und seine Tabletten wolle er auch nicht mehr nehmen.

Die Oma hatte gewusst, was das bedeutet. In einer Woche würde er tot sein.

Das taten die alten Leute früher bei uns immer, und wahrscheinlich nicht nur bei uns. Wenn sie merkten, ihr Leben neigte sich dem Ende zu, hörten sie auf, zu essen und zu trinken. Dann dauerte es immer ungefähr noch eine Woche. Sieben Tage, in denen sie gerne noch einmal ihre Kinder sehen würden, um Abschied zu nehmen, das wussten alle und deshalb war die Gemeindeschwester vorbei gekommen.

Die Oma ging also jeden Tag hin und die Eltern und ich gingen hin und als es dann soweit war, war die Gemeindeschwester auch da. Lächelnd, fast heiter betrat sie das Schlafzimmer, in dem der Onkel in dem sauberen Bett lag, das mit weißbestickter Bettwäsche bezogen war. „Dann wollen wir mal“, sagte sie liebevoll und ihre Wärme überflutete uns weich und tröstlich. Sie rückte die Kissen ein wenig zurecht, nahm Onkels Hand, strich zärtlich darüber und fragte: „Habt ihr schon den Pfarrer geholt?“ Dann setzte sie sich auf einen Stuhl in der Ecke des Schlafzimmers und holte ihr Strickzeug heraus.

Der Pfarrer kam, zündete die Kerze an, sprach ein Gebet und setzte sich neben sie. Die Oma saß am Bett des Onkels und hielt seine Hand. Meine Eltern waren da, Nachbarn kamen herein, drückten dem Onkel die andere

Hand, strichen der Oma über die Schulter und gingen dann in die Küche, wo meine Mutter damit beschäftigt war, für Nachschub an Kaffee zu sorgen.

Die Männer gingen gelegentlich hinaus vor das Haus, rauchten eine Zigarette und die beiden Banknachbarn des Onkels saßen draußen auf der Bank, waren still und die Pfeifen brannten nicht.

Als der Onkel dann aufgehört hatte zu atmen, stand der Pfarrer auf, alle standen auf, falteten die Hände und fielen gedämpft ein in das Vater unser, das der Pfarrer sprach, unterbrochen von den vereinzelten Schluchzern der Oma.

Der Onkel war neunundachtzig Jahre alt, er starb, was traurig war, aber der Lauf der Welt. So sahen es alle und so sahen es seine Freunde, die von da an allein auf der Bank saßen, nur dass sie sie zu zweit nicht mehr auf die andere Straßenseite schleppen konnten und jetzt öfter im Schatten saßen.

In Afghanistan lernte ich den Tod von einer anderen Seite kennen. Einheimische Patienten wurden gebracht und bei ihnen war es ähnlich. Zwar litten sie an Krankheiten, die es bei uns in Deutschland gar nicht mehr gibt, oder an denen man nicht mehr sterben muss, so wie Tuberkulose. Aber auch diese Angehörigen nahmen es hin, wenn ihre Lieben starben, es musste Allahs Wille sein und auch sie beteten am Sterbebett.

Es waren die jungen Männer, die die MedEvacKompanie brachte, die mir das Sterben von einer anderen Seite zeigten. Jung waren sie, sehr jung und vollkommen gesund. Nicht alt, am Ende ihres Lebens, sondern in der vollen Blüte ihres Lebens, so jung wie ich, manchmal jünger.

Mit Brandwunden kamen sie herein, mit abgetrennten Beinen, blinden Augen, den ganzen Körper voller Granatsplitter, mit Schussverletzungen. Schwer verwundet, sehr verletzt. Manche hatte ich gekannt von lustigen

Abenden voller Lachen und Flirten. Und nun war ich es, die nächtelang da saß und Hände hielt.

Aber das war etwas ganz anderes. Hier hatte keiner auf normalem Wege das Ende seines Lebens erreicht. Hier war Gewalt am Werke und die Körper, die tot ins Lager gebracht wurden, waren jung und sie waren blutig und zerfetzt. Und kein Familienmitglied, niemand, der sie liebte, hielt ihre Hände, wenn sie starben.

Die meisten von ihnen starben auch nicht. Jedenfalls nicht ganz. So wie mein Freund Frank.

15

Ich hatte ihn im Sportzelt kennen gelernt. So wie ich war er täglich dort, je nachdem welche Schichten wir arbeiteten. Er war Fallschirmjäger und fuhr Patrouillen. Wenn er Zeit hatte, ging er zum Sport. Alkohol trank er nicht, anders als viele seiner Kameraden, und wir waren ins Gespräch gekommen. Er war kräftig, mit kurzen blonden Haaren und einem warmen Lächeln. Er hatte mir von seiner Scheidung erzählt und ich von meinen Kindern. Seine Exfrau war verbittert, sauer, nachtragend, obwohl er sie gar nicht betrogen hatte, er war nur immer weg gewesen durch seinen Beruf. Dienst, Übung, Vorausbildung, Einsatz, Versetzung, Wochenend-Ehe. Nun verwehrte sie ihm den Umgang mit den Kindern und es tat ihm sehr weh, noch immer, obwohl er inzwischen darüber sprechen konnte, was ihm lange nicht möglich gewesen war, wie er erzählte.

Mittlerweile hatte er eine neue Freundin und wenn wir nach dem Sport vor dem Zelt in der Sonne saßen und Wasser tranken, bevor wir zurück in unsere verschiedenen Bereiche gingen, hatte er erzählt, wie sie sich kennen gelernt hatten, wie er sie anfangs gar nicht hatte treffen wollen, weil er Angst hatte vor einer neuen Bindung, vor neuen Schmerzen. Aber sie hatte nicht locker gelassen, hatte geduldig gewartet und ihm immer wieder gezeigt, wie wichtig er ihr war. Irgendwann hatte er sich auf sie einlassen können, irgendwann war er auch mit ihr zusammen gezogen und irgendwann war er auch wieder glücklich geworden.

Obwohl er das nie für möglich gehalten hätte, so hatte er erzählt und immer wieder gesagt: „Man kann dem Leben nicht davon laufen. Das Leben findet einen. Überall."

Auch zu mir hatte er das immer wieder gesagt, eindringlich, ernst, voller Überzeugung. „Das Leben findet dich, Kristina, eines Tages findet es dich."

Ich hatte mich immer darüber gewundert, immer wieder gesagt: „Ist doch alles in Ordnung, Frank, es geht mir doch gut."

Er hatte dann immer nur gelächelt und wiederholt. „Warte ab, Kristina, das Leben findet dich."

Er war auch der Einzige, der von meiner Affäre mit Jan gewusst hatte. Am Anfang war er froh gewesen, hatte sich für mich gefreut, hatte gesagt: „Siehst du, ich habe es ja gesagt. Das Leben findet dich."

Dann hatte er begonnen, mich zu warnen. „Gib dich nicht hin, Kristina, tu das nicht."

Das war mir sehr altmodisch vorgekommen und eine merkwürdige Einstellung heutzutage.

Ich dachte, er hatte Angst, dass wir erwischt werden und Ärger bekommen.

Er hatte mir versucht, zu erklären, dass er es anders meinte.

„Warte ab", so hatte er immer gesagt. „Wenn es ihm wirklich ernst ist, wird er erst seine Angelegenheiten regeln und dann zu dir kommen, egal wo du bist."

Er war nicht gerade ärgerlich, als er erfuhr, dass ich doch mit Jan geschlafen hatte, jedenfalls nicht offenkundig, aber er wurde zurückhaltender, wenn das Thema aufkam, wollte nicht darüber sprechen, hielt sich zurück, fand nicht gut, was ich tat, sagte es auch, aber wollte mich nicht bevormunden.

Am Ende hatte er ja auch Recht behalten. Jan hatte seine Frau nie verlassen, ich war verletzt worden und wäre es nicht, wenn ich auf Frank gehört hätte.

Frank, der es wirklich gut mit mir gemeint hatte und auch so viel Freund gewesen war, dass er mir Dinge gesagt hatte, die ich nicht hatte hören wollen.

Nun lag er da, in dem weiß bezogenen Bett, allerdings ohne Stickerei, wie es bei dem Onkel gewesen war. Weiße Laken, weiß wie sein Gesicht und weiß wie die Verbände, die um seinen Kopf und um seine Hände gewickelt waren und um den Stumpf an seinem Oberschenkel.

Er war mit seinem Wolf auf eine Mine gefahren, auf einer vielbefahrenen Straße, auf der sie jeden Tag gefahren waren, auch am Tag zuvor. Über Nacht muss dort jemand neue Minen gelegt haben. Das taten sie jetzt immer öfter. Uns angreifen. Raketen auf das Lager schießen. Sich mit Sprengstoff in die Luft jagen direkt neben einer unserer Patrouillen. Minen auslegen. Warum sie das taten, hab ich nie kapiert. Ich meine, wir wollten ihnen doch bloß helfen.

Franks Beifahrer war gleich tot gewesen, auch ihn hatte ich gekannt und Frank hatten sie am selben Abend das Bein abnehmen müssen.

Nun lag er da und sah mich an. Die ganze Nacht hatte ich an seinem Bett gesessen, nachdem er operiert worden war und während er seine Narkose ausschlief. Ich hatte seine Hand gehalten, sein liebes Gesicht betrachtet und mich gefragt, wie sein Leben nun weiter gehen würde. Das Leben, das ihn nun auf eine Weise gefunden hatte, die er sicher nicht erwartet hatte.

Immerhin war dieser Afghanistaneinsatz eine friedensbewahrende Mission und wir waren jedes Mal erschüttert, wenn einer unserer Kameraden verletzt wurde. Angegriffen wurde. Mit den Unfällen auf der Schießbahn oder beim Reinigen der Waffen hatten wir umgehen können. Hiermit nicht. Immerhin waren wir doch hier, um den Menschen hier zu helfen. Wir bauten Schulen, Brunnen, Kindergärten, brachten Geld ins Land und medizinische Versorgung. Warum griffen sie uns an, legten Minen, verübten Sprengstoffanschläge?

Warum hatten sie versucht, meinen Freund umzubringen?

Als Frank endlich die Augen öffnete, hatte er ganz andere Überlegungen. Er hielt sich nicht auf mit der unlösbaren Frage nach dem Warum.

Als er mir ins Gesicht sah, das traurig aussehen musste, verschwollen vom Weinen, da drückte er meine Hand und sagte: „Hast du vergessen, Kristina? Hast du vergessen, morgen fangen wieder hundert neue Tage an?“

Ich starrte ihn an und Tränen rannen aus meinen Augen wie Wasserfälle. Ich fühlte so viel Schmerz für ihn und ich fühlte mich auch so klein, so winzig, so mies und mickrig und schäbig angesichts seiner Zuversicht und seiner Entschlossenheit, sich nicht unterkriegen zu lassen und nach vorne zu sehen.

Morgen fangen wieder hundert neue Tage an.

Das hatte Franks Hauptmann immer gesagt, derselbe, der nun im Bett neben Frank lag und die Augen verbunden hatte, weil er in demselben Wolf gesessen und Splitter in das ganze Gesicht bekommen hatte.

Der Hauptmann hatte mich einmal beim Weinen erwischt wegen Jan. Ich hatte ihm nichts von der Geschichte erzählen wollen, weil ich ein schlechtes Gewissen hatte, hatte nur gesagt: „Es geht mir nicht gut, aber ich bin selber schuld.“

Er hatte sich eine Zigarette angezündet, sich auf der Biertischbank zurechtgerückt, zu mir gewendet, so dass er mir ins Gesicht sehen konnte und gesagt: „Ich will dir mal von meinem Vater erzählen. Ich war ein schlimmer Junge als Kind, habe andauernd irgendetwas angestellt. Aber ich konnte immer zu meinem Vater kommen, immer sagen: Papa, ich habe was ausgefressen. Und immer hat er mir herausgeholfen und immer hat er gesagt: Junge, morgen fangen wieder hundert neue Tage an.“

Ich hatte darüber nachgedacht, mir die Worte auf der Zunge zergehen lassen und gedacht, wie wunderbar das war.

Es bedeutete nicht nur, dass man nach vorne sah, es bedeutete auch, dass alles genullt wurde und man eine neue Chance bekam.

Jeden Tag aufs Neue.

Das war es auch, was der Hauptmann noch hinzugefügt hatte. „Jeden Tag fangen wieder hundert neue Tage an, das bedeutet, so hatte mein Vater mir erklärt, was immer du getan hast, was immer passiert ist, morgen macht du einen neuen Anfang, und wenn dann morgen wieder etwas schief läuft, dann fangen ja übermorgen auch wieder hundert neue Tage an und du kannst wieder einen neuen Anfang machen."

Ich hatte den Spruch in mein Tagebuch geschrieben und meinen Kameradinnen davon erzählt und er war so etwas wie ein geflügeltes Wort unter uns geworden. Morgen fangen wieder hundert neue Tage an.

Hoffnung.

Neuanfänge.

Dass Frank ihn nun gebrauchte, in einer Situation, in der andere nur an Rache gedacht hätten und voller Hass und Verzweiflung gewesen wären, beschämte mich.

16

Frank und der Hauptmann waren nach Deutschland evakuiert worden und ich war wieder allein. Auch Jan war nach Hause geflogen, sein Einsatz endete sechs Wochen vor meinem.

Durch das Unglück mit Frank war er ohnehin ein wenig in den Hintergrund getreten in meinem Leben und ich war fast froh, dass er heimging und ich allein war.

Ich blieb auch viel allein und dachte nach über die Vermächtnisse, die Frank und der Hauptmann mir hinterlassen hatten. „Morgen fangen wieder hundert neue Tage an“ und „Das Leben findet dich, Kristina“.

Ich versah meine Schichten, mehr Tote kamen, noch mehr Verwundete mussten gepflegt werden und ich konnte nicht jedes Mal selbst verzweifelt sein, wenn ich in langen Nachtstunden da saß und Infusionen und Verbände wechselte und Hände hielt und versuchte, zu trösten, wo es keinen Trost gab.

Ich ging täglich zum Sport, auch wenn da hinterher kein Frank mehr war für ein kleines Schwätzchen und eine Flasche Wasser. Ich hatte mir Joe Cocker aufgenommen, das hörte ich beim Sport und mittlerweile hatten sich im Lager einige Bücher angesammelt, die von guten Seelen vor ihrer Rückkehr nach Deutschland dagelassen worden waren und ich las viel.

Einmal durfte ich mit der Patrouille raus fahren, unser Kompaniechef wollte, dass wir alle einmal das Land sehen und die Stadt, in der wir stationiert waren und so wurde ich mitgenommen in die Innenstadt Kabuls.

Was für ein Gewimmel von Menschen dort war und was für ein Lärm!
Wir fuhren an der großen Moschee vorbei, am Fluss entlang und einen Berg hinauf zum Königsgrab. Der König lebte noch, aber seine Frau lag hier in diesem Mausoleum und wir stiegen aus und ich durfte hinunter gehen in die Gruft und es ansehen, die Ornamente und die Blumen und daneben Einschusslöcher.
Der Platz neben der Königin ist für den König reserviert, hier will er liegen, wenn er stirbt und ich fand es sympathisch.
Dann fuhren wir durch die Chicken Street, die große Einkaufsstraße in Kabul. Da war Laden an Laden, Teppichhändler, antike Waffen, Pelze, Schmuck und Uhren gab es da. Wir fuhren weiter in die Vororte Kabuls, wo die Menschen ärmer waren, die Häuser kleiner und die Verkaufsstände nicht einmal überdacht waren.
Wir fuhren in ein Waisenhaus, das die Einsatzkompanie betreute und ich war angerührt von der Freude, mit der die Kinder die Soldaten begrüßten und sich über die Kuscheltiere freuten und wie sie die C&A T-Shirts trugen, die die Frauen der Soldaten aus Deutschland herübergeschickt hatten. Die Soldaten sprachen darüber, dass die Kinder Bettdecken bräuchten und ich nahm mir vor, ihnen später, wenn wir im Lager zurück waren, etwas Geld zu geben.
Die Mädels in meiner Stube ließen mich in Ruhe. Wir hatten am Anfang, als man uns zusammen einquartierte und wir uns noch nicht kannten, vereinbart, dass wir immer ehrlich zueinander sein und alles aussprechen wollen, was uns stört und daran hatten wir uns auch gehalten.
Ich hatte ihnen gesagt, dass ich allein sein möchte und sie fragten mich nicht mehr, wenn sie abends ausgingen. Sie baten mich gelegentlich, die Stube zu räumen, wenn eine von ihnen einen Mann mitbringen wollte und dann ging ich ins Sportzelt. Wenn ich zur verabredeten Zeit zurückkehrte, war die Stube leer und aufgeräumt und alles wie immer.

Wir arbeiteten ohnehin immer in verschiedenen Schichten und mein soziales Leben spielte sich im Aufenthaltsraum der Intensivstation ab, wo wir einen Sandwichmaker und eine Kaffeemaschine hatten, immer Radio Andernach aus dem Lautsprecher dudelte, und wo immer irgendwelche Leute herumsaßen, Ärzte, andere Schwestern, oder Bekannte aus den Einsatzkompanien, die zu Besuch kamen.

Immer wenn ein Mitarbeiter des Lazaretts nach Hause fuhr, gab es ein Antreten der Klinikkompanie und bei der Abfahrt spielten sie „Time to say good bye“ und es war immer sehr traurig. Irgendwie hatte man sich doch sehr aneinander gewöhnt.

Es war merkwürdig gewesen, nach diesem ersten Einsatz wieder nach Hause zurückzukehren. Als erstes war ich nach Niederdorla gefahren zu meinen Eltern, um die Zwillinge abzuholen. Sie waren gewachsen und kamen mir fremd vor.

Es tat weh, wie sie sich in allem an meine Mutter wandten. Sie hatten mich freudig begrüßt, aber wenn sie etwas trinken wollten oder raus in den Garten, fragten sie meine Mutter, so wie sie es in den letzten Monaten gewohnt gewesen waren. Selbst ins Bett bringen sollte meine Mutter sie und es stach mir in der Brust.

Ich vermisste nicht die Unannehmlichkeiten des Einsatzes, wie es in den witzig gemeinten Flugblättern heißt, die im Einsatz im Umlauf gewesen waren und wo die Angehörigen gebeten werden, für die Einsatzrückkehrer im Garten Schotter aufzuschütten und ein Dixieklo aufzustellen, damit man sich nicht so fremd fühlt.

Ich vermisste es nicht, ganz im Gegenteil, ich freute mich über all den Luxus und das gute Essen. Ich lag lange und voller Genus in der Badewanne in dem warmen Wasser voller wohl duftenden Schaums und freute mich, dass ich nun wieder über jede Wiese gehen konnte, ohne Angst vor Minen zu haben und überhaupt, dass ich gehen konnte, wohin ich wollte.

Was mich störte, so sehr störte, dass ich es nur ein paar Tage aushielt, war die Selbstverständlichkeit, mit der meine Eltern all das hinnahmen und das Genörgel der Oma, der es wirklich gut ging.

Sie hatte es warm und trocken, sie hatte zu essen, sie war nicht allein und vor allem, sie lebte und war gesund.

Und das war mehr, als ich von den Afghanen sagen konnte und von den jungen Soldaten, die ich gesehen hatte und fast kam es mir ungerecht vor, dass sie lebte und gesund war und Frank, der so jung war, hatte nur noch ein Bein.

Ich fuhr nach Hause und freute mich an meinen Kindern.

Nach zwei Wochen ging ich wieder zur Arbeit. Falls ich erwartet hatte, dort verständnisvolle Gesprächspartner zu finden, wurde ich enttäuscht.

In dem Sanitätskommando in Weißenfels, in dem ich arbeitete, war kaum jemand je im Einsatz gewesen und wenn, dann nicht in Afghanistan. Sie schienen der Meinung zu sein, ich habe dort nur in der Sonne gesessen und hatten mir einen Riesenstapel Akten vorgelegt, die liegengeblieben waren und bearbeitet werden mussten.

Ich arbeitete den Stapel ab und nach der Arbeit holte ich die Kinder aus dem Hort und spielte mit ihnen und mein Leben kam wieder in eine geordnete Bahn.

Eines Tages rief Jan an. „Ich habe dich vermisst“ sagte er und fügte hinzu, als ich still blieb und nicht das Gleiche zu ihm sagte, denn es wäre nicht wahr gewesen: „Wann gehst du das nächste Mal in den Einsatz?“ Ich sagte es ihm und er sagte: „Ich werde es so drehen, dass ich dann auch da bin.“

Ich wusste nicht, was ich davon halten sollte, ich hatte ihn fast vergessen gehabt. Aber bis zu meinem nächsten geplanten Einsatz würde es noch sechs Monate dauern, ich würde mir keine Gedanken deswegen machen.

Als der Tag gekommen war, in dem er in den Einsatz kam, in dem ich schon seit drei Wochen war, es war mein zweiter Einsatz und es war wieder Kabul und wieder die Intensivstation, als der Tag seiner Ankunft kam, den er mir per E-Mail mitgeteilt hatte, war ich fest entschlossen, die Beziehung mit ihm nicht wieder aufzunehmen. Meine guten Vorsätze schmolzen dahin wie Butter in der Sonne, als er den Aufenthaltsraum neben der Intensivstation betrat, in der er im letzten Jahr so viele Tassen Kaffee mit mir getrunken hatte.

Wie schlafwandlerisch ließ ich es geschehen, dass er mich umarmte, etwas steif und zurückhaltend, denn natürlich waren wir nicht allein. Ich merkte, dass es mir gefiel, dass er mich berührte und etwas erweckte, dass ich anscheinend nur schlafen gelegt und nicht abgetötet hatte, wie ich geglaubt hatte.

Ich konnte es kaum erwarten, ihn nachts auf dem Dach des Bunkers zu treffen und ohne lange nachzudenken, schlief ich mit ihm und es war, als würde mir etwas wiedergegeben, das mir so sehr gefehlt hatte.

Dieses Mal waren wir länger zusammen im Einsatz, er fuhr in der Mitte nach Hause in den Urlaub und hatte mir fest versprochen, mit seiner Frau zu sprechen und sich von ihr zu trennen. Als er zurückkehrte, druckste er lange herum, bevor er mir gestand, dass er es nicht vermocht hatte. Irgendwie brachte er es fertig, dass ich ihn nicht hasste.

Mittlerweile hatte ich mir eingestanden, dass ich sehr viel für ihn empfand, dass ich wollte, dass er seine Familie verließ und bei mir blieb und dass es mir egal war, ob das richtig war oder falsch. All das hatte so großen Raum in meinem Leben eingenommen, dass ich manchmal fast vergaß, wo ich war und warum, nur noch daran dachte, dass ich in Afghanistan war, wenn ich auf dem Dach des Bunkers über mir die Milchstraße sah.

Lange Nächte verbrachte ich redend und weinend in seinen Armen, weit davon entfernt, das Ganze als eine harmlose kleine unbedeutende Affäre zu

betrachten, wie es ein Außenstehender getan haben würde. Bei dem Gedanken daran, ohne ihn leben zu müssen, wurde ich fast hysterisch.
Immer wieder gelang es ihm, mir zu versichern und ich glaubte es ihm, dass er genauso verzweifelt danach verlangte, mit mir zusammen zu sein. Nur dass er seine Frau auch liebte, auf eine andere Weise zwar, aber leider eine, die wenn auch vielleicht nicht so leidenschaftlich, dennoch stärker war.
So wie er es wusste, wusste ich es auch, aber auch ich war zu schwach.
Als ich aus diesem Einsatz nach Hause zurückkehrte und ihn in Kabul zurücklassen musste, brach es mir fast das Herz. Fast, nicht ganz, denn vor meinem inneren Auge war er dort, in Kabul, und nicht in Deutschland bei seiner Frau und ich träumte davon, dass er sie verlassen und zu mir kommen würde.
Ich kehrte in mein Sanitätskommando zurück, gewöhnte mich wieder an die Arbeit, kümmerte mich um meine Kinder und besuchte meine Eltern. Jan schrieb ein, zwei Mal im Jahr eine Postkarte, schickte mir elektronische Grußkarten zu meinem Geburtstag, aber für fast zwei Jahre sah ich ihn nicht. Einmal im Jahr wurde ich in den Einsatz geschickt und ich wehrte mich nicht, wollte mein gut aufgeräumtes und sortiertes Leben nicht riskieren.
Es ging mir gut im Sanitätskommando und ich wollte dort bleiben. Dort hatte ich die Kinderkrippe, die Nachbarin und Freunde und an der Arbeit hatten sie Verständnis, wenn die Kinder krank waren und ich überraschend Urlaub brauchte. Ich wollte, dass es so bleibt und drei Monate Auslandseinsatz pro Jahr, das hatte ich gelernt, konnte ich locker aushalten.

17

Mein nächster Einsatz führte mich nach Kunduz. Es war anders als Kabul, das hatte ich erwartet. Wie alles im Leben bot es Vor- und Nachteile.
Das Lager war sehr klein und das Lazarett schmiegte sich an die Wand, die es begrenzte, was für ein Sicherheitsrisiko gehalten wurde, denn man konnte leicht Handgranaten oder ähnliches einfach von außen über die Mauer werfen.
Und was würde man wohl zuerst angreifen, wenn man den Feind schwächen will?
Die Sanität natürlich. Dann würden auch alle sterben, die man ansonsten wieder hätte zusammen flicken können.
Nun, sie taten es nicht. Sie schossen eine Granate direkt in das Stabsgebäude und töteten einen Soldaten. Die Stimmung im Lager war gedrückt und jeder hatte andere Mechanismen, damit umzugehen.
Alkohol gehörte nicht dazu, der war streng limitiert und auch mit den besten Beziehungen konnte es nicht gelingen, so viel zu kaufen, dass man sich davon betrinken konnte. Außerdem, wehe, man würde erwischt werden.
Die Regeln waren streng in Kunduz.
Alle, auch wir Sanitäter, mussten ein Gewehr und unendlich viel Munition empfangen. Ich schloss es in einem Spind im Lazarett ein, denn aufgrund meines Jobs war auch hier nicht zu erwarten, dass ich das Lager je verlassen würde.

Abends um 22.00 war Sperrstunde, wer danach noch im Camp außerhalb der Wohncontainer erwischt wurde, wurde bestraft. Ich traute mich nachts nicht einmal aufs Klo. Außerdem war strenge Verdunklungspflicht und ich fand es gruselig.

Manche zogen sich auf die Stuben zurück, was schwer war, denn es war fast unmenschlich eng darin. Zwar hatten wir normale Betten, keine Feldbetten, aber alle Stuben waren mit sechs Personen belegt und jeder hatte neben seinem Bett einen Gang von 50 Zentimetern, dann kam das nächste Bett. Wir besorgten uns Stoffe von den einheimischen Wachtposten und teilten die Betten voneinander ab. Dennoch schien das Licht durch, wenn man nachts lesen wollte.

Die Nerven bei vielen lagen blank und es gab oft Streit. Vor allem die Frauen taten sich schwer. Männer tragen so etwas offener aus, Frauen wollen eigentlich höflich sein und halten sich lange zurück, aber wenn es kracht, dann richtig. Vor dem Haus unserer Nachbarinnen gab es zum Beispiel einen kleinen freien Platz, dem eine Mauer und ein Strauch Sichtschutz boten. Sie bestanden darauf, dass es „ihr" Platz war und niemand anderes durfte sich dort aufhalten, nicht einmal wenn sie gar nicht da waren.

Zum Glück gab es ein großes Sportzelt und, was noch besser war, denn es war Sommer und große Hitze, es gab ein Schwimmbecken. Daneben konnte man sich sogar auf die kleine Wiese in die Sonne legen.

Die Hitze in Kunduz war schwerer zu ertragen als in Kabul. Kunduz liegt nicht so hoch in den Bergen und es gibt viele Grünflächen, so dass die Luft oft feucht und schwül war.

Meine Arbeit war wie immer, nur ein wenig anstrengender. Minenopfer, Splitterverletzungen durch Bomben und zusätzlich holten sich die Chirurgen viele Einheimische ins Lager zum operieren. Es gab viele Verbrennungsopfer durch die Kerosinkocher, auf denen üblicherweise die

Mahlzeiten in den afghanischen Familien zubereitet wurden und die oft explodierten und wir hatten immer fast alle Betten auf der Intensivstation belegt.

Dieses Mal hatte ich mehr Kontakt zu den Einheimischen.

Es war schwerer hier, mit dem Tod und dem Sterben umzugehen. Man konnte sich nicht zurückziehen aufgrund der Enge der Unterkünfte und man konnte auch nicht abends lange mit anderen zusammensitzen und reden, weil das einzige Betreuungszelt, das es gab, um 22.00 geschlossen wurde.

Da die Stuben so eng waren, konnte man sich dort gar nicht zusammensetzen. Aufgrund der nächtlichen Ausgangssperre hätte man sich ohnehin um 22.00 trennen und auf seine eigene Stube gehen müssen.

Viele Soldaten der Einsatzkompanie pflegten engen Umgang mit den einheimischen Wachposten und ich verstand, warum. Sie lernten sie kennen und es nahm ihnen die Angst.

Sie dachten, wenn sie so etwas wie Freunde sind und gegenseitig mehr von der Kultur der anderen wissen, wird es unwahrscheinlicher, dass man sich gegenseitig umbringt.

Sie nahmen mich oft abends mit, die Guards brachten Essen mit und wir Chips und Schokolade aus dem Marketender.

Die Afghanen waren sehr freundlich zu uns, schienen jedes Mal begeistert zu sein, uns zu sehen und teilten ihre Reisplatten mit uns und ich fand es lecker. Aromatisch gewürzt, mit Rosinen und Nüssen darin, dazu gebratenes Gemüse, Huhn, Yoghurt und frische Chilischoten.

Sie freuten sich, als ich Bilder von meinen Zwillingen zeigte und brachten mir einige Worte Dari bei. Sohn, Mutter, die üblichen Floskeln, die man zur Begrüßung verwendet und zum Abschied.

Es wurde normal für mich, wenn ich sie im Lager traf, die rechte Hand aufs Herz zu legen und zu sagen: „Shalam aleikum, shoma khub asted?“ Gott sei mir dir, wie geht es dir? Oder: "Taschakor!" Danke schön, wenn sie mir die Platten mit den Speisen reichten. Und wenn wir pünktlich um 22.00 in Richtung unserer Unterkünfte aufbrachen, hieß es „Khoda Hafez", Gott schütze dich.

Und es ging mir wie den anderen Soldaten, es gab mir ein tröstliches Gefühl und eines der Sicherheit. Sie würden nicht „Gott schütze dich" zu mir sagen und mich anschließend im Schlaf umbringen, entführen, vergewaltigen oder auf was noch alles sie uns in der Vorausbildung vorbereitet hatten.

Jeden Morgen gab es ein Antreten der Sanitätskompanie und die Lage wurde an uns weitergegeben. Meist war sie ruhig, aber nicht stabil.

Wenn sie etwas unruhiger wurde und man rechnete mit Angriffen, war sie offiziell immer noch ruhig und nicht stabil, aber wir mussten auch innerhalb des Lagers die schwere Splitterschutzweste und den Helm tragen.

In diesen Situationen zog ich mich, auch wenn ich keinen Dienst hatte, in den Aufenthaltsraum des Krankenhauses zurück, so wie viele andere auch. Dort brauchten wir die schwere Weste nicht zu tragen, denn das Krankenhaus war durch einen umgebenden Wall aus Sandsäcken geschützt. Hier saßen wir und tranken Kaffee, unterhielten uns und sahen Filme an.

Durch den guten Kontakt mit den Einheimischen und wohl auch wegen der schlechteren Versorgungslage aufgrund der Entfernung zu Kabul waren viele Möbelstücke im Ort beschafft worden und wir saßen auf Polsterbänken, die mit rotem Samt bezogen waren und auf dem Tisch lagen bunte Seidentücher als Tischdecke und darauf lagen schön gefertigte Holzschalen, Kerzen und Duftstäbchen.

Jeden Samstag gab es, wenn die Sicherheitslage es zuließ, einen kleinen Basar im Camp und auch da gewann ich Freunde und verbrachte viele Stunden damit, mit ihnen um ein paar Cent weniger zu verhandeln, was

ihnen große Freude bereitete und meine Freundinnen in Deutschland mit bunten Stoffen und Lapislazuli-Miniaturen ausstattete.
Nach drei Monaten kehrte ich heim, auch hier spielten sie „Time to say good bye“.
Ich kehrte wieder zurück in mein Leben, verstaute die Toten und Verletzten in einer Ecke meines Gedächtnisses und wandte mich wieder meinem Leben in Deutschland zu.
Die Kinder wuchsen und gediehen. So ging es weiter.
Im nächsten Jahr wurde ich nach Feyzabad geschickt. Ich hatte ein wenig Angst davor gehabt, weil es noch weiter weg und abgelegener war, aber in Feyzabad war ein neues Lager gebaut worden und nach der Enge in Kunduz erschien es mir fast wie ein Paradies. Die Luft war klarer und es gab Berge rundum, die wunderbar aussahen und bei deren Anblick man stundenlang träumen konnte.
Auch mit der nächtlichen Ausgangssperre nahm man es nicht so genau und das Betreuungszelt war größer, enthielt mehrere Räume, Billard und Tischfußball und das Küchenzelt war Tag und Nacht geöffnet, so dass man sich auch dort zusammen setzen konnte.
Innen an der Mauer hatte man eine Laufstrecke eingerichtet oder besser platt getreten und so konnte man dort, wenn auch nur immer im Kreis, aber dennoch im Freien und nicht in dem muffigen Sportzelt, laufen gehen.
Das Lazarett war sehr modern, ein festes Haus war hier gebaut worden anstelle der Container-Zelt-Lösung, die ich bis dahin kannte und die Arbeit unterschied sich nun in nichts mehr außer den Patienten von dem Bundeswehrkrankenhaus in Ulm, an das ich so schöne Erinnerungen hatte.
Die Sanität hatte ein eigenes Betreuungszelt, aber manchmal wollte ich nicht immer die gleichen Gesichter sehen und ging in das große Zelt. Einmal in der Woche wurde dort abends gegrillt und ich genoss es, andere Menschen kennen zu lernen.

Ich begann eine Affäre mit einem netten und gut aussehenden Panzergrenadier. Ihm ging es mehr um Sex, mich hatte nicht so danach verlangt wie ihn, aber ich genoss die Wärme und die Nähe eines anderen Menschen. Auch er war verheiratet und ich schämte mich ein wenig deswegen.

Aber angesichts der merkwürdigen Situation, in der ich steckte, weit weg von daheim, in der Absurdität dieser Einsätze, dieses Sterbens, angesichts des Heimwehs und der Irritation und des ganzen Schmerzes, war ein wenig schlechtes Gewissen nicht so schlimm und Nähe und Wärme waren wichtiger.

An die Granaten, die gelegentlich über das Lager flogen und dahinter oder manchmal auch im Lager in den Boden einschlugen, hatte ich mich gewöhnt.

Irgendwie war es mir nie in den Sinn gekommen, Angst zu haben und wenn mich ein Gefühl überkam, das Angst werden könnte, ging ich zum Sport oder zu den einheimischen Guards.

Ich hatte mich daran gewöhnt, meine Kinder zu vermissen und erkannte den scharfen Schmerz, wenn er anflutete, erstickte ihn im Keim, lenkte mich ab.

Ich hatte mich an das Essen gewöhnt, an die tägliche Routine, das Antreten, daran, monatelang nur Uniform zu tragen, überhaupt keine zivile Kleidung dabei zu haben.

Alles wurde irgendwie Gewohnheit. Wie meine Oma immer gesagt hatte, man gewöhnt sich an alles.

Ich gewöhnte mich auch an die kranken afghanischen Kinder und wenn sie starben, versetzte es mir nur noch kleine Stiche.

Woran ich mich nur schwer gewöhnen konnte, waren tote oder verletzte junge Soldaten, es erschien so falsch und so unpassend zu sein.

Deutschland befand sich nicht im Krieg mit Afghanistan und doch starben unsere Kameraden um uns herum.

Auch wenn in meiner Zeit in Feyzabad nur einer starb und auch wenn es nur ein Verkehrsunfall gewesen war. Die Gegend, in der die Einsatzkompanie ihre Patrouillen fuhr, war hochgebirgig, die Straßen, wenn man das so nennen kann, eng und schmal und unbefestigt und eines Tages stürzte ein Jeep eine tiefe Schlucht hinab und bis man endlich die Trümmer geborgen hatte, war es für einen der jungen Männer bereits zu spät gewesen.

Aber Verkehrsunfälle gibt es auch in Deutschland und ich empfand nicht mehr den großen und schlimmen Schock, den ich bei meinem ersten Opfer in Kabul, der einem Sprengstoffanschlag zum Opfer gefallen war, empfunden hatte.

Vielleicht hatte ich mich auch nur daran gewöhnt.

Vielleicht war es so wie mit meinen Katzen daheim.

Als die erste Katze starb, an die ich mich erinnern kann, sie war von einem Auto überfahren worden, hatte ich bittere Tränen geweint und tagelang an nichts anderes denken können, als daran wie ich sie vermisste, ihr weiches schwarzes Fell und ihr leises Schnurren, wenn ich sie auf meinen Schoß hob und streichelte.

Meine Eltern schafften eine neue Katze an und als diese starb, war ich kurz traurig, begrub sie im Garten und es war mir egal, ob wir eine neue bekamen oder nicht.

Ich kann mich nicht einmal erinnern, ob wir eine neue kriegten oder nicht.

Vielleicht hatte ich mich also einfach daran gewöhnt, dass Patienten verletzt sind und sterben und das ist ja für eine Krankenschwester auch nur recht und billig.

Ein paar Monate nach diesem Einsatz rief mich Jan zu Hause an.

In den letzten zwei Jahren hatte ich nur wenig von ihm gehört und ihn beinahe vergessen. An meinem normalen Leben in Deutschland hatte er sowieso nie einen Anteil gehabt, er gehörte für mich nach Afghanistan, nach Kabul. Unsere Einsätze hatten uns nicht mehr zusammen geführt, wir waren abwechselnd und an verschiedenen Orten gewesen, gelegentliche Postkarten, die wir uns an unsere Dienstadressen schickten, berichteten darüber.

Nun überschritt er eine Grenze und betrat mein Leben in Deutschland. Er wollte mich treffen und ich stimmte zu.

Auf was ich mich einließ, ahnte ich nicht, als ich ihn auf einer Autobahnraststätte traf.

Ich war neugierig gewesen darauf, was er zu berichten hatte und was aus ihm geworden war.

Ich hatte es unverfänglich gefunden, mit ihm einen Kaffee zu trinken, aber es war nicht dabei geblieben und er war mit mir ein Stück weiter gefahren, in einen kleinen Waldweg eingebogen und hatte dort im Auto mit mir geschlafen.

Warum ich es zugelassen habe, weiß ich nicht, und auch nicht, warum ich zustimmte, ihn wieder zu treffen und wieder und wieder.

Auch wenn ich es mir damals nicht eingestand, ich begann von einer gemeinsamen Zukunft zu träumen und davon, dass er seine Frau verließ.

Ich fragte ihn nicht danach, hoffte nur heimlich.

Wir trafen uns nicht regelmäßig und auch nicht oft und nie, wenn es mich danach verlangt hätte, sondern immer nach seinen Maßgaben, seinem Terminplan, seinen Wünschen.

Wir trafen uns alle paar Monate, mal lagen zwei oder drei dazwischen, mal mehr.

Wir trafen uns an den entwürdigendsten Plätzen wie Autobahnraststätten und billigen Motels, nicht halb so romantisch wie in Kabul auf dem

Bunkerdach, aber gesagt hatte er es ihr nie und verlassen hatte er sie auch nie. Bald, so sagte er immer und es gab immer Gründe, es nicht zu tun. Mal waren die Kinder krank, dann die Frau, dann starb die Schwiegermutter, dann hatte sie einen Urlaub geplant, den wollte er ihr nicht verderben.
Ich hatte auch nicht allzu viel Zeit, um mir darüber Gedanken zu machen. Die Zwillinge wurden größer, es wurde auch schwieriger, ihnen und der Nachbarin zu erklären, wohin ich immer so plötzlich über Nacht weg musste.
Die beiden würden bald in die Schule kommen, dann konnten sie nicht mehr in den Kinderhort, die Kinderbetreuung würde schwieriger zu organisieren sein und meine Auslandseinsätze, zu denen ich in schöner Regelmäßigkeit befohlen wurde, auch.
Das zumindest war in der DDR besser gewesen. Da hatte jede Frau arbeiten können, ohne sich permanent darüber Gedanken machen zu müssen, wo sie ihre Kinder unterbrachte. Da war für alles gesorgt und es gab Kinderkrippen und Kindergärten im Überfluss.
Zu meinem vierzigsten Geburtstag schickte mir Jan die obligatorische elektronische Glückwunschkarte, hatte aber keine Zeit, mich zu treffen. Vierzig Jahre, das war für mich eine magische Zahl und ich dachte darüber nach, wie alt mir meine Mutter vorgekommen war, als sie vierzig wurde und ich überlegte, ob es nicht an der Zeit sei, etwas anderes mit meinem Leben anzufangen. Ich beschloss, ihm zu sagen, dass ich ihn nicht mehr treffen wollte.
Ganz tief in meinem Hinterkopf hatte ich auch die Idee, dass er es sich vielleicht anders überlegen würde, wenn er merkte, dass ich nicht mehr mitspielte. Dass er mich vermissen würde, wenn er merkte, dass ich vorhatte, sein Leben endgültig zu verlassen und dass er das nicht wollen würde und seine Frau verlassen würde.
Am Ende verließ nicht er seine Frau, sondern ich ihn.

Als ich eine Einladung hatte zu einem Klassentreffen, das ich aber kurzfristig absagte, weil er anrief und sagte, er hätte Zeit, aber nur an einem einzigen Tag, an diesem Tag meines Klassentreffens und es schien ihm ganz egal zu sein, dass ich andere Pläne hätte haben können, da fuhr ich hin und traf ihn und sagte ihm, dass es aus sei.

Es war mir egal, so egal, dass es mich nicht einmal berührte, als er weinte, etwas, das er nie zuvor getan hatte. Ich wehrte mich auch nicht, als er auch das letzte aller Klischees brachte und darum bat, ein letztes Mal mit mir schlafen zu dürfen, zum Abschied gewissermaßen. Ich ließ es über mich ergehen und dann fuhr ich nach Hause, ohne Bedauern über das Ende dieser Affäre und ohne mich umzusehen.

Ein paar Wochen später merkte ich, dass ich schwanger war und kurz darauf hatte ich den Selbstmordversuch gemacht, der mich in die Praxis der Psychiaterin gebracht hatte und so beendete ich an dieser Stelle meine Erzählung.

18

Drei Tage lang hatte ich erzählt und die Psychiaterin hatte nur zugehört und mich nicht ein einziges Mal unterbrochen. Es hatte mich nicht gestört, ich hatte geredet und geredet und geredet und es hatte mir gut getan. Ich merkte, dass mir noch nie zuvor jemand zugehört hatte, dass sich noch nie zuvor jemand für meine Einsätze und das, was ich dort erlebte hatte, interessiert hatte.

Aber ich hatte ja auch nie zuvor darüber reden wollen.

Als ich am Morgen des vierten Tages zum Ende gekommen war, sagte sie: „Eine sehr interessante Geschichte und ich bin total fasziniert. Ich bin wohl viel gereist in meinem Leben, aber in Afghanistan war ich nie. Ich bin sehr dankbar, dass Sie mir diese Einblicke gewährt haben."

Sie machte eine Pause und ich wartete auf das „aber", das ich dem Klang ihrer Stimme nach nun kommen musste.

Es kam nicht.

Stattdessen sagte sie und es hörte sich irgendwie dünn an: „Sie haben allen Grund, um gestört zu sein, traumatisiert, wie wir heute sagen. Sie haben Schreckliches gesehen und erlebt. Junge Menschen sind um sie herum gestorben, und Sie selbst haben viel verloren. Freunde, Ihren Mann, einen Liebhaber, Ihr Baby."

Wieder machte sie eine Pause und ich wartete.

Was war das? Was ging hier vor und warum fing mein Herz an, zu rasen wie verrückt?

Dann kam es.

„Aber irgendetwas fehlt an ihrer Geschichte. Ich weiß nicht genau was, aber irgendetwas fehlt und das haben Sie mir nicht erzählt.“

Da war es, das „Aber“ und in mir stieg eine unbändige Wut auf, so groß und so schrecklich, dass ich sie hasste, die Psychiaterin, hasste mit aller Gewalt, deren ich fähig war und ich konnte es nicht aushalten, konnte sie nicht aushalten. Wie konnte sie es wagen?

Was bildete sie sich ein?

Hier saß ich und hatte ihr alles, aber auch alles erzählt, meine Tante hatte ihr gutes Geld verschwendet und sie war nicht zufrieden? Ihr war es nicht genug?

„Sie, Sie“ stotterte, dann gab ich es auf. Ich stand auf, rannte aus dem Raum und knallte die Tür hinter mir zu ohne ein weiteres Wort.

Ich rannte hinaus auf die Straße. Es regnete, ich merkte es kaum. Vor mir auf der Straße fuhren Autos hin und her, Passanten drängten sich an mir vorbei, ein Kinderwagen kam nicht durch.

Als die Frau, die ihn schob, sanft zu mir sagte: „Verzeihen Sie bitte, würden Sie mich vorbei lassen?“, starrte ich sie an, als käme sie vom Mond, aber ich kam wieder zu mir und ich merkte, dass ich im Regen stand, meine Tasche und den Autoschlüssel oben gelassen hatte und dass ich auch gar nicht wusste, wo ich hin sollte.

Außerdem, was sollte das?

Ich wollte leben, wollte Farben sehen. Und die Psychiaterin hatte Recht. Ich hatte erzählt und erzählt und noch immer war alles grau in grau. Vor allem in diesem Regenwetter.

Was war ich nur für ein Feigling?

Ich entschuldigte mich bei der Dame mit dem Kinderwagen und ging zurück ins Haus.

Die Psychiaterin saß vollkommen gelassen auf ihrem grünen Ball, schaukelte hin und her und sah mich an, als ich wieder hereinkam.
„Wollen Sie einen Tee?“ fragte sie ruhig und obwohl ich mich eigentlich hatte entschuldigen wollen, schrie ich sie an: „Nein, ich will keinen Tee, ich will in meinem ganzen verdammten Leben keinen Tee mehr trinken und ich will auch in keinem VW-Bus mehr fahren!“
Ich hielt inne und sah sie erstaunt an.
„Es tut mir leid“, sagte ich leise. „Ich weiß nicht, was in mich gefahren ist und warum ich das gesagt habe.“
„Das macht nichts“, sagte sie sanft, „das macht gar nichts.“
Sie strich mir leise übers Haar und ich brach in Tränen aus. Sie nahm mich in die Arme und wiegte mich hin und her wie ein Baby.
„Weinen Sie nur“, sagte sie sanft. „Weinen ist gesund und weinen tut gut.“
Aber ich weinte nicht weiter. Ich schluckte meine Tränen hinunter und sagte: „Es geht schon wieder.“
„Nun gut“, sagte sie und setzte sich wieder auf ihren Ball.
„Dann können wir ja weiter machen. Warum wollen Sie keinen Tee?“
Ich starrte sie erstaunt an. Warum wollte ich keinen Tee? „Ich mag Kaffee lieber“, sagte ich. „Ich mache mir nichts aus Tee, der dünnen Plörre.“
„Wo gab es denn immer Tee?“ fragte sie.
Ich wollte nicht über Tee reden, ich sah nicht ein, wozu das gut sein sollte. Unwirsch antwortete ich: „Keine Ahnung. Daheim vermutlich, zu jeder Gelegenheit und Ungelegenheit, wenn ich krank war, bei jeder Krise, immer sagte meine Mutter: Ich koche uns erst mal einen Tee und dann wird es schon wieder.“
„Aber manchmal wird es eben nicht, oder?“ fragte die Psychiaterin und fuhr hartnäckig fort: „Mochten Sie denn Tee noch nie? Wann haben Sie denn das letzte Mal Tee getrunken?“

Ich dachte nach. In den letzten Jahren hatte ich keinen mehr angerührt. Nicht in den Einsätzen, nicht bei mir daheim, da hatte ich nicht mal welchen im Schrank, nicht einmal für die Kinder. Wenn sie krank sind, gebe ich ihnen heißes Wasser mit ein wenig Zucker und Zitrone darin.

Auch bei meinen Eltern rührte ich keinen Tee an, trank Nescafe, auf den die Mutter und die Zenkersche nach der Wende umgestiegen waren.

„Es ist lange her“ sagte ich dann zögernd. „Als Kind musste ich ihn natürlich immer trinken. Wenn ich Husten hatte, gab es Salbeitee, bei Halsschmerzen Pfefferminztee und wenn mir übel war, gab es Kamillentee. Den letzten habe ich wohl bekommen, als ich mit den Kindern zurück in den Osten zog, nach ihrer Geburt, als ich wieder arbeiten musste.

Da machte meine Mutter Kamillentee, als ich sie besuchte.”

Ich machte eine Pause. Ich war zornig, erschöpft, wütend und auch ein wenig traurig.

Ich versuchte es in Worte zu fassen. “Ich bin durcheinander”, sagte ich langsam und dann, ein wenig heftiger: “Und ich bin müde, sehr müde.”

Die Psychiaterin gab auf.

„Genug für heute“, sagte sie. „Morgen um die gleiche Zeit?“

„Ja“, sagte ich. „Morgen.“ Aber ich war mir ganz und gar nicht sicher, ob ich morgen überhaupt wieder kommen würde.

19

Ich hatte nicht gut geschlafen und war ein wenig gereizt am nächsten Morgen. Wurde es noch mehr, als die Psychiaterin wieder mit dem Tee anfing. Schon ärgerte ich mich, dass ich mich am Ende doch dazu entschieden hatte, wieder herzukommen.
Ich hatte ernsthaft darüber nachgedacht, die Sitzungen mit der Psychiaterin abzubrechen, einfach heimzufahren. Dann hatte ich ein schlechtes Gewissen bekommen und beschlossen, nicht davon zu laufen. Immerhin hatte Tante Lenchen sich eine Menge Mühe gemacht, damit ich hier sein konnte und ich wollte ja auch. Ich wollte wieder Farben sehen, ich wollte wissen, was mit mir nicht stimmte.
Es hatte mich getroffen, als die Psychiaterin am Tag zuvor gesagt hatte, ich sei gestört. Auch wenn sie es abgemildert, es traumatisiert genannt hatte.
Traumatisiert, das hört sich mehr nach Fremdverschulden an. Gestört hört sich an wie eben gestört. Als sei man nicht ganz dicht.
„Erzählen Sie mir von dem Kamillentee, den ihre Mutter kochte, als Sie sie besuchten, damals mit ihren neugeborenen Kindern."
„Es war nichts Besonderes", sagte ich. "Wir wollten zum See und Boot fahren. Wir hatten dieses alte Kanu und manchmal luden wir es in den VW-Bus, fuhren an den See, machten ein Picknick und paddelten. Das hatten wir oft getan, als ich klein war, an den Wochenenden."
"Erzählen Sie weiter", sagte die Psychiaterin sanft. "Erzählen Sie mir von diesem Tag. Wie war das Wetter? Schien die Sonne?"

Ich lehnte mich zurück und begann langsam, mich zu erinnern. “Es war ein strahlend schöner Tag. Die Sonne schien, es war warm, der Himmel war intensiv blau und es roch nach Sommer. Wir fuhren an den gelben Weizenfeldern vorbei, an deren Rand sich rote Mohnblumen sanft in dem leisen Wind wiegten. Bei uns daheim ist immer ein wenig Wind.”

Ich merkte, wie ich mich entspannte und in der Erinnerung versank, spürte, wie der weiche Wind sacht über meine Wangen strich, roch den süßen Duft der Feldblumen und den herben Duft der Erde, aus der die Feuchtigkeit des leisen Sommerregens der vorangegangenen Nacht aufstieg und in der Sonnenwärme verdampfte.

Ich fühlte wieder die Wärme dieses Sommertages und ich wusste noch ganz genau, welche Art von Blau der Himmel hatte.

Er war nicht hellblau oder blassblau, nein, er war ganz kräftig, beinahe lila, dickflüssige tief intensive blaue Farbe schien den wolkenlosen Himmel zu überziehen wie eine Kuchenglasur bis hin zum Horizont, wo sie über den Rand der Erde zu fließen schien. Das Sonnenlicht war gleißend hell und brachte die Feuchtigkeit über dem Boden irisierend zum Glitzern und die Mohnblumen waren blutrot. Ich hatte die Psychiaterin vergessen, war ganz dort an diesem Tag am See mit meiner Familie und mit meinen Freunden.

Ich hatte nicht gemerkt, dass ich laut gedacht hatte. Aber ich hatte weitergesprochen, sprach noch und während ich sprach, hörte ich mir gleichzeitig zu.

“Die Babys schliefen selig in ihrem Kinderwagenoberteil auf dem Rücksitz. Als wir angekommen waren, hoben mein Vater und ich ihn heraus, setzten ihn auf die Räder und ich schob sie in den Schatten. Dann luden mein Vater und drei andere Männer aus dem Dorf das Kanu aus, trugen es auf ihren Schultern in Richtung See, setzten es vorsichtig auf der Wasseroberfläche auf und dann sank der Sarg in die Tiefe!!!”

Die letzten Worte hatte ich geschrien und der letzte hohe Quiekser, mit dem meine Stimme dabei umgekippt war, hing noch in der Luft, das Wort "Sarg" schien nur ganz langsam, wie in Zeitlupe verhallen zu wollen und während ich ihm nachlauschte, hörte ich auch, dass ich nun laut schluchzte, spürte, dass mir Tränen die Wangen hinunter liefen wie Sturzbäche und dass die Psychiaterin mir den Arm um die Schulter gelegt hatte und mir mit der Hand sachte über meine Schulter strich.

Ich ließ allen Widerstand und alle Vorsicht fahren, legte meinen Kopf an ihre Schulter und nun weinte und weinte und weinte ich auf diese hellblaue Rüschenbluse, die sie auch bei unserem ersten Zusammentreffen getragen hatte, nur dass dieses Mal alle Knöpfe geschlossen waren.

Sie hielt mich immer weiter im Arm, strich immer weiter mit dieser gleichmäßigen Bewegung über meine Schulter und irgendwann wurde ich ruhiger, passte meine Schluchzer und meine Atemzüge dieser Gleichmäßigkeit an, atmete aus, wenn sie hinunter strich, und ein, wenn sie die Hand hob.

Nach einer langen, langen Zeit, in der nichts gesprochen wurde, außer dass die Psychiaterin manchmal leise gesagt hatte: "Weine nur, weine. Lass den ganzen Schmerz heraus."

Ich nahm wahr, dass sie mich duzte und es störte mich nicht. Es tröstete mich, dass da ein Mensch war, der mich fest hielt und dass sie mich duzte, schien angemessen.

Irgendwann richtete ich mich auf, sammelte mich, sie schob mir die Schachtel Kleenex zu und, da ich sie fragend ansah, und sie meine unausgesprochene Frage offenbar verstand, sagte sie: "Manchmal ist ein Schmerz zu groß, als dass wir ihn gleich fühlen können."

Ich nickte dankbar und wieder verging eine lange Weile, ich der nichts zu hören war als das leise Rauschen des Regens vor dem Fenster.

Irgendwann sagte sie dann und ihre Stimme schien von weit herzukommen: "Ab jetzt werden Sie damit leben können."

Nun siezte sie mich wieder und auch das war angemessen und ich nickte, tauchte aus der grauen Dämmerung auf, in der ich versunken war und beschloss, es zu versuchen, jetzt, sofort, gleich, solange ich in dieser sicheren Umgebung war und bei dieser Frau, dieser Ärztin, die mich auffangen würde, entschied, es in mein Leben, in meine Gedanken einzulassen und mit dem zu leben, was an jenem Tag geschehen war.

So ließ ich es zu, dass ich zurück sah, erlaubte meinem Gehirn, die gespeicherten Erinnerungen abzurufen.

Endlich.

20

“Die Babys waren genau drei Monate alt und ich war noch daheim, im Erziehungsurlaub. Es war der dritte August, ein warmer sonniger Tag. Peter und Paul lagen in ihrem Kinderwagen hinter dem Haus im Schatten und schliefen. Ich wollte die Zeit nutzen und hatte begonnen, die Fenster zu putzen, die in der Sonne so staubig ausgesehen hatten. Es klingelte an der Tür. Ich war ein wenig ärgerlich ob der Störung, ließ den Lappen in den Wassereimer fallen, trocknete mir die Hände ab, wischte mir das feuchte Haar aus dem verschwitzten Gesicht, ging an die Haustür und öffnete.

Die beiden Männer in ihrem grauen Bundeswehrdienstanzug hätten gar nichts sagen müssen, ich wusste sofort Bescheid.

Wenn man heutzutage Soldat ist, weiß man, was das bedeutet.

Es hätte weder ihrer betretenen Gesichter bedurft, noch ihrer glatten Worte, es täte ihnen leid. Ich wusste sofort, dass Andreas tot war.

Sie sagten mir, sie dürften mir nichts Genaueres sagen über die Umstände, wie er gestorben war. Nicht einmal genau, wo.

Irgendwo in Afghanistan, so sagten sie und ich wusste nicht, ob ich ihnen das glauben sollte. Aber es war mir auch egal, wo es passiert war.

Er sei am 30. April 2002 nach Afghanistan geflogen und dort gestern, am 2. August gestorben. Für sein Vaterland, so sagten sie übrigens.

Ich hörte nicht mehr zu. Am 30. April sei er abgeflogen, so hatten sie gesagt. Peter und Paul waren am 02. Mai geboren. Er hätte also beinahe noch dabei sein können, nur um zwei Tage hatte er die Ankunft seiner

Söhne verpasst. Ich vertiefte mich in diesen Gedanken, der mir im Moment schrecklicher als alles erschien, viel schlimmer als die Tatsache, dass er tot war. Er hatte die Geburt seiner Kinder verpasst, das Ereignis, das mir das Wichtigste in meinem Leben war, neben Andreas selbst natürlich.

Ich konnte an nichts anderes mehr denken, nahm die beiden Männer nicht mehr wahr, ignorierte sie. Später dachte ich manchmal, dass ich sehr unhöflich zu ihnen gewesen war.

Andererseits, wie unhöflich war es von dieser Armee, diesem Land, mir meinen Mann wegzunehmen, ihn einfach sterben zu lassen und mir, seiner Frau, nicht einmal zu sagen, wo und warum.

Automatisch hatte ich ihnen einen Kaffee angeboten, und, vermutlich, da ich nicht mit ihnen redete und auch wohl, weil sie nicht wussten, was sie tun oder sagen sollten, verabschiedeten sie sich, so schnell sie konnten, nachdem sie ausgetrunken hatten.

Ich setzte mich wieder hin und starrte aus dem Fenster, ohne den hellen Sonnenschein und den blauen Himmel dahinter wahrzunehmen. Dachte an Andreas, daran, wie wir uns kennen gelernt hatten, und all die Bilder von ihm und uns zogen durch mich hindurch und machten den Schmerz schlimmer und tiefer und beißender mit jedem Bild, das ich sah.

Wie er dort lag in seinem Bett auf der Intensivstation und mich immer so nachdenklich ansah. Wie er sich das erste Mal mit mir traf und mir einen großen Strauß voller leuchtendroter Rosen in den Schoß legte. Wie er mir bei unserer Hochzeit den Ring auf den Finger schob, all die schönen Momente in unseren langen Abenden daheim, wo wir redeten und lachten, all die Feiern und unsere glücklichsten Momente, wenn wir allein waren.

Irgendwann rief ich meine Eltern an, sagte: "Andreas ist tot" und legte wieder auf. Ich setzte mich wieder hin, weinte nicht, redete nicht.

Nicht einmal mit der Nachbarin, die herübergekommen war, weil sie die beiden Männer hatte kommen und gehen sehen und sie war ja eine

Soldatenfrau, sie hatte geahnt, was das bedeutet. Ich sprach nicht mit ihr, obwohl wir befreundet waren, auch wenn ich ein schlechtes Gewissen dabei hatte, am Rande, neben dem anderen, über das ich nicht reden, nicht einmal mehr daran denken wollte.

Vier Stunden später standen meine Eltern vor der Tür, bedankten sich bei der Nachbarin, die noch neben mir saß, packten ein paar Sachen zusammen und nahmen mich und die Kinder mit nach Hause.

Sie sorgten dafür, dass Andreas Leichnam nach Niederdorlar überführt und dort auf dem Friedhof begraben wurde. Der Leichenwagen war ein VW-Bus, fast wie der meiner Eltern, nur schwarz und unserer war dunkelrot. Wie es bei uns Sitte ist, trugen vier Männer, einer davon mein Vater, den Sarg auf ihren Schultern von der kleinen Kirche bis zum Grab."

Ich hatte gemerkt, wie meine Stimme leiser geworden war und erschöpft machte ich eine Pause.

Wie schrecklich es sich angefühlt hatte, als der Sarg von den Männern mit langen Seilen in die Tiefe gelassen wurde, dass es einen Knacks in mir gegeben hatte, als er versank, einen so lauten Krach, dass ich gemeint hatte, alle, die um mich herum standen, hatten es hören müssen, das konnte ich selbst jetzt nicht aussprechen, aber ich wollte es versuchen und mühsam rang ich um die richtigen Worte.

"Es war furchtbar. Da war ein so starker Schmerz in meinem ganzen Körper, wie ich ihn nie zuvor verspürt hatte. Nicht bei meinem Schwimmtraining, bei dem es oft über die Schmerzgrenze hinausgegangen war, nicht bei den verschiedenen Verletzungen, die ich mir zugezogen hatte, nicht einmal bei der Geburt der Babys.

Nach der Beerdigung fuhren wir ins Dorfgemeinschaftshaus in Niederdorla. Es gab den bei Trauerfeiern üblichen Streuselkuchen. Ich hatte versucht, den Schmerz auszuschalten und war taub geworden. All die Leute, die gekommen waren, um zu kondolieren und meinen Schmerz zu teilen, zogen wie im Nebel an mir vorbei und ich nahm sie gar nicht richtig wahr.

Dann fuhren wir nach Hause und auch an die nächsten Tage kann ich mich nicht richtig erinnern. Der Onkel der Zenkerschen war herüber gekommen, um bei der Bewältigung des Papierkrams behilflich zu sein. Ich tat, was er sagte, unterschrieb da, wo sein Zeigefinger hinzeigte. Mein Vater leckte Briefmarken mit der Zunge an, frankierte die ganzen Briefe und brachte sie zur Post. Die Kopien legte ich auf Geheiß des Zenkerschen Onkels in eine Kassette und verwahrte sie irgendwo.

Nach ein paar Wochen fuhr ich mit den Zwillingen heim, irgendwann ging ich auch wieder zur Arbeit und nahm mein Leben wieder auf. An Andreas dachte ich nur manchmal und immer dachte ich an ihn als den Mann, den ich einst geliebt hatte, der mir meine wundervollen Kinder geschenkt und mich dann verlassen hatte."

Ich merkte, wie meine Stimme leiser geworden war und ich langsamer sprach, in mir breitete sich die Art von ruhiger Schwäche aus, die sich nach großer Aufregung und Anspannung einstellt, oder nach schwerer Krankheit, wenn man weiß, dass man über den Berg ist, es ab jetzt bergauf gehen wird und alles, was man nun noch tun muss, ist, sich auszuruhen.

Die Psychiaterin betrachtete mich nachdenklich eine Weile. Dann sagte sie vorsichtig: "Und ich nehme an, nach der Beerdigung gab es Tee?"

"Ja", sagte ich, wurde wütend darüber und spürte mit der Wut die Lebensgeister in mich zurückkehren. Die soeben wiedergefundene Ruhe wich einem großen Zorn, einem Ärger, der sich gesund anfühlte und Kraft verlieh. Die Erinnerungen wurden deutlicher.

"Es gab schwarzen Tee zur Trauerfeier im Dorfgemeinschaftshaus und jeden Abend vor dem Schlafen bekam ich Kamillentee, das würde die Nerven beruhigen, sagte die Oma. Und als der Onkel der Zenkerschen herüber kam, um mir beim Ausfüllen der Anträge für die

Lebensversicherung und die Witwenrente und all dieser Dinge zu helfen, da gab es Hagebuttentee."

Während ich diese Worte aussprach, wurde mir etwas klar und voll Erstaunen nahm ich es zur Kenntnis, teilte es der Psychiaterin mit.

"Ich habe danach nie mehr Tee getrunken, ich hasste ihn und mochte den Geschmack nicht. Ohne Sie wäre ich nie darauf gekommen, warum das so ist."

Sie lächelte. In meinem Kopf fuhren jetzt die Gedanken Karussell und ich wusste nicht, wo anfangen.

"Wie konnte ich das nur vergessen, wie habe ich so verdrängen können und all die Jahre geglaubt, er habe mich verlassen, wo er doch in Wahrheit tot ist und ich es genau wusste?" so fragte ich die Psychiaterin drängend.

"Das ist ganz normal", versuchte sie, mich zu beruhigen.

Ich ließ sie nicht weiter sprechen, ich wollte mich nicht beruhigen. Ich fand es furchtbar. Andreas war doch mein Mann gewesen und ich hatte ihn geliebt. Wie hatte ich ihn so vergessen können?

Wie hatte ich mich so über Jan grämen können, wie hatte ich überhaupt zulassen können, dass er mir so wichtig geworden war, wo ich doch die ganze Zeit tief innen gewusst hatte, dass er mich nicht geliebt hatte, so wie Andreas getan hatte. Und dass er seine Frau nie verlassen würde, auch das war mir auf einmal glasklar und es interessierte mich überhaupt nicht mehr.

Wie hatte das so wichtig sein können für mich?

Ich stellte ihr die Frage.

"Wie hatte ich die ganze Zeit über glauben können, es sei Jan, der mich so durcheinandergebracht hatte, dass ich keine Farben mehr sehen kann, wo es doch der Schmerz über Andreas war? Die ganze Zeit, die ganze Traurigkeit, das ganze Grau, alles wegen Andreas und ich habe ihn einfach vergessen, und dachte, eine x-beliebige Affäre verursacht das alles!"

“Nun, es war ja nicht gerade nur irgendeine Affäre”, sagte die Psychiaterin. „Immerhin erwarteten Sie ein Kind von ihm und das verloren Sie auch noch. Es war ja nicht gerade unbedeutend. Obwohl…”, und hier stockte sie und fing an zu lachen.

Es mutete mich merkwürdig an, ich fand es fast ein wenig beleidigend. Hier saß ich über den Scherben meines Lebens und sie lachte. Obwohl ich ihr nicht zustimmen konnte, ich fand die Affäre mit Jan nun im Rückblick sehr wohl unwichtig im Vergleich damit, meinen Mann verloren zu haben.

Aber nicht nur das, alle Dinge schienen irgendwie plötzlich verschwommen und durcheinandergewirbelt worden zu sein, um dann den Platz einzunehmen, an den sie gehörten. Ich sah wie durch ein Fernglas, nur zeigte es nicht die Ferne, sondern die Vergangenheit, scharf und glasklar.

Ich hatte einen wunderbaren Mann gehabt, er hatte mich nicht verlassen, er war gestorben. Wir hatten einen Teil unseres Lebensweges geteilt, und wir hatten zwei wunderbare Kinder zusammen.

Ich wusste, wo er war. Er war in demselben Elfenwald, den ich auch kannte und es war, als ob er nur einen Atemzug weit entfernt war und ein Teil von ihm schien zu sagen, er würde von nun ab immer bei mir sein. Bei mir und bei Peter und Paul.

Ich hatte über meinen Gedanken ganz vergessen, dass ich sauer war auf die Psychiaterin. Sie hatte es dennoch bemerkt und als ich nun zu ihr hinsah, lag auf ihrem Gesicht immer noch ein Grinsen, das sie jedoch zu unterdrücken versuchte.

“Es tut mir leid”, entschuldigte sie sich. “Ich musste nur gerade an die Du-Darfst-Werbung denken.”

Ich sah sie verständnislos an.

Was sagte sie da?

Und dann dämmerte es mir, ich fing auch an zu lachen und wir lachten und lachten und bogen uns vor Lachen, bis uns die Tränen über die Wangen

liefen und der Bauch anfing zu schmerzen und ich endlich die Worte herausbrachte: "Wer zum Teufel ist eigentlich Jan?"
Das Lachen befreite den ganzen Rest an Schmerz und Kränkung, den die Tränen nicht hatten wegspülen können und ich hatte das Gefühl, als könne ich auf einmal doppelt so tief durchatmen wie nur eine Stunde zuvor.
Immer wieder, wenn eine von uns zu lachen aufhörte, begann die andere wieder und wir freuten uns so sehr.
"Wer zum Teufel ist dieser Kerl, der seine Frau nicht verlassen konnte?"
Und ich erkannte, dass das auch gar nicht wichtig war, dass es mich nicht interessierte. Es war einfach irgendjemand, der, wie so viele andere Menschen auch, ein Stück meines Weges neben mir hergegangen war, eine kleine Facette meines Lebens, die der Vergangenheit angehörte.
Die Liebe, die große Liebe meines Lebens, das war Andreas gewesen. Und mit ihm hatte ich endlich meinen Frieden geschlossen.
Vielleicht, so dachte ich kurz, denn es war in diesem Moment nicht wichtig, aber vielleicht könnte ich jetzt irgendwann auch wieder bereit sein für eine neue Beziehung, mit jemandem, der es ernst meinte und auch meine Kinder gern hatte. Bestimmt würde es eines Tages so jemanden geben und dann könnte ich mich vielleicht darauf einlassen, anstatt mich mit Männern abzugeben, die weder mich wirklich wollten noch ich sie.
Die folgenden Tage verbrachten die Psychiaterin und ich damit, die Geschichte meines Lebens und vor allem auch meine Auslandseinsätze noch einmal durchzugehen und dieses Mal konnte ich alles genau ansehen und den Schmerz ertragen und mich über die Glücksmomente freuen. Ich genoss, wie eine Kraft, an die ich mich nur noch schwach erinnern konnte, wieder begann, ungehindert durch meinen Körper zu fließen.
Sie erklärte mir, dass Menschen manchmal so reagieren, wie ich es getan hatte. Sie erklärte es mir anhand des Vietnamkrieges, wo Menschen das

schreckliche, in ihren Augen sinnlose Sterben um sich herum nicht mehr ertragen konnten und ihre Seelen abschotteten, dicht machten.
Damit der Mensch an sich überleben konnte, wurde der Teil des Erlebens, der unerträglich war, abgespalten, so, als sei er nie passiert oder insgeheim in etwas anderes verwandelt. So wie ich den Sarg mit dem Boot verwechselt hatte.
So wie ich mir all die Jahre vorgemacht hatte, Andreas habe mich verlassen, weil ich den Schmerz darüber, dass er tot war, nicht ertragen konnte.
Und sie erklärte mir am Beispiel meiner Tante Lene, wie stark Frauen sein können, wenn sie ihre Kinder beschützen wollen. So wie es mein großes Ziel gewesen war, Peter und Paul groß zu ziehen und ihnen eine glückliche, unbeschwerte Kindheit zu schenken.
Ich fühlte, wie ich gelöster wurde, heiterer, gelassener, spürte, wie ich zu heilen begann und wieder ganz zu werden.

21

Irgendetwas jedoch war da noch. Etwas, das ich nicht greifen konnte, aber da war etwas, das mich irritierte und von dem ich wusste, dass ich mich damit auseinandersetzen muss.
Ich wusste nur nicht genau, was es war und ich fand es auch in dieser letzten Woche mit der Psychiaterin nicht heraus.
Am Ende verabschiedete sie mich mit den Worten, dass sie immer und jederzeit für mich da sei, wenn ich sie bräuchte, gab mir eine ganze Liste mit Telefonnummern und Email-Adressen, unter denen ich sie erreichen könnte. Sie sagte auch, es könne vielleicht gut für mich sein, noch eine Weile Therapiestunden zu nehmen. Wir könnten das gemeinsam tun oder sie würde mir helfen, jemanden zu finden, der näher ist an daheim.
Fast hatte ich das Gefühl, es tat ihr mehr Leid als mir, dass wir nun voneinander Abschied nehmen mussten.
Aber das mussten wir. Ich musste nach Hause und an die Teile meines Lebens, die ich vor so vielen Jahren unterbrochen hatte, wieder anknüpfen.
Wir vereinbarten, in zwei Wochen miteinander zu telefonieren. Sie wolle hören, wie es mir geht, so sagte sie, und dann könnten wir auch besprechen, wie es weitergehen soll.
Das gefiel mir. Ich wusste, ich war einen großen, den entscheidenden Schritt weitergekommen auf meinem Weg. Nun musste ich nach Hause, um herauszufinden, wie es sich dort anfühlte. Dann, in zwei Wochen, würden wir weiter sehen.

Ausnahmsweise ließ ich die Kinder noch ein paar Tage länger bei meinen Eltern, fuhr nach Hause, stieg auf den Dachboden und suchte den kleinen Koffer. Großtante Lenchens kleinen Holzkoffer, in dem sie auf ihrer Flucht in den Westen ihre Dokumente und ihr Geld transportiert hatte und den ich vor Jahren, als ich dieses Haus kaufte, dort abgestellt hatte.

Diese kleine hölzerne Kiste aus hellem, ausgeblichenem Holz, geformt wie ein Koffer, mit einem Griff aus Leder daran und abschließbar, der während Tante Lenchens Flucht ihre Papiere enthalten hatte und in den ich damals alle die Dokumente gelegt hatte, die ich auf Geheiß des Onkels der Nachbarin unterschrieben hatte.

Ich wischte den Staub ab und knackte das Schloss mit einem starken Schraubenzieher auf. Natürlich musste irgendwo der Schlüssel sein, aber ich hatte keine Zeit, ihn zu suchen.

Der Deckel sprang auf.

Nun zögerte ich doch eine Weile, dann nahm ich Stück für Stück heraus, was darin lag.

Da waren die Anschreiben an die Lebensversicherungen, der Rentenbescheid und die ganzen Papiere.

Ein Sparbuch, das ich ungeöffnet zur Seite legte.

Darunter lag eine getrocknete Rosenblüte aus meinem Hochzeitsstrauss. Andreas Führerschein. Ein paar Fotos von Feiern im Krankenhaus aus der ersten Zeit unserer Liebe.

Das kleine Goldkettchen, das er mir zu unserer Hochzeit geschenkt hatte und auch der Verlobungsring mit dem kleinen Diamanten darin.

Einige Briefe, die er mir aus den Einsätzen geschickt hatte. Viele waren es nicht, er war kein großer Briefschreiber. Sie waren alle oben sauber aufgeschnitten mit dem kleinen Brieföffner, den er mir einmal mitgebracht hatte, und sie waren mit einem Gummiband umwickelt.

Da waren auch die Plastikarmbändchen von Peter und Paul, die man ihnen im Krankenhaus nach der Geburt angelegt hatte und da war auch das Kärtchen mit ihren Namen darauf, das die Schwester damals an ihrem Bettchen angebracht hatte.

Ganz unten in der Kassette lag ein Brief. An mich adressiert, aber ohne Briefmarke und nicht abgestempelt. Er kam mir seltsam vertraut und doch gleichzeitig so fremd vor.

Er war noch ungeöffnet. So ungeöffnet, wie er seit dem Tag, an dem mein Vater ihn mir gegeben hatte, geblieben war. Der Tag, als ich meine Eltern angerufen hatte, der Tag, an dem sie mich abholen kamen, der Tag, an dem die beiden Offiziere bei mir gewesen waren, der Tag, der 3. August 2002, der Tag, an dem ich erfahren hatte, dass Andreas tot war.

Mein Vater hatte mir den Brief zugesteckt, nachdem sie mich abgeholt hatten, als wir in meinem Elternhaus angekommen waren.

Er hatte kaum sprechen können, es hatte ihm die Kehle zugeschnürt und fast vermeinte ich, Tränen in seinen Augen glitzern zu sehen. “Andreas war kurz vor der Geburt von Peter und Paul bei uns. Er blieb nur eine Stunde, sagte, er müsse weg, ein Auslandseinsatz. Er wolle dich nicht beunruhigen, aber falls er nicht zurückkäme, solle ich dir diesen Brief geben. Mutter sollte ich nichts davon sagen und das habe ich auch nicht getan.” Seine Worte klangen mir noch im Ohr und das Zittern seiner Hand, als er mir unbeholfen und unsicher, ob er das Richtige tat, den Brief zuschob.

Ich hatte ihn nicht gelesen. Ich hatte ihn nicht einmal geöffnet. Ich hatte ihn gedreht und gewendet, gegen das Licht gehalten, geprüft, wie fest er zugeklebt war, aber geöffnet hatte ich ihn nie und gelesen auch nicht. Ich hatte ihn mit den anderen Papieren und den anderen Dingen, die ich nicht um mich haben wollte, in den Holzkoffer verbannt. Dann hatte ich ihn vergessen. Vollkommen und ganz und gar vergessen, so wie alles andere, was mit Andreas Tod zu tun hatte.

Ich wusste, dass es das war, wonach ich gesucht hatte, weswegen ich heimgefahren war und weshalb ich die Kinder bei den Eltern gelassen hatte. Das, was noch gefehlt hatte.

Ich steckte ihn zusammen mit dem Schraubenzieher in meine hintere Jeanstasche, klappte den Holzkoffer zu, nahm ihn mit nach unten und stellte ihn auf den Küchentisch.

In der Küche schenkte ich mir ein Glas Wein ein, nahm es mit nach draußen auf die Terrasse in die milde Abendluft, setzte mich so, dass ich über die Felder bis hin zum Waldrand sehen konnte, zündete eine Zigarette an und schlitzte den Brief auf.

22

Liebe Kristina

Wenn Du diesen Brief liest, hast du unsere Kinder auf die Welt gebracht und ich war nicht dabei. Ich weiß, dass das für Dich die größte Enttäuschung deines Lebens war und ich hoffe und bete, dass ich zu Dir zurückkommen und Dir alles selbst erklären kann. Für den Fall, dass ich es nicht kann, schreibe ich Dir diesen Brief und wenn Du ihn erhältst, wirst Du schon wissen, dass ich nie mehr zu Dir zurückkomme, weil ich tot bin.

Du weißt, dass ich kein großer Briefeschreiber bin.

Aber ich muss auf eine gefährliche Mission, vielleicht gefährlicher als alle, auf denen ich bisher war.

Ich habe Dir nie viel über meinen Job erzählt. Je weniger Du davon weißt, desto besser für dich und umso sicherer bist Du, so dachte ich immer.

Nun, wenn Du diesen Brief erhältst, wirst Du Dir auf traurige Weise das Recht erworben haben, zumindest ein klein wenig zu erfahren. Du wirst dir vielleicht schon manchmal gedacht haben, dass ich kein gewöhnlicher Fernspäher bin. Ich bin ein Spezialagent und wurde nur zur Tarnung den Fernspähern zugeteilt.

Niemand in der Öffentlichkeit soll erfahren, dass es solche wie uns gibt und schon gar nicht, welcher Art die Aufträge sind, die wir meist auf Geheiß von allerhöchster Stelle ausführen.

Bevor ich Dich kennen lernte, hatte ich eine umfangreiche Ausbildung genossen und war zu einem Spezialisten ausgebildet worden, fast könnte man sagen, zu einer Spezialwaffe.

Immer wieder bin ich allein in alle Ecken der Welt geflogen, um teilweise wirklich schmutzige Aufträge auszuführen, mehr als einmal, um für unsere Politiker die Kastanien aus dem Feuer zu holen und es ist kein Wunder, dass man das offiziell nicht zugeben will.

Kristina, mein Herz, Du hattest vielleicht den Eindruck, dass ich sauer war, als du die Pille abgesetzt hast und dass ich mich nicht richtig für Deine Schwangerschaft interessiert habe.

Ich möchte Dir sagen, dass das nicht stimmt. Im Gegenteil, ich habe mich sehr gefreut, ich wollte sehr gerne Kinder haben, vor allem mit Dir.

Ich dachte nur, es würde etwas später sein und ich würde mehr Zeit haben, um mich an den Gedanken zu gewöhnen können, meinen Job aufzugeben und das auch in die Praxis umzusetzen.

Ich habe ihn sehr gerne gemacht, aber als ich Dich kennen gelernt habe, wurde er mehr und mehr unwichtig für mich.

Nur, es war nicht so einfach, auszusteigen, wie ich gehofft hatte.

Ich habe es probiert und damit war ich während Deiner Schwangerschaft beschäftigt und weil es nicht so leicht ging, wie ich dachte, war ich vielleicht manchmal etwas genervt und dafür möchte ich mich bei Dir entschuldigen.

Sie wollten mich nicht so einfach gehen lassen, sagten, sie hätten mich jahrelang aufwändig und teuer ausgebildet, nun wollten sie davon profitieren.

Es ist nicht gerade verboten in meinem Job, zu heiraten, aber gerne gesehen wird es auch nicht.

Es lenkt ab, die Gedanken sind nicht bei der Arbeit, sondern irgendwo anders.

Man wird erpressbar. Wenn man weiß, Frau und Kinder sind in Gefahr, erzählt man Dinge, die man nicht erzählen sollte.

Und man wird vorsichtiger. Früher war es mir egal, ob ich den nächsten Auftrag, die nächste Mission überleben würde.

Seit ich Dich kenne, wurde das anders. Ich will mein eigenes Leben haben und zwar mit Dir und den Kindern. Ich habe gedrängt und gedrängt und immer wieder gesagt, ich will raus.

So haben sie sich schließlich darauf eingelassen, dass ich aufhöre, haben mir einen Bürojob angeboten.

Eine letzte Mission soll ich ausführen, im Irak, so viel möchte ich Dir dazu sagen. Auch wenn ich das eigentlich nicht sagen dürfte.

Zerbrich dir nicht darüber den Kopf. Es ist vollkommen egal und ich werde es sowieso aufgeben.

Wenn ich heimkomme. Denn zum ersten Mal, das muss ich gestehen, habe ich Angst.

Angst ist etwas, das ich nie kannte und das ich nicht haben sollte. Angst trübt den Blick.

Aber so ist der Deal. Ich mache diesen letzten Einsatz und dann kann ich gehen.

Und dann brauchen wir das Thema nie mehr zu erwähnen und können uns unserer kleinen Familie widmen.

Apropos Familie. Ich habe sehr gebeten und verhandelt, dass man mich noch bei der Geburt dabei sein lässt. Heute in einer Woche hast Du den Termin und Zwillinge kommen ja oft ein wenig früher. Aber es war nichts zu machen, morgen muss ich los und die Babys sind noch nicht da.

Ich fahre noch schnell zu Deinen Eltern, um Deinem Vater diesen Brief anzuvertrauen und ich hoffe, dass wir ihn verbrennen können, wenn ich heim komme.

Was ich Dir sagen möchte, für den Fall, dass ich nicht wieder komme.

Ich liebe Dich sehr, mehr als mein Leben und ich liebe auch unsere beiden Kinder, obwohl ich sie noch nie gesehen habe und, wenn Du diesen Brief liest, es auch feststeht, dass ich sie nie sehen werde.

Eines muss ich nun auch noch beichten.

Wir haben so viel über Namen nachgedacht. Ich möchte wirklich, dass sie nach unseren beiden Vätern genannt werden, vor allem und gerade dann, wenn ich nicht zurückkomme.

Irgendwie hoffe ich, dass ihnen das einen Halt geben wird, irgendwie scheinen sie dann mehr zu einer Familie zu gehören, wenn ich schon nicht mehr zu dieser Familie gehören kann, weil ich nicht mehr da bin.

Also habe ich einen meiner Teamkameraden, der dieses Mal nicht mit in den Einsatz geht, gebeten, ein Auge auf Dich zu haben und aufzupassen, wenn die Zwillinge geboren werden.

Ich habe ihm einen meiner Ausweise gegeben, damit er sich als mich ausgeben kann, um die beiden auf dem Standesamt auf Peter und Paul anzumelden, sobald sie geboren sind.

Vielleicht ist es bescheuert und vielleicht bis Du auch sauer auf mich ohne Ende.

Aber es ist mir so wichtig, es nimmt so eine große Bedeutung ein für mich so kurz vor diesem Einsatz, dass ich mir dort immer sagen kann, denk an Kristina, Peter und Paul, überlebe es und kehre zu ihnen zurück. Damit ich mich daran festhalten kann, brauchen sie Namen.

Ich weiß nicht, ob es klappt und ich weiß auch nicht, ob er es wirklich macht, mein Kamerad. Er war etwas skeptisch. Aber normalerweise können wir uns aufeinander verlassen.

So, meine geliebte Kristina, ich muss gleich los und habe noch nicht gepackt.

Ich hoffe, ich komme bald wieder und kann diesen Brief einfach wegwerfen.

Ich liebe Dich
Dein Andreas

PS Eines musst du mir noch versprechen. Irgendwann werden sie keine Rücksicht mehr darauf nehmen, ob ein Soldat wie Du Kinder hat oder nicht.

Irgendwann werden sie die manpower brauchen, werden sie versuchen, jeden einzelnen Soldaten in den Einsatz zu schicken, ob man in einem Kommando sitzt oder nicht.

Versprich mir, dass Du Dich wehren wirst mit Händen und Füßen.

Geh nicht in den Einsatz, niemals. Bleib bei unseren Kindern. Wenn es sein muss, kündige, aber gehe nicht in den Einsatz. Und vor allem geh nicht nach Afghanistan. Es ist zu gefährlich und vor allem wird Dir keiner helfen, niemand hinter Dir stehen. Versprich mir das. Die Kinder brauchen Dich. Vor allem, wenn sie mich nicht haben können.

Sag ihnen, dass ich sie lieb habe und dass es nicht ihre Schuld ist, dass ich nicht bei ihnen sein kann, so wie es nicht Deine ist. Du bist die beste Frau, die man sich wünschen kann und ich liebe dich ohne Ende.

Dein Andreas

28. April 200

So. Das war es also. Das letzte Puzzleteilchen, das mir noch gefehlt hatte. Das geheimnisvolle, mich so irritierende Etwas, das ich nicht hatte greifen können.

Dass mir die Krankenschwester erzählt hatte, sie hatte ihn im Krankenhaus gesehen zu einer Zeit, von der die beiden Offiziere behauptet hatte, dass er da schon tot gewesen sei.

Und auch das Rätsel um die geheimnisvolle Anmeldung der Jungs auf dem Standesamt war gelöst.

Nein, ich bin nicht sauer ohne Ende, wie er geschrieben hatte.

Ich bin erleichtert, dass ich nicht bescheuert war, sondern gesund und dass meine Jungs gesund sind. Wie sie heißen, ist mir vollkommen egal. Sie scheinen sogar immer insgeheim ein wenig stolz darauf zu sein, so wie ihre Opas zu heißen.

Vielleicht hatte Andreas Recht und es hatte ihnen immer das Gefühl gegeben, irgendwo dazu zu gehören.

Sauer bin ich nicht. Nur traurig, sehr traurig sogar. Aber auf eine gesunde, normale Weise.

Kurz überlege ich, ob er wohl gestorben ist, weil er solche Angst gehabt hatte und weil er mit seinen Gedanken bei uns war und nicht bei seinem

Auftrag, weil er abgelenkt, angespannt, unvorsichtig war. Nur kurz erlaube ich mir diesen Gedanken, ich will so nicht denken.

Das macht keinen Sinn und ich will es auch gar nicht so genau wissen.

Er ist tot und er hatte mich geliebt.

In seinem Brief war auch ein Sparbuch gewesen. Die Einzahlungen stammten irgendwoher aus Frankreich und ich konnte mir das nie erklären. Aber ich habe es zur Bank getragen, es war eine erhebliche Summe.

Auch das kleine Sparbuch, das in der Kassette war, habe ich geöffnet und auf die Bank getragen, um es aktualisieren zu lassen.

Ich hatte für die Witwen- und Waisenrente, die ich Monat für Monat bekommen hatte, ein neues Konto aufgemacht, ein Sparbuch, bei dem man keine Kontoauszüge bekommt, die jedes Mal, wenn man sie wegheftet, Schmerz hervorrufen. Irgendwann hatte ich es ganz vergessen, dahin verdrängt, wo ich all die anderen Erinnerungen an die Zeit nach Andreas´ Tod verborgen hatte. All die Jahre hatte ich das Geld nicht angerührt und jetzt stellte ich fest, welche stattliche Summe sich dort angesammelt hatte. Auch die Summe von der Lebensversicherung war darauf.

Jetzt erinnere ich mich auch wieder genauer daran, wie wir alle diese Anträge ausgefüllt hatten.

Wie ich in Niederdorla in der guten Stube gesessen hatte und der Onkel der Nachbarin, der Zenkerschen, der mir auch damals den Lebenslauf für die Bewerbung bei der Bundeswehr geschrieben hatte, alle diese Papiere für mich bearbeitete, mir vorlegte, damit ich sie unterschrieb und sie abschickte. Er hatte sein Leben lang auf der Gemeindeverwaltung gearbeitet und kannte sich mit Papierkram aus.

Ich sehe das Bild vor mir, wie ich wie versteinert da saß und Blatt um Blatt unterschieb. Er hatte auch versucht, mir alles zu erklären, aber ich hatte nur dagesessen und auf den Tisch gestarrt und unterschrieben, was er mir hingeschoben hatte. Ich hatte ihm gar nicht zugehört.

Aber er hatte gesagt: „Es muss gemacht werden, Kristinchen, es ist wichtig. Du wirst es mir später einmal danken."

Wie Recht er gehabt hatte und ich denke dankbar an ihn zurück. Sagen kann ich es ihm leider nicht mehr, er starb vor ein paar Jahren, aber der Zenkerschen, der kann ich ein schönes Geschenk machen. Was, das muss ich mir noch überlegen.

Vielleicht werde ich einfach eine Polin bezahlen, die bei ihr wohnt und für sie sorgt und sie pflegt, denn sie ist steinalt und kann nicht mehr so wie früher.

Leisten kann ich es mir. Es hatte sich eine Menge Geld dort angesammelt und ich überlege, ob ich überhaupt noch arbeiten gehen muss in meinem Leben. Wenn ich es vernünftig anstelle?

Vielleicht könnte ich auch halbtags arbeiten als Krankenschwester, vielleicht Teilzeit im Nachtdienst, dann würde ich auch endlich mehr Zeit haben für meine Jungs.

Über all das werde ich in Ruhe nachdenken.

Im Urlaub.

Das werde ich mir leisten. Ich werde mit den Jungs in den Urlaub fahren. Nichts Großartiges, nichts Teures, aber auf keinen Fall einen Abenteuerurlaub.

Vorhin habe ich schon mal eine Suche im Internet gestartet. In Kroatien fand ich ein Ressort, all inclusive, da wohnt man in kleinen Holzhütten, drei Mal am Tag gibt es ein Riesenbuffet, das würde den Jungs gefallen, sie sind immer hungrig und können essen ohne Ende und bleiben dabei dünn wie Spaghettis. Es liegt direkt am Meer, zusätzlich gibt es einen Pool, außerdem alle Arten von Wassersport, sie können segeln und schnorcheln und Wasserski fahren und Fußball spielen sie sowieso immer und überall.

Da werde ich mir dann auch überlegen, ob ich noch über Andreas Rat hinaus nicht die Bundeswehr ganz verlassen sollte. Am liebsten würde ich

es gleich tun. Aber, das habe ich gelernt in Bezug auf Entscheidungen, immer eine Nacht darüber schlafen.
Vielleicht sollte ich mir auch einen großen Traum erfüllen und mit ihnen nach Afrika fahren, eine Safari machen. Wo gäbe es wohl schönere Farben zu sehen als in Afrika. Und die Jungs würden all die Tiere beobachten können, mit einem Jeep durch die Steppe fahren. Ans Okavango-Delta könnten wir fahren. Es ist bald Mai, genau die Zeit, wenn das Wasser im Süden ankommt und alle die Tiere kommen, um zu trinken.
Das überlege ich mir noch.
Es ist ein schöner Gedanke, dass alles möglich ist.
Alles, wenn man will und daran glaubt und hart arbeitet und, das Wichtigste, ehrlich ist. Vor allem zu sich selbst.

23

Heute habe ich, wie vereinbart, wieder die Psychiaterin angerufen.
Ich habe ihr gesagt, dass ich nicht sicher bin, ob ich noch mehr Therapie brauche und ihr erzählt, wie ich gestern Blumen auf Andreas Grab gelegt habe. Es waren Anemonen und sie leuchteten bunt in allen möglichen, wunderbaren Farben, als seien sie direkt im Elfenland gepflückt worden.
Aber das sind sie nicht. Sie sind hier von der Erde und sie leuchteten hier auf der Erde, auch für mich, alle diese Farben. Und sie erinnerten mich auch nicht an den Elfenwald, sondern an Andreas und die Rosen, die er mir geschenkt hatte, als er mir seinen Antrag machte und die vielen Blumen, die er mir immer wieder mitbrachte, bevor er starb.
Sie riefen ein Gefühl von Wärme und Licht hervor und von Andreas Nähe und der Liebe zwischen uns.
Ich habe ein Foto gemacht von seinem Grab mit den Anemonen darauf, das ich daheim auf die Kommode stellen will.
Ja, ein Foto. Ich male nicht im Moment. Es dauert zu lange und ich habe schon so viel Zeit verloren.
Auch wenn die Psychiaterin sagt, sie war nicht verloren, die Zeit, sondern notwendig. Aber bewusst gelebt habe ich nicht viel in dieser Zeit, es lässt sich nicht nachholen, aber jetzt will ich jede Minute genießen, mit den Kindern spielen, lachen, mich freuen, vielleicht auch mal weinen und traurig sein, aber leben.

Ich will die Farben, die nun wieder in meinem Leben sind, genießen, mich an ihnen freuen und vielleicht werde ich sie eines Tages auch wieder malen, wenn ich Lust dazu habe.

Im Moment habe ich Besseres zu tun.

Die Kinder stehen schon an der Tür, mit Gummistiefeln und gelber Öljacke, den Hund an der Leine und warten auf mich.

Wir wollen einen schönen, langen Spaziergang machen. Dass es in Strömen regnet, stört uns dabei kein bisschen. Auch wenn es grau aussieht.

Hinter den Regenschleiern und dem Nebel, der von den nassen Wiesen aufsteigt, sehe ich das dunkle Grün der Tannen im Wald und das hellere Grün und Gelb der Felder davor. Ich weiß, dass hier bald rote Mohnblumen wachsen werden und ich freue mich darauf, wie sie leuchten werden. Und ich sehe die gelben Öljacken der Kinder und mein Herz wird warm. So warm, dass ich den heißen Kakao, den wir uns später kochen werden, nicht brauchen werde. Aber ich werde ihn trotzdem machen und den Kindern Marshmallows darauf geben und was wir dann machen, mal sehen.

Vielleicht schauen wir uns meine Fotos an aus Afghanistan und reden über den Papa, oder vielleicht spielen wir auch einfach nur Monopoly oder bauen Lego.

Und ich denke, dass das Lachen meiner Kinder viel lieblicher klingt als alle Feenklänge dieser und der nächsten Welt zusammen und dass es hier eigentlich viel schöner ist als im Elfenwald.

Ich muss an Tante Lenchen denken. Auch wenn ich hoffe, dass es ihr gut geht, da wo sie jetzt ist. Sie starb vor zwei Monaten und ich brachte auch ihr Anemonen ans Grab, weil sie Recht hatte und die Erde ist der bessere Teil des Lebens.

Ich lege die Hand aufs Herz, wie ich es tausendmal in Afghanistan tat und wie es sicher auch Andreas getan hatte und sage leise zu ihr: „Taschakor, Tante Lenchen und Khoda Hafez."

Danke, Tante Lenchen und Gott schütze dich.

NACHWORT

Ob der Hauptmann, der ohne es zu wissen, den Titel lieferte zu diesem Buch, sich freuen wird, wenn ich ihm jetzt sage, wie sehr er mich, uns, mit diesem kleinen Satz durch den Einsatz trug, den wir in Teilen gemeinsam verbrachten?

Ja, den Hauptmann gab es wirklich und er sagte mir diese Worte, als er mich einmal weinend vorfand.

Zum Glück wurde er nicht verletzt, so wie in meiner Geschichte. Das war ein Anderer, das ist die Freiheit, die man sich nehmen kann, wenn man Geschichten erzählt.

Aber der Hauptmann gab mir Hoffnung mit diesen Worten. Das und die Kraft, weiter zu machen.

Und ich gab die Worte weiter an meine Kameraden und Freunde und auch sie fassten wieder Mut.

Er gab uns den Glauben daran, dass es sich auch morgen wieder lohnt, aufzustehen, dass es auch morgen wieder eine neue Chance gibt, eine neue Gelegenheit, einen neuen Anfang. Egal, was man getan hat. Egal, was um einen herum passiert ist.

Egal, ob etwas Schlimmes passiert ist oder ob man einfach nur eine schlechte Nacht hatte.

Der nächste Morgen kommt sicher und mit ihm fangen wieder hundert neue Tage an.

Lache heute.

Weine morgen.

(Lies dies jeden Tag.

DIE AUTORIN

Geboren 1960, Ärztin, immer Vollzeit berufstätig, in Deutschland, Neuseeland und neuerdings in Russland. Allein erziehende Mutter von fünf Kindern. Soldatin gewesen, 2 Jahre in Afghanistan stationiert.

Fragen? Ok.

Liebt Gartenarbeit, möchte Klavier spielen lernen, Spagat und Italienisch. Malt gelegentlich Ölbilder, von denen der Künstlersohn sagt, sie seien kitschig. Vermisst Neuseeland, wenn in Deutschland und umgekehrt.

Noch mehr Fragen? Na gut.

Drei Bücher über renommierten Verlag veröffentlicht, davon den Bestseller "Ein schöner Tag zum Sterben, Fischerverlag, 2009. Möchte jetzt Romane schreiben. Der Verlag wollte das nicht. Aber geht nicht gibts nicht.

Printed in Poland
by Amazon Fulfillment
Poland Sp. z o.o., Wrocław